MUJERES
en el
FRENTE

FREDA LIGHTFOOT

MUJERES en el FRENTE

Traducción de
Ángeles Aragón López

amazon crossing

Título original: *Girls of the Great War*
Publicado originalmente por Lake Union Publishing, Estados Unidos, 2018

Edición en español publicada por:
AmazonCrossing, Amazon Media EU Sàrl
38 avenue John F. Kennedy, L-1855, Luxembourg
Febrero, 2019

Impreso por: Ver última página
Primera edición digital 2019

ISBN: 9782919804078

www.apub.com

SOBRE LA AUTORA

Freda Lightfoot nació en Lancashire. Ha sido profesora, librera y, en un arrebato de locura, se hizo cargo de una modesta explotación agrícola en los páramos congelados del Distrito de los Lagos, donde probó la «buena vida», crio ovejas y gallinas, plantó un bosquecillo e incluso aprendió a hacer mermeladas.

Ahora ha renunciado a los forros polares y se ha hecho una casa en un olivar en España, donde produce aceite de oliva y toma el sol en las raras ocasiones en las que no está escribiendo, pero todavía le gusta pasar los veranos lluviosos en el Reino Unido. Ha publicado cuarenta novelas, entre ellas muchos superventas de sagas familiares y ficción histórica. Para más información sobre Freda, visite su página web www.fredalightfoot.co.uk

PRÓLOGO

Corría tan deprisa como le permitían las piernas y tropezaba una y otra vez con las piedras con que se encontraba a su paso. Rodeada de árboles enormes, apenas podía ver por dónde iba. El sonido de fuertes pisadas a sus espaldas la llenaba de pánico. ¿Volvían a perseguirla? ¿La capturarían? Aterrorizada, apenas capaz de respirar y sabiendo qué ocurriría si no escapaba, aceleró el paso. El corazón le martilleaba en el pecho y la tensión le congelaba las extremidades. El dolor fluía por su espalda con cruel precisión. Se sentía completamente indefensa y vulnerable, petrificada por lo que podría ocurrir.

Una mano le dio una palmadita en la mejilla y, dominada por el pánico, se apartó bruscamente.

—Despierta, Martha, es hora de desayunar.

La joven miró a su madre a los ojos y suspiró aliviada. Todo había sido una pesadilla, un trauma que la hacía sufrir sin descanso. El miedo que sentía durante esas pesadillas era un terror absoluto. Al menos esa noche había conseguido dormir un poco, algo que nunca le resultaba nada fácil. La tensión la dominaba siempre que se disponía a irse a la cama, un momento que para ella ya no era ni de lejos relajante. Entonces sintió multiplicarse en su interior el miedo y el dolor y gritó desesperada.

Al parecer, después de pasar casi cinco meses prácticamente encerrada en su habitación, estaba a punto de dar a luz a sus diecisiete años recién cumplidos. Una parte de ella ansiaba desvanecerse en el olvido, desaparecer de vuelta en el mundo que había disfrutado en otros tiempos, especialmente en su infancia feliz y privilegiada. ¿Por qué todo eso se había terminado con la muerte de su adorado padre? ¿Acaso moriría ella también? Muchas mujeres morían en ese trance traumático. ¿El buen Dios se la llevaría al cielo? No se sentía cercana a Él, Martha dudaba que Él confiara en su inocencia y la aceptara. Como no la aceptaba su madre, que había dejado bien claro que no creía ni una palabra de lo que le había contado su hija. Ya no la consideraba respetable y no le había mostrado ni compasión ni apoyo y se había limitado a decir que nadie debía enterarse de su estado.

Con sus ojos azules brillando por la desolación, Martha miró por la ventana. ¡Cómo ansiaba ver el sol, los acantilados y el mar! ¡Oh, cuánto echaba de menos su vida! Su mente volvió a aquel joven al que había llegado a querer. Era muy atractivo, vestía pantalones anchos y vivía en una de las cabañas de pescadores. Cuando no estaba trabajando en el mar en barcos pesqueros y yolas, estaba siempre en el *pub*, comiendo, bebiendo o apostando. También pasaba mucho tiempo sentado en el puerto remendando redes. A veces oían a la banda que tocaba en la bahía, rodeados por la multitud de espectadores, o iban a un concierto y bailaban. Él le decía que la adoraba, le daba besos dulces y se había tatuado su nombre en el brazo. Hasta que un día en el que ella había corrido ansiosa a su encuentro, como siempre, él le había dicho que se iba a América en busca de una nueva vida por haberse aburrido de pescar. Martha se había quedado destrozada. Él se había mostrado tan encantador y comprensivo con sus problemas familiares que ella casi se había enamorado. Lo echaba mucho de menos, pero, aunque hubiera estado cerca, ¿por qué habría accedido él a casarse con ella?

De pronto rompió aguas y su grito resonó en la habitación y rebotó en las contraventanas que protegían los cristales. Hora a hora, el dolor fue en aumento, sin doctor ni comadrona que la ayudaran, solo Enid, la doncella y, por supuesto, su madre. Cada vez que la atacaba con saña otra oleada de dolor, en un impulso por resistirse, Martha se esforzaba por sentarse, pero su madre la regañaba y la empujaba para que volviera a acostarse.

Finalmente, algo sólido salió de su interior y la joven, jadeante y agotada, sintió unas manos apretándole el vientre y, además de la sangre que empapó las sábanas, algo más salió de su cuerpo. Luego, deprisa, la doncella la lavó, la secó, la desnudó y la volvió a vestir. Martha se sentía muy sucia. Salvo para ordenarle que empujara más fuerte y dejara de gritar, no le habían dirigido ni una palabra. Y nadie le había ofrecido consuelo.

El hijo o la hija que acababa de dar a luz estaba en brazos de su madre y esta salió y cerró la puerta tras de sí. Martha soltó un pequeño sollozo de tristeza. Le habían dicho que el bebé sería dado inmediatamente en adopción. No, no le permitirían quedárselo. ¡Si al menos su vida pudiera volver a la normalidad! Pero la actitud dura e indiferente de su madre anunciaba que aquello jamás sucedería.

Entonces se le ocurrió que, una vez terminada la agonía de la prisión y el parto, ya no deseaba permanecer allí más tiempo. Para recuperar algo de seguridad, necesitaba irse lo más lejos posible de allí y cambiarse el nombre. Había llegado el momento de abandonar su casa y construirse una vida nueva. Después encontraría un marido y volvería a ser respetable.

PRIMERA PARTE

LA PRIMERA GUERRA MUNDIAL

CAPÍTULO 1

Navidad de 1916

La intensidad de las lámparas bajó cuando un hombre vestido de Pierrot, con traje y pantalones azules brillantes, gorro puntiagudo y un enorme lazo amarillo debajo de la barbilla, saltó alegremente al escenario cantando: *All The Good Girls Love A Sailor* («Todas las chicas buenas quieren a un marinero»). Al instante, se le unió un grupo de bailarinas. Ellas también iban vestidas de Pierrots, todas deslumbrantes con trajes de color rosa y cuello de volantes, faldas largas y amplias, decoradas con suaves pompones y sombreritos negros. Su belleza arrancó rugidos de aprobación entre el público. Pierrot agitó sus manos enguantadas en dirección a ellas y el teatro, atestado de soldados británicos y belgas, respondió con vítores y silbidos.

Cecily miraba sonriente entre bastidores, como solía hacer encantada casi todas las noches. Una parte de ella ansiaba unirse a las cantantes, pero su madre jamás se lo permitiría. Se consideraba la estrella principal y esperaba que sus hijas la sirvieran en todo. Cecily, por su parte, no creía ser una buena ayudante, pues estaba demasiado ocupada trabajando de cobradora en los tranvías eléctricos ahora que la mayoría de los hombres se había ido a la guerra.

Su madre tampoco aprobaba eso, pero Cecily creía firmemente que debía tomar sus propias decisiones en la vida.

Sintió una palmada en el hombro y vio a su hermana a su lado.

—Su Alteza Real requiere tu asistencia —susurró Merryn, con su bonita cara pecosa animada por una sonrisa de burla—. Me ha echado con cajas destempladas.

—¿Otra vez?

Cecily reprimió un suspiro y acompañó a Merryn al camerino. Miró la imagen reflejada en el espejo y reconoció la mirada perdida de los ojos azules de su madre, prueba de que había vuelto a beber. A pesar de considerarse una estrella, Queenie sentía a menudo la necesidad de superar el pánico escénico antes de actuar.

—Merryn me ha destrozado el peinado —tartamudeó con voz pastosa.

—Estoy segura de que no era su intención, mamá —dijo Cecily con calma. Tomó un cepillo y empezó a desenredar el cabello rubio rizado de su madre en el cogote.

—Jamás me llames así. Sabes que lo odio.

Había elegido el nombre de Queenie años atrás por considerarlo más apropiado para su carrera que Martha, el nombre que le habían puesto al nacer. Y pedía a sus hijas que la llamaran así, no deseaba que le recordaran su edad. Merryn parecía aceptarlo. Cecily siempre sentía la necesidad de recordarle la relación que las unía, una relación que, por desgracia, nunca era fácil. Retorció con cuidado un mechón del pelo de su madre, lo dobló y, a continuación, lo rodeó con otros mechones y los sujetó todos juntos en la parte superior de la cabeza con un pasador de plata.

Queenie tiró de un rizo y lo soltó sobre su oreja izquierda.

—No me apetece llevar todo el pelo recogido arriba. Deja algún mechón suelto sobre las orejas.

—Creía que te gustaba dar una imagen pulcra y ordenada, mamá —repuso Cecily.

—No, ahuécalo, tonta. Sois unas inútiles.

Cecily no se sentía a la altura en aquel trabajo y miró a su madre en el espejo para observar su éxito o la falta del mismo. Queenie era una mujer esbelta y atractiva, de tez pálida, barbilla puntiaguda y labios de rubí fruncidos a menudo, como en aquel momento, en un mohín. Pero también era superficial, engreída, melodramática, emocionalmente inestable, egoísta, prepotente y completamente irresponsable. Queenie nunca era fácil de complacer, tampoco cuando estaba sobria. Era una exhibicionista y una estrella que exigía muchísimos cuidados y muchísima ayuda, como en aquel momento. Y Merryn, acostumbrada a que su madre la regañara y despidiera cuando había bebido, leía la revista *Womans's Weekly* en un rincón y no les hacía el menor caso. Cuando Queenie estuviera sobria, trataría encantada a su hija menor como a la niña de sus ojos para que Cecily se sintiera poco querida a pesar de haber hecho todo lo posible por ayudar. Aun así, Cecily nunca sentía celos y siempre estaba dispuesta a hacer de madre suplente de su adorada hermana, pues Queenie, absorta en sus giras y en sí misma, solía descuidarlas a las dos por igual.

Alguien llamó a la puerta con los nudillos.

—Tres minutos y a escena, por favor —dijo una voz.

—Bebe un poco de agua —aconsejó Cecily con calma —. Te ayudará a aclararte la voz y te refrescará.

—¡Cómo te atreves a decir algo así! Mi voz está perfecta — replicó Queenie

Cecily tomó una jarra, sirvió un vaso y lo dejó sobre la mesa.

—Tómate un sorbo para aclarártela, mamá.

Queenie reaccionó con violencia. Agarró la jarra y tiró el agua a su hija por la cabeza. Después, empujó el vaso de agua, una cajita de maquillaje, pinceles, frascos de crema y otros artículos hasta que cayeron del tocador al suelo, dio una vuelta sobre sí misma y se marchó.

Merryn agarró una toalla y corrió a secarle el pelo y la cara a Cecily.

—No te preocupes, se secará enseguida —dijo Cecily. Alzó los ojos al cielo con humor jocoso—. Ven, tenemos que asegurarnos de que se calme y actúe bien.

Merryn asintió con una sonrisa burlona y las dos corrieron tras su madre.

Cuando Cecily llegó al escenario, oyó que los espectadores gritaban a Pierrot, quien corría haciendo chistes después de haber terminado su número. Sin duda, Pierrot ya les aburría y todos estaban impacientes y deseosos de ver a la estrella principal. Por fin se abrió el telón y Cecily suspiró aliviada al ver avanzar a Queenie con la cabeza alta y los brazos extendidos. Apretó la mano de su hermana y se sintió orgullosa cuando se hizo el silencio. Su madre estaba espectacular con ese vestido sin mangas, de profundo escote y que dejaba la espalda al aire con osadía. Y por una vez no iba firmemente ceñida con un corsé.

Queenie empezó a cantar *Who Were You With Last Night?* («¿Con quién estuviste anoche?»). Era una de sus canciones favoritas de sus días del *music-hall*, una época en la que había ganado una pequeña fortuna hasta que ese género empezó a pasarse de moda. Cecily, que siempre había ansiado poder cantar, envidiaba muchísimo ese talento de su madre. Queenie se besó las puntas de los dedos y saludó al público con una sonrisa.

—¡Cómo le gusta lucir ese glorioso anillo de diamantes que lleva en el tercer dedo de la mano izquierda! Es lo único que le dejó su difunto esposo —murmuró Cecily.

—Espero tener uno así algún día —repuso Merryn—. Y tú lo tendrás dentro de poco.

—Tal vez —musitó Cecily.

Sonrió al recordar su compromiso secreto con Ewan. ¡Cuánto anhelaba su corazón ver a su amado, que estaba en el mar, luchando en aquella terrible guerra! Había conocido a Ewan cuando Queenie había comprado una mansión en Gran Parade, cerca del Sound, en Plymouth, su ciudad natal. Lo había conocido en el mercado de pescado próximo al Barbican. Se habían hecho muy amigos y pasado horas caminando descalzos por la playa, tomados de la mano, acompañados por el sonido reconfortante del mar. Habían ido a pescar, a nadar o a navegar en uno de los barcos del padre del joven. Ewan le había confesado su amor el día en que ella había cumplido dieciséis años, cuando la había abrazado y la había felicitado con un beso. Y Cecily también le había confesado su amor por él. Dos años después había estallado la guerra y a ella se le había partido el corazón cuando su amado se enroló en el ejército.

—Estarás aquí esperándome cuando vuelva, ¿verdad, querida? —le había preguntado el día en que le había contado que había pasado por la oficina de reclutamiento.

Cecily le había dicho cuánto lo amaba y le había asegurado que esperaría impaciente su regreso. Ewan la había abrazado con ternura, animoso. Como miles de hombres más, era un patriota leal decidido a proteger a su familia y su país de la invasión extranjera.

Sus padres habían recibido la noticia con un silencio angustiado y más su madre, quien había expresado su gratitud a Cecily por su apoyo. Habían acordado que la joven podría ir a despedirlo a la estación de tren de Millbay, pues ellos no se sentían capaces de despedirse de su hijo en público. Cecily no olvidaría jamás la imagen de docenas de hombres jóvenes reunidos en el andén, rodeados de madres, esposas y novias llorosas.

—No llores —le había dicho Ewan con una sonrisa encantadora—. Esta guerra terminará antes de Navidad, así que hay algo que quiero pedirte.

11

A continuación, había hincado una rodilla en tierra y le había preguntado si quería casarse con él.

—Te quiero muchísimo y deseo que estés siempre a mi lado como mi esposa.

Cecily había soltado un grito de alegría. ¡Adoraba ese recuerdo! Y había dicho que sí. Como sabía que su madre no le daría el consentimiento fácilmente, había prometido hablar con ella y persuadirla. Se habían besado y abrazado y, cuando el tren comenzó a arrancar, había derramado por fin las lágrimas que había contenido hasta entonces.

—¿Me escribirás, amor mío? —había preguntado él.

—Desde luego que sí —había prometido ella.

Vivía con la esperanza de que la guerra acabara pronto y estuvieran juntos para siempre. En ese momento, aquel recuerdo feliz de su amado se vio interrumpido por el sonido de ruidos nerviosos y gruñidos del público.

—No les gusta la actuación —susurró Merryn—. Queenie está un poco encorvada y su voz suena ronca.

—Y eso se debe probablemente a que bebe demasiada ginebra antes de cada actuación —comentó Cecily, cortante.

Las hermanas se miraron con desesperación, preocupadas por su madre. Queenie ya no era tan popular como antaño. Ya casi nunca había admiradores en la puerta del Palace Theatre esperándola al final de la función y, salvo en ocasiones raras como la de esa noche, atraía a pocos hombres. Y aquellos soldados jóvenes, que estaban allí de permiso, preferían oír canciones más alegres y modernas.

—Vete volando, pájara, si eso es lo que eres —gritó un soldado.

Queenie había empezado a cantar *A Bird in a Gilded Cage* («Un pájaro en una jaula de oro») casi como si ella se viera así. Tan tormentosos como una ola enorme, sus ojos azules echaban chispas. Entonces olvidó el verso siguiente y volvió a cantar el estribillo desafinando un poco.

Cecily sintió un escalofrío.

—¡Oh, Señor! ¿Crees que se recuperará y los conquistará?

—Esperemos que sí —murmuró Merryn, pero no sonaba nada convencida.

Un soldado del público empezó a abuchear y los demás lo imitaron. Queenie, lívida, se inclinó hacia adelante agitando los puños, ordenando así al parecer silencio a los jóvenes que protestaban. Entonces perdió el equilibrio, tropezó y cayó cuan larga era soltando un grito. Cecily se quedó paralizada.

El público abucheó todavía más cuando bajaron rápidamente el telón. Cecily recuperó la movilidad y corrió a ayudarla. Merryn estaba ya al lado de su madre, que yacía con las piernas muy abiertas y los ojos completamente inexpresivos. Cuando intentaron ponerla en pie, volvió a gritar. Al tocarle el tobillo, gritó de dolor y comprobaron que se había lesionado. Los tramoyistas corrieron a ayudarlas y la llevaron de vuelta al camerino. Segundos después, volvían a salir las bailarinas, quienes no tardaron en animar a los descontentos espectadores.

En cuanto la acomodaron en el sofá, se abrió la puerta con fuerza y entró el director como una tromba.

—¿Por qué narices se ha caído? No, no debe quedarse aquí sentada compadeciéndose de sí misma. Tiene que volver al escenario inmediatamente.

—Me temo que eso no es posible, le duele mucho —repuso Cecily, sin mencionar que Queenie estaba bebida.

El hombre se inclinó sobre Queenie y gruñó con furia cuando olió la peste a ginebra que echaba su aliento.

—¡Ah! Ahora entiendo por qué se ha caído. ¡Menuda mujer tan estúpida! Pues se ha terminado, está acabada. No permitiré que vuelva a salir a escena. —Miró a las dos hijas y señaló a Cecily—. El público espera, así que tendrás que ocupar tú su lugar.

—No diga tonterías. Mi hija no es una estrella —replicó Queenie.

—Esta chica sabe cantar.

—¡Bobadas! No tiene ningún talento.

—La he oído cantar para sí misma y me ha dejado impresionado. Tiene una voz agradable y bien modulada con un bonito acento de Londres y, además, es una chica encantadora —insistió él con firmeza.

Cecily escuchaba atónita la discusión entre su madre y el director. No se consideraba encantadora. Sin corte alguno, su cabello castaño era una masa enmarañada y en aquel momento seguía empapado por el agua que le había tirado su madre y goteaba sobre su rostro ovalado y sus ojos azul violeta. Sin embargo, una parte de ella sentía el impulso de hacer lo que le pedían.

—Me gusta cantar, aunque no estoy convencida de que pueda hacerlo tan bien como para complacer a este público —dijo.

Cuando ni su madre ni el director respondieron a ese comentario, empezó a sentirse cada vez más nerviosa.

Merryn le apretó la mano.

—Cantas con un tono de voz maravilloso —dijo—. ¿Por qué no tienes fe en ti misma?

Cecily miró agradecida los ojos color avellana de Merryn y recordó cuánto se divertían a veces las dos, ella cantando y su hermana tocando el acordeón. Oía que el público gritaba que cantara alguien y no podían ignorar aquello.

—Es Nochebuena y no podemos fallarle al público. Ponte guapa, muchacha. Tienes que salir a escena. Tienes tres minutos para prepararte —anunció el director con firmeza antes de salir.

—¡No se te ocurra hacer lo que te ordena! —dijo Queenie con severidad—. Necesito que te quedes aquí y cuides de mí, no que me robes mi papel en la vida.

¿Debía obedecer al director o a su madre? Cecily, con los años, había desarrollado un profundo sentido de la independencia, pero, en un esfuerzo por acercarse a ella, terminaba cediendo a casi todas las órdenes de Queenie. En el fondo de su corazón, Cecily sabía que le gustaba mucho cantar. ¿Era aquel el momento que siempre había anhelado? Aunque sentía el impulso de obedecer las órdenes del director, ¿podría hacerlo bien? El pánico crecía en su interior.

—¿Saldrás conmigo, Merryn? Tú puedes tocar.

Su hermana negó con la cabeza.

—Ya toca la banda de música.

—Pues canta conmigo.

—Lo harás muy bien sola —le aseguró su hermana. Le quitó rápidamente el vestido mojado y le puso uno azul de seda por la cabeza. En pocos segundos le recogió el pelo con una cinta azul a juego—. Hecho. Estás preciosa. Ahora sal ahí, alegra a esos pobres hombres y cree en ti.

Indiferente a las protestas furiosas de su madre, Cecily asintió, bajó los hombros y salió con el corazón latiéndole con fuerza.

Cuando subió al escenario, miró al público, a todos aquellos hombres que en ese instante milagrosamente se habían quedado silenciosos. Debajo, en el foso de la orquesta, el director de la banda estaba de pie con la batuta en la mano y con expresión interrogante de quien espera que le den pie. Cecily estaba paralizada por los nervios. Nunca había actuado en público en un escenario, pero al ver las caras de aquellos valientes soldados jóvenes, la necesidad de complacerlos sustituyó al pánico en su interior. Tal vez no fuera la estrella que era su madre, pero aquella podía ser la experiencia que tanto había ansiado. ¡Cómo le gustaba cantar!

Empezó con *Keep the Home Fires Burning* («Deja encendidos los fuegos del hogar»), una canción compuesta por Ivor Novello al comienzo de la guerra. El director le sonrió, le guiñó el ojo, movió la batuta y la banda empezó a tocar para ella. Un brillo de felicidad hizo nacer el placer instintivo que sentía Cecily siempre que cantaba para ella misma y, sorprendida y maravillada, notó que el público parecía fascinado por su actuación. Cuando terminó la canción, los soldados rugieron con entusiasmo y aplaudieron mucho. Cecily vio por el rabillo del ojo que Merryn sonreía entre bastidores y aplaudía con júbilo. Ya más segura de sí, continuó cantando *It's a Long Way to Tipperary* («Hay un largo camino hasta Tipperary»), *Pack Up Your Troubles in Your Old Kit Bag* («Guarda tus problemas en tu viejo morral») y muchas otras canciones populares. Los hombres participaban cuando ella se lo pedía y parecían disfrutar tanto como ella. Cuando terminó de cantar e hizo una reverencia antes de salir del escenario, mareada por el éxito que acababa de vivir, oyó que pedían un bis.

—Ofréceles otra canción —la instruyó el director con impaciencia cuando Cecily llegó a su lado entre bastidores. Su rostro, normalmente arrogante, era la viva imagen de la satisfacción.

—Tiene razón, has estado maravillosa, haz lo que dice —le pidió Merryn, abrazándola.

—¿Cómo está mamá? —La idea de afrontar la rabia de Queenie, cuya hija menos querida le acababa de robar su actuación estelar le resultaba espantosa.

Merryn arrugó su naricilla.

—Johnny, el batería, la ha llevado a casa en su Ford, así que Nan se ocupará de ella.

—Gracias a Dios.

Cuando el director la empujó al escenario, Cecily sonrió y cantó *Roses of Picardy* («Rosas de Picardía») con una sensación de plenitud en el corazón.

CAPÍTULO 2

Sentada al lado de su madre, que dormía profundamente en la cama, Cecily miraba el Sound por la ventana. Vio un par de barcos de pesca abriéndose paso entre los caballos blancos de las olas, zarandeados por el viento furioso de aquel frío día de invierno como si fuesen simples juguetes. Inesperadamente, un rayo de sol asomó entre las nubes y rodeó los barcos. ¡Ojalá el comportamiento de Queenie hubiese sido igual de luminoso! Entre sollozos y gimoteos, presa de otra de sus pesadillas, casi no había dormido esa noche. Cecily y su hermana habían corrido a consolarla. No sabían la causa de aquellos sueños tan terribles, las dos creían que se debían a su adicción al alcohol.

Esa vez la pesadilla quizá se hubiera debido a su caída en el escenario o quizá se sintiera hundida porque le había fallado la voz después de haberla forzado mucho toda su vida. También podía deberse a su enojo al ver que su papel de estrella pasaba a su hija. Cecily sintió una punzada de culpabilidad.

Era difícil tratar de ayudar a su madre, sabiendo tan poco de su pasado, algo de lo que se negaba a hablar, salvo para decir que había sido una niña con mucho talento. Sus padres la habían alentado a cantar en la iglesia y en espectáculos de su región. Al parecer, la habían tratado como a una estrella, la habían mimado muchísimo y le habían comprado muchos regalos. Entre otras cosas, vestidos bonitos, ositos de peluche, una bonita casa de muñecas y una familia de muñecas que todavía estaban en el alféizar de su ventana. Más tarde había triunfado en el teatro y se veía a sí misma como una celebridad con mucho talento, un talento que ahora parecía estar declinando, lo que hacía que su mal humor fuera en aumento.

Queenie se despertó cuando se abrió la puerta y entró Nanny Aldcroft, o Nan, como ella prefería que la llamaran. Había cuidado muchos años de su señora y también de ellas cuando eran niñas. Nacidas en el East End de Londres, las dos hermanas se habían pasado la vida yendo de un lado a otro por todo el país: Bristol, Liverpool, Preston, Newcastle, Brighton y, finalmente, allí, Plymouth. Queenie siempre había dicho que tenía que ir de gira para actuar. Siempre en movimiento, no se habían sentido de ningún lugar y casi nunca encontraban tiempo para hacer ni mantener amistades. Por ello, se había creado una gran intimidad y muchísima dependencia entre ellas, así como un afecto profundo por Nan, a la que sentían mucho más como a una madre que a Queenie. Leal, eficiente, disciplinada y de absoluta confianza, Nan era una mujer que marcaba una rutina estricta y que les daba instrucciones acerca de todo. No era fácil desobedecerla, pero se deshacía por las dos hermanas. Con sus característicos modales bruscos, guiñó un ojo a Cecily y puso la bandeja del desayuno en el regazo de su señora.

Queenie fulminó el plato de comida con la mirada y temieron que fuera a tirar al suelo la tostada y las salchichas.

—No me apetece esto. Sabes muy bien que prefiero huevos revueltos.

—No queda ninguno —replicó Nan, con su rostro arrugado más severo que de costumbre y frunciendo los labios de manera que aún se marcaba más su barbilla cuadrada—. Con esta guerra, no es fácil conseguir comida.

—Pues esfuérzate más mañana por encontrarla —ordenó Queenie con altivez.

Nan cruzó las manos sobre su vientre, soltó una risita y lanzó a su señora una mirada de reprimenda como las que dedicaba a las dos hermanas de niñas cuando habían hecho alguna travesura.

—Aunque pudiera conseguir huevos, usted no podría comerse uno todos los días, alguno tendría que quedar para las muchachas. Ellas también se merecen algo. Más tarde iré a comprar. Es una lástima que no esté lo bastante bien para acompañarme, como le gusta hacer. ¿Hay algo más que quiera que le traiga?

—Necesito un vestido nuevo, mi vestido favorito se rasgó en ese accidente —contestó Queenie con el ceño fruncido.

—Me pregunto por qué ocurrió —comentó Nan con sequedad, mientras remetía las sábanas, fingiendo no saber que Queenie había estado borracha—. ¿Quiere que le busque uno?

—No, tú no sabes comprar, mujer quisquillosa.

Cecily se llevó una mano a la boca para reprimir una risita al escuchar aquella discusión tan familiar. A su madre le encantaba ir vestida a la última moda y lucir joyas y le divertía explorar las maravillosas tiendas de la ciudad donde se gastaba el dinero como si no hubiera un mañana. Cecily no tenía ningún interés en aquellas cosas.

Queenie despidió a Nan con un gesto de la barbilla.

—No me apetece este desayuno, puedes llevártelo.

Nan dejó la bandeja con terquedad en la mesilla y le sirvió una taza de té. Al salir, hizo una pausa para hablar con Cecily.

—Cuando el joven Johnny, el batería, trajo a casa a tu madre, le dije que fuera a buscar al doctor y este prometió pasar esta mañana a examinarle el tobillo.

—Me alegra oír eso. Gracias, Nan —Cecily le sonrió agradecida y regresó al lado de su madre para ahuecarle las almohadas y sugerirle con gentileza que debía comer algo para poder recuperarse.

—Continúa doliéndome mucho y, más que comida, necesito desesperadamente alivio.

—Estoy segura de que el doctor te dará opio. Mientras tanto, bébete el té y tómate al menos la tostada. —Cuando Queenie empezó a comer al fin, Cecily se arriesgó a cambiar de tema—. Quizá te interese saber que mi actuación fue bien. No tan buena como la tuya, mamá, pero fue muy emocionante —dijo, con sus ojos azul violeta brillantes por la emoción.

Queenie le dedicó una sonrisa torcida. La envidia nublaba su expresión.

—No imagines ni por un momento que siempre lo harás bien —dijo—. Ser actriz o cantante puede ser divertido pero también estresante. Las actuaciones se pueden ir al traste fácilmente.

—A ti jamás te había pasado, mamá, hasta que empezaste a excederte con la bebida. Beber tanto es una insensatez por tu parte. El doctor te dirá lo mismo.

Queenie se sonrojó.

—La ginebra se produce aquí, en Plymouth, en la destilería de Barbican —replicó—. ¿Por qué no disfrutarla? Tú deberías comprender que, después de haber soportado tantas tragedias a lo largo de mi vida, sienta la necesidad de tomar un par de copas antes de una actuación para que me ayuden a lidiar con los nervios y con el posible miedo escénico. ¿Acaso después de que me hayan echado del Palace Theatre, ya nunca me saldrá nada bien?

—Sé que abrió como *music-hall* en 1989, pero sigue siendo muy popular. Seguro que podemos convencer al director de que cambie de idea porque tú también eres popular —le aseguró Cecily.

—Claro que sí. Es cierto que allí han actuado muchas estrellas famosas, como Lillie Langtry, Gertie Gitana con *Nellie Dean* y el ilusionista Harry Houdini con sus trucos de escapismo, pero yo también soy toda una estrella.

Cecily le sonrió.

—Claro que sí, mamá. Y si te vuelvo a sustituir, será solo hasta que te hayas recuperado del todo. Ah, y disfruté mucho cantando.

—Deberías tener en cuenta que para ti es mucho más importante encontrar un marido que pasarte la vida atrapada en el escenario como he estado yo. —Queenie lanzó un gruñido—. Eso no sería inteligente por tu parte, pues muchos hombres tienden a tratar como prostitutas a las actrices, bailarinas y cantantes. Podría destruir tus esperanzas de tener una buena proposición de matrimonio e hijos. Criar una familia es lo que se espera que hagamos las mujeres y tú harías muy bien en seguir la tradición.

Cecily se sentó en el borde de la cama, con un suspiro de frustración por la obsesión de su madre con el matrimonio.

—Deja de mangonearme, mamá. No tengo prisa por casarme.

—Tienes casi veintiún años y te estás haciendo mayor, Cecily.

—Con suerte, cuando acabe esta condenada guerra, no seré mucho más vieja que ahora. —Cecily hizo una pausa. Se preguntó si sería un buen momento para revelar la verdad. Respiró hondo—. En realidad, Ewan ha sido mi novio desde que cumplí dieciséis años, nos prometimos en secreto antes de que se fuera a la guerra y pienso casarme con él cuando el conflicto termine.

Queenie abrió mucho los ojos, sorprendida.

—¡Santo cielo! La idea de que te cases con ese chico es demasiado horrible para contemplarla. Ewan Godolphin es un joven flacucho que solo puede trabajar de pescador con su padre. No es el tipo de hombre con el que deseo que retocéis vosotras. Es obvio que quiere aprovecharse de tu dinero y de tu posición.

—Es terrible que lo acuses de eso. Me ama tanto como yo a él —dijo Cecily.

Frunció el ceño al recordar que su madre no había aprobado nunca aquella relación y que había hecho todo lo posible por destruirla. Queenie era una esnob, no le importaba nada la felicidad de su hija, le preocupaba más cómo podía afectar a su reputación que su hija se casara con un chico de clase obrera, de la parte baja de la sociedad.

¡Oh! ¡Y cuantísimo lo echaba de menos! Hacía más de un año que no lo veía, desde que él volviera a casa de permiso. Cecily recordaba bien aquel día. Al oír el tren entrando en la estación, había corrido por el andén, ansiosa por encontrarlo. Al verlo, se había echado impaciente en sus brazos, encantada de ver sonreír al joven.

—¡Oh, cuánto te he echado de menos, querida! —le había dicho él, estrechándola contra sí.

—Yo también a ti —había contestado ella.

Ewan había empezado a besarla, abriéndole los labios para devorarla de un modo que le había producido una punzada de excitación en el corazón. Cecily le había quitado la gorra para pasar las manos por los rizos cortos de su cabello castaño, disfrutando del placer de que la apretara contra su pecho.

Ewan Godolphin era alto y atlético, de hombros anchos y largas piernas, ojos castaños oscuros e increíblemente atractivo. Su rostro parecía algo más duro y cansado, secuela de todo el sufrimiento que había padecido en el campo de batalla. Su expresión seguía siendo cálida, comprensiva y amorosa. Después de que volviera a su batallón, Cecily había seguido escribiéndole casi todos los días y recibía regularmente cartas de respuesta, pero había periodos en los que no sabía nada en mucho tiempo, que era lo que ocurría en ese momento. En esos casos, el terror la dominaba hasta que llegaba su próxima carta.

—Ese chico tiene pocas esperanzas de ganarse bien la vida —anunció Queenie con severidad—. Y no pienses ni por un momento que yo os ayudaré económicamente si te casas con él. Tengo muchos gastos, entre ellos mantener esta mansión. Tú necesitas un hombre con dinero y posición que sea capaz de ofrecerte una vida maravillosa.

Lo irritante de todo aquello era que Queenie parecía satisfecha con que Merryn se quedara en casa a cuidarla, mientras que urgía continuamente a Cecily a que se casara con un hombre rico con el que pudiera hacer su vida en otra parte. Cecily no tenía intención alguna de obedecer esas ridículas instrucciones y Merryn, por su parte, estaba ansiosa por casarse.

—La felicidad en el matrimonio no es cuestión de dinero —comentó desdeñosamente. Soltó una risita con la esperanza de mejorar el humor de su madre—. No tengo ningún deseo de ser una esposa sumisa, que se queda en casa con un hombre al que no ama. Tengo intención de llevar la vida que me apetezca. Ewan no es contrario a que me gane la vida trabajando y estoy orgullosa de hacerlo en los tranvías eléctricos. Yo no habría elegido ese empleo, pero, mientras dure la guerra, siento que debo contribuir en algo. Sé que no será fácil encontrar un empleo más interesante cuando termine la guerra, tampoco será fácil ganar suficiente dinero, y más teniendo en cuenta que las mujeres no reciben igual salario por un mismo trabajo, por no hablar de que no tienen derecho a votar, pero eso cambiará con el tiempo y seguro que encontraré algo que me guste.

—¿Y por qué vas a hacer algo así? Una joven debería dejar de trabajar el mismo día de su boda.

Cecily lanzó un gemido.

—Hablas como si estuviéramos en la época victoriana, mamá.

—¡Tonterías! Cuando una mujer se casa, tiene que dedicarse a ser buena esposa y madre. Yo cometí el error de no hacerlo así.

—¡Qué valiente por tu parte reconocer eso, mamá! ¿Qué ocurrió? —preguntó Cecily, sorprendida de oírle confesar esa falta.

—En muchas ocasiones sentí que la vida me trataba como si fuera basura. Me topé con muchos problemas, entre ellos la falta de amor de mi esposo. No me apetece recordar su actitud desdeñosa para conmigo. Tú deberías hacer lo correcto para encontrar felicidad y prosperidad.

Cecily le había preguntado a menudo cómo había sido su padre y por qué las había abandonado antes de ahogarse trágicamente, pero no había recibido respuesta alguna. Las dos chicas sentían la carencia de un padre al que apenas recordaban. No tenía sentido seguir agobiando a su madre con aquel tema.

—Por favor, no supongas que, porque tu matrimonio fracasó, el mío también fracasará. Ewan y yo somos felices juntos y conseguiremos que funcione. Si tú te equivocaste al elegir esposo, dime en qué consistió tu error.

Queenie frunció el ceño y se dio la vuelta, evitando mirarla a los ojos.

—Tu padre no era un hombre fácil y me alegré mucho de dejar de verlo.

—Si eso es así, ¿por qué todavía te sorprendo llorando por él incluso cuando sufres una de tus pesadillas?

—No lloro por él ni anhelo su vuelta. Me enfurece el desastre que provocó en mi vida y por eso te aconsejo que asegures mejor la tuya. Cuando era joven, era muy ingenua y soñaba con un matrimonio perfecto. Nada salió como yo esperaba. Dean me arruinó la vida y me dejó con una necesidad desesperada de amor y cuidados, razón por la que agradezco muchísimo mi éxito en el escenario. Ahora no me apetece seguir hablando de este tema, ni contigo ni con nadie.

Cecily reprimió un suspiro. ¿Acaso por eso su madre tenía poca paciencia con otras personas, apenas escuchaba otras opiniones que no coincidieran con las suyas e insistía en tener el control absoluto sobre su vida? Sospechaba que Queenie quizá había adquirido el arte de adaptar la historia de su vida inventando hechos falsos para evitar revelar algunos momentos tristes. A Cecily le resultaba muy frustrante que se negara a contarles qué era lo que había ido mal en su matrimonio y jamás les hubiera dicho si su padre había tenido un accidente o se había suicidado.

CAPÍTULO 3

La Navidad pasó como en una nube, pero cuando amaneció Año Nuevo, Johnny, el batería, fue a verlas para preguntar si Queenie se encontraba mejor.

—Creo que te gustará saber que he hablado con el director y lo he convencido de que deje que Queenie siga trabajando para él —le dijo a Cecily.

—¡Oh! Eres muy amable —repuso la joven. Le estrechó la mano para agradecérselo. Era un joven alegre, que vestía elegante como un dandi—. Mamá estará encantada. Te agradezco mucho que la trajeras a casa en tu automóvil Ford, el chófer del teatro no estaba allí en ese momento. Y además llamaste al doctor. Le aseguró a mamá que su dolor de tobillo se debe solo a un esguince, no tiene nada roto.

—¡Gracias a Dios! —El chico sonrió.

—Está descansando en el salón. ¿Quieres verla para darle esta maravillosa noticia?

—Claro que sí. Es una dama encantadora y con talento, igual que tú. ¿Por qué no iba a ayudaros? Debo decir que me impresionó mucho tu actuación, bueno, lo que pude ver antes de traer a tu madre a casa. Espero oírte cantar de nuevo. No solo eres hermosa, sino que además podrías alcanzar el estrellato.

Cecily vio que pasaba la vista por su cuerpo, fruncía las cejas y le hacía un guiño de admiración y recordó que Johnny Wilcox tenía fama de mujeriego. A ella no le interesaba, pues su corazón estaba cautivo de otro joven, así que evitó cuidadosamente responder a los cumplidos que aquel joven le hacía, soltó una risita y lo precedió por el vestíbulo.

—Si Queenie puede seguir trabajando en el Palace Theatre, no creo que el director me haga otra oferta a mí —comentó.

—Pues preséntate a audiciones en otros teatros, también podrías presentarte en el Pavilion on the Pier. Estoy seguro de que estarían encantados de contar contigo.

—Yo no estoy tan convencida, pero lo pensaré. Ven a ver a mamá. Seguro que ella también querrá darte las gracias.

El rostro de su madre estaba más sombrío últimamente, pero se iluminó cuando entró Johnny Wilcox.

—Ah, has traído a este hombre encantador a verme. ¡Qué regalo!

Cuando el joven le explicó animoso que había conseguido recuperar su papel en el teatro, ella dio palmadas de alegría y le sonrió encantada.

—¡Qué tesoro tan maravilloso eres, querido muchacho! Te agradezco mucho tu ayuda.

Johnny sonrió.

—¿Quiere que intente conseguirle también una actuación a su encantadora y talentosa hija? Es una intérprete brillante.

—Tonterías, no ha dado ni una sola clase de canto en toda su vida —replicó Queenie.

—Di clases en la escuela, mamá, y estuve en el coro. No lo sabes porque siempre estabas de gira.

—¡Ya ve! —dijo Johnny—. Esta chica tiene talento y experiencia y usted puede estar orgullosa de ella. Le he sugerido que vuelva a actuar.

—¡Por supuesto que no! Ya tiene un trabajo importante mientras dura la guerra, un trabajo que se le da mucho mejor que cantar.

—¿De verdad? ¿Cómo es posible? —preguntó él, perplejo.

—Creo que mamá tiene parte de razón. Trabajo de cobradora en un tranvía y ahora que hay tantos hombres fuera es un trabajo importante —comentó Cecily.

Recordaba la reacción furiosa de su madre al anunciar su actuación y no le sorprendió verla apretar los labios y desvanecerse su sonrisa movida por otro hosco ataque de envidia, que borró en ella cualquier señal de bondad o compasión, dos cualidades en las que Cecily creía firmemente. Se juró a sí misma que jamás se vería dominada por la envidia, para ella era como una plaga. Sin embargo, como solo trabajaba media jornada, estaría encantada de participar de vez en cuando en algún concierto, a ser posible en otro lugar que no fuera el Palace Theatre.

En aquel momento entró Merryn con una bandeja de té y galletas. Cecily le sonrió.

—Johnny me ha sugerido que me presente a una audición en el Pavilion on the Pier —dijo—. ¿Te gustaría actuar conmigo si alguna vez me dan esa oportunidad?

Merryn la miró jubilosa.

—¡Oh! ¿Crees que eso podría llegar a ocurrir?

El rostro de Queenie se encendió de furia.

—Por supuesto que no, Merryn. Yo jamás permitiría que Cecily actuara en un teatro rival.

—¿Pero por qué no? —preguntó Merryn, que parecía sorprendida—. Supongo que tiene derecho a tener una buena carrera.

—No tiene derecho a competir conmigo. Hablaré con el director y le dejaré claro que no debe invitar a mi hija a participar en ningún concierto, porque, si lo hace, no volveré a cantar jamás para él en un escenario.

Las esperanzas de Cecily se desvanecieron al instante. ¡Qué controladora era su madre! Aunque su talento empezaba a decaer, seguía viéndose como una estrella y se negaba obstinadamente a permitirle el derecho a cumplir sus sueños. En el pasado Queenie había participado en varios conciertos en el Pavilion. Últimamente ya no tanto, porque estaba ocupada en el Palace Theatre. Cecily sintió una punzada de resentimiento, pero se dijo que aquel no era el momento de pelearse con su madre, la mujer aún no se había recuperado del todo. Ahogó su rabia y le sonrió conciliadora.

—No temas, mamá. No creo que eso ocurra. Gracias por la sugerencia, Johnny. No lo haré en este momento. Quizá algún día. —Les lanzó una mirada de advertencia a Merryn y a él, sonrió con cariño a Queenie y sirvió el té.

En las semanas siguientes, Cecily no recibió más invitaciones para aparecer en escena. Se sentía decepcionada por no haber recibido ninguna oferta después de haber cantado para los soldados en el Palace Theatre. Y aunque era lo que esperaba, ansiaba volver a actuar. ¿Acaso no había logrado impresionar al director? Aunque también podía ser que Queenie hubiera hablado con todos los directores de escena de Plymouth para que no permitieran actuar a la novata tonta de su hija. Por suerte, Queenie se había recuperado en cuestión de días y, gracias al apoyo de Johnny, no había tardado en volver a su rutina teatral. Cecily y Merryn se esforzaban mucho por mantenerla alejada de la ginebra.

Cecily procuraba no dejarse perturbar por la pérdida de ese sueño y concentrarse en su trabajo. No era un trabajo fácil. Por la mañana o por la tarde le tocaba fregar el tranvía que estaba a su cargo y procurar que la chaqueta, la falda larga y la gorra de plato de su uniforme estuvieran limpias y bien planchadas. Pasaba horas estudiando las rutas, los horarios y las paradas que tendría que cubrir cada día. Luego, cuando partía el tranvía, se concentraba en cobrar y dar los billetes apropiados y en tomar nota de quién había pagado y quién no. Algunos pasajeros intentaban escaquearse de pagar el billete y Cecily debía resolver aquella situación. Ayudaba encantada a las ancianas, los niños o los soldados heridos a subir y bajar del tranvía, una maniobra bastante complicada los días fríos de invierno, cuando todo estaba mojado y resbaladizo. Y disfrutaba mucho de los lugares que visitaban, en particular el Theatre Royal en George Street, los viajes a Saltash y Devonport, al estadio del equipo de fútbol Argyle y, sobre todo, a los Little Ash Tea Gardens, donde a veces tocaba una banda de instrumentos de viento cuando llegaba la primavera.

Ese día, su día de descanso, caminó por los acantilados de piedra caliza de la costa y subió las laderas del Hoe hasta donde Francis Drake había jugado a los bolos antes de embarcarse para derrotar a la Armada Invencible. Desde allí tenía una vista maravillosa de Drake's Island y el Plymouth Sound. Miró el Pier y recordó la sugerencia de Johnny de que se presentara a una audición allí, en el Pavilion. ¿Valdría la pena intentarlo?

Incapaz de decidirse, no pudo resistirse a caminar a lo largo del Pavilion para escuchar las piezas que interpretaban músicos y cantantes. Se deslizó en el interior con discreción y, al mirar a su alrededor, vio al hombre que estaba al cargo y una cola de gente que esperaba una audición. Vio gente que iba y venía y notó que el director estaba sentado con los ojos cerrados y solo de vez en cuando alzaba la vista para ver a la persona que se hallaba en el escenario y despedirla con un movimiento de la mano. Parecía muy aburrido y Cecily dudaba de lograr interesarle más. Temerosa de ofender a su madre, que podía reaccionar con otro ataque de envidia y bebiendo más, salió en silencio, prometiéndose que se iba a concentrar en aspectos más importantes de su vida.

La primavera ya había llegado, marzo estaba siendo un mes cálido y soleado, cuyos cielos salpicados de nubes blancas y esponjosas a veces lanzaban los chaparrones de costumbre. Los fines de semana, para hacer algo de ejercicio, Cecily y Merryn caminaban a lo largo de la torre Smeaton, pasada la Ciudadela, e iban al Barbican a disfrutar del mercado de pescado y a pasear por el puerto hasta los Escalones del Mayflower, desde donde habían zarpado para América los Padres Peregrinos. Los días más cálidos daban paseos más largos por las playas de arena y sobre los acantilados. Oían los gritos de buitres y cernícalos y disfrutaban del esplendor de las violetas y prímulas. En algunas ocasiones, pocas, las cautivaba ver a los delfines jugando en el mar.

Cecily estaba bastante contenta con su trabajo en los tranvías y había superado su decepción por no poder cantar. Merryn también estaba contenta de contribuir al esfuerzo de guerra y trabajaba media jornada en la tienda de paños Dingles, en Bedford Street. No estaban bien pagadas, pero disfrutaban de aquella nueva sensación de independencia, mucho más interesante que pasarse el día sentadas en casa sin un propósito determinado. En ese sentido, la guerra había resultado ser una ventaja para las mujeres.

Esa tarde de sábado, asistían a un mitin sufragista y las dos estaban encantadas. Cecily había trabajado con aquella organización desde antes de la guerra, participando en desfiles y manifestaciones. Sentía siempre el impulso de ayudar, pues creía firmemente en los derechos de las mujeres. Había pasado todas las tardes de la semana anterior repartiendo octavillas para animar a la gente a ir a aquel mitin.

—Este sitio está a rebosar —comentó Merryn, mirando a su alrededor. Las dos estaban en primera fila—. Has hecho un buen trabajo animando a venir a tantas mujeres.

—¡Gracias a Dios! —A eso había contribuido el hecho de que Annie Kenney, una mujer muy especial, asistiría al mitin. Era una chica de clase obrera que trabajaba en una fábrica y había empezado siendo seguidora de las Pankhursts, las líderes sufragistas, para llegar luego a ser casi tan famosa como ellas. Además, daba unos discursos excelentes, pues era una mujer muy pragmática—. Desgraciadamente, hay mujeres de clase obrera que no pueden asistir a estos mítines porque tienen familias que alimentar después de terminar el trabajo o tienen miedo de ofender a sus jefes o a sus familiares. Siempre hay algún padre o esposo amargado que tira las octavillas que yo reparto.

—Los hombres pueden ser muy autoritarios —asintió Merryn.

—Yo jamás permitiría que me controlara uno —repuso Cecily con firmeza.

—Comprendo que tu sentido de la independencia es parte de la razón de que te guste trabajar con el movimiento sufragista y ayudarlas a conseguir el voto. A mí me pasa lo mismo, pero yo estoy a favor del matrimonio y estoy dispuesta a ser una esposa lo suficientemente obediente como para hacer feliz a mi esposo.

Cecily soltó una risita.

—Conserva tus derechos, querida. No tengo dudas de que las dos conseguiremos votar algún día ni de que encontraremos el amor de nuestra vida.

—Exactamente.

Reprimieron la risa y escucharon a Annie Kenney explicar que Lloyd George, que siempre las había apoyado, ayudaba ahora a las mujeres a lograr su objetivo, después de haber reemplazado por fin a Asquith como primer ministro en diciembre.

—Tenemos muchas razones para creer que pronto se conquistará el derecho a voto, aunque sea solo a mujeres de una cierta clase que posean propiedades y tengan más de treinta años —anunció.

—¿Y eso por qué? —preguntó Cecily en voz baja a su hermana.

Varias mujeres le pidieron silencio.

Cecily no compartía la opinión que tenía su madre de la clase obrera, en particular en lo relativo a su adorado Ewan. Ahora parecía que los políticos opinaban igual. ¿Cómo iban a conseguir el derecho de votar Merryn, ella y la mayoría de las mujeres sin lograr una mejor posición y dinero suficiente como para comprarse una casa? En alguna parte secreta de su alma, acechaba la esperanza de que, estimulando el talento nuevo que había descubierto en ella durante aquella actuación en escena, pudiera acabar cantando y contar con ingresos propios. Apartó de su mente aquellos sueños y se dio cuenta de que Annie Kenney estaba explicando la razón de aquel rompecabezas.

—Al gobierno le preocupa que las mujeres somos mayoría. Los hombres llevan ya años en minoría. Muchos se fueron a trabajar en las colonias antes de la guerra para encontrar empleo, una situación que podría empeorar aún más cuando termine la guerra, pues muchos jóvenes han muerto ya. Por tanto, el excedente de mujeres crecerá aún más.

—¿Y la falta de un voto para todas las mujeres, sea cual sea su edad o sus ingresos, es porque el gobierno no quiere que los conquistemos? —preguntó Cecily con una sonrisa irónica. Algunas mujeres rieron y vitorearon ese comentario.

—Yo diría que la razón es esa, sí —repuso Annie, animosa—. Yo era una chica de Yorkshire que quería ayudar a las mujeres a conseguir el voto, así que empaqueté mi cestita de mimbre, guardé dos libras esterlinas en mi bolsa, ese era el único dinero que tenía, y me puse en marcha hacia Londres para unirme a las Pankhursts. Por suerte, el heroísmo de las mujeres que trabajamos duro haciendo trabajos de hombres durante la guerra les ha hecho reconsiderar nuestra situación tanto a Lloyd George como a Asquith. Esta ley será un comienzo para mejorar nuestros derechos. Con el tiempo y con más esfuerzo, esperamos tener éxito en ampliar ese rango.

Cuando terminó el mitin, Cecily se unió al grupo de mujeres que ayudaban a recoger donativos de las mujeres que podían permitírselo. Algunas ignoraban con disimulo esa petición, porque no estaban en condiciones de dar nada, pero la joven consiguió reunir una suma bastante elevada.

—Ha sido el mitin más estimulante de todos —le dijo a Merryn cuando las dos hermanas regresaban andando a su casa tomadas del brazo.

Comentaron que algún día, aunque no lograran ser tan ricas como su madre y no pudieran comprar una propiedad, también ellas conquistarían el voto. Cuando Cecily metió la llave en la cerradura de la puerta principal, le sobresaltó que se abriera de par en par y ver que Nan las estaba esperando en el vestíbulo. La mujer se adelantó de un salto y estrechó a Cecily en sus brazos.

—¡Por Dios! No me digas que mamá ha hecho otra de las suyas.

Nan negó con la cabeza con ojos apenados, se secó las lágrimas y le tendió un telegrama.

—Lo siento, querida, acaban de traer esto.

Cecily miró el telegrama en shock y lo abrió con manos temblorosas. Se le doblaron las rodillas y cayó al suelo sollozando de angustia al leer que Ewan se había ahogado.

CAPÍTULO 4

Cecily, aturdida por la pena y el horror, estaba tan destrozada que apenas era capaz de pensar o de hablar. La joven parecía haber caído en un pozo negro. Merryn abrazó a su hermana, pero Cecily no dejaba de sollozar. También Merryn lloraba aquella pena. Nan corrió a buscar a Queenie, quien llegó en cuestión de segundos.

—¡Oh, mi querida niña! Lo siento mucho.

La llevó a la cama y la abrazó como si fuera una niña pequeña.

—Sé lo que se siente al perder a un ser amado —dijo, con una sonrisa nerviosa pero cargada de compasión—. Mi corazón está contigo, querida. Espero que te construyas una vida mejor y encuentres a otro hombre.

Cecily se quedó sin palabras al oír ese comentario de tan poco tacto. En ese momento no podía imaginarse planeando un futuro sin su querido Ewan. Aun así, le conmovió la compasión de su madre y yació toda la noche en sus brazos, lo más cerca que habían estado en años. Cuando Cecily se había enterado de la muerte de su padre, había sentido un vacío doloroso en su interior, soledad en su corazón y la necesidad de saber más. Ahora se sentía mucho peor, pero agradecía la comprensión de su madre.

Buscar las palabras de condolencia apropiadas para la familia de Ewan cuando fue a verlos a la mañana siguiente fue algo desgarrador.

La madre de su prometido la estrechó con fuerza y terminaron llorando las dos. Al rato, valientemente, la mujer intentó recordar las actividades de las que había disfrutado en vida su hijo, su modo de nadar, pescar y navegar, incluso en mares tormentosos. Cecily se enteró entonces, por el padre de Ewan, de que el barco en el que viajaba su hijo se había hundido después de ser alcanzado por un submarino alemán. El káiser seguía exhibiendo su poderío militar, decidido a desafiar la presencia dominante de Gran Bretaña en los mares y a destruir a sus valientes marineros y soldados.

No podían celebrar un funeral, porque el cuerpo de Ewan se había perdido, pero su familia estaba decidida a honrar la vida de su hijo y organizó un servicio religioso en la iglesia de St. Andrew, próxima a su casa. La iglesia se llenó a rebosar de amigos, pescadores con los que había trabajado, hermanos, primos, tías y los tíos que todavía vivían. Queenie se disculpó por no poder asistir, se excusó diciendo que estaba muy ocupada con los ensayos de su próximo concierto, mostrando así una vez más su falta de interés. Acompañada por Merryn, Cecily escuchó anécdotas protagonizadas por su prometido con una mezcla extraña de orgullo y desesperación en el corazón. Jamás olvidaría aquel día, jamás olvidaría a Ewan.

En los días siguientes, sumida en su desgracia, la joven se encerró en su habitación y, hecha un ovillo, sintió que se había roto en pedazos y tenía el corazón destrozado. Muy consciente de que pronto le exigirían volver a trabajar en los tranvías, le costaba persuadir a su cerebro de que podría vivir sin él. ¿Cuántos otros hombres habían perdido también la vida? Miles habían muerto en la batalla del Somme el verano anterior, algunos chicos muy jóvenes que se habían alistado por patriotismo. ¡Qué guerra tan terrible! ¿Iría a mejor o empeoraría aún más? Casi no podía soportar pensarlo.

Una mañana, después de una noche en la que apenas había dormido nada, despertó temprano y, llena de tristeza, caminó por la playa, a lo largo de la hilera de casas adosadas, hasta alcanzar las casetas donde se cambiaban los bañistas. Momentos después nadaba deprisa y con fuerza en el mar próximo al Pier. Allí se juntaban los miembros de varios clubes de natación y nadaban a primera hora de la mañana. Cecily y Ewan habían nadado con todos ellos a menudo. Ahora estaba sola y embargada por la pena. Más que nadar, buceaba y solo de vez en cuando asomaba la cabeza por encima de las olas para respirar. El sol parpadeaba y relucía en la superficie del agua impidiendo la vista de la tierra y de la torre Smeaton. Su humor, nada luminoso, contrastaba totalmente con aquel día soleado de abril. Su mente, sumida en el dolor, parecía estar hundida en la oscuridad, cubierta por pesadas nubes oscuras.

Dio la espalda a la costa y a las docenas de botes que no quería ver y se sumergió más hondo. Avanzó hacia el mar abierto, mirando con rabia las piedras que iban desapareciendo lentamente debajo de ella. No deseaba disfrutar del sol ni ver a los niños que jugaban en la playa. ¡Cuánto había anhelado tener un hijo de Ewan! Ahora, sin esperanza alguna de casarse, ya no tendría hijos. ¿Cómo afrontaría la vida sin él? Embargada por el deseo de reunirse con Ewan, dondequiera que estuviera, consideró la posibilidad de ahogarse en el turbio mundo del fondo del mar.

¿Acaso era eso lo que había hecho su padre cuando su matrimonio había fracasado y se había sentido vacío? Su madre nunca había querido aclarar si su muerte había sido un suicidio o había sufrido un accidente.

Y en ese momento se dijo que ella no había perdido a Ewan porque no la amara. Con diecinueve años, el joven se había alistado en la Marina para luchar en la guerra porque amaba el mar y porque era un joven valiente, deseoso de batallar por su país. Henchida de orgullo por él, ¿cómo iba a culparlo por asumir semejante riesgo? ¿No se habían alistado muchos jóvenes valientes al ejército del rey? Recordó cómo se le había declarado antes de irse a Francia, ansioso por casarse con ella. A pesar del amor profundo que sentía por él,

Cecily, sin esperanza alguna en que su madre le concediera el permiso de contraer matrimonio, imprescindible por solo tener dieciocho años, dijo que era demasiado joven para considerar siquiera el matrimonio. Ahora, tres años después, cuando hacía más de uno que no lo veía y había cumplido veintiún años hacía un mes, la guerra continuaba y había perdido a Ewan para siempre. ¡Cuánto se arrepentía de haber retrasado su matrimonio! ¡Ojalá, en lugar de ceder a sus exigencias, se hubieran fugado desafiando a su madre! Así habrían pasado más tiempo juntos antes de que él abandonara este mundo.

Se aferró firmemente a la imagen de su atractivo rostro, al modo en que le sonreía, al roce de sus labios y el calor de sus brazos cuando la abrazaba con ojos llenos de amor. Y se dijo entonces que ahogarse no era la respuesta a sus problemas. Tenía que conservar a Ewan para siempre en su corazón. Y no debía abandonar a su querida hermana.

Con un esfuerzo enorme, obligó a sus cansadas extremidades a volver a la superficie. Respiró hondo y se dejó envolver por la burbuja de luz mágica y brillante procedente del sol. Cuando se acercaba a la orilla, vio que Merryn la llamaba agitando los brazos desde la playa de Tinside y luego se metía en el agua y luchaba con las olas. Parecía desesperada por alcanzarla. El pánico invadió a Cecily: su hermana no nadaba muy bien y menos vestida con una falda larga. Levantó la mano y gritó:

—¡Quédate ahí, Merryn! Ya vuelvo.

Hizo acopio de todas sus fuerzas y nadó tan deprisa como pudo. Casi se sintió agradecida cuando sus pies tocaron la arena de la playa. Merryn la esperaba ansiosa y le tendió una toalla. Abrazó a Cecily, consciente de que su hermana sufría todavía el dolor de su pérdida.

—He venido a buscarte para ver si estabas bien —dijo.

—Ahora estoy mejor, gracias —repuso Cecily con una débil sonrisa. Empezó a secarse.

Merryn hizo una mueca.

—A Queenie no le ha hecho ninguna gracia que te fueras a nadar sola. Quiere hablar de tu futuro.

Cecily no contestó. Hizo cosquillas con el pie a una anémona marina que había en un charco rocoso y fue empujándola a abrir sus delicadas hojas. Los oscilantes tentáculos encontraron un mejillón cerca, se lo tragaron y volvieron a cerrarse. ¡Qué corta y preciosa era la vida! Cecily miró a su alrededor y se dijo que adoraba ese lugar. A Ewan también le encantaba vivir allí. Juntos habían atrapado cangrejos en charcos rocosos, nadado en el mar y caminado durante millas a lo largo de la costa o pescado en el Sound, aunque ella no era tan buena pescadora como él. Habían sido felices juntos, escalando rocas, chapoteando en charcos y persiguiéndose entre risas. Cecily se dejaba alcanzar para que él pudiera robarle un beso siempre que le apeteciera. Ewan había sido el amor de su vida y lo sería siempre.

Movió la cabeza con tristeza. No se sentía con fuerzas para desafiar la intransigencia de su madre.

—Y sospecho que esos planes de futuro serán de su agrado y no del mío —dijo.

—Seguro... No dejes que te mangonee. Eres una chica inteligente y con talento. Estoy convencida de que encontrarás algo útil que hacer con tu vida.

—Daré con algo. ¡Sabe Dios que sí!

—Yo te ayudaré a decidir —contestó Merryn con una sonrisa—. Cantas de maravilla, pero Queenie no quiere que vuelvas a actuar. Y yo sí quiero. ¡Cielo Santo! ¡Ahí llega!

Cecily vio consternada que su madre se acercaba a ellas. Parecía más enfadada que nunca. Con bonitos zapatos de tacón, más propios para actuar en un escenario que para pasear por la playa, sus pies se hundían en la arena a cada paso que daba cargada de furia.

—¿Qué demonios te crees que estás haciendo? ¿Acaso te has vuelto loca?

La comprensión de su madre había desaparecido y Cecily sintió que una punzada de dolor le atravesaba una vez más el corazón, algo que sentía un centenar de veces al día. Preocupada por cuántas vidas le costaría sobrellevar ese dolor, había hablado con el vicario. El hombre le había explicado amablemente que uno nunca supera la pérdida de un ser humano, simplemente tenía que aprender a vivir con aquello y agradecer que Ewan estuviera en paz. Nada de todo aquello hacía que resurgiera la comprensión que le había mostrado su madre ni suavizaba su falta de interés por un joven al que no había apreciado en absoluto.

—Después de tanto sufrimiento, esta mañana me he despertado con la necesidad de aire fresco y ejercicio —contestó Cecily—. ¿Qué tiene de malo que venga a nadar?

—No es propio de una joven nadar casi desnuda. Vístete inmediatamente.

Cecily miró su bañador de rayas, que le cubría los brazos, los hombros y le llegaba casi a las rodillas y sintió el impulso de estallar en carcajadas por tan ridículo comentario, pero la tensión que estaba soportando en aquel momento no le dejó siquiera sonreír. Esa tensión que sentía grabada en su interior hizo desaparecer aquel impulso en medio de una explosión de rabia por las constantes críticas de su madre.

—Visto de manera del todo respetable y aquello que haga con mi tiempo no es asunto tuyo, mamá.

—¡Oh, qué despiadada! ¿Cómo puedes decir eso? —Queenie estalló en lágrimas y abrazó a su hija con fuerza—. Temí que hubieras decidido quitarte la vida.

Cecily se avergonzó al oír ese comentario. Comprendió que había dicho y hecho lo que no debía y se disculpó con suavidad.

—Lo siento mucho, mamá. Te aseguro que jamás haría nada semejante. —No mencionó las ideas oscuras y locas que la habían impulsado a nadar cada vez más profundo, buscando tal vez aquel reino oculto bajo el mar en cuya existencia tanto le gusta creer a la gente de Cornualles.

—¡Oh! ¡Gracias a Dios! Por favor, no me niegues el derecho a preocuparme por tu futuro —dijo Queenie con una voz sorprendentemente dulce—. Creo que es hora de que vuelvas al trabajo.

Cecily sabía que lloraría siempre a Ewan y la horrorizaba la perspectiva de un futuro en soledad. Desde la desaparición en el mar de su prometido hacía unas semanas, como tantas otras mujeres hundidas por las pérdidas de sus seres queridos en aquella guerra espantosa, la joven estaba sumida en el dolor. Estados Unidos había entrado también en el conflicto y acababa de declarar la guerra a Alemania, así que había pocas muestras de que todo aquello fuera a terminar pronto. Cuando acabara la guerra, ¿se sentiría alguna vez cercana a otro hombre? No deseaba que eso ocurriera. Su vida había cambiado para siempre y había llegado el momento de seguir adelante.

—Tienes razón, mamá. Volver a trabajar me dará una razón para continuar viviendo.

En los días siguientes, Cecily seguía siendo incapaz de relajarse y dormir. Pasaba horas esforzándose por pensar en lo que debía hacer con su vida, tratando de no recordar la estupidez de adentrarse nadando en el mar, que tanto había asustado a su pobre hermana y también a su madre, hasta que un día, al recordar cómo le había alabado Merryn la maravillosa actuación que había hecho antes de Navidad, se le ocurrió una idea. Fue como un chispazo de luz que cruzara la bahía, creando un destello de ilusión inesperada. Se puso la bata y se acercó al dormitorio de su hermana. Entró sin hacer ruido y sin molestarse en llamar y se alegró al encontrar a Merryn leyendo un libro a la luz de las velas, a su hermana le encantaba leer a esas horas.

—¿Puedo meterme en la cama contigo un momento?

Merryn soltó una risita y apartó la manta para invitarla a entrar.

—Lo has hecho desde que yo era pequeña, así que... ¿por qué no? ¿Sigues necesitando ayuda?

Cecily se acurrucó contenta a su lado.

—He sido sincera conmigo misma y he decidido encontrar la felicidad de otro modo que con el matrimonio que tanta ilusión me hacía contraer con Ewan. Necesito construirme una nueva vida. También quiero darte las gracias por creer en mi talento, querida. Eso me ha dado una gran idea. Tienes razón, aunque no cante tan bien como mamá llegó a cantar, canto bastante bien —declaró con modestia—. ¿Y por qué no cantar para los soldados en Francia?

Merryn la miró atónita.

—¿Lo dices en serio?

—Por supuesto que sí.

—No puedo creer lo que oigo. —Merryn dejó su libro a un lado—. Cuéntame más.

—No sé lo que puede conllevar eso. Siento desesperadamente la necesidad de apoyar el esfuerzo de guerra y la entrega de Ewan ayudando yo a otros jóvenes valientes atrapados en las trincheras. Eso me daría un propósito nuevo en la vida y también podría ayudarme a lidiar con mi pérdida. ¿Estarías dispuesta a tocar el acordeón para mí? —preguntó Cecily con una gran sonrisa.

—¡Oh, Dios mío! ¿Quieres que vaya contigo?

—Sí. Tú y yo formamos un buen equipo y tú eres mejor música que yo. Yo solo canto.

—Ni por un momento se me ocurriría pensar que tengo más talento que Queenie o que tú. —Merryn entrecerró sus ojos de color avellana para pensar mejor en todo aquello—. Ya habrás pensado que tendríamos que dejar nuestros trabajos. Y eso implicaría también viajar a un lugar desconocido cerca del campo de batalla y del peligro. ¿Seguro que quieres hacer eso?

—Una parte de mí querría quedarse siempre en Cornwall y Devon, pero la vida nos sitúa ante nuevos retos y estoy dispuesta a correr ese riesgo. ¿Y por qué vamos a quedarnos aquí con una madre gruñona e irresponsable? Convivir con ella es muy difícil. Cuando acabe la guerra, podremos volver a trabajar aquí y encontrar paz y felicidad. —Cecily miró suplicante los ojos confusos de su hermana—. Quiero hacer algo en memoria de Ewan y por los hombres que están dejándose la piel en la guerra. Por favor, dime que tú también estás dispuesta a ayudar.

Una sonrisa iluminó el rostro de Merryn.

—Pues claro que sí. Hagámoslo. Tú y yo formamos un buen equipo. Vayamos a entretener a las tropas.

CAPÍTULO 5

Pasaron gran parte de la noche hablando de cómo iban a organizar aquello. A Cecily le parecía un punto de inflexión en su vida, un compromiso que situaba la realidad de la guerra por encima de trivialidades como la felicidad personal. Al principio, actuar en conciertos en Francia no se había considerado algo apropiado para mujeres, pero sabía que, debido a la escasez de hombres, las autoridades habían terminado dando permiso y aceptando que las compañías de giras fueran principalmente femeninas. La aventura podría resultar peligrosa, pero Cecily rezaba para que salieran ilesas de la misma.

—¿Piensas persuadir a alguien más para que nos acompañe? —preguntó Merryn.

—No sé a quién podríamos pedírselo —confesó Cecily.

—¿Por qué no al batería Johnny? No es objetor de conciencia. El ejército lo rechazó por llevar gafas, tiene mala vista y no daba la talla ni parece estar muy en forma. Sé que lo han acosado más de una vez tachándolo de cobarde, pero yo creo que solo es un hombre pequeño y no muy fuerte.

—Hablas como si lo conocieras bien. ¿Es tu nuevo enamorado? —bromeó Cecily.

—No, claro que no.

—¿Pero te gustaría que lo fuera? —Cecily sonrió cuando su hermana se sonrojó.

Merryn había tenido algunos pretendientes aquellos dos últimos años e, igual que había intentado hacer con Ewan, Queenie casi siempre los había despedido al cabo de unas semanas. Merryn, tres años menor que Cecily, nunca protestaba. ¿Acaso Johnny la había conquistado de verdad? A diferencia de su querida hermana, Cecily ya no quería casarse y le preocupaba poco lo que pudiera pasarle a ella, pero, pensando en los traumas que podían esperarlas en Francia, se juró hacer lo posible por proteger a Merryn.

—Es solo un buen amigo —dijo esta—. Johnny tiene mucho talento y creo que contar con él sería un acierto para nuestro equipo.

—Buena idea. En cuanto tenga los permisos necesarios y los pasaportes, podrás preguntárselo. Tampoco le digas nada a mamá de nuestro plan. No quiero arriesgarme a más enfrentamientos entre nosotras.

—Coincido plenamente contigo.

—Mañana por la mañana escribiré a las autoridades. Debemos tener en cuenta que pueden tardar en contestar.

Apenas una semana después, Cecily, al regresar a casa del trabajo, abrió una carta dirigida a ella invitándola a ir a una entrevista. Ilusionada, se la mostró a Merryn en cuanto se sentaron a cenar juntas.

—¡Qué maravilla tener respuesta tan pronto! —dijo su hermana, sorprendida.

—¿Te puedes creer que quieren que vaya al cuartel general del ejército mañana a primera hora?

—¿Tengo que ir yo también? Mañana tengo el día libre en el trabajo.

Cecily sonrió.

—Como soy yo quien ha planeado este proyecto, me toca a mí conseguir el permiso necesario. Luego tú puedes ir a hablar con Johnny.

Cecily estaba sentada en la sala de espera, un poco nerviosa. Había pensado lo que debía decir en relación con sus habilidades y su plan general. Y, lo más importante, había ensayado un discurso sobre su decisión de hacer algo por los hombres que estaban en la guerra. ¿Acaso no había luchado ya por el voto de las mujeres? Aquello no sería mucho más difícil.

Una mujer joven se le acercó con una sonrisa, la acompañó a un despacho y le indicó que se sentara delante de un gran escritorio. Cecily se esforzó por calmarse respirando hondo. Enfrascado en unos papeles, el hombre de rostro adusto sentado al otro lado de la mesa no alzó la vista. Al fin levantó la cabeza y la miró por encima de sus gafas de lectura.

—Teniente Trevain a su servicio. ¿Es usted... ah... —Miró de nuevo el papel—... la señorita Hanson?

—Sí, señor.

Él la miró de hito en hito. En su cara resultaba palpable el escepticismo.

—¿Y sostiene que es una cantante que puede entretener a las tropas?

Cecily decidió ignorar su tono condescendiente y empezó a hablar de su valía y del virtuosismo de su hermana, teniendo mucho cuidado de no mencionar a su famosa madre. Si revelaba el nombre de Queenie, quizá el teniente quisiera convencer a su madre y Cecily no quería que ocurriera eso. Antes de que pudiera explicar lo que podía ofrecer y la posibilidad de convencer a otros de que se unieran a su grupo, la interrumpió con brusquedad.

—Usted es una señorita delgada y demasiado joven. Creo que será mejor que se marche. —Tocó el timbre que había en su mesa, se abrió rápidamente la puerta y volvió la mujer joven de antes—. Acompañe a esta chica, por favor.

Cecily estaba destrozada por verse despedida sin que le permitieran explicar debidamente sus planes y las razones de su proyecto. El teniente no le había hecho ni una sola pregunta.

—Tal vez sea joven, pero canto bien —replicó con elegancia.

Se puso en pie y empezó a cantar con pasión *Take Me Back to Dear Old Blighty* («Llévame de vuelta a la querida Inglaterra»). Vio que el teniente abría los ojos sorprendido y su secretaria se acercaba a escuchar con una sonrisa de aprobación. Cecily se irguió, saludó y golpeó el suelo con los pies como si fuera un soldado de uniforme marchando, después se tocó el pecho al final del coro.

> Llévame de vuelta a mi querida Inglaterra.
> Ponme en un tren para la ciudad de Londres.
> Llévame allí, déjame donde sea.
> Birmingham, Leeds o Manchester, me da igual.
> Tengo que ver a mi chica.
> Y pronto estaremos acurrucados juntos.
> Uaaa.
> Tidel idel iti,
> Llévame a casa, a Inglaterra.
> Inglaterra es mi lugar.

Cuando terminó, no hubo aplausos, solo un extraño e inquietante silencio.

—Esta canción es muy popular —informó con calma Cecily al teniente—. A los soldados que añoran su casa les encanta.

El hombre miró a su secretaria.

—Tráiganos una tetera, por favor, señora Marsden. Siéntese, señorita Hanson. Debe saber que hay reglas para las compañías que van al extranjero a entretener a las tropas, muchas impuestas por Francia y otras por el gobierno británico.

Cecily sintió una punzada de ilusión al comprobar que no la echaba y le sonrió con placer.

—Sí, es comprensible. Me gustaría mucho saber esas normas.

El teniente se frotó las manos y empezó a dictar instrucciones.

—Ninguna artista que tenga un esposo en Francia puede participar en este proyecto. ¿Está casada o tiene novio allí?

Cecily respiró hondo y negó con la cabeza.

—No. Mi prometido ha muerto hace poco, ahogado después de que su barco fuera atacado por un submarino.

—¡Ah! Lamento oír eso. —El teniente hojeó rápidamente sus papeles y la miró con severidad—. Tiene que saber que el rey Jorge, sabedor de que eso podría crearles problemas, ha eliminado todos los nombres y títulos alemanes de la familia real. ¿No tendrá usted por casualidad parientes alemanes?

—Ninguno.

—¿Antepasados alemanes?

—No.

—Si su respuesta resulta ser falsa, usted podría resultar sospechosa de ser una espía alemana.

—Le aseguro que es verdad —declaró ella con firmeza—. Somos una familia pequeña, sin ningún tipo de relación con Alemania ni con Francia.

—Me alegra saberlo. También debe saber que, si la ven los oficiales alemanes, podrían exigirle que actuara para ellos. ¿Podría soportar eso?

Cecily tardó un momento en contestar. Buscaba una respuesta sensata, pues aquella posibilidad no se le había ocurrido.

—Soy consciente de que podemos correr peligro, pero, después de perder a mi prometido, estoy dispuesta a contribuir en el esfuerzo de guerra. Soy una mujer fuerte y patriota que quiere hacer algo por otros hombres valientes.

—Excelente. —El teniente Trevain se echó hacia atrás en la silla y le sonrió—. Parece muy capaz de dar un buen concierto para nuestras tropas y le aseguro que la Oficina de Guerra considera eso muy importante para la moral. Estamos dispuestos a darle permisos que durarían de cuatro a seis semanas o, si así lo prefiere, varios meses.

—Muchas gracias. —Cecily casi no podía creer lo que oía—. Mejor unos meses, así nuestro trabajo valdrá más la pena. ¿Adónde recomienda que vayamos y cómo viajamos hasta allí?

—La Marina los trasladará por mar hasta un punto situado en el noreste de Francia. Después, el Ejército los irá trasladando a distintos lugares por tierra, donde crean que pueda ser conveniente. Recibirán alojamiento y comida gratis. Todo cubierto, ustedes son voluntarias sin sueldo. Si en algún momento lo necesitan, podrán recibir una pequeña suma para cubrir otros gastos.

—Todo eso suena de maravilla —asintió Cecily, con una sonrisa deslumbrante—. Y muy bien organizado.

—Sí, así es, gracias a su Alteza Real la princesa Elena Victoria, nieta de nuestra difunta reina, pues es ella quien está al cargo de varios comités y quien organiza muchos de estos proyectos. Es una dama muy paciente, amable y generosa que trata de ayudar para resolver cualquier problema que puedan sufrir los voluntarios.

—Haremos todo lo posible por superar todas las dificultades que podamos encontrar.

—Esperemos que tengan éxito. Señorita Hanson, tiene que saber que las condiciones y el alojamiento en Francia no serán fáciles. Pueden verse rodeadas de hombres heridos, pues las bases militares a menudo son objeto de bombardeos. ¿Sigue pensando que podrá sobrellevar todo ello?

Cecily sintió un leve aleteo de miedo en el corazón.

—Ya le he dicho que mi hermana y yo estamos deseosas de contribuir.

El teniente le estrechó la mano con una sonrisa cálida.

—Siendo así, les deseo lo mejor.

Cecily le dio las gracias y corrió a su casa a darle la buena noticia a su hermana y contarle que había tenido que cantar para probar su valía.

Merryn la abrazó emocionada y la besó en ambas mejillas.

—¿Cómo se iba a resistir siendo tan buena en todo lo que haces?

—No, no soy tan buena en nada.

—Oh, sí eres buena, querida. Te he adorado desde el día en que nací. Sé que Nan nos cuidaba de maravilla, procurando que fuéramos bien vestidas, limpias y alimentadas. También nos enseñaba a leer, escribir y a sumar, restar, multiplicar y dividir cuando no nos matriculaba mamá en una escuela nueva, pero yo prefería pensar que eras tú la que estaba al cargo. Tú me protegías, te asegurabas de que me enseñaran a tocar el piano, escribir poesía, montar en bici, jugar y saltar. Con una madre a la que veía muy poco, ¿cómo habría podido ser feliz si no hubieras estado tú para quererme y cuidarme?

Cecily la abrazó con cariño.

—¿Cómo no iba a adorar a mi hermana pequeña? Me encantaba cuidarte y me las arreglaba para encontrar gente que te enseñara las cosas que querías aprender. También me esforcé por enseñarte personalmente a nadar y, cuando me enseñaron a mí a manejar un automóvil en la empresa de los tranvías, quise enseñarte a conducir, pero en esas dos cosas fracasé. ¿Vale la pena que volvamos a intentarlo?

—No. Soy un desastre con esas cosas —repuso Merryn. Las dos se echaron a reír—. Pero yo sé cocinar y coser y tú no.

—Ahí lo tienes. Formamos un equipo perfecto.

Esa misma tarde, Merryn corrió impaciente hasta el Palace Theatre, un teatro bastante cercano a su casa. El joven batería estaba ensayando, mientras el director de la banda no dejaba de martillear el atril con la batuta para que los músicos dejaran de tocar y pudieran escuchar sus instrucciones. Merryn sabía que tendría que esperar un rato hasta que su amigo se quedara libre, así que se sentó y lo observó. Era un joven animoso, de cabello rojizo, ojos grises que se iluminaban fácilmente detrás de las gafas, una sonrisa que dejaba ver un pequeño hueco en los dientes y una barbilla perfectamente cincelada. Johnny Wilcox era bromista y divertido. Cuando por fin les concedieron un descanso, Merryn se ofreció a invitarlo al té de la tarde en un café cercano.

—Quiero hablarte de algo mientras merendamos un poco —dijo con una sonrisa.

—Eso suena bien. —La sonrisa Johnny mostraba curiosidad.

Mientras disfrutaban del té con galletas, Merryn le contó el plan de su hermana de crear una pequeña *troupe* para entretener con conciertos a las tropas que luchaban en Francia.

Johnny se quedó atónito.

—¡Caray! Todo un reto. No me gustaría que os ocurriera nada malo a ninguna de las dos.

—No creo que nos acerquemos a la línea del frente. Solo pensamos entretener a los soldados en sus bases. Sé que te gustó el talento de Cecily. ¡Oh!, y por cierto, yo toco el acordeón.

El chico sonrió.

—Y eres muy buena, una chica encantadora. Como sabes, yo toco tambores y platillos. ¿Puedo ir con vosotras?

Merryn parpadeó sorprendida, admirada por aquella reacción del joven, pues había creído que sería necesario persuadirlo.

—Naturalmente. Te iba a preguntar si te interesaría, ya que nos gustaría contar con tu apoyo. Como voluntarios, el ejército nos facilitará comida y alojamiento, pero no cobraremos nada.

Johnny frunció los labios y sonrió con suficiencia.

—No importa en absoluto. Cecily y tú tenéis mucho talento. Me encantaría trabajar con las dos.

Como hacía sol, caminaron hasta la playa sin dejar de hablar de la música que les gustaba tocar y del tiempo que habían tardado en aprender.

—Yo he tocado tambores toda mi vida, desde que papá me compró una batería por Navidad cuando tenía diez años. Eso me mantuvo cuerdo cuando tuve que afrontar su pérdida.

—¡Oh, qué terrible! ¿Cómo ocurrió? Sé muy poco de tu pasado.

—Nací en Barnsley, en Yorkshire, en una familia de clase obrera que se empobreció todavía más cuando mi padre murió trágicamente en un accidente en la mina. ¡Qué suerte tan espantosa la suya! Después de su muerte, mi madre trabajó limpiando, pero apenas ganaba lo justo para alimentar a sus seis hijos, todos ellos menores que yo. Al final pude ayudar tocando la batería en un *pub* del barrio. Me gustaba tanto el regalo que me había hecho mi padre que estaba decidido a mejorar y aprender a tocar bien. Por suerte, lo conseguí.

—Me alegro por ti, Johnny, me alegra oír eso. Mi padre se ahogó en el Támesis cuando éramos bastante pequeñas, aunque la verdad es que nunca nos han explicado cómo ocurrió y tenemos pocos recuerdos de él. Queenie se niega a hablar del tema, ni siquiera nos cuenta por qué se acabó su matrimonio.

—Mi madre tampoco hablaba mucho de su pasado. La alteraba demasiado.

Merryn se dijo que tenían muchas cosas en común y que al ser los dos músicos podrían trabajar bien juntos.

—Me encanta saber que quieres unirte a nosotras.

—¿Y por qué no siendo tú tan atractiva?

Merryn alzó los ojos al cielo, divertida. Se sentía insegura con su aspecto. Se veía feúcha, un poco rellenita y bastante simple, una jovencita interesada principalmente en la moda, en la costura, el maquillaje y los peinados. Cecily había sido siempre la guapa con talento y muchos jóvenes se enamoraban de ella, mientras que Merryn nunca había encontrado un chico al que le gustara de verdad. Adoraba a su hermana, también estaba bastante orgullosa de su famosa madre y estaba dispuesta a lidiar con los problemas de Queenie. Las siguientes palabras de Johnny la sacaron de sus pensamientos.

—¿Puedo darte un beso de agradecimiento? —murmuró Johnny.

—No sé si es buena idea —tartamudeó ella. Sí, sabía que aquel joven era un poco mujeriego, pero era tan agradable...

—Debo confesar que siempre he deseado intimar más contigo —dijo él. Le tomó la mano y la besó con gentileza.

El sol dorado se deslizó más cerca del horizonte, bañando con un brillo glorioso el paisaje y sus figuras abrazadas. El aliento cálido de Johnny prendió una chispa de excitación en Merryn. Consciente de la mirada del joven en su cuerpo, lo vio fruncir las cejas con admiración estudiando sus curvas femeninas. Un temblor se apoderó de ella. Lo deseaba tanto, que su cercanía la enervaba. Se apartó.

—Ya debe de ser hora de que ensayes la sesión de esta noche —dijo.

Johnny miró su reloj y suspiró.

—Tienes razón, debo irme. Continuaremos esta «conversación» en otro momento —dijo con una chispa de humor en los ojos.

Merryn se ruborizó. Le dio las gracias, prometió informar a Cecily de todo y corrió a su casa.

CAPÍTULO 6

Cecily y Merryn estaban sentadas en el sofá del salón, conversando alegremente sobre sus planes cuando llegó Queenie después de la sesión matiné con ojos llenos de furia. Las hermanas se miraron con desmayo.

—¿Y qué crees que le pasa ahora? —susurró Cecily.

Merryn reprimió un suspiro.

—Creo que ha tenido otro fracaso.

A Cecily se le encogía el corazón al ver a su madre dar vueltas con rabia por el salón.

—¿Hay algún problema? —preguntó.

—Pues sí. Gracias al director, mi carrera en el Palace Theatre ha terminado. Parece que esta vez no cambiará de idea. Ese hombre horrible me ha despedido.

—¡Oh, no! Lo siento mucho. —Cecily captó la mirada de advertencia que le dirigió su hermana y evitó preguntar las razones de aquello. Conociendo los problemas de su madre y notando su voz pastosa, las mismas eran bastante obvias.

—Creo que ha sido por no haber contado con ninguna de las dos esta tarde. ¿Por qué me abandonáis cuando sabéis cuánto necesito vuestra ayuda? —preguntó Queenie, que se tambaleaba a veces durante el paseo.

—No podemos estar siempre contigo, las dos trabajamos —le recordó Merryn con calma, sin mencionar que ella había tenido el día libre.

—¿Quieres que intentemos convencerlo de que cambie de idea? —preguntó Cecily, a pesar de no estar segura de que eso sirviera de nada y entendía la decisión del director ante la embriaguez de su madre.

Queenie se dejó caer en un sillón, donde su rabia se disipó por fin en una nube de lágrimas afligidas. Movió la cabeza.

—Ese fanfarrón de clase alta nunca escucha nada de lo que digo. Solo he tomado un par de copas de champán antes de la actuación. ¿Qué hay de malo en eso? Es muy exagerado. Como él nunca toma ni una gota, no muestra ninguna tolerancia hacia el alcohol.

Merryn y Cecily se miraron con cautela. A las dos les costaba trabajo dar la respuesta adecuada. Merryn carraspeó.

—¿Y qué piensas hacer ahora, mamá? —preguntó con calma.

Queenie se puso de pie y fue a tocar la campanilla.

—Le diré a Nan que nos ayude a hacer las maletas. La única salida que nos queda es irnos de gira.

Merryn dio un respingo.

—No podemos hacer eso. Las dos tenemos empleos aquí.

—Desde luego, nosotras no podemos acompañarte.

—¡Tonterías! Vuestra responsabilidad principal es cumplir con vuestro deber de hijas. Acepto que el *music-hall* ya no es tan popular como antes y menos con esta guerra. Hay pocas probabilidades de que encuentre empleo en Londres, así que tendrás que enviar cartas o llamar por teléfono a algunos teatros, Cecily, y buscarme actuaciones en otra parte.

Merryn se acercó para rodear a su madre con un brazo y llevarla de vuelta al sillón.

—No mangonees a mi hermana, ya tiene bastantes problemas. Además, eso solo funcionaría si decidieras dejar el alcohol —señaló con calma.

Sus palabras hicieron que su madre se ruborizara y frunciera el ceño. Cecily le tomó una mano y se la apretó con gentileza.

—Tienes que aceptar que beber no te hace ningún bien, mamá. Estaré encantada de escribir a todos los teatros del país donde has actuado, siempre que hagas lo que sugiere Merryn, pero, como ya te hemos explicado, no podremos acompañarte.

—¿Pero por qué no? Podéis dejar esos empleos estúpidos y trabajar para mí.

—No, mamá, no podemos porque nosotras también nos vamos de gira —repuso Cecily, plenamente consciente de que había una razón mucho más importante que debía mencionar.

—¡Qué bobadas!

Merryn sonrió.

—Cuéntale cómo has conseguido los permisos para emprender esta gira tan especial, Cecily. ¿Cuánto tiempo estaremos en Francia?

—Unos meses.

—¡Francia! ¿Se puede saber de qué habláis? —gritó Queenie.

Cecily miró a su madre con el rostro iluminado por la excitación y le contó brevemente su plan de entretener a los soldados en la guerra con conciertos musicales.

Queenie parpadeó atónita.

—¡Cielo santo! ¿Esto es una broma? Creía que había dejado claro lo que tenéis que hacer con vuestras vidas. Ser buenas esposas y madres, no dedicaros a trabajos inapropiados. Aunque me gustaría que mi querida hija menor estuviera siempre conmigo.

Cecily se quedó paralizada. Como siempre, la actitud dictatorial de su madre le producía irritación. ¿No le había dejado ya muy claro que no tenía ningún deseo de sacrificarse a ningún príncipe azul ni a ningún caballero de reluciente armadura? Eso no ocurriría.

¿Y no había ayudado a hacer campaña por los votos de las mujeres y para conseguir mejores derechos para ellas?

—He tomado esta decisión despúes de haber perdido a Ewan. Necesito un nuevo propósito en la vida.

—Pero tú no sabes cantar —señaló su madre con desdén.

Cecily suspiró con cansancio.

—Mamá, sabes muy bien que eso no es verdad. Durante la entrevista, al teniente del le impresionó bastante mi voz y, después de darme las debidas instrucciones, nos ha concedido los permisos necesarios para poder trasladarnos allí y desplazarnos por Francia. Creo que estoy aprendiendo a sacar mi talento. —Miró a su hermana—. ¿Has hablado con Johnny, nuestro amigo el batería?

Merryn asintió, un poco sonrojada.

—Sí, Johnny se unirá a nosotras. Cree que el Ejército lo rechazó sin motivo y estará encantado de cumplir con su deber para con los soldados.

—Me alegra saberlo —dijo Cecily con una sonrisa—. Parece un chico animoso y servicial.

—¡Oh! Sí, mucho —contestó Merryn, sin mirar a su hermana a los ojos.

—No sabía que fuerais amigas de ese muchacho de clase baja —intervino Queenie.

Cecily pensó que ya estaba otra vez su madre con su esnobismo, pero, antes de que pudiera defender a su hermana, las siguientes palabras de Queenie la dejaron sin habla.

—Pues si ese tal Johnny se ha ofrecido a ir con vosotras, querida Merryn, yo también iré. Si vais a estar rodeadas de hombres jóvenes, necesitaréis protección materna. Además, como tu talento es limitado, Cecily, tenerme a mí como estrella facilitará mucho el éxito de ese proyecto.

Cecily parpadeó, horrorizada por la amenaza de Queenie de pisotear sus planes de construirse una nueva vida. Demasiado absorta en su propio destino y en su éxito, su madre no había prestado atención a las necesidades de su hija de niña. Cecily recordaba una ocasión en la que una compañera de clase de una de las escuelas a las que había asistido la atormentaba a diario. Su madre no se había dignado a escucharla y la había acusado de quisquillosa. La matona tiraba del pelo a Cecily, le ponía la zancadilla, le quitaba los zapatos y una vez la había atado a un árbol cerca de un río cuando comenzaba a subir la corriente. Por suerte, Merryn la había encontrado y la había liberado. Gracias a su valiente hermanita, que le había dado a la chica en cuestión un puñetazo en la tripa y una patada en el trasero, se había resuelto el problema. Merryn y ella siempre se habían protegido mutuamente, pero apenas habían podido contarle nada a su madre. ¿Por qué, entonces, decidía Queenie que ahora necesitaban su protección? La razón más probable era que sentía envidia y que no le gustaba nada no llevar la voz cantante. Cecily sintió que la furia crecía en su interior. La actitud de su madre y su propuesta podían destruir su esperanza de hacer carrera.

—Creo que me infravaloras —dijo—. Debes de tener en cuenta que esta gira extranjera ni te resultará cómoda ni será totalmente segura. Hay una guerra en Francia, no lo olvides.

—Me parece que será bastante segura y, además, querida, si no voy yo, no iréis vosotras: sin mi permiso, no podréis viajar —señaló Queenie con firmeza—. Y si ya no puedo trabajar aquí, ¿por qué no voy a querer ir con vosotras a actuar para las tropas? Si no hago eso, ¿qué podré hacer con mi vida? ¿Y cómo voy a soportar quedarme sola?

Cecily captó una mirada de advertencia de Merryn y reconoció el mensaje de que tuviera en cuenta el hecho de que, si Queenie se quedaba allí sola, bebería cada vez más ginebra.

Cecily se sobrepuso a la desesperación y asintió con la cabeza.

—Muy bien, mamá. Si quieres, puedes venir las primeras semanas, pero no puedo permitir que cantes. Ya no lo haces tan bien como antes por culpa de ese estúpido vicio tuyo. Tu obsesión por la bebida se tiene que acabar. Solo entonces reconsideraré mi postura. Debemos actuar lo mejor posible, así que puedes ayudarnos formándonos y ensayando. Si estás dispuesta a hacer eso, puedes acompañarnos.

Queenie no contestó. Se hizo el silencio.

Merryn le sonrió con amabilidad.

—Escucha a Cecily, se trata de una idea excelente. Y ten en cuenta que no habrá ginebra ni ningún otro tipo de alcohol, de manera que allí podrás intentar superar ese problema. Uno de los soldados del teatro me dijo que la bebida sin alcohol más popular entre las tropas es una mezcla de zumo de pomelo y granadina amarga. Allí no habrá nada más.

Queenie sacó un pañuelo para secarse las lágrimas, ruborizada de vergüenza en su todavía encantador rostro.

—Muy bien, por el bien de mi salud y por recuperar mi voz, aceptaré vuestra sugerencia. Y sí, puedo darte formación y muchos consejos sobre cómo cantar bien. Dudo de que tengas alguna idea de lo que hay que hacer.

—Gracias —comentó Cecily con frialdad—. Estaría bien que nos ayudaras a arrancar este proyecto. Cuando estés recuperada, seguro que te llegarán nuevas ofertas y podrás continuar con tu carrera.

—No creo que eso vaya a suceder —musitó su madre—. Sí, hay ocasiones en las que ya no canto tan bien como antes, quizá por la presión, pero sé actuar y, si quieres, podemos estudiar la posibilidad de montar también obras de teatro cortas.

—Una idea excelente —asintió Cecily. Y, en cuestión de segundos, las tres ya estaban hablando de posibles obras de un acto que ellas pudieran interpretar y con ello la joven recuperó la esperanza—. También tendremos que hacer algunas compras. Faroles, velas, trajes apropiados, partituras y muchas cosas más. Tenemos que hacer una lista con todo y luego empezar a hacer las maletas.

—Llamaré a Johnny y lo invitaré a que venga mañana —comentó Queenie—. Así podrá ayudarnos con los detalles.

—No te preocupes, ya lo haré yo —intervino Merryn—. Ahora voy a hacer té y buscar papel para empezar a hacer esa lista.

—No sé si tienes la voz que exige cantar en público —dijo Queenie cuando comenzó a darle clases a Cecily—. Ponte delante de mí y canta. Quiero comprobar si estás equilibrada.

Cecily se enderezó, hizo lo que le decía y empezó a cantar *It's a Long Way to Tipperary* («Hay un largo camino hasta Tipperary»), la misma canción que había cantado para los soldados.

Queenie dio unas palmadas, le dedicó una mueca de desdén y le ordenó parar.

—No cierres ni estreches la mandíbula. Bájala para mantenerla en su sitio, solo así aprenderás a cantar correctamente. Y mantén la cabeza en su sitio.

Durante aquellas clases, Cecily solía temblar de agotamiento y temor, pues no le resultaba nada fácil cumplir con las duras instrucciones que dictaba su madre, pero aprendía mucho. Cuando se equivocaba, escuchaba atentamente para obedecer todas las instrucciones de Queenie y no podía por menos de confiar en que, con práctica, conseguiría mejorar la voz.

—Primero respira hondo y exhala. Es importante mantener una respiración equilibrada. Inhala y exhala. Vuelve a respirar. Ahora canta la escala. *Do, re, mi, fa, sol, la, si, do.* Sostén cada nota todo lo posible con el pecho alto para ir adquiriendo la potencia y la fuerza muscular necesarias. No levantes mucho la barbilla. Para no perder el control que se necesita para cantar bien, también es vital conseguir abrir la mandíbula en la posición correcta en las vocales.

A medida que mejoraba lentamente, Cecily apreciaba cada vez más la ayuda de Queenie, aunque era Merryn quien recibía un beso en la mejilla de su madre cuando tocaba bien. Cecily solo recibía un gesto de aprobación.

—Haz fuerza en el pecho para mantener el control y aliviar la presión. No subas la cabeza. Relájate, deja la mandíbula abierta y vuelve a cantar. Cuando llegas al final de una frase, dale un leve temblor, cambia el tono con algo de *vibrato*.

A instancias de Queenie, Johnny no solo se había unido a ellas para tocar la batería sino que también estaba a su cargo ordenar todo el material.

—Esto supone mucho trabajo. No sabía que, además de las sesiones en las que toco todas las noches y de las dos matinés semanales, también me toca ensayar todos los días durante horas.

—Si te supone demasiada carga de trabajo, dímelo —le pidió Cecily, al ver la expresión de alarma y agotamiento del rostro pálido del joven—. Si todo esto te supera, no te sientas obligado a continuar con este proyecto de ir con nosotras a Francia.

—Tengo que cuidar mi salud, no debería trabajar demasiado.

—Pareces cansado. ¿Crees que podrías convencer a otros músicos o actores de que se unieran a nosotras? Yo no he conseguido encontrar a ninguno. La mayoría de los músicos y actores varones jóvenes se han ido a la guerra, solo quedan artistas ya demasiado mayores para luchar. ¿Tú conoces a alguno?

Johnny frunció el ceño como si le doliera que aún le exigiera más cosas.

—Preguntaré. Estoy encantado de formar parte de vuestro equipo. Movería cielo y tierra por vosotras, encantadoras damas, y haré encantado todo lo que esté en mi mano —comentó con suavidad, sosteniéndole un rato la mirada.

—A pesar de todos los cumplidos que nos dedica, Johnny no nos es de gran ayuda —comentó más tarde Cecily a su hermana.

—Lo hace bien —se apresuró a decir Merryn.

Cecily guardó silencio porque no quería molestarla, pues su hermana parecía muy cautivada por aquel chico. Más adelante, siempre que le preguntaba si había conseguido encontrar a alguien, él se limitaba a parpadear y decir que seguía buscando. No parecía una persona fácil.

La víspera de su partida hacia Francia, Cecily cantó *Roses of Picardy* («Rosas de Picardía») y en esa ocasión Queenie aplaudió con entusiasmo y le dedicó un gesto de aprobación y una sonrisa encantadora.

—Enhorabuena. Ahora cantas mucho mejor, hija mía.

—Gracias, mamá. Te agradezco mucho tu ayuda.

Entonces, para su sorpresa, su madre la estrechó entre sus brazos.

—Con el tiempo y más práctica, podrías llegar a ser también una estrella —dijo. Sus ojos azules estaban nublados por las lágrimas y Cecily se sintió llena de gratitud. Aquella muestra súbita de intimidad la embargó de emoción.

CAPÍTULO 7

Embarcaron por la mañana temprano en un navío y tardaron casi veinte horas en cruzar el Canal de la Mancha desde Southampton hasta Francia. Nan se había quedado en Plymouth a cuidar de la casa. También se había comprometido a proteger el anillo de diamantes de Queenie de los peligros que pudiera correr semejante pieza en tiempos de guerra y lo había guardado en la caja fuerte familiar. La visión del mar atestado de submarinos afectó muchísimo a Cecily, pues aquella escena le recordó la pérdida de Ewan, el amor de su vida. La joven luchaba valientemente contra la pena que la había sumido al principio en un pozo oscuro y se esforzaba por seguir adelante. Al menos con esa decisión de cantar para las tropas honraba su memoria. Cuando se le había ocurrido la idea de ir a Francia para contribuir al esfuerzo de guerra, no había imaginado ni por un momento que su madre querría acompañarlas. Desde luego, aquello era lo último que la joven habría imaginado y todavía temblaba de aprensión, pero Queenie se había mostrado comprensiva con su pérdida y, Cecily, avergonzada, se esforzaba por valorar esa actitud de su madre.

Sus pensamientos se vieron interrumpidos cuando Johnny se reunió con ella en la cubierta. Sacó un cigarrillo de una pitillera de plata y lo encendió.

—Es una lástima que no me hayan permitido traer mi precioso automóvil Ford —dijo—. El viaje habría sido mucho más rápido y fácil conmigo al volante.

—Desconociendo el camino, nos habríamos perdido —señaló Cecily con sequedad.

—Un comentario propio de mujer... Yo soy hombre y un conductor excelente, podríais haber confiado en mí. Sé leer un mapa.

—¡Oh, por el amor de Dios, Johnny! Muchas mujeres saben conducir y leer mapas. Yo misma conduzco y leo mapas: he trabajado en los tranvías, tanto de cobradora como de conductora. Un país extranjero no es fácil ni para hombres ni para mujeres. En cualquier caso, creo que tu Ford habría tenido problemas para cruzar el Canal. Yo estoy disfrutando de esta travesía y estoy encantada con el transporte que nos han organizado —declaró Cecily.

—Sí, sí, y yo estoy encantado de charlar contigo —se apresuró a señalar él—. Por cierto, intenté buscar otros artistas que se unieran a la pequeña compañía que hemos creado, pero fue imposible. Pregunté a un hombre al que licenciaron del ejército por invalidez, pero dejó claro que no tenía ningún deseo de volver a Francia ni de arriesgarse a perder su trabajo actual en Inglaterra, así que finalmente no di con ninguno.

Cecily suspiró, no del todo convencida de que Johnny se hubiera esforzado tanto, pero, como ella tampoco había conseguido encontrar a nadie, no tenía nada que objetar.

—No te preocupes, como tú bien has dicho, somos una compañía pequeña.

—Sí, así es. Tú eres una joven atractiva y talentosa. Yo también tengo talento y agradezco muchísimo que os guste mi música y me hayáis permitido unirme a vosotras.

—Y nosotras agradecemos tenerte aquí —comentó Cecily despreocupadamente.

—Debo admitir que espero que estés tú al cargo. Queenie parece cada vez más irascible y neurótica, quizá se deba a su salud.

Cecily se volvió y fijó la mirada en el mar. No quería comentar siquiera cuánto la irritaba que su madre intentara convertirse en la directora. Su madre seguía siendo una mujer de talento y ansiaba formarlos como artistas, pero si intentaba apoderarse de aquel proyecto, Cecily se enfrentaría a ella, no deseaba que Queenie la controlara. Tampoco sería fácil lidiar con sus obsesiones.

—Reconozco que es difícil tratar con mamá a causa de su adicción, pero mi hermana y yo estamos intentando ayudarla. Habrás notado que no le permitimos que se aleje a buscar ginebra y que registramos continuamente su camarote para comprobar que no tiene ninguna botella escondida.

Johnny sonrió.

—¡Caray! Las dos sois muy listas e interesantes. Debes saber que valoro ambas cualidades y que me ofrezco encantado a apoyaros y protegeros.

—Te aseguro que no necesitamos tu protección, pero, de todos modos, gracias.

—¿De verdad? Teniendo en cuenta que hay una guerra, yo creo que sí. Las mujeres no saben cuidarse solas. Necesitan el consejo y el apoyo de un hombre.

Esas palabras y su tono de voz mostraban que Johnny era un macho arrogante, un joven que creía que las mujeres debían hacer lo que dictaban los hombres. A Cecily esa actitud le parecía del todo inaceptable.

Sonrió.

—Estoy segura de que el Ejército cuidará de todos nosotros y que disfrutaremos con nuestros recitales. Como quizá resulte un trabajo duro y peligroso, tendremos que ser fuertes y valientes, pero nos valdremos por nosotras mismas.

—Creo que nos divertiremos mucho juntos, aunque tu sentido de la independencia me desconcierta.

Cecily soltó una risita.

—Jamás comprenderás a las mujeres. Mejor así.

Johnny sufrió entonces un ataque de tos.

—Lo siento —dijo cuando terminó—. No fumo mucho, pero el tabaco me ayuda a calmarme.

Cecily le quitó el cigarrillo y lo tiró al mar.

—No deberías fumar nada hasta que se te cure esa tos. Y, como digo, escucha mi consejo y descansa antes de que empecemos a trabajar de verdad. Yo también necesito descansar mientras nos sea posible —comentó con tacto.

—A los hombres se nos permiten cierto consuelo y tú y yo podríamos permitírnoslo... —dijo él sonriéndole antes de pasar la mano por la cintura de la joven para atraerla hacia sí.

Cecily se disponía a apartarle la mano, dar media vuelta y alejarse a su camarote, cuando apareció su madre.

—¿Podemos hablar un momento, querida? —preguntó con expresión airada.

—Por supuesto, mamá —contestó Cecily.

La joven suspiró de alivio cuando Johnny se alejó rápidamente. ¡Qué hombre más raro! ¿No le había hablado su madre del trato despectivo que solían dar los hombres a las bailarinas y las cantantes? ¿Acaso Johnny también era así?

—¿Se puede saber cómo se te ocurre coquetear con ese joven? Deberías comportarte con más decoro —dijo Queenie.

Cecily la miró sorprendida.

—¿Qué insinúas? Ha sido él quien ha coqueteado, yo no. Yo iba a huir cuando has aparecido, porque me parece un mujeriego. ¿No son todos los hombres así?

Queenie frunció el ceño.

—¡Tonterías! Tú lo estabas alentando claramente a que se fijara en ti.

—¡Naturalmente que no! Por favor, no me acuses de algo así. Ni se me pasa por la cabeza buscar un nuevo amor en este momento, tal vez no lo busque en toda mi vida. Solo me he mostrado en desacuerdo con él para rebatir su pobre opinión de las mujeres. Siempre está tratando de llamar la atención, me resulta irritante. Está continuamente intentando demostrar lo útil que es y el talento que tiene.

—Johnny es un hombre fuerte, bastante respetable y cariñoso. No quiere hacer daño alguno. Debes comprender que, viniendo como viene de una familia pobre, siente la necesidad de mejorar su posición. Hija, no te creas más lista ni más talentosa que él ni que yo.

Aquellas palabras de Queenie hicieron que Cecily se preguntara si su madre tendría razón. Su discusión con Johnny había sido un poco vergonzosa. ¿Acaso no tenía derecho todo el mundo a preocuparse por su clase social y por su talento? Tal vez Johnny solo intentara mostrarse amable y quizá sus coqueteos solo fueran en broma. Tras haber perdido a Ewan, quizá Cecily malinterpretara aquellas situaciones. Y, de ser así, había hecho mal al tratarlo con tanto desprecio.

—Puede que tengas razón, mamá. Ya no soy el alma paciente y tolerante de antes. Me temo que mi pena hace que confíe poco en la gente.

En el rostro de su madre apareció una expresión que mostraba una mezcla de compasión y desaprobación.

—Si te hubieras esforzado por buscar un buen esposo, no estaríamos aquí corriendo peligro —dijo antes de dar media vuelta y alejarse.

Cecily sintió que se hundía en la fosa de desesperación de siempre. ¿Por qué la culpaba su madre por todo y nunca creía nada de lo que decía ni aceptaba aquello que quería ella de la vida?

Aunque hubiera sido fácil encontrar a un joven atractivo y respetable en aquel mundo horrible, por no hablar de uno que se interesara sinceramente por ella, lo cierto era que Cecily ya no pretendía relación alguna. Tendría que vigilar a Johnny Wilcox. Había algo en su actitud que ella no entendía ni aprobaba. A veces se mostraba como un idiota engreído. Sin embargo, era buen músico y Merryn parecía apreciarlo mucho. Algo que Cecily no podía contarle a su madre, pues, al no poseer él ninguna riqueza, Queenie no aprobaría una posible relación entre ellos. La joven suspiró, volvió a su camarote, sacó las hojas con las letras de sus canciones y empezó a aprender una de memoria.

Cuando llegaron por fin al El Havre, Cecily contempló emocionada la gran planicie que se extendía kilómetros y kilómetros. Inmerso el estuario en la niebla, el viento azotaba las olas y el agua llenaba de charcos los huecos que había en la arena. Aquella estampa tan bella transmitía una gran sensación de paz. ¡Ojalá se hubiera podido decir lo mismo del resto de Francia!

Al llegar, les pidieron los pasaportes y las *cartes de séjour* y los centinelas franceses los sometieron a interrogatorios interminables. Tuvieron que contestar muchas preguntas sobre sí mismos, su viaje y la razón de su visita a Francia. Tardaron un buen rato en dejarlos entrar y después los llevaron en bote a lo largo del Sena hasta Ruan. No fue un viaje fácil, pues la corriente azotaba constantemente el bote. Aunque esta se fue calmando a medida que avanzaban más por el interior, les costó horas. En cuanto Cecily distinguió de vez en cuando pueblos bonitos que asomaban entre el espeso follaje de los bosques que rodeaban el río, comenzó a relajarse.

En Ruan los transportaron en una camioneta vieja y fueron dejando atrás hilera tras hilera de hermosas casas blancas y negras. Para su sorpresa, vieron un teatro que se parecía mucho al Royal

Opera House cercano a Covent Garden, conocido popularmente como Drury Lane, donde Queenie había actuado en el pasado.

—Podríamos actuar allí —dijo Merryn con una sonrisa.

—Los soldados prefieren ir al Folies Bergère —les dijo el cochero.

—¿A ver bailar a las mujeres?

—Claro. —El hombre sonrió con suficiencia—. Y detrás de esas verjas de hierro está el monumento en memoria de Juana de Arco.

—¿Ahí fue donde estuvo prisionera? —preguntó Cecily.

—Sí. Y aquí fue donde la juzgaron y ejecutaron en 1431.

Cecily se estremeció. Rezó para que nada semejante les ocurriera a ellos y para que su música gustara a los soldados. Sus dos preocupaciones inmediatas eran el posible peligro que pudieran correr y si sería o no capaz de cantar bien.

Cuando llegaron al campamento, situado en la cima de la colina, tuvieron una vista maravillosa de la ciudad a sus pies, con más colinas en la distancia y bosques. El campamento estaba completamente embarrado y, para cruzar de un sitio a otro, habían dispuesto varias pasarelas de madera. Vieron cientos de tiendas de campaña y algunos barracones. El hedor era estremecedor: olía a humo, a miembros putrefactos y a otras cosas en las que Cecily prefirió no detenerse a pensar.

Cuando acompañaron a las mujeres a su tienda, las estrellas brillaban ya en la oscuridad. La tienda no estaba especialmente limpia y vieron unos cuantos escarabajos escabulléndose por el suelo. Merryn gritó y empezó a pisarlos. Cecily hizo lo mismo. Después de haber acabado con aquellos insectos, al menos de momento, se acomodaron en sus camas. Demasiado cansada después de aquel largo viaje como para lidiar con los gemidos y gruñidos de Queenie y como para empezar a deshacer el equipaje y a limpiar, Cecily hizo todo lo posible por no oír a su madre hablar del estado lamentable de la tienda.

—Ya limpiaremos y desharemos el equipaje mañana —dijo con un bostezo.

Merryn asintió y se apresuró a hacer su cama, ansiosa por descansar. La corneta tocó entonces el toque que ordenaba apagar las luces.

—Aún no estoy preparada para irme a la cama —declaró Queenie, que se estaba poniendo crema en la cara con la ayuda de un espejito de mano.

Golpearon un lateral de la tienda.

—¡Apaguen la luz!

—Debe de ser el sargento. Querrá comprobar si hacemos lo que nos dicen, mamá —murmuró Cecily, antes de soplar la vela.

Las dos hermanas reprimieron la risa debajo de las mantas marrones en los incómodos catres de campaña antes de oír las zancadas del sargento y los golpes que daba con el bastón en los laterales de otras tiendas. Queenie seguía protestando.

—¡Por Dios! ¡Qué quisquilloso es ese hombre! Ni siquiera hemos cenado.

—Hemos llegado después de la cena. Mañana por la mañana nos darán un desayuno decente.

En ese momento, empezó una descarga terrible, con rugir de disparos de armas de fuego y proyectiles, que sonaban como truenos. La realidad de la guerra penetró con fuerza en la cabeza de Cecily. ¿De verdad les darían la protección necesaria?

CAPÍTULO 8

Aunque les aseguraron que esa batalla tenía lugar cerca de las líneas enemigas y no en las inmediaciones del campamento, las tres mujeres pasaron la noche arropadas en sus camas, sin apenas dormir hasta que todo terminó. Agradecieron que por fin llegara el alba y el silencio. Fue entonces cuando Merryn salió a buscar el desayuno para Queenie, pues a su madre siempre le gustaba tomárselo en la cama. Descubrió que en el campamento había cocinas y un horno de pan.

—El pan se mete en lo profundo de un túnel resplandeciente por el calor y se deja cocer toda la noche —le dijo el chef antes de tenderle una bandeja con pan y mermelada—. La dieta de los soldados es un poco aburrida, pero tiene que ser abundante para que puedan seguir luchando.

Merryn sonrió.

—¿No dicen los soldados que un ejército marcha sobre su estómago?

El hombre se echó a reír.

—Sí. Los más graciosos del frente también dicen que el rancho puede provocarles más problemas de salud que las balas alemanas.

Merryn, hambrienta, decidida a no quejarse de aquel pan oscuro que parecía un ladrillo, volvió rápidamente a la tienda con la bandeja y tazas de té. Más tarde se enteró de que a Johnny sus compañeros de tienda le habían dado un sándwich de beicon.

Merryn y Cecily pasaron las dos horas siguientes limpiando y ordenando la tienda y los catres de campaña y también buscaron tablones de madera sobre los que andar para evitar el barro y almacenaron el material más valioso en un rincón. Optaron por dejar todos los trajes y el resto de atrezo empaquetado y en alto. Después, se dispusieron a lavar algo de ropa y remendar medias.

Queenie se limitó a estar tumbada en la cama para tomar lo que declaró ser un descanso muy necesario.

—Ha sido terrible, casi no he pegado ojo en toda la noche. No deberíamos estar aquí.

Ninguna de sus hijas hizo comentario alguno. Se limitaron a alzar los ojos al techo, irritadas ambas porque hubiera decidido unirse a ellas.

—Vamos a dejarla en paz mientras averiguamos dónde será nuestro concierto esta noche —murmuró Cecily.

—Buena idea —asintió Merryn. Se alejaron sin prestar más atención a los gemidos y gruñidos de Queenie.

El campamento, rodeado de varias filas de sacos de arena, parecía todavía más polvoriento y cargado de humo que a su llegada. Por suerte, encontraron a un joven esperándolas. Les dedicó una gran sonrisa de bienvenida y les estrechó las manos.

—Soy el cabo Lewis. Me alegro de conocerlas y estoy encantado de ayudar.

Aquel joven bajito, de rostro pálido y macilento, de complexión delgada y pinta de no haber comido decentemente en mucho tiempo, era muy amable. A fin de evitar piojos y liendres, se había afeitado la cabeza y lucía sin vergüenza la calva. Cecily se presentó y le preguntó dónde podrían actuar. El joven les mostró unas decenas de cajas dispuestas a modo de un escenario.

—Sé que no es un buen escenario, pero es lo mejor que podemos montar —dijo con una sonrisa pesarosa.

—Servirá —le aseguró Cecily.

Subió con cautela. Las cajas se movieron ligeramente, pero, como no iban a bailar, les servirían. Ya había hombres por allí ansiosos porque comenzara el espectáculo. A lo largo del camino que llevaba a uno de los barracones, había una hilera de catres de campaña sobre los que yacían soldados heridos tapados con mantas, muchos s envueltos con retales malolientes y vendas ensangrentadas. Merryn los miró y su corazón latió con compasión. Aquellos pobres hombres sufrían de problemas físicos o mentales por haber soportado los peores peligros. Parecían perturbados y algunos tenían los ojos sin expresión, como si el dolor les hubiera bloqueado la mente.

—Esos muchachos necesitan desesperadamente algo de diversión —dijo el cabo al captar la compasión de la joven—. Están encantados con el concierto. Han insistido en que les sacaran las camas para poder asistir al mismo.

Cecily sintió que le ahogaba la emoción.

—Haremos lo posible por traer algo de luz a su vida y animarlos —prometió.

No había un escenario como tal, ni cortinas ni camerinos ni focos, pero tenían lámparas de gas acetileno resplandeciendo alrededor de las cajas. Ensayaron durante horas, soportando las instrucciones de Queenie sobre lo que debían cantar y cómo debían hacerlo. Al ser consciente de que se estaban congregando centenares de hombres, Cecily sintió pánico. Solo unos cuantos estaban sentados en cajas o bancos, de manera que en el resto del espacio se levantaba una masa sólida de hombres en pie hombro con hombro. Muchos habían esperado pacientemente horas a que empezara el concierto. Por su estado, cabía suponer que muchos habían llegado directamente desde las trincheras, donde debían de haber pasado meses sufriendo unas condiciones horrorosas. Los soldados que no podían salir de su tienda habían levantado las lonas que cubrían las entradas de las mismas para poder oír el concierto.

Cuando se acercaba el momento de empezar a actuar, con el corazón golpeándole con fuerza y los nervios de punta, Cecily sintió el impulso de dar media vuelta y salir corriendo. ¿Tendría razón su madre y no sabía cantar bien? ¿La abuchearían como le habían hecho una noche a Queenie?

Respiró hondo, se alisó la falda con dedos sudorosos y, cuando salió al escenario, los hombres le dieron la bienvenida con vítores. La excitación que mostraban sus rostros la animó y, al acercarse a la parte frontal del escenario de cajas, el público, al parecer fascinado y hechizado, guardó silencio al instante. Cecily intercambió una mirada rápida con su hermana, contó uno, dos, tres, cuatro... y Johnny y Merryn empezaron a tocar como unos auténticos profesionales. Cecily empezó a cantar.

> Hay un largo, largo camino serpenteante
> por el terreno de mis sueños,
> donde cantan los ruiseñores
> y brilla una luna blanca.

Al cantar, sus miedos, depresiones y preocupaciones se evaporaron formando una nube de euforia que la condujo a aquella nueva vida que ofrecía a aquellos soldados una tregua en aquellos tiempos de guerra. Cuando terminó la canción, recibió un sonoro aplauso, vítores, silbidos y bravos. Cecily les sonrió y, a continuación, cantó *Roses of Picardy* («Rosas de Picardía»), seguida de *Pack Up Your Troubles in Your Old Kit Bag* («Guarda tus problemas en tu viejo morral») y muchas otras canciones populares más. La mayoría de los soldados cantaba el estribillo cuando Cecily los invitaba a participar. Otros, emocionados, lloraban de nostalgia, profundamente conmovidos por aquel recuerdo de Inglaterra. Después vitoreaban de nuevo y rugían de felicidad al final, antes de pedirle que cantara una más.

—Lo haces bastante bien —le comentó su madre a la ligera durante uno de los breves descansos. Cecily le agradeció mucho el comentario—. Ahora canta algunas de las canciones alegres de *music-hall* que te recomendé.

—De acuerdo.

Cecily continuó cantando *Burlington Bertie From Bow* («Burlington Bertie de Bow») y *Fall In And Follow Me* («A formar y seguidme»), dos canciones que arrancaron risas y sonrisas a los soldados. Terminó con *Your King And Country Want You* («Tu rey y tu país te quieren»), una pieza que arrancó fuertes vítores. ¡Cuánto le gustaba cantar para los soldados! Al terminar con su actuación, se sintió como una estrella.

Unas semanas más tarde, sintieron que ya se habían asentado. A lo lejos seguían oyendo el estallido de los proyectiles, pero estaban concentrados en los ensayos y en entretener a las tropas. El cabo Lewis, en una vieja camioneta, los trasladó a muchas bases más para actuar. Y siempre que pasaban al lado de los soldados en los campamentos, los hombres daban un taconazo y los saludaban. Todos trataban a Cecily con mucho respeto. A pesar del agotamiento que suponía tener que dar dos o tres conciertos al día, a la joven le resultaba muy gratificante actuar para aquellos jóvenes valientes. Después de tantas actuaciones y de la tensión que les suponía lidiar con el mal humor de su madre, ansiosa por beber, las dos hermanas estaban necesitadas de descanso.

Aquel día la lluvia caía con fuerza sobre el techo de la gran tienda en la que se disponían a actuar. Una vez más los hombres esperaban impacientes y entusiasmados. Habían colgado una lona alrededor para proteger a parte del público, pero la misma no alcanzaba a todos y muchos soldados se mostraron decididos a permanecer allí a pesar de la lluvia.

Johnny miró a Cecily con preocupación.

—No llevas abrigo. No podemos permitir que te mojes y cojas frío.

—A diferencia de esos pobres soldados, yo estoy dentro de la tienda, ellos están soportando la lluvia. Y el uniforme que visto es abrigado: falda larga, chaqueta, camisa y corbata —dijo con una sonrisa, mientras se calaba un sombrero de ala ancha.

Johnny la miró perplejo.

—Sí, pero vestida así estás un poco... ¿Cómo decirlo?... Sin gracia. Esa ropa no es apropiada ni bonita. Creo que ya es hora de que los soldados te vean vestida con más glamur.

Cecily soltó una carcajada. Antes del comienzo de los conciertos, Johnny solía acercarse a sugerirle lo que debía cantar. La joven estaba aprendiendo a ser tolerante con las excentricidades, el extraño sentido del humor y la afición por el tabaco del batería y ya no le costaba tanto ignorar sus estúpidos coqueteos. Escuchaba atenta sus sugerencias porque era un buen músico. Aquel comentario sobre cómo debía de vestir simplemente la divertía. En el tema de la ropa, no coincidía en absoluto con él.

—¿Acaso estás sugiriendo que debería llevar un vestido de noche? Lo siento, no esperaba ir a ningún baile y no he traído ninguno. Creo que vestir una versión de su uniforme es lo mejor que puedo hacer. Hace que me sienta como parte de su escuadrón.

Johnny negó firmemente con la cabeza.

—Eres mujer, jamás podrás parecer un soldado. Confieso que las mujeres con vestidos bonitos me gustan mucho, pero vestir bien es un arte, querida —bromeó él.

—Tonterías.

—Yo podría hacerte uno —propuso Merryn, interrumpiendo así su discusión—. Trajimos visillos, puedo usarlos para hacerte un vestido más atractivo.

—¿En serio? Si te animas, yo, encantada.

—Sabes que me gusta la costura tanto como la música. Lo intentaré.

Después de haber charlado un rato con algunos jóvenes soldados, Queenie se acercó a ellos.

—Es bueno hacer algo por los soldados. Es muy emocionante. Tienes que cantar un poco más alto, Cecily, hoy es imposible apagar el ruido martilleante de la lluvia.

Por suerte, la actuación fue bien y la lluvia aflojó un poco a lo largo del día. Merryn hizo una actuación en solitario tocando unos tangos franceses y *Mademoiselle de Armentières* en su acordeón, melodías pegadizas que tuvieron una buena respuesta del público. Johnny tocó también un solo en la batería, que arrancó más vítores y aplausos. Luego Cecily recitó tres poemas, *Amanecer en las trincheras*, de Isaac Rosenberg, *Mi hijo Jack*, de Rudyard Kipling, y su favorito, *El soldado*, de Rupert Brooke, una poesía que gustaba mucho a los soldados.

Ver a aquellos hombres con ropa desaliñada, calcetines hasta las rodillas y gruesas botas llenas de barro, muchos con brazos en cabestrillo, vendas alrededor de la cabeza o miradas inexpresivas de neurosis de guerra en sus rostros cenicientos era perturbador. Algunos iban sin afeitar y otros se habían afeitado la cabeza para evitar liendres, piojos y otros parásitos, pero rugían, reían, vitoreaban y participaban alegremente en el canto. Todos parecían entusiasmados con el espectáculo.

Después del concierto, Cecily todavía oía cantar a los hombres por todo el campamento. El viento la envolvía y le costaba caminar con los pies metidos en barro casi hasta el tobillo. Apenas había avanzado unos pasos cuando la alcanzó Johnny.

—Espero que no te hayan molestado mis comentarios sobre tu uniforme. Eres una auténtica belleza y solo quiero que muestres más tu hermosura.

Cecily sonrió con ironía. No deseaba ceder ni seguir con aquella conversación. Solo quería huir de la lluvia.

—Agradezco tu consejo, Johnny. Ya veremos si esa idea funciona.

—Estoy seguro de que sí. —Él extendió el brazo y le acarició la mejilla—. Pareces cansada y tienes frío. Eres muy boba por caminar así sin abrigo ni bufanda. Y este viento anuncia más lluvia. —Se quitó el abrigo y se lo echó por los hombros.

—Calla. No, no necesito este abrigo, casi he llegado a mi tienda —dijo ella, intentando devolvérselo.

—Sí lo necesitas y yo te daré un abrazo para calentarte. —La rodeó con sus brazos, la atrajo hacia sí y la miró fijamente—. Eres inteligente y talentosa, Cecily. Yo sé reconocer eso en ti porque también lo soy.

La joven se soltó y lo miró con ferocidad.

—En ese caso, ¿por qué te rechazaron? A veces veo que te defiendes muy bien sin esas gafas. ¿Quieres decirme por qué?

Johnny se echó a reír como si solo hubiera estado bromeando.

—A veces olvido ponerme las gafas. La vista no fue el único problema. No daba la talla y me declararon no apto.

—Pues ya no cojeas tanto. ¿Y por qué te comportas como un estúpido libertino?

—Si eso es así, te pido disculpas. Me importas tanto que a veces puedo meter un poco la pata.

Al tratar de alejarse apresuradamente, Cecily resbaló en el barro y él volvió a agarrarla antes de que cayera al suelo. Ladeó la cabeza y sonrió, sin hacer ademán de soltarla. La miraba con tanto deseo que la joven se inquietó. Luego, cuando él bajó la boca a poca distancia de la suya, temió que fuera a besarla y lo apartó con firmeza.

—¡Ni se te ocurra! ¡Suéltame inmediatamente!

Johnny inclinó la cabeza en un gesto lánguido de cortesía.

—Mis disculpas. Te encuentro tan irresistible que... ¿por qué no te voy a ofrecer mis atenciones y algo de diversión?

—No necesito tus atenciones y tu flirteo constante no me parece nada divertido. Al negarte a tratarme con el debido respeto cuando sabes perfectamente la pena que sufro, corres el riesgo de ser rechazado y enviado de vuelta a Inglaterra —le informó ella con severidad—. Si deseas que sigamos siendo amigos y continuemos trabajando juntos, no vuelvas a tocarme nunca, Johnny Wilcox.

—Solo lo haré si tú así lo quieres —contestó él con una sonrisa cuando ella ya se alejaba.

Veinticuatro horas más tarde, Merryn había conseguido crear un hermoso vestido de color crema con falda larga fruncida y un escote atrevido. Cecily se lo probó encantada y su hermana la miró sonriente y le dijo que estaba maravillosa.

—¡Caray! ¿Verdad que está guapa? —preguntó Johnny con un silbido.

Queenie también parecía sorprendida. Sus hijas advirtieron un asomo de envidia en su penetrante mirada.

—Ya no pareces la chica normal y corriente de siempre. ¿Y dónde está mi vestido? —preguntó a Merryn.

—¿Para qué quieres tú uno? Trajiste un baúl entero de ropa, mucha más que nosotras —le recordó la chica.

—No he traído ningún vestido tan hermoso como ese. Yo actuaré pronto, ¿acaso no tengo derecho a estar igual de guapa? Antes o después, mi quisquillosa hija mayor me permitirá cantar, que es lo que mejor sé hacer. Desde luego, yo soy más estrella de lo que ella será nunca.

Tras semejante comentario, se hizo el silencio. Ahogado por la frustración, el buen humor de Cecily desapareció. Se esforzaban mucho por mantener a Queenie alejada del alcohol, pero su voz no mejoraba nada, así que sospechaban que sus empeños caían en saco roto.

—Podrás cantar en cuanto estés mejor —dijo a su madre—. Y estoy segura de que Merryn hará lo que pueda por ti, ¿no es así, preciosa?

Merryn suspiró.

—Si puedo encontrar más tejido, lo intentaré.

—Sí, lo sé, sé que lo intentarás, cariño mío. Si te falta algo, ve a comprarlo a la ciudad —le dijo Queenie y la estrechó entre sus brazos.

Esa vez, cuando Cecily subió al escenario con su hermoso vestido nuevo, se hizo el silencio y los hombres la miraron con la boca abierta, con rostros tan embelesados de admiración y emoción que la joven sintió lágrimas en los ojos. La reacción de los soldados era abrumadora. Aunque fuera un *playboy* irritante, quizá Johnny, después de todo, tenía algunas ideas buenas. Cecily vestiría el uniforme en algunas ocasiones, pero le encantaba animar a aquellos hombres mostrándose más glamurosa.

—¡Qué lista! —le dijo Johnny a Merryn cuando la acompañaba de vuelta a su tienda—. Tú también estás preciosa, querida. ¿Puedo darte un beso como muestra de mi agradecimiento?

—¡Santo cielo, no!

—No pasa nada. No haré ninguna travesura —dijo él. Y la besó con tanta pasión que Merryn saltó dando un respingo. Tenía la sensación de que sus extremidades eran de fuego líquido.

—Johnny, tienes que comportarte —dijo. Intentaba hablar con la altivez necesaria, pero no pudo encontrar fuerzas para reforzar sus palabras. Trató de respirar cuando la lengua de él lamió el hueco debajo de su oreja y sintió un extraño cosquilleo.

—Solo un momento, lo prometo. Merryn, eres una joven tan maravillosa que estoy cayendo presa de tus hechizos. ¿Puedo desabrocharte este botón perlado de la blusa y acariciarte?

—¡No! No deberías hacer esto. ¡Para, por favor! —Merryn se volvió a abrochar el cuello de la blusa y se esforzó desesperadamente por recuperar la compostura—. Yo también te aprecio cada vez más, pero, por favor, no olvides que tienes que comportarte.

Johnny la atrajo hacia sí, asintió y le besó las mejillas sonrojadas.

—¡Qué tesoro! —exclamó.

—Y tú —repuso ella, con una chispa de excitación—. No se te ocurra comentarle nada de esto a Queenie. Siempre quiere imponerme con quién debo relacionarme.

—De acuerdo, prometo que no le diré nada y estaré ansioso por intimar más.

Empezó a besarla y acariciarla. A Merryn se le aceleró la respiración y se sintió incapaz de resistirse. Estaba atónita y encantada con las atenciones de él. Esa vez no protestó cuando le desabrochó el primer botón de la blusa para besarle el cuello y le acarició el pecho con suavidad, un gesto que hizo que ella diera un respingo al sentir aumentar el deseo en su cuerpo. ¿Se estaba enamorando Johnny de ella? Eso sería maravilloso, pero ella debía protegerse. Se soltó como pudo y corrió rápidamente a su tienda.

Con todo el cuerpo tenso por la emoción, tardó mucho rato en conciliar el sueño. Mientras daba vueltas en la cama, sentía un remolino de felicidad en el corazón. ¡Oh! Y tendría que contarle a Cecily lo que sentía por Johnny y cuánto la conmovían sus besos. Decidió revelarle ese secreto a su hermana en cuanto estuvieran solas y se asegurara de que su madre no andaba cerca. Consciente de que sus ojos seguirían todos los movimientos de Johnny, resolvió no permitir que sus miradas se encontraran cuando trabajaban juntos, temerosa de que Queenie se diera cuenta de que empezaba a haber una relación entre ellos. Lo último que necesitaba era que su madre le dictara a quién podía amar o con quién debía casarse. Y era muy difícil encontrar hombres.

CAPÍTULO 9

Otoño De 1917

Se desplazaban con el batallón, transportados en la vieja camioneta o en un vehículo blindado conducidos ambos por el cabo Lewis. Ese día viajaban en un autobús viejo de Londres pintado de gris y se dirigían a un campamento cerca de Saint-Omer, una población situada a menos de cincuenta kilómetros al sureste de Calais, un centro hospitalario. Saint-Omer había sido campo de muchas batallas, pues el enemigo estaba ansioso por alcanzar Ostende o Calais y lanzarse desde allí contra Gran Bretaña. El campamento estaba situado en el límite de la ciudad, en un campo enorme, con docenas de hileras de tiendas y varios barracones, muchos de los cuales se usaban como salas para tratar a los pacientes. En un extremo habían montado una tosca tarima para los espectáculos. Se encontraban en Longuenesse, rodeados de hermosos prados y bosques. Cecily ansiaba echar a andar y explorarlos, pero no les permitían adentrarse en ellos por los peligros que entrañaba alejarse del campamento. A veces oía el trino de los pájaros en lugar del ruido de los disparos y durante esos instantes lograba no pensar en el horror de la guerra. La zona sufría constantes ataques. Del cielo solía caer metralla que levantaba nubes de humo negro, y el campamento solía verse envuelto por el ruido de fuego pesado. Todo aquello resultaba horrible.

Esa mañana, cuando estaba tomando notas, oyó el ruido de un avión. Alzó la vista y miró admirada cómo se aproximaba. Como la velocidad de su avance indicaba que era un avión enemigo, Cecily se puso en pie de un salto con intención de correr a protegerse por si les disparaba. El miedo la embargó y echó a correr con todo el cuerpo temblándole. Entonces se vio agarrada y arrojada al suelo unos cuantos metros más allá, desde donde oyó rugir al avión elevándose hasta desaparecer. Sintió que le costaba respirar. Alzó la vista y miró de hito en hito los ojos grises de Johnny.

—¡Gracias a Dios que estás sana y salva! —dijo él, pasándole la mano por la cara.

—¿Por qué demonios has hecho eso? —preguntó ella. Le apartó la mano de un manotazo. Trató de calmarse, pero en ese instante sintió un estremecimiento de pánico.

—Ese avión estaba a unos cincuenta metros por encima de nosotros, sin duda para hacer fotos, no solo de ti, por hermosa que seas, sino también de todo el campamento, cañones, rifles, más otros equipos y detalles. Sorprendidos y abrumados ante un piloto tan audaz, los soldados ni siquiera le han disparado.

—Me ha asustado su cercanía y me disponía a correr a refugiarme por si nos disparaba. Soy perfectamente capaz de hacer eso y no, no necesitaba tu ayuda —repuso ella con rabia, limpiándose el barro de los brazos y las piernas.

Johnny suspiró.

—¿Cómo va un pobre hombre confundido a descifrar tales señales de independencia en una dama?

—Deberías saber que las mujeres pueden cuidar de sí mismas. Yo, que colaboro con las sufragistas, lo sé muy bien. Aunque supongo que debo darte las gracias por intentar salvarme. Ha sido muy valiente por tu parte correr ese riesgo —admitió de mala gana. No apreciaba lo que él había hecho, pero decidió mostrarse amable.

—Ha sido un placer —repuso él con suavidad. La miró de arriba abajo—. Creo que puede estar creciendo algo especial entre nosotros. No estoy equivocado, ¿verdad?

Cecily casi dejó de respirar. ¿Pretendía despertar su deseo, como había hecho claramente con Merryn? Casi soltó una carcajada al pensarlo. Johnny era un joven de lo más pretencioso y voraz. Como sentía todavía sus brazos apretándole la cintura, lo empujó, se levantó y se soltó de él.

—Dices muchas tonterías, Johnny, y coqueteas demasiado.

Una chispa iluminó los ojos de él, que parpadeó con gesto provocador.

—Trato de aprovechar las oportunidades de diversión que me ofrece la vida y ahora estoy junto a una mujer encantadora. Posees tan gran belleza que te encuentro deslumbradora. Si alguna vez tú sientes lo mismo, avísame.

Los ojos azul violeta lo miraron con un brillo cargado de consternación. No, no le declaraba su amor: aquel joven se había limitado a afirmar que solo aspiraba lograr un momento de placer. ¡Qué hombre tan estúpido!

—Te aseguro que, por mucho que todavía sufra por Ewan y por la pérdida de su amor en mi vida, nada semejante volverá a ocurrir jamás y, desde luego, no entre tú y yo.

Después de un momento de silencio, él se levantó de un salto con el ceño fruncido.

—Lamento tu pérdida, pero estoy seguro de que tu actitud hacia mí cambiará con el tiempo. Tengo razón cuando digo que todas las mujeres necesitan la protección de un hombre.

Cecily no deseaba seguir discutiendo. Después de aquel incidente terrorífico, más bien sentía la necesidad de mostrarse amable.

—Quizá haya ocasiones en las que eso pueda ser apropiado —
dijo—. Siempre que aprendas a calmar tus sentimientos y dejar de
intentar coquetear conmigo o controlarme. Procura no perder los
papeles.

Cecily se alejó, sabiendo bien que, a pesar del deseo de él de
protegerla y coquetear con ella, jamás la conquistaría. Su hermana sí
sentía algo por él. ¿Pero hacía bien Merryn en confiar en él?

Al día siguiente visitaron un hospital cercano atestado de jóvenes destrozados por el dolor. La visita fue traumática. ¡Qué sufrimientos habrían soportado aquellos hombres y cuán necesitados
estaban de cuidados! A menudo, en las trincheras, cuando sufrían
un bombardeo o el enemigo lanzaba un ataque, la muerte parecía
inminente. El personal sanitario recibió el anuncio del espectáculo
con la misma alegría que los soldados, pues, tan alejados de todo,
muchos se sentían solos y hartos también de tener que esquivar
constantemente los proyectiles. El dolor, la angustia y el tormento
a los que estaban sometidos los pacientes se vieron pronto aliviados
por las sonrisas y las risas que les provocaron el recital. Además de
canciones alegres, Cecily cantó *Take Me Back to Dear Old Blighty*
(«Llévame de vuelta a la querida Inglaterra»). La respuesta de su
público fue un momento de silencio cargado de emoción, seguido
de un estallido de aplausos.

El corazón de Cecily estaba con aquellos soldados, para los que
su actuación era un buen modo de apartar el horror de la guerra
de sus atormentadas mentes. A medida que avanzaba el concierto,
Cecily notó que se acercaba una fila de prisioneros alemanes, guia-
dos por un grupo de centinelas. Algunos parecían muy jóvenes,
otros, en un esfuerzo por demostrar su orgullo y su valor, llevaban
una Cruz de Hierro atada a un ojal con una cinta blanca y negra.
Todos parecían inmunes al aullido de los proyectiles. ¿Acaso estaban ya en un estadio avanzado de la neurosis de guerra? También

entraban camilleros cargando heridos. Algunos pacientes alzaban la cabeza tratando de ver lo que ocurría ignorando por unos instantes el dolor. A veces incluso sonreían pese al agotamiento.

La actuación duró solo una hora: los médicos insistieron en que los pacientes no podían estar demasiado tiempo fuera de sus lechos. Cuando terminó, Cecily, Merryn y Johnny fueron por los pabellones para entretener a aquellos que no habían podido asistir al espectáculo por tener una extremidad atada a un sistema de cuerdas, poleas y cabestrillo en la cama o por sufrir otras heridas graves. Johnny no podía cargar con su batería, pero charlaba con los pacientes. Queenie no estaba a la vista, no le interesaba ocuparse de hombres malolientes o ensangrentados. Cecily le preguntó a Merryn dónde estaba su madre.

—Ha dicho que estaba cansada y ha ido a la sala de los celadores a buscar una taza de té —contestó Merryn—. Después de tantas horas de costura y de todas las tareas de las que me he ocupado estas semanas, corriendo de acá para allá para lavarle la ropa y peinarla, yo también estoy reventada. La comida que le encuentro casi nunca le gusta. Al menos ha dejado de pedir que le compre ginebra, pero eso me resulta algo inquietante. Puede que esa sea la razón por la que visita tanto la sala de los celadores. Existe la posibilidad de que la botella de agua que lleva siempre encima no sea agua, sino alcohol. Juro que encontraré la ocasión de averiguarlo.

Cecily hizo un gesto de asentimiento.

—Puede que tengas razón. Lo investigaremos luego.

Decidió ignorar ese problema por el momento y le resultó estimulante pasar tiempo conversando con los heridos y cantando para ellos. Un joven que no aparentaba más de dieciocho años estaba incorporado sobre varias almohadas en la cama, escuchándola con el dolor grabado en el rostro. Le faltaba la mitad inferior de la pierna izquierda, donde una venda ensangrentada cubría el muñón. Cecily se acercó a él, le tendió la mano y empezó a cantar *Every Cloud has a Silver Lining* («Todas las nubes están rellenas de plata»). El chico cantó con ella las dos primeras estrofas y después se recostó relajado sobre las almohadas y le sonrió.

—¿Te ha gustado? —le preguntó Cecily. En ese momento se acercó una enfermera y le dijo que el chico había muerto en paz.

—Gracias por haberle cantado. Tu voz le ha hecho bien antes de abandonar esta vida.

Temblando de emoción, Cecily besó al chico en la frente y fue en busca de Merryn, que tocaba alegremente el acordeón para otros pacientes.

En las semanas siguientes siguieron trabajando duro en distintos campamentos y bases y, un día, a principios de octubre, cuando se preparaban para el ensayo de la mañana, Cecily le dijo a su hermana que tenía una idea para una obra de teatro de un solo acto.

—Necesitaremos tiempo para los ensayos, pero he pensado que debe ser una obra alegre para celebrar la Navidad. —Miró a su alrededor y preguntó por su madre—. Espero que no haya ido a buscar ginebra.

Merryn hizo una mueca.

—No. Le he llevado el desayuno a la cama, como siempre, y se ha vuelto a dormir.

—También necesitamos a Johnny. ¿Quieres ir a buscarlo cuando termines de ayudar al cabo Lewis a colocarlo todo?

—Sí, lo haré encantada. Tú ve a sacar a Queenie de la cama.

Cecily soltó una risita y corrió al barracón en que se hospedaban esos días. Al acercarse, oyó una voz de hombre. Se asomó por una ranura y vio que su madre, todavía acostada, acariciaba la mejilla de Johnny, arrodillado a su lado. Lo atrajo hacia sí y lo besó.

Cecily se alarmó. ¡Santo cielo! ¿Queenie intentaba seducirlo como tantas otras veces había hecho con otros hombres? Recordó que, cuando estaban a bordo del barco, su madre le había ordenado que no coqueteara con él. Quizá su madre hubiera sentido celos. Queenie siempre le hablaba a Johnny con dulzura, le sonreía constantemente y lo miraba con adoración. ¿Acaso soñaba con que la amara? Cecily sentía que debía de intentar protegerlo de las exigencias de su madre. Y, lo más importante, la joven sabía que Johnny y su querida hermana estaban empezando a sentirse atraídos el uno por el otro: así la protegería también a ella.

Retrocedió rápidamente y sintió una oleada de vergüenza por tener una madre a la que le apasionaba tanto el sexo. Hizo acopio de valor para volver a acercarse, pero esa vez habló antes de llegar a la cabaña.

—¿Estás lista, mamá? Es hora de ensayar.

Cuando entró, encontró sola a Queenie, que la miraba con aire inocente y con los labios rosas fruncidos en una sonrisa encantadora. ¿Habría salido Johnny por la puerta de atrás, ansioso por escapar?

—Ah, estás ahí. Es hora de ensayar. Por favor, ve con Merryn, yo voy a buscar a Johnny.

—Muy bien, querida. Estoy más que preparada. Siento llegar tarde. Solo un momento —dijo Queenie. Tomó un sorbo de agua de la botella que le había proporcionado el cocinero y se vistió con rapidez.

Cecily encontró a Johnny cerca de la cabaña. Lo tocó con gentileza en el brazo y sonrió con pesar.

—Siento la necesidad de disculparme por el comportamiento de mi madre. Tendría que haberte advertido de que está obsesionada con los hombres jóvenes. Ten cuidado de no caer, no sé cómo decirlo, presa de su ardor. Es una mujer muy promiscua.

Johnny pareció sobresaltado por ese comentario.

—¿Quieres decir que nos has visto juntos hace un momento?

—Me temo que sí, por pura casualidad.

—Te aseguro que solo he ido a llevarle las cartas de su doncella y ver si se encontraba bien. Si crees que intentaba seducirla, estás muy equivocada.

Después de que se hubiera disculpado por el comportamiento de su madre, ¿por qué creía él que ella pretendía echarle la culpa? Aquello no le gustó a Cecily.

—Solo quería advertirte de los innumerables enamorados con que cuenta mi madre. Adora a los hombres y el... —Cecily cerró la boca, ruborizada de vergüenza. No deseaba pronunciar la palabra «sexo».

—¿Y por qué no? Queenie es una mujer hermosa y está soltera. ¿La acusas de ser una mujerzuela solo por haberme dado las gracias con un beso?

La ansiedad invadió a Cecily. Le preocupaba cómo reaccionaría Merryn si se enteraba de que su madre había besado a aquel hombre del que se estaba enamorando. Los sentimientos de su hermana brillaban en sus ojos cada vez que lo miraba para después apartar la vista con disimulo. Cecily lo observó con atención, preguntándose qué sentiría Johnny por su hermana. Aquel joven era un hombre muy egocéntrico. Y, además, también había intentado coquetear con ella, algo que todavía no le había mencionado a Merryn porque no quería ofenderla.

—No quiero que te hagas una idea equivocada y te creas especial para ella. El problema de mamá es que está obsesionada con el... —De nuevo se le atascó la palabra en la garganta.

Johnny se echó a reír.

—Ah, y tú estás celosa, ¿es eso? No pienses ni por un momento que la prefiera a ella antes que a ti. —Johnny la tomó en sus brazos y le dio un beso cariñoso en la mejilla—. Eres una joven muy hermosa.

Aquella no era en absoluto la respuesta que Cecily esperaba. Lo apartó.

—No empieces otra vez con tus estúpidas bromas ni se te ocurra coquetear conmigo. Lo siento si te he ofendido. Entiendo que es posible que mamá solo te estuviera dando las gracias por llevarle las cartas. He hecho mal en sugerir otra cosa.

—Desde luego que sí.

Cecily vio que se acercaba Merryn y, con la esperanza de que su disculpa hubiera sido apropiada, cerró la boca.

—Ah, estás aquí, Johnny. Te he buscado por todas partes —dijo Merryn. Captó entonces un brillo de consternación en la mirada de su hermana y frunció el ceño—. ¿Sucede algo? —preguntó con expresión interrogante.

Cecily, después de quizá haber interpretado mal lo que le había visto hacer a su madre, no tenía ningún deseo de contarle aquel encuentro tan embarazoso a su hermana. Lo más sensato era no decir nada, pero si era Johnny el que había obrado mal, quizá debería advertir a Merryn de que cuidara mejor de sí misma. En cualquier caso, aquel no era el momento de hablar de eso.

—No, querida —dijo con tono de broma—. Sacar a mamá de la cama no ha sido fácil y me ha costado un rato encontrar a Johnny. Me alegro de ver que ya están aquí los dos, pues tengo una sugerencia para todos.

Se volvió hacia Queenie y habló más abiertamente para ella.

—Sé que nuestra música, nuestras canciones y nuestra poesía son populares y al público les encantan, pero he pensado que ya es hora de que ofrezcamos también una obrita, como aconsejaste tú, mamá. Una pieza sencilla que sería bien recibida. Se me ha ocurrido que podríamos interpretar un extracto de *La escuela del escándalo*. Mamá, tú interpretarías a lady Sneerwell, dijiste que sabías actuar.

—Claro que sí. Y estaré encantada de hacer ese papel.

—¡Oh, qué gran idea! Y Johnny puede ser sir Peter Teazle. Estoy segura de que bordará el papel —sugirió Merryn.

—¡Caray! Nunca he actuado en una obra, pero estoy dispuesto a intentarlo si todas me creéis capaz de hacerlo.

—Claro que sí —respondió Queenie con una sonrisa embaucadora.

Cecily se esforzó por no fruncir el ceño. ¿Aquello era otro intento de su madre por conquistarlo? Aun así, tenía que aceptarlo en la obra.

—Da igual que sepas actuar o no —dijo—, no tenemos más remedio que darte el papel, andamos cortos de hombres. Merryn, ¿tú interpretarías a lady Teazle?

Merryn se mostró encantada y sonrió.

—Supongo que sí, pero yo tampoco he actuado nunca.

Cecily alzó los ojos al cielo con regocijo.

—Lo harás muy bien, preciosa, y solo vamos a hacer un extracto. Interpretaremos la escena en la que lady Teazle habla con lady Sneerwell o la escena donde sir Peter cree que su esposa tiene una aventura con Joseph. La cuestión es quién hará de Joseph.

Johnny sonrió.

—Yo puedo interpretar a Joseph y tú haces de sir Peter, Cecily.

Ella rio en alto.

—¿Por qué no? Como ya he dicho, andamos cortos de hombres.

—Eso no sería apropiado —intervino Queenie, con un gruñido de desaprobación—. Puedes vestirte de hombre, sí, ya has hecho trabajos de hombre estos últimos años, pero debes interpretar tú a Joseph y ser tú quien coquetee con tu hermana.

Merryn frunció el ceño.

—Creo que no tienen una aventura. Joseph simplemente sugiere que lady Teazle dé celos a su esposo —le recordó a su madre, en cuyos ojos le pareció ver un eco de ese mismo sentimiento—. Pero haré lo que quieras, Cecily.

—Yo interpretaré a sir Peter, ¡así podré llevar bigote y barba y no me confundirán con una mujer! —dijo Cecily con una sonrisa—. Bien, aquí está el guion. Ahora tenemos que leerlo y empezar a memorizar los diálogos.

CAPÍTULO 10

Invierno De 1917

Un humo pesado cubría un pueblo cercano, cuyos árboles y las antaño hermosas casas de ladrillo habían quedado destrozados. Merryn miraba con aprensión al pasar. Los campos y huertos estaban llenos de agujeros de proyectiles. No quedaba gente. Muchas personas habían muerto y las demás habían huido en busca de un lugar seguro. Las viejas trincheras estaban tan dañadas por los impactos que habían tenido que cavar otras nuevas, donde luchaban con furia los soldados. Tan cerca de las líneas alemanas y pasando horas seguidas de pie por si había más ataques, se sentían muy expuestos ante el enemigo.

Merryn admiraba su valentía y la confianza que sentían aquellos hombres. El cabo Lewis le explicó cómo habían avanzado desde la batalla del Somme, le comentó que los soldados eran ahora mucho más eficaces. Al parecer, las comunicaciones también habían mejorado, con tecnología nueva en forma de teléfonos de campo inalámbricos, además de corredores, señaladores y palomas mensajeras que llevaban noticias a los batallones y las brigadas. Cada vez que se anunciaba otra terrorífica descarga de fuego, todo el mundo corría a refugiarse.

Muchas noches, Merryn y su hermana permanecían en su cabaña o en su tienda, escuchando las metralletas alemanas y las balas que rebotaban en árboles y paredes, intentando valientemente dominar el miedo que les causaban esos sonidos. Una noche, Cecily estaba dormida y Queenie aún no había regresado. Su madre retrasaba el momento de irse a la cama porque a veces todavía tenía pesadillas. A veces la mujer intentaba sobornar al cocinero para que le diera algo de ron. Como el peligro había empeorado últimamente, Merryn, preocupada, decidió ir en su busca.

Cuando cruzaba el campamento, oyó de pronto un gemido y vio a Queenie en la entrada del bosque, abrazada a un joven, ambos ocultos en la oscuridad debajo de un árbol. Quienquiera que fuera, el hombre yacía sobre ella y la embestía mientras ella gemía de placer. A su madre siempre le había gustado entregarse al sexo, había tenido aventuras con hombres a lo largo de toda su vida. Merryn no quiso saber más, así que dio media vuelta, se alejó rápidamente y volvió a meterse en la cama. No comentó nada cuando más tarde entró su madre.

Decidida a no pensar en las debilidades de Queenie y en los peligros que iban en aumento, Merryn pasaba los días contenta de ensayar. La oportunidad de actuar como esposa de Johnny la ilusionaba, pero también le producía un leve temblor nervioso. No tenía nada en contra de pasar tiempo a solas con él ensayando, pero no quería que Queenie adivinara la atracción que sentía por él.

—Johnny es perfecto para este papel —declaró su madre. Y su risa exagerada aligeró los corazones de todos.

—Desde luego que sí —asintió Merryn.

Recibió un abrazo. Su madre siempre la trataba con mucho cariño cuando estaba de buen humor. ¿Se habría recuperado ya de la falta de ginebra y vencido el malhumor o seguiría consiguiendo alcohol? Al verla dar un trago de su botella de agua, Merryn sintió una vez más una punzada de preocupación. No, no se preocuparía de la vida sexual de su madre, pero sí debería averiguar el contenido de aquella botella

Queenie interrumpió sus pensamientos con un comentario sobre su escasez de vestuario.

—Yo debería de llevar un miriñaque y una estola. ¿Contamos con eso? Mis rizos necesitan cintas para convertirse en tirabuzones. Oh, ¿y tenemos un abanico, Merryn?

—Lo siento. No tenemos nada semejante y yo no puedo hacerte un miriñaque —declaró Merryn con firmeza—. Se necesitaría mucha tela y ya no queda ni un retal. Tampoco tengo tiempo para coser tanto. —Tampoco tenía tanta energía, pues aquella situación la agotaba, su corazón latía con miedo al ver las armas y a los hombres heridos y oír los disparos y proyectiles—. Podemos pedir prestado un uniforme para Johnny. Hablaré con el cabo Lewis —se ofreció.

—Siempre que antes lo lavemos bien. La mayoría de los uniformes están asquerosos y apestan como el demonio —gruñó él.

—Me encargaré también de eso —dijo Merryn. Y él le dio las gracias con una sonrisa que hizo que se le acelerara el corazón. Al menos la proximidad de Johnny llevaba algo de felicidad a su vida.

—Coser es una parte importante de tu trabajo, no solo tocar ese estúpido acordeón —declaró Queenie.

Merryn vio la expresión amenazadora de su madre y alzó una mano para pedirle silencio.

—Deja de protestar tanto. Ya he hecho vestidos preciosos para todas y estoy segura de que encontrarás uno que se ajuste a tus gustos.

—Tienes mucha razón, todos son preciosos —intervino Cecily—. Lo siguiente que tenemos que hacer es ensayar con vestuario y contar con algo de público.

El ensayo general empezó bien. Como público contaron con unos cuantos hombres enfermos que los recibieron con vítores y aplausos. Cuando Queenie subió trotando al escenario, elegantemente vestida con su vestido de noche favorito de color azul, Merryn se dio cuenta enseguida de que tenía los ojos vidriosos e inyectados en sangre. Parecía completamente ebria. Se adelantaba e, incapaz de mantener el equilibrio, iba haciendo eses. Su cabello rubio rizado, recogido en un moño en la parte superior de la cabeza, se había soltado de la peineta brillante con la que Merryn lo había clavado en su sitio. Al sentirse despeinada, Queenie no dejaba de pasarse la mano por el pelo. Y, cuando empezó a hablar, solo pudo emitir un farfullo atroz.

—Adoro a estos hombres —tartamudeó. Se adelantó a la parte frontal de las tablas y sonrió al público. Olvidando que tenía que actuar como lady Sneerwell, empezó a cantar *The Boy I Love Is Up In The Gallery* («El chico que amo está arriba en la galería») con un tono de voz espantoso.

Merryn miró a Cecily con un suspiro.

—Está borracha otra vez. ¿Qué hacemos ahora?

—No tengo ni idea —gimió Cecily.

Las dos observaron consternadas cómo se bajaba Queenie el tirante del vestido y se inclinaba más cerca de los soldados. Sacudiendo los hombros, les mostró el arranque de sus pechos y les dedicó una sonrisa sensual. Los heridos se rieron con ganas, tomándose aquello como una parte graciosa de la escena. Queenie empezó a andar entre ellos, acariciándoles las mejillas, pasándoles el brazo por los hombros con gesto erótico al tiempo que sonreía y les ofrecía besitos. Luego empezó a susurrarles al oído, posiblemente frases sensuales o comentarios inapropiados. Algunos hombres la apartaban de un empujón y otros la tomaban en sus brazos para darle un beso más apasionado.

Alarmadas por los avances de Queenie, cuya actuación iba de mal en peor, las dos hermanas se miraron y corrieron a sujetarla, como habían hecho la vez que se había caído en el escenario del

Palace Theatre. Su madre les gritó con furia cuando se la llevaban a rastras entre las risas del público. Aplaudían y vitoreaban: el comportamiento ebrio de Queenie les había divertido. ¡Qué pesadilla era su madre! Las dos hermanas la llevaron a su tienda y Merryn se esforzó por acomodarla en la cama.

—Voy a decirle al público que posponemos el ensayo general para otro día, cuando Queenie esté sobria —dijo Cecily.

—Muy bien —comentó Merryn agotada. Miraba de hito en hito a su madre, que yacía en su catre de campaña con una toalla mojada sobre la frente—. Has hecho el más absoluto de los ridículos, mamá. Has olvidado que tenías que actuar y permanecer sobria.

Queenie, exhausta, negó que estuviera borracha.

—Querida niña, no digas esas cosas. Solo he tomado un par de copas —tartamudeó.

Aquella noche, cuando limpiaba y cepillaba los trajes, Merryn registró las posesiones de Queenie y, como era de esperar, encontró una botella de ron escondida en un cajón debajo de su camisón. Vació la botella, la reemplazó por agua y volvió a dejarla donde la había encontrado. Solo le quedaba confiar en que Queenie no la culpara de aquello. Decidida a resolver el problema de su madre, fue a hablar con el cocinero jefe para contarle lo que había pasado.

—Le suplico que no le vuelva a dar alcohol a Queenie. Le sienta muy mal.

El cocinero se apresuró a disculparse. Dijo que había creído que le hacía un favor con aquella guerra terrible.

—A los soldados también se les da un vaso de ron todos los días para aligerar la espera y la angustia.

—Eso lo entiendo, pero mi madre es alcohólica y se las ha apañado para recibir aún más.

—Siento haberle llenado la botella de agua con otras cosas —dijo el cocinero.

En ese momento, estalló de pronto una descarga de metralleta. Parte del techo del barracón se derrumbó y la joven gritó al sentir un golpe en la espalda. Se le doblaron las rodillas y cayó al suelo sin conocimiento.

Unos minutos después, se recuperó y se vio envuelta por el humo. Oía gemidos y gritos pidiendo auxilio, quizá ella misma estuviera gimiendo y gritando. Sin aliento, ansiosa de escapar, terroríficamente consciente de que habían atacado la cantina del ejército y ahora estaba en llamas, trató de levantarse. ¿Conseguiría ponerse de pie o tenía la columna destrozada? Convencida de que estaba a punto de morir, al advertir que alguien la arrastraba por el suelo, más allá de los hombres que habían resultado heridos o muertos, la invadió un alivio inmenso. Presa del dolor, sintió que la levantaban y que, segundos después, incapaz de respirar, la tumbaban sobre una tabla. Oyó decir que alguien agonizaba. ¿Se referían a ella? Cerró los ojos, segura de que así era, y volvió a hundirse en el olvido.

—¿Cómo te sientes, preciosa? ¡Qué alivio que ya estés despierta!

Merryn abrió los ojos y se quedó atónita al ver que estaba en su catre de campaña y que su querida hermana le tomaba la mano.

—¡Oh, gracias a Dios que estoy viva! —exclamó, con el miedo golpeándole todavía en el pecho.

—Sí, ¡estás viva y alabados sean los que te han salvado! Enviaré recado a mamá, está desesperada por lo que te ha ocurrido.

—¿Qué pasó con el cocinero con el que estaba hablando? ¿Se encuentra bien? —preguntó Merryn, esforzándose por hablar.

Cecily sonrió.

—Fue él quien te salvó la vida sacándote de allí. Está herido leve, pero sí, vivo y bastante bien. Muchos soldados que estaban haciendo de cocineros y pinches para el batallón consiguieron escapar. Otros se vieron atrapados por el fuego y no corrieron esa suerte. Murieron. Fue un ataque terrorífico.

—Sí —murmuró Merryn. El recuerdo del ataque resonaba en su interior y la dejaba sin respiración, pero se sentía agradecida por no haberse dañado la columna.

Cecily le dio a beber agua y luego la abrazó.

—La pérdida de una gran cantidad de comida que había en la cantina será un gran problema y ya han enviado a algunos soldados a buscar más. No será tarea fácil. Hasta que nos hagan llegar más alimentos, tendremos unas raciones muy ajustadas. ¿Tienes hambre?

Merryn negó con la cabeza. Su madre entró corriendo, la tomó en sus brazos y la estrechó contra sí.

—¿Se puede saber qué hacías en la cantina? —preguntó llorando.

Merryn, decidida a no hablar de las razones por las que se encontraba allí, guardó silencio. Luego le ordenaron descansar y dejó de pensar en el alcoholismo de su madre, en la costura y en los ensayos pendientes y volvió a dormirse.

Días después, a Cecily le alegró descubrir que su hermana ya estaba recuperada, aunque sufría todavía una especie de inquietud que la invadía cuando oían el rugido de un cañón o el silbido de proyectiles en la distancia. Queenie estaba sobria, de manera que el siguiente ensayo con vestuario fue mucho mejor. Cecily agradeció al poco público presente sus aplausos, para ella ese entusiasmo suponía un alivio y le resultaba muy alentador.

—Con esta actuación celebraremos la Navidad —dijo—. Estoy segura de que quedará bien.

La representación fue de maravilla y sirvió para animar a los soldados que tantos terrores habían sufrido. A continuación, Cecily cantó y Merryn tocó. Al final, el cabo Lewis, estirado y muy recto, entregó un ramo de acebo a cada una de las damas, les hizo un saludo militar, entrechocó los talones y bajó de la tarima.

—¡Qué amable! —dijo Cecily, mirando encantada las bolitas rojas de su regalo—. ¡Qué hombre tan encantador y servicial! Y el extracto de la obra ha sido un verdadero éxito.

Lewis regresó unos minutos después.

—Están todos invitados a almorzar con los oficiales que han podido disfrutar de su espectáculo —dijo.

—Muchas gracias —repuso Cecily. Cuando se marchó el cabo, miró a su hermana con irritación—. ¡Por el amor de Dios! ¿Madre ha vuelto a desaparecer?

—Ha ido a dar una paseo alrededor del campamento, supongo que para ver a los soldados.

—¿Sola? ¡Santo cielo!, ¿estará segura? Aquí hay muchos prisioneros de guerra y mamá no es muy sensata.

—Iré a buscarla para asegurarme de que esté bien —se ofreció Johnny—. Y la llevaré al almuerzo.

Cuando el joven también hubo salido, Merryn suspiró agotada.

—Hace poco vi a Queenie abrazada de manera apasionada a un soldado. Quizá esté con otro en este momento, pero no quiero ni saberlo.

Cecily se estremeció.

—Tampoco es ninguna sorpresa. Mamá es una pesadilla. Aun siendo alcohólica, mamá es una mujer fuerte y egocéntrica, pero posee un apetito sexual insaciable. La estrella siempre ha contado con hombres que la han adorado como a una reina y ella ha manejado sus amantes a su gusto. Lo que quiera que esté haciendo ahora, sea con un hombre o con el alcohol, es cosa suya. No se me ocurre ninguna razón para que tú y yo no vayamos a ese almuerzo y más con el hambre que tenemos. Cambiémonos de ropa y vayamos a disfrutar de buena comida y del aplauso de esos oficiales.

CAPÍTULO 11

Cuando salieron, bastante elegantes las dos, el cabo Lewis las esperaba fuera del barracón. Las recibió con una sonrisa de aprobación y las llevó a la cantina. Solía haber oficiales entre el público y también ellos solían aplaudir y agradecer su actuación. En cuanto se sentaron, el teniente general las miró con expresión mordaz.

—Me sorprende que ustedes se molestaran en venir aquí a entretenernos. En mi opinión, las mujeres deberían permanecer en casa, no mezclarse en la guerra, y menos aquí en Francia —dijo con un gesto muy agrio y reprobador.

Cecily se quedó pasmada con aquel comentario. Merryn, a juzgar por el modo en que parpadeó, también. Conscientes de que debían mostrarse elegantes en un almuerzo con oficiales, las dos llevaban una falda y una chaqueta respetables, no ropa recargada, y sombrero. Sus nervios tintineaban con un toque de rabia. ¿Cómo podía aquel hombre decir algo así después de los aplausos y gritos de alegría que habían recibido del público? Su actitud despectiva hizo que Cecily sintiera la necesidad de defender aún más los derechos de las mujeres, como había hecho cuando trabajaba con las sufragistas y también al hablar con Johnny. Seguiría defendiéndolos siempre que fuera necesario. Los hombres podían ser muy tercos y dictatoriales.

—¿Está diciendo que las mujeres solo deberían ser esposas y madres y limitarse a la cocina o al dormitorio? —preguntó sonriendo un poco en un esfuerzo por mostrarse cortés.

—Desde luego. Ese es su deber en la vida. —El punto de vista del teniente general parecía ser muy irrespetuoso y anticuado.

—Con la guerra todavía en marcha y casi nadie en casa para el que cocinar o al que cuidar, ¿por qué las mujeres que han perdido a su esposo, padre, hermano o algún otro ser querido no pueden cumplir con deberes más apropiados a las necesidades del momento?

El teniente general no contestó. Se limitó a resoplar y apretar los labios, con las aletas de la nariz dilatadas. Apartó la vista y empezó a sorber su sopa.

—La mayoría de las mujeres tenemos un arraigado sentido del deber —continuó Cecily—. Y hemos aceptado trabajos que suelen hacer los hombres. Las mujeres trabajan en fábricas, preparan municiones, conducen autobuses, cocinan, son dependientas, camareras, mecánicas, enfermeras y conductoras de ambulancia o cosen camisas para los soldados. Son consideradas unas pioneras. Mi hermana Merryn y yo también cumplimos con nuestro deber en Inglaterra y ahora estamos encantadas de servir a las tropas aquí en Francia como artistas. ¿Por qué no íbamos a hacerlo?

—¡Sandeces! Sí necesitamos enfermeras que cumplan con las órdenes de los doctores, pero, sin duda alguna, no necesitamos mujeres cantantes y actrices.

—Los soldados no estarían de acuerdo con usted, señor —señaló Merryn con gentileza—. Siempre nos reciben con alegría y dicen que les hemos levantado la moral.

—Por supuesto que sí —asintió Cecily—. Estamos disfrutando mucho de este viaje y estamos dispuestas a acercarnos más a la línea del frente, tan cerca como nos puedan permitir los militares.

—Jamás accederían a eso —dijo el teniente general con un bufido de desaprobación—. Va contra las reglas y también hay un límite al tiempo que les estará permitido permanecer aquí.

Cecily le dedicó una sonrisa cortés.

—Nos han concedido un permiso de varios meses, pues nadie sabe cuánto tiempo más durará todavía esta guerra. Nosotras estamos encantadas de quedarnos todo el tiempo que sea necesario y visitar otros campamentos y hospitales base.

—Necesitarían pases nuevos para hacer eso —declaró él con firmeza.

—Somos conscientes de ello, pero, por el momento, gracias al cabo Lewis, no hemos tenido ninguna dificultad para que nos concedieran uno para cada base y hospital que hemos visitado. El cabo hace muy bien su trabajo y nos mantiene informadas de esas reglas. En ocasiones, le cuesta un poco conseguir un vehículo y gasolina, pues primero debe cumplir con determinados formalismos.

—Si de mí depende, no volverán a tener otro pase —gruñó él—. Me aseguraré de ello. —Y, con una sonrisa sardónica, dio la espalda a Cecily y no volvió a pronunciar ni una palabra más.

—¡Santo cielo! ¡Qué hombre tan insoportable! —dijo Cecily más tarde, cuando Merryn y ella guardaban sus cosas preparándose para la partida—. ¡Qué opinión tan horrible tiene de las mujeres! Para él, solo deberían ser esposas y madres. A pesar de no interesarle a ella nada, mamá ha intentado siempre empujarnos a la vida doméstica. Ahora, además, debido a la guerra, hay pocos hombres y no amamos a ninguno. No le gusta que las dos aborrezcamos la idea del matrimonio.

—Tú lo aborreces... —contestó Merryn con una sonrisa—. Yo estoy mucho más a favor.

—Pues, si encuentras alguno, ten cuidado con el hombre a quien eliges para marido. El matrimonio es una forma de tiranía que puede encadenar a las mujeres a la esclavitud. La actitud de este teniente general lo ilustra muy bien. Como siempre nos ha advertido mamá, ve a las bailarinas y cantantes como prostitutas.

—A veces hombres distinguidos se enamoran de actrices y terminan siendo damas de alcurnia. Mamá me dijo una vez que papá era un caballero de clase alta de una familia bien, quizá ella se vea así.

—¿En serio? No lo sabía. Creí que él también trabajaba en el teatro.

—No, que yo sepa.

—Eso es muy curioso. Y si sabemos que él se llamaba Dean Stanford, ¿por qué el apellido de mamá es Hanson?

—Supongo que, tras la pérdida, recuperó su apellido de soltera.

—¡Ah, sí! Al parecer, la convivencia con él no era nada fácil, seguro que también cometió errores graves. Me pregunto si por eso ella se comporta así y si también por eso nunca habla de su pasado. ¿Tenemos alguna idea de por qué fracasó su matrimonio?

Merryn, que en ese momento doblaba trajes con cuidado, se encogió de hombros.

—Ni idea. Sé tan poco como tú sobre él o su relación. Quizá Queenie nos lo cuente algún día, pero no debemos preguntárselo ahora. Ya tenemos bastantes problemas con los que lidiar, entre ellos el que ha creado el teniente general. Ha dado la impresión de que quiere devolvernos a Inglaterra como sea.

—Como ha dicho, hará todo lo posible —repuso Cecily, adoptando el tono decidido de voz del teniente general—. Y yo me aseguraré de que eso no ocurra —añadió con firmeza.

Debido a las inclemencias del tiempo —la nieve había bloqueado todos los caminos y el hielo lo había congelado todo—, se tomó por fin la decisión de acabar con aquella última batalla, al menos hasta que llegara la primavera, lo cual fue un gran alivio para todo el mundo. A muchas de las tropas las retiraron en autobús o tren hasta Ruan, algunas otras a Ypres y otros lugares. Como Cecily deseaba seguir entreteniendo a los soldados que seguían presentes en Saint-Omer, cantando, recitando poemas e interpretando su extracto de obra de teatro, volvió a verse envuelta en una pelea con el teniente general. Pidió para su pequeña compañía el pase militar necesario para seguir con aquel batallón. El cabo Lewis estaba de pie a su lado, dispuesto a apoyarla.

—Es hora de que regresen a Inglaterra —le informó el teniente general con decisión—. Ya hemos tenido bastantes actuaciones.

—Veo que usted no está dispuesto a atender mi petición, pero tenemos intención de visitar más bases y hospitales —dijo ella—. Al menos, un tiempo más.

—¿Y por qué le voy a permitir hacer eso? Debería considerar regresar a casa con su familia.

—Toda mi familia está aquí, incluida mi madre, que es una estrella y está encantada de ayudarme. También mi hermana Merryn y Johnny, nuestro amigo y batería. Hemos estado ensayando nuevas canciones, extractos de obras de teatro y poemas, deseamos colaborar mientras dure la guerra, que podría acabarse pronto.

El cabo Lewis carraspeó. Se adelantó, golpeó el suelo con los talones y se puso firme.

—Señor, le aseguro que ni los pacientes ni los soldados están aburridos de estas actuaciones. En mi opinión, este grupo debería ofrecer entretenimiento en otras bases, pero ¿podríamos volver a recibirlos aquí dentro de unas semanas, señor?

—¡Jamás! —rugió el general—. Me aseguraré de que no se les den más pases.

Para colmo de males, antes de que acabara enero, Cecily recibió recado de que le habían retirado el permiso y les ordenaban volver a casa. Decidida todavía a protestar contra esa resolución, corrió de nuevo a hablar con el cabo Lewis.

—¿Puede organizar que me escolten de vuelta a Inglaterra? —le suplicó, tras mostrarle los detalles de la carta—. El teniente Trevain nos concedió el permiso y necesito regresar a Cornwall para hablar con él y pedirle otro. La idea partió de mí, así que me considero responsable de resolver este problema y restaurar la fe del teniente general en nosotros. Procuraré que sea un viaje corto.

—Por supuesto, señorita. Sin sus actuaciones, nos sentiríamos perdidos y otros campamentos y bases deberían tener derecho a poder disfrutar de las mismas. Los hombres siempre quedan fascinados con ustedes y sus interpretaciones les suben la moral. Me ocuparé de que llegue a casa sana y salva.

Cecily escribió a Nan para anunciarle su llegada y le explicó que Merryn, su madre y Johnny habían accedido a quedarse y seguir trabajando. Nan les escribía regularmente y se alegraban de saber cómo estaban las cosas en Plymouth. A Queenie en particular le gustaba mucho recibir sus cartas y postales.

—No tengo ningún deseo de viajar a ninguna parte con este frío, ni mucho menos cruzar el mar —declaró Queenie con un escalofrío, a pesar de llevar varias capas de ropa.

—Te echaremos de menos y viviremos con la esperanza de que consigas los permisos necesarios —dijo Merryn cuando abrazó a su hermana.

—Es muy valiente de tu parte hacer este viaje sola —dijo Johnny—. ¿Quieres que te acompañe?

Cecily negó con la cabeza.

—No es necesario. El cabo Lewis me está buscando una escolta. Tú quédate a cuidar de madre y de Merryn.

Merryn le dedicó una sonrisa tímida.

—Sin ti estaríamos perdidas y nos sentiríamos más en peligro —dijo.

—Desde luego —intervino Queenie—. Y necesitamos que sigas tocando el tambor.

Aquel había resultado ser un invierno frío y duro y, esa noche, caminando alrededor del campamento, pues Cecily sentía la necesidad de mantener una conversación privada con su hermana, las botas de las dos hacían crujir la nieve.

—Los soldados han pasado una época difícil, en esta última batalla ha habido muchas bajas. Por el heroísmo que han mostrado, creo firmemente que debemos de seguir apoyándolos y actuando para ellos. Es vital que tengan la moral alta.

—Estoy de acuerdo. Les encanta cantar con nosotros y dejar de pensar que pueden volar en pedazos cualquier día. Y a veces esos valientes siguen cantando nuestras canciones en las trincheras. Eres muy lista, Cecily. Seguro que conseguirás arreglar este problema que nos ha creado el teniente general.

—Desde luego, haré lo que pueda. Y tú cuídate mucho en mi ausencia.

—No te preocupes, te lo prometo. Y estoy segura de que Johnny me ayudará.

Cecily sonrió con ironía.

—Sospecho que le estás tomando mucho aprecio. ¿Se te ha declarado?

Merryn se sonrojó.

—¡Oh, no me preguntes eso! Somos cada vez más amigos y sí, me ha besado varias veces. Yo estoy muy emocionada, pero no sé si habrá algo más entre nosotros.

Cecily la estrechó en sus brazos.

—Espero que seas feliz con él, pero como te he dicho, ten cuidado y protégete un poco de sus continuos flirteos.

A finales de esa semana, Cecily subía a bordo de un barco y un joven que marchaba de permiso la escoltó encantado. Ella se lo agradeció sinceramente y se prometió que haría lo que fuera necesario por lograr su objetivo.

CAPÍTULO 12

Nan esperaba a Cecily en la estación de ferrocarril de Plymouth.

—Me alegro mucho de verte, querida —le dijo, después de darle un caluroso abrazo—. Te he echado mucho de menos. Espero que Merryn y Queenie estén sanas y salvas.

—Sí que lo están —contestó Cecily con una sonrisa. Quería mucho a Nan, aquella mujer seguía siendo como una madre para ella.

Para alegría suya, fueron a casa en tranvía. Aquello fue como volver al pasado y, sin pensárselo dos veces, ayudó a una anciana a subir a bordo con ellas. Sentada en el tranvía como una pasajera más, sin mencionar para nada los peligros que habían tenido que afrontar, habló de su popularidad y de la alegría y el alivio que proporcionaban a las tropas. Después contó brevemente el problema que les había creado el teniente general.

—Me alegro por vosotras. Esta noche celebraremos vuestro éxito con una cena deliciosa.

De vuelta en Grand Parade, Cecily casi no podía creer que estuviera en casa, en aquella encantadora casa blanca victoriana de elegantes ventanales, muebles de palo de rosa y paredes forradas de madera. Al entrar en su propio dormitorio, sonrió al ver las cortinas de cretona con cordones trenzados, su cama de caoba, su escritorio y su armario y, también, desde luego, su cuarto de baño.

Sin prisa, se dio un baño, algo que no había podido hacer en los campamentos en Francia, y se puso un vestido de gasa lila que caía recto hasta los tobillos, con un corpiño drapeado cruzado y un volante en la cintura. Era uno de sus favoritos y no se lo había puesto desde antes de la guerra. También le gustaba sentir en los pies sus bonitos zapatos de tacón. Se miró al espejo y admiró la elegancia de la imagen reflejada, tan lejana de los feos uniformes que había vestido durante años, tanto en el tranvía como en el campamento y, a veces, también en el escenario, pero lo cierto era que también parecía mucho más delgada y más cansada. Unos días libres le sentarían bien.

Diciéndose que aquella visita era para ella un regalo que no podría durar mucho, bajó la escalinata curva para cenar con Nan en el comedor. Esperaba que estuvieran solas las dos y le sorprendió encontrar a un hombre joven sentado junto a la niñera.

—Hola, querida. Espero que no te importe que haya invitado a mi sobrino, que está deseando oírte contar tus logros.

—Encantada de conocerte —dijo ella. Tendió la mano para estrechar la del joven.

El sobrino de Nan se presentó como Boyd Radcliff, un joven bastante atractivo, aunque delgado como un junco. Su ojo izquierdo parecía entrecerrado y apagado, pero el derecho era vivo y de un marrón aterciopelado, del mismo tono que su cabello. Se acercó a ella apoyándose en una muleta y le estrechó la mano con gentileza. Cecily le preguntó si había resultado herido en la guerra.

—Sí, un golpe en la cabeza cuando me alcanzó un mortero. Perdí parte de la pierna izquierda.

—¡Oh! Lo siento muchísimo. He conocido a otros jóvenes con problemas parecidos en los hospitales donde actuamos. Habrás sufrido mucho.

Boyd Radcliff asintió y procedió a explicarle cómo había mejorado la técnica de las prótesis y que él no había padecido gangrena ni infecciones. Le habían amputado la pierna izquierda justo por encima de la rodilla y luego le habían puesto una pierna artificial de madera.

—La llamo pata de palo y me voy acostumbrando poco a poco a ella. —Sonrió—. Pasé un tiempo en un hospital militar con un doctor excelente, donde nos enseñaban ejercicios para recuperarnos y volver a andar. No es fácil, pero, si uno quiere volver a la realidad, vale la pena el esfuerzo.

—Tu actitud me parece admirable, te deseo lo mejor —dijo Cecily sonriendo admirada por el valor del joven.

Nan llegó entonces con una bandeja llena de platos con pollo, verduras y salsa. Boyd se apresuró a quitársela y colocarla en la mesa.

—Mira a este muchacho, siempre deseoso de ayudar a pesar de no tener ninguna posibilidad de recuperar esa rodilla.

Boyd se echó a reír.

—Sí, ahora ando muy rígido, pero mi pata de palo terminará resultándome más cómoda. Estoy disfrutando de este descanso en Plymouth, tan necesario para mí. Fuiste muy amable al invitarme, tía, y estoy encantado de conocerte, Cecily.

Cecily se ruborizó bajo la mirada cargada de admiración del joven.

—Yo también me alegro de conocerte. Me encanta Plymouth. Antes exploraba constantemente el Sound, la isla de Drake y la bahía de Wembury. Fue una delicia venir a vivir a esta casa en la ciudad donde nació mi madre.

Nan la miró sorprendida.

—Queenie nació en Whitstable, en Kent, no en Plymouth.

Cecily parpadeó, atónita.

—¡Santo cielo! No lo sabía. Creía que mi madre había dicho que compró esta casa por eso y porque siempre le había gustado las vistas del mar. ¿La entendí mal?

Nan frunció ligeramente el ceño. Parecía algo avergonzada.

—Quizá. Queenie no siempre explica bien las cosas. Después de la muerte de su madre, no sentía deseos de regresar a la casa donde nació y compró esta en su lugar.

—Entiendo. De hecho, apenas nos ha hablado de su pasado. ¿Hay algo más que puedas contarme de ella y de mi padre? —preguntó Cecily, esperanzada.

—Sin su permiso no, querida. Tampoco debería haber dicho lo que te acabo de decir. Ahora, sírvete pollo.

Cecily, frustrada, frunció el ceño, pensando en lo difícil que era conseguir respuestas sencillas sobre el pasado de su madre. Notó que Nan esquivaba su mirada, como si temiera haber dicho lo que no debía. Se dijo que no debería haber hablado de su madre y se dispuso a disfrutar de la deliciosa cena que había preparado Nan.

—Me preguntaba si te interesaría el movimiento sufragista —comentó Boyd, cambiando de tema con habilidad.

Cecily ocultó su decepción con tacto.

—Me interesan mucho las sufragistas y he participado en sus actividades durante varios años. Nada muy violento. Contaban con mi apoyo para recaudar fondos y convencer a otras mujeres de que fueran miembros. Cuando empezó la guerra, el movimiento sufragista cesó en sus actividades políticas, canceló las huelgas de hambre y fijó su atención en el esfuerzo de guerra. Las mujeres nos ofrecimos voluntarias para realizar trabajos reservados normalmente a los hombres, lo cual ha demostrado lo capaces que somos. Gracias a ello, creo que el punto de vista del Gobierno sobre las mujeres ha mejorado. Accedieron a poner en libertad a todas las sufragistas activas que estaban en prisión.

—Y ahora, al menos hasta cierto punto, han alcanzado su objetivo.

Cecily sonrió con sorna, muy consciente, como él, de que solo las mujeres mayores de treinta años que además tuvieran propiedades eran las que tendrían derecho a votar. Todos los hombres mayores de veintiuno podían votar y, si estaban en las fuerzas armadas, desde los diecinueve años.

—El movimiento sufragista está contento de que por fin se haya concedido el voto a algunas mujeres, pero todavía hay desigualdad entre los hombres y nosotras.

—Coincido contigo —dijo Boyd. Asintió con firmeza—. Al menos es un comienzo e irá a mejor.

—Desde luego, debería mejorar, pues esta guerra ha probado la capacidad de las mujeres —declaró ella. Lo miró a los ojos. Valoraba su apoyo. Parecía un hombre muy amable—. Me alegro mucho de que estemos de acuerdo en este tema.

—Desde luego que sí. Y puede que te interese saber que el 6 de febrero habrá una marcha sufragista para celebrar la concesión del voto a las mujeres, no solo en Londres sino también en otros muchos lugares en los días siguientes, también aquí en Plymouth. Yo he estado a favor del sufragio femenino, así que pienso asistir. ¿Te apetece venir?

—¡Oh, sí! Me encantaría —dijo ella.

Aquel hombre tenía algo que hacía que un resplandor cálido se extendiera por ella, lo cual resultaba sorprendente, teniendo en cuenta el poco interés que había sentido últimamente por los hombres. Ahogó un bostezo, se recostó en la silla y se dio unas palmaditas en la tripa.

—Ha sido una cena deliciosa, Nan. Un gran regalo. No hemos comido muy bien en los campamentos, sobre todo últimamente, cuando nos quedamos sin comida porque cayó una bomba en la cantina. —Contó brevemente lo que le había ocurrido a Merryn, que, por suerte, no había resultado gravemente herida.

—¡Oh, santo cielo! ¡Gracias a Dios! ¡Cuántos peligros habéis corrido! ¿Pensáis seguir en Francia y continuar con los conciertos?

—Claro que sí. Creemos que es nuestro deber mantener altos el espíritu y la moral de esos hombres.

—Eso es muy valiente y noble por tu parte —comentó Boyd con suavidad.

—Ahora, vete a la cama, necesitas descansar —le dijo Nan a Cecily, como tantas veces cuando era niña.

—Tienes mucha razón, estoy agotada. Y mañana tengo que pedir cita para ir a ver al teniente Trevain. Confiemos en que no me haga esperar mucho.

Unos días después, Cecily recibió recado de que el teniente estaba deseando volver a verla cuando a ella le viniera bien. A las diez de la mañana del día siguiente, la joven estaba sentada ante su escritorio contándole lo que había logrado su pequeña *troupe* antes de explicarle por qué había ido a verlo.

—¡Caray! ¡Qué extraño! —exclamó él—. He recibido buenos informes de sus actuaciones, ¿por qué no van a continuar? Les daré encantado un permiso nuevo, que espero les dure hasta el final de la guerra. Escribiré a ese hombre y le explicaré por qué confío en usted para actuar para ellos, ya que es una joven valiente y con mucho talento.

El corazón de Cecily se hinchó de alivio por tan generosas palabras.

—A cambio de este nuevo pase, si estuviera dispuesta a hablar con prisioneros de guerra, ¿puedo pedirle respetuosamente que contacte conmigo si averigua algo de importancia?

Cecily lo miró atónita y guardó silencio unos segundos.

—¿Sugiere usted que quiere que haga de espía?

—Los llamamos agentes, no espías. Hablar con los prisioneros de guerra constituye uno de los muchos deberes de nuestros agentes. En esta tarea destacan especialmente las mujeres, pues ellas suelen convencer a los hombres de que les pasen información con una sonrisa dulce o con un aleteo de sus hermosas pestañas. ¿Usted estaría dispuesta a hacer eso? —Los ojos del teniente se agrandaron mientras esperaba con paciencia la respuesta.

Cecily tragó saliva. Temía no poder cumplir con ese reto. Desde luego, no sería fácil. Había visto a prisioneros de guerra metidos en tiendas mientras actuaban, pero nunca se había acercado ni intentado conversar con ellos. ¿Cómo narices iba a encontrar valor y cómo iba a saber lo que tenía que preguntar? Entonces se le ocurrió que aquello podía ser una forma de venganza por haber perdido a Ewan, así que... ¿por qué no intentarlo si le decían exactamente lo que tenía que hacer? Carraspeó con una tosecilla y miró los ojos interrogantes del teniente.

—¿Recibiría algún entrenamiento?

—Yo le enseñaré cómo lograr algo que pueda sernos de utilidad.

—Si es eso lo que quiere a cambio del permiso, sí, lo haré lo mejor que pueda, señor, pero no prometo que vaya a tener éxito.

—¡Excelente! Como sé que partirá pronto, me pondré en contacto con usted en los dos próximos días para seguir el proceso de entrenamiento.

No resultó fácil. El teniente Trevain aseguró a Cecily que su éxito como espía dependería en gran medida de la práctica y la experiencia. Empezó por hablarle del peligro creciente del conflicto en Europa y le dijo que los alemanes estaban decididos a invadir Gran Bretaña. Le informó de que debía considerar la posibilidad de interrogar a prisioneros de guerra para conseguir información esencial. Primero debía intentar identificar sus nombres, rangos y números y, de ser posible, su primer oficial. Averiguar adónde pensaban ir antes de ser capturados, así como también detalles más importantes de la capacidad militar del enemigo y de sus planes futuros. Le explicó que también les sería de gran utilidad que formara parte de una operación de espionaje encubierto.

Si sonsacar algo a prisioneros de guerra ya sería difícil, participar en una misión le parecía muy improbable. ¿Acaso algún lugareño de los pueblos arrasados participaba en tales actividades? Su grupo había actuado muy cerca del frente enemigo, donde el ejército alemán ocupaba una parte del norte de Francia, cerca de Bélgica. Los Países Bajos eran neutrales, ¿pero se encontraría alguna vez en una situación en la que podría obtener información sobre cuándo planeaban los alemanes invadir su país? Cecily sospechaba que ser una espía, o agente, como Trevain prefería llamarlos, sería un trabajo solitario y peligroso, temía no encontrar el apoyo necesario.

Cuando preguntó cómo le enviaría la información que pudiera conseguir, le explicaron con quién tenía que contactar en una base local de la Marina en Francia, cómo ellos pasarían lo que descubriera a través de su sistema de radiotelégrafo Marconi y qué clave tendría que usar. No podía anotar la clave, debía memorizarla. Cecily escuchaba todas esas instrucciones cada vez más preocupada ante la perspectiva de participar en esas actividades.

Cuando terminó por fin la sesión de entrenamiento, perdida toda confianza en sí misma, volvió corriendo a su casa, invadida por el pánico. Su instinto la empujaba a intentar ayudar, fueran cuales fueran los riesgos.

Corrió a su habitación a escribirle una carta a Merryn para decirle que había conseguido un permiso nuevo, pero sin mencionar el trato al que había accedido para lograrlo, ni mucho menos el entrenamiento para ello. En la carta prometía volver pronto a Francia. Después de echarla al correo, se reunió con Nan en el salón y le dijo lo mismo.

—Te felicito, querida. Siempre has sido inteligente. Lo vi en cuanto te conocí.

Cecily se echó a reír.

—No te creo. Entonces era solo un bebé.

—No, ya tenías dos años.

La joven la miró sorprendida. Hacía poco que había descubierto que su madre no había nacido allí en Plymouth y ahora se encontraba con otro rompecabezas.

—¿Me vas a decir en serio que mamá se tomó la molestia de cuidar de mí sin tu ayuda cuando nací? O supongo que empleó a otra niñera y no la recuerdo porque era muy pequeña. ¿Por qué la despidió?

—Supongo que sucedería eso. Antes de que yo empezara a cuidar de tu madre y de ti, no sé quién fue tu primera niñera. Soy ya mayor y olvido esos detalles. —Nan se concentró en estirar un cojín que estaba bordando—. ¿Qué quieres para comer? Me parece que necesitas renovar energías.

—Es verdad. Me encantará lo que quieras prepararme.

En su corazón, Cecily no se sentía inteligente, solo una mujer dispuesta a colaborar en los esfuerzos de guerra, como los demás miembros de su *troupe*. Por el momento se concentró en el desfile sufragista. El acontecimiento tendría lugar al día siguiente y quizá la ayudara a recuperar el valor.

Cecily y Boyd tomaron un tranvía. La joven comentó su alegría por poder participar en aquella marcha.

—Estoy tan contenta que estoy deseando llegar. Gracias por avisarme. Había perdido contacto con las sufragistas y estoy segura de que será un gran día.

Las cosas se torcieron en cuanto bajaron del tranvía. Se acercó una mujer, le puso una pluma blanca a Boyd en el sombrero, símbolo de cobardía, también con palabras lo acusó de cobarde y le dio un empujón. El joven perdió el equilibrio, soltó la muleta y cayó al suelo. Cecily corrió en su ayuda, pero al ver que la mujer que lo había atacado empezaba a alejarse, la agarró y gritó:

—¿Cómo te atreves a insultar a este hombre valiente? No es ningún cobarde. Ha sufrido mucho en la guerra y ha perdido una pierna. ¡Discúlpate ahora mismo!

Varias sufragistas se habían acercado a ayudar a Boyd a levantarse y quitarle el polvo de la chaqueta. Él movió la cabeza.

—No importa, en serio. Ya me ha pasado muchas veces. Marcar a los que creen cobardes con una pluma blanca es del todo estúpido, la gran mayoría de las veces, se equivocan... y no quiero darle importancia. Simplemente se la devolveré. —Entregó la pluma a la mujer de cara agria con una sonrisa cortés.

La mujer se ruborizó, se recogió las faldas y se volvió para marcharse.

—¡He dicho que te disculpes! —le gritó Cecily.

—Lo siento —murmuró ella.

Se guardó la pluma en el bolsillo y se alejó corriendo para no oír a mucha gente gritándole y burlándose de ella.

Cecily, nerviosa, preguntó a Boyd si estaba bien.

—¿Puedes andar o quieres irte a casa?

—No, estoy bien y puedo andar —respondió con una sonrisa valiente.

Cecily le tomó del brazo y caminaron hasta Old Town Street. La calle estaba llena de gente sonriente que animaba a las sufragistas, cuyas pancartas y cuyos banderines abrían la marcha. Cecily, ataviada con su vestido blanco de sufragista, sombrero de ala ancha y una banda morada con las palabras «El voto para las mujeres», se sentía privilegiada de poder participar en ese desfile. En la cabecera de la marcha iba una mujer hermosa montada en un caballo que tiraba de un carruaje. Cecily comprobaba a menudo que Boyd seguía cerca. Le había dado un banderín para que lo agitara y se sonreían a menudo. Salvo por el irritante insulto del que había sido víctima él, aquel día estaba resultando muy emocionante.

Más tarde, cuando el movimiento sufragista se reunió en la plaza, en torno al reloj de Derry, empezaron a gritar: «No seré esclava eternamente». Cecily se unió encantada. Había asistido a muchos mítines en el pasado y le gustaba luchar por los derechos de las mujeres. La mujer que iba al frente del desfile, tras presentarse como lady Stanford, dio un discurso. Cecily se quedó sorprendida. ¿No era ese el apellido de su padre, al parecer miembro de una familia de clase alta? ¿Era posible que esa mujer estuviera emparentada con él?

Muy intrigada, empezó a abrirse paso entre la multitud, escuchando con atención a lady Stanford, que contaba cómo había ayudado a organizar la marcha de Londres y había accedido encantada a participar en esa marcha con ellas. Cuando terminó su discurso, después de haberles deseado un buen futuro, Cecily estaba ya a su lado.

—Disculpe, lady Stanford —le dijo—. Gracias por su interesante charla. ¿Puedo preguntar si está por casualidad emparentada con mi padre, que se llamaba Dean Stanford?

La señora la miró con incredulidad.

—Claro que no —comentó desdeñosamente—. En mi familia no hay nadie con ese nombre. ¿Dice usted que su apellido también es Stanford?

—Mi nombre es Cecilia Hanson, normalmente conocida como Cecily, y mi madre es...

—Ah, mis disculpas, querida niña. Tengo que irme.

Cecily vio decepcionada cómo se alejaba la mujer con una amiga, sin haber mostrado el más mínimo interés.

Cecily pasó los días siguientes preparando su equipaje. Compró algunas cosas básicas que había prometido llevar a Queenie y a

Merryn, y añadió también comida de Nan. En su última noche, cuando Nan se acostó, después de haber disfrutado de otra cena más, preparada para ellos, Cecily y Boyd se sentaron en el jardín, en la parte trasera de la casa, a tomar una copita de oporto. Cecily le contó la actitud desdeñosa que le había mostrado lady Stanford y cómo había eludido responder a lo que a ella le parecía una pregunta muy razonable. Siguió explicando que sabía muy bien que algunas personas de clase alta podían ser muy esnobs y que esa actitud las alejaba mucho de las personas corrientes.

—Un poco como esa mujer que te puso la pluma blanca y te empujó.

—Te agradezco la ayuda y estoy dispuesto a perdonar a esa estúpida mujer.

—Al menos estás vivo y bien, gracias a Dios.

Boyd sonrió abiertamente.

—La verdad, no me quejo.

—Hay muchas cosas que a mi hermana Merryn y a mí nos gustaría saber de nuestro padre, pero mi madre no nos cuenta nada. Y, aunque tiene el mismo apellido, preguntarle a lady Stanford no ha servido de mucho.

—No pienses que has hecho algo malo preguntándole. Yo también siento el impulso de averiguar más cosas de mi propia familia. Puedo investigarlo, si quieres, será un placer escribirte para contarte lo que averigüe, si es que descubro algo.

Cecily lo miró a los ojos y volvió a sentir un resplandor cálido en su interior, casi excitación. Aquello parecía el inicio de algo.

—Gracias, eso sería de gran ayuda. Nos encanta recibir cartas de familiares y amigos. Como sabes, nos las envía el servicio postal del Ejército británico. Puedes contactar con el teniente Trevain, él se las dará encantado —explicó Cecily, con una sonrisa de gratitud.

Se recordó que había jurado no tener relaciones amorosas con más hombres y cambió rápidamente de tema. Pasaron a contarse historias de su vida. Cecily le contó que había empezado a cantar en el coro de la escuela y él le dijo que su pasión había sido jugar al fútbol y al críquet, deportes de los que ya solo podía ser espectador.

—Admito que soy muy terco, pero no tengo deseos de perder la dignidad yendo por el mal camino ahora que mi vida ha cambiado —dijo. Se encogió de hombros con una sonrisa—. Tengo plena confianza en mi capacidad para construirme una nueva vida y encontrar un trabajo.

—Bien por ti. —Cecily sintió una punzada de emoción. Admiraba mucho la fe que tenía en sí mismo y disfrutó oyéndolo contar que vivía feliz con sus cariñosos padres en el East End de Londres, donde había nacido ella... a no ser que eso también resultara ser falso, ya no sabía qué era verdad y qué mentira de lo poco que les había contado Queenie.

Después, hablando de la guerra, él le dijo riendo que había dejado su rifle en el suelo para ir a la letrina y había visto a un alemán arrastrarse por encima del parapeto para robarlo.

—Me dio un susto de muerte, pero fue muy tonto por mi parte olvidarlo —dijo—. Por suerte, no me disparó, solo salió huyendo.

—Gracias a Dios —repuso Cecily, que no deseaba hablar de los horrores que había soportado el joven. Terminó el último trago de oporto y se puso en pie—. Ahora debo darte las buenas noches y retirarme. Mañana por la mañana salgo para Francia en un barco de la Marina.

—Buenas noches y buena suerte —dijo él. Se situó a su lado con expresión preocupada—. Te deseo todo lo mejor y espero que regreses sana y salva. —Levantó la mano de ella y se la besó con gentileza—. Ha sido un placer conocerte y estoy deseando volver a verte.

—Esperemos que sea pronto —respondió ella con suavidad antes de alejarse esperanzada por que así fuera y dolida por tener que separarse en ese momento de él.

CAPÍTULO 13

Cuando volvió a Saint-Omer, los soldados del batallón recibieron a Cecily con vítores y saludos. Aquella bienvenida le resultó conmovedora. La nieve de la montaña se derretía y corría formando ríos hasta el lago, fluyendo a borbotones con toda la fuerza nueva del deshielo, liberada el agua de toda atadura. Merryn llegó corriendo y gritó de alegría al ver a su hermana agitar en el aire el permiso. La abrazó con fuerza.

—Gracias a Dios que has triunfado, querida. Hemos prometido a todo el mundo que no nos iríamos. Cuéntanos lo que has tenido que hacer para conseguirlo.

—El teniente Trevain estaba muy impresionado con nuestros esfuerzos —repuso Cecily, que no quería que su hermana supiera lo que se había visto obligada a aceptar en el proceso.

Esa noche, cuando Queenie salió a dar su paseo habitual por el campamento, Cecily se sentó al lado del catre de campaña de su hermana y le contó cómo habían acusado de cobardía al sobrino de Nan cuando se dirigían a la marcha de las sufragistas.

—Ese momento fue muy interesante, pero a mí también me ocurrió una cosa extraña —dijo.

Merryn escuchó con curiosidad su encuentro con lady Stanford.

—¡Cielo santo! Su falta de interés tuvo que resultarte perturbadora. —Guardó silencio unos instantes—. Podemos preguntarle a Queenie si conoce a esa mujer.

—Tenemos telepatía, pues yo me preguntaba si debíamos contárselo. Sabiendo cómo odia mamá hablar del pasado, ¿nos arriesgamos?

—Lo pensaremos —contestó Merryn—. No hay prisa y ahora estamos bastante ocupadas.

En las semanas siguientes se desplazaron a distintas bases, transportados todavía por el cabo Lewis en la camioneta vieja. El joven también se mostró encantado de que les hubieran dado el pase a pesar de la amenaza del teniente general. A veces actuaban bajo una gran carpa o al aire libre. Muchas veces solo contaban con velas para iluminar su interpretación y, por si no había sillas disponibles, siempre cargaban con un par de ellas para que se sentaran Merryn y Johnny a tocar sus instrumentos.

Su alojamiento variaba mucho y en una ocasión los alojaron en un convento. Allí hacía frío, pero al menos les ofrecieron camas cómodas y un baño. A Queenie le encantó aquel sitio pero no le gustó tanto que una monja se prestara a deshacer sus maletas atadas con cuerdas, pues su ropa estaba raída y menos limpia de lo que debería estar. Como por fin tenían jabón y agua caliente a su disposición, insistió en que Merryn le lavara todas sus prendas. El siguiente alojamiento resultó ser un barracón, donde les dieron literas y se llenaron de piojos, lo cual fue un verdadero problema. Merryn, la responsable de la limpieza, seguía encontrando de vez en cuando una botella de presunta agua que resultaba ser ron y que retiraba o sustituía por agua, con lo que se ganaba malas caras por parte de Queenie.

Una mañana estaba quitando las sábanas de las camas con intención de lavarlas, cuando apareció Johnny a su lado.

—¿Necesitas ayuda? Si la necesitas, yo soy tu hombre.

La joven se echó a reír.

—¿Por qué ibas a serlo? De hecho, no deberías estar aquí. Esta zona es solo para mujeres.

—Es obvio que necesita limpieza y estaré encantado de llevar las sábanas y mantas a la lavandería. Trabajas demasiado y te mereces un descanso. Y, después, ¿por qué no vienes conmigo a dar un paseo? O podemos tumbarnos al sol.

—¿Con este viento? —preguntó ella, echando las sábanas sucias al suelo. Respiró hondo para controlar sus emociones—. No, gracias —dijo con calma—. Déjame en paz, Johnny. Eso no sería apropiado y nos arriesgaríamos a que nos viera mi madre. Y no necesito tu ayuda, no me importa hacer este trabajo.

—¡Cáscaras! Tú también debes descansar. ¿Y por qué no conmigo? Sabes la adoración que siento por ti. Me encantaría iniciarte en los frutos del placer. Podríamos divertirnos mucho y asegurarnos de que no nos viera Queenie —La rodeó con sus brazos y la empujó contra la litera, donde asaltó su boca con la lengua.

A Merryn empezó a latirle el pulso con fuerza. Lo empujó, con miedo a que pudiera entrar su madre.

—¡Déjame en paz y compórtate!

—¿Y por qué? Sé que me deseas desesperadamente.

—No te hagas ilusiones. Estoy demasiado ocupada y eso no estaría bien.

Johnny la soltó, se levantó y extendió las manos en un gesto de disculpa.

—¿O sea que me rechazas? Está bien, te dejaré en paz y no volveré a tocarte nunca.

Merryn lo vio salir airado, segura de que lo había perdido para siempre.

En el siguiente viaje a una base lejana, los alojaron en una casita, donde Cecily y Merryn compartían una cama doble con un colchón de paja. A Queenie le dieron un dormitorio individual, lo cual le encantó. Por las mañanas las despertaba la anciana dueña de la casita para ofrecerles pan y un huevo cocido, una delicia para todos, excepto para Queenie.

—No se te ocurra quejarte —le dijo Merryn con firmeza, al ver su expresión resentida y sabiendo que protestaba porque no le dejaban tomar el desayuno en la cama, como le gustaba hacer—. Es una comida maravillosa y siempre va acompañada de una infusión de achicoria.

El almuerzo solía consistir en sopa, pues la anciana tenía un pequeño huerto de verduras, rodeado por una acequia. Merryn la ayudaba a menudo a sacar los tubérculos y cortarlos. Su madre se mostraba asqueada con aquella comida.

—Iré a hablar con el cocinero del campamento para ver si puede ofrecernos algo de carne.

—Confieso que yo disfruté algunas comidas maravillosas en Plymouth preparadas por Nan —admitió Cecily—. Fue un gran regalo.

Johnny lanzó un gemido.

—¡Caramba! Deberíamos haber ido contigo. Me das mucha envidia.

—¡Qué suerte la tuya! —musitó Merryn. Chasqueó la lengua y miró a Queenie de hito en hito, sospechando que lo que de verdad quería pedirle al cocinero era más ron. Y, como aquel hombre no la conocía, probablemente se lo daría—. El cocinero del campamento se esfuerza por sacar adelante platos sin apenas tener más que huesos de vaca y solo a veces tendones y riñones. No hay mucho más allí, así que, ¿para qué molestarse en ir a verlo?

—Además, tienes que apreciar la generosidad de nuestra anfitriona, una mujer que a pesar de llevar una vida de campesina pobre, nos da cuanto tiene, mamá —intervino Cecily.

—Y tienes que apreciar también a tu hija Merryn, pues está ayudando a esa mujer a cocinar y hacer otras tareas —le recordó Johnny.

Queenie, después de aquella riña, apretó los labios y al menos saboreó la infusión.

A Merryn le encantó que Johnny la hubiera apoyado y le hubiera dedicado una sonrisa secreta. Después de todo, seguían siendo amigos.

Llegó abril y arribaron a Ypres, al otro lado de la frontera, en la parte francesa de Bélgica, todavía más cerca de las líneas enemigas. El terreno era bastante plano, surcado de canales y ríos que lo unían a la costa. Desde el comienzo de la guerra, partes de ese territorio habían estado en manos de los alemanes. Habían sido rechazados, pero ahora que había mejorado el clima, otra vez trataban de conquistar la ciudad. En junio de 1917 habían explotado muchas minas y, con el avance de la guerra, los aliados iban sufriendo pérdidas terribles. En Ypres y alrededores, en Passchendaele, Broodseinde y muchas otras partes de los campos de Flandes, miles de soldados y civiles de todas las nacionalidades habían resultado muertos o heridos.

Los caminos que llevaban a Ypres eran llanos y embarrados, atestados de vehículos aplastados, tanques, caballos mutilados, armas rotas... Había heridos tumbados en camillas esperando una ambulancia, alemanes también. Cecily vio con repugnancia que había esqueletos, tumbas sin nombre y ratas por todas partes. En toda la zona había cadáveres en descomposición, algunos caídos en las trincheras embarradas, los charcos o los agujeros de mortero en los que se habían ahogado, con gusanos gordos arrastrándose por sus cuerpos.

—¿Por qué no los han retirado? —le preguntó al cabo Lewis.

—Los escuadrones no pueden ayudar a las bajas cuando van camino del frente, ese trabajo hay que dejárselo a los camilleros, cuya tarea es rescatar a los heridos. Enterrar cadáveres es otra cuestión. Un solo mortero destrozó a todos los hombres de una tienda, solo quedó un cráter. Volaron en pedazos y no encontraron cuerpos.

Cecily sintió náuseas.

—¿Sus familias recibieron un telegrama de la Oficina de la Guerra diciendo «Desaparecido, presumiblemente muerto»?

El cabo sonrió con tristeza.

—¡Ah, sí! Así fue. Por fortuna, otros pudieron andar aunque estaban heridos.

—Todo este horror dificulta el avance y el efecto en los soldados es mucho peor. Cuanto más nos acercamos a la zona de combate, más se ve en sus rostros miedo, tensión, nerviosismo y ansiedad. Y más callados y taciturnos se muestran.

—Se encierran en sí mismos. Los hombres más jóvenes y solteros y los veteranos endurecidos consiguen lidiar con sus problemas más fácilmente. Mientras muchos aquí van marchando, algunos llegan en tren, todos dispuestos a intentar frenar el intento alemán de apoderarse de esta zona.

En aquel momento, los sobrevoló un avión lanzando metralla.

—Esos aviones han entrado en la guerra para tirar bombas y atacar a los británicos o ver qué se está cociendo... —murmuró Lewis sombrío. Frenó la camioneta para evitar que les dieran.

El avión, que volaba adelante y atrás, no tardó en ser atacado por los soldados y Cecily vio que perdía una de sus alas. En cuestión de minutos se precipitaba a tierra, donde el piloto enemigo seguramente murió al instante. Por suerte, ellos estaban sanos y salvos. Veía a hombres corriendo para dejarse caer en una trinchera y volver a salir para correr en otra dirección. No debía de ser fácil moverse en aquel terreno tan embarrado. Seguro que todos ellos ya habían soportado muchas veces todo aquello, pero a Cecily le preocupaba si ella sería capaz de lidiar con los peligros que quizá estaban a punto de llegar.

Su siguiente concierto la animó mucho. Como siempre, estaba a rebosar de soldados que aplaudían alegremente siempre que les cantaba. Apestaba al humo de los cigarrillos Woodbine que fumaban muchos de aquellos hombres, Johnny también fumaba mientras tocaba la batería. Cecily empezó cantando *Keep the Home Fires Burning* («Deja encendidos los fuegos del hogar») y siguió con muchas otras canciones, alentando a los soldados a unirse al coro, algo que les encantaba hacer. La joven disfrutaba mucho esas actuaciones, que la iluminaban y le hacían olvidar el miedo y la preocupación por la cruda realidad de la guerra. Sus canciones producían el mismo efecto en los soldados. Cuando terminaban, algunos seguían por allí y le pedían un autógrafo o, los más atrevidos, la invitaban a comer con ellos. Cecily rehusaba con educación, decidida a no sucumbir a sus halagos. Queenie, sin embargo, flirteaba alegremente con ellos, aleteando las pestañas y besándolos en la mejilla. Su fascinación por los hombres resultaba todavía palpable. A diferencia de su madre, Cecily no sentía interés en ser cortejada por ningún hombre, aunque su dolor por la pérdida de Ewan era algo más llevadero aferrándose como se aferraba solo a los recuerdos dulces que ambos habían vivido. A veces también le venía a la memoria la atracción que había sentido por Boyd, el sobrino de Nan, pero no se permitía siquiera pensar en él.

Además de cientos de soldados sanos, a sus actuaciones, acudían también heridos que compartían tiendas atestadas, pues en lugar de acoger los ocho soldados habituales, en algunas habían tenido que meter a veinte prisioneros alemanes. Los vigilaban centinelas armados con rifles. Una vez recuperados de sus heridas, esos prisioneros eran trasladados a campos de internamiento situados a cierta distancia de allí. A Cecily siempre le sorprendía que algunos de los alemanes cantaran también con ellos, presumiblemente aquellos que sabían hablar inglés.

Vio a una enfermera joven calmando a un paciente, al que lavaba con gentileza los pies grises hinchados, que parecían muy fríos, inflamados, con ampollas, úlceras y despellejados. Cecily no pudo evitar acercarse a ayudar.

—Debe de resultarle muy desagradable —dijo con suavidad. Le tomó la mano y empezó a cantar para él.

La expresión de dolor del hombre dio paso a una sonrisita de bienvenida.

—Hacemos lo que podemos por ellos y han disfrutado mucho de su actuación. —La enfermera le lavó la cara con una sonrisa, lo peinó y luego le dijo que tenía que descansar hasta que estuvieran seguros de que no tenía gangrena.

Cuando salió, Cecily la siguió y la enfermera se presentó como Lena Finchley. Parecía una mujer muy entregada y vestía un uniforme azul con una cruz roja brillante en el centro del delantal blanco y un cuello blanco almidonado. Un sombrerito blanco adornaba su cabello castaño oscuro, peinado con la raya en medio.

—Estos hombres sufren mucho, también por las ratas, los piojos, las pulgas, las babosas y los escarabajos que hay por aquí. Tampoco hay que olvidar la sarna, la fiebre de las trincheras y el pie de trinchera. Por la mala dieta, también abundan los forúnculos —dijo, con sus ojos cálidos de un marrón dorado llenos de compasión.

—¡Santo cielo, qué horror! Y tú eres muy valiente ayudándolos, Lena.

La chica se encogió de hombros.

—También agradecemos vuestro apoyo. Es muy valiente por vuestra parte venir a cantar a las tropas. Eso les sube la moral y recuerdan vuestros conciertos durante días.

Cecily sonrió.

—Gracias. Después de perder al hombre que amaba, sentí la necesidad de honrar su memoria haciendo algo por estos soldados. El dolor no desaparece nunca del todo, pero quiero afrontar la realidad y seguir adelante.

—Siento mucho oír eso, pero me alegra muchísimo tu éxito entre nuestros pacientes —dijo Lena.

Corrió entonces a ayudar a un joven que sufría una gran agonía. Cecily la siguió para tomarle la mano y empezó a cantar con voz tenue. Como estaba confinado en la cama, se había perdido el espectáculo. Parpadeó sorprendido y, cuando terminó la canción, le preguntó su nombre.

—Wilhelm Ackermann —murmuró él.

Cecily comprendió entonces que debía de ser un prisionero de guerra alemán. Recordó lo que esperaba de ella el teniente Trevain a cambio de concederle el permiso que le había pedido y sintió un temblor de ansiedad en su pecho. El atractivo rostro de aquel hombre, con sus mejillas redondas y su mandíbula cuadrada, estaba demudado por el dolor y cubierto de magulladuras. Le apartó unos mechones de pelo que caían sobre sus ojos azul grisáceo.

—*Danke* —murmuró él.

—De nada —dijo ella con una sonrisa—. Siento mucho el sufrimiento de todos los prisioneros de esta guerra, sea cual sea su país.

El herido llevaba zapatos Blücher sin calcetines, con los pies envueltos en harapos, la pierna herida y los pantalones desgarrados y empapados en sangre. El olor era terrible. ¿Acaso tendrían que amputarlo?

—¿Quiere que le ayude a quitarse esos zapatos? ¿Puedo hacerlo? —preguntó Cecily a Lena.

—Siempre que lo hagas con mucho cuidado. —Lena miró al prisionero y le habló en alemán—. *Hab' keine Angst, hier bleibst du sicher.*

Cecily, que no entendía ni una palabra de alemán, la miró sorprendida.

—¡Qué lista! —murmuró.

Lena sonrió.

—Solo sé unas cuantas palabras obvias. Por ejemplo, «No te preocupes, estarás a salvo» y eso es justo lo que acabo de decirle. Cumplo con mi trabajo sin que me importe de qué nacionalidad son estos hombres —dijo.

Y se alejó corriendo a atender a otro herido.

¿Debería hacerle preguntas a aquel hombre? Cecily sentía tal pánico que no podía recordar de qué tenía que hablarle. Hasta el momento no había conseguido enviar ninguna información al teniente Trevain y no tenía ninguna confianza en cumplir con su papel de espía o agente, como había que llamarlos, pero, en nombre de su amor por Ewan, debía de intentar hacer lo que había prometido. ¿Estaría Wilhelm Ackermann dispuesto a revelar algo?

—¿Lleva mucho tiempo en Francia? —preguntó animosa.

Como él la miró sin contestar, pensó que quizá no supiera mucho inglés. Sí debía de entender algo, pues había contestado a su primera pregunta. Volvió a probar.

—¿Y sus camaradas? ¿Están a salvo?

Vio que los ojos de él se oscurecían levemente y se lanzó en picado lo mejor que pudo, asumiendo que él hablaba poco inglés.

—Estoy segura de que usted tiene un papel importante en esta guerra. Y me atrevo a decir que está resentido por haber sido capturado. ¿Qué le ocurrió?

En esa ocasión, un brillo de regocijo y desaprobación acompañó el silencio del alemán y Cecily se sonrojó avergonzada. Recordó que el teniente Trevain había dejado claro que la gentileza y el atractivo de las mujeres eran lo que hacía que se les diera mejor aquel trabajo. No, no tenía que hablar como si lo interrogara, sino simplemente mostrarse cariñosa y compasiva. Le lanzó una sonrisa encantadora.

—Su familia debe de estar muy preocupada por su desaparición. Estoy segura de que se siente solo y está deseando que termine esta guerra para volver a casa, como todos nosotros —dijo con una sonrisa.

Lena llegó en ese momento a decirle al soldado que lo llevarían pronto al quirófano.

—¿Qué le van a hacer? —preguntó Cecily, que sentía lástima por la posibilidad de que el soldado perdiera alguna extremidad.

—Lo examinaremos y después decidiremos —repuso Lena.

El herido alzó la cabeza para sonreírle a Cecily, le tomó la mano y se la apretó.

—Espero volver a verla —dijo en un inglés perfecto.

Esas palabras provocaron un escalofrío en la joven. Eran muy parecidas a las que le había dicho Boyd, un hombre mucho más agradable, al despedirse, pero la proposición que estas últimas implicaban era mucho peor. Cecily se despidió con un gesto de la barbilla y se alejó rápidamente a otro grupo de heridos. ¿Había acertado al aceptar trabajar como espía? Probablemente no. Desde luego, no se le daba bien y se sentía como una idiota.

—Hola, ¿se va a unir a nosotros? —preguntó otro joven, también en un inglés excelente, con un ligero acento extranjero. Cecily se limitó a sonreír. Se sentía confusa e incompetente y se esforzaba por pensar preguntas relevantes.

El atractivo rostro de aquel joven estaba muy magullado, mugriento y curtido por las inclemencias. Tras sus labios hinchados se veía un diente partido y llevaba un brazo ensangrentado en cabestrillo. Ansiosa por no volver a quedar como una tonta, Cecily decidió hacerlo mejor esa vez e intentó mostrarse animosa en lugar de parecer una joven ignorante.

—Espero que se sienta bien para poder disfrutar de nuestra próxima actuación. Tendrá lugar esta noche —dijo.

El joven la miró a los ojos con una media sonrisa.

—¡Ojalá pudiera! Pero primero tiene que examinarme el doctor para que hagan algo con este hombro.

Su cabello castaño ceniciento estaba revuelto y áspero, pero una fuerza resoluta iluminaba sus ojos del mismo color. Cecily se sintió inesperadamente cautivada por la belleza de aquel hombre.

—Lamento oír eso. ¿Cómo resultó herido?

—Me alcanzó un proyectil. Es un poco como que te cocee un caballo, solo que peor —comentó él con aire sombrío.

—Su inglés es tan bueno que he olvidado que era... ¡Oh, vaya! Es un prisionero de guerra alemán de camino a un campo de internamiento.

El joven se echó a reír.

—Soy francocanadiense y, no, no soy prisionero, así que me enviarán a otra parte en cuanto me hayan tratado.

Cecily se sonrojó de vergüenza y se disponía a disculparse cuando llegó el sonido de una lluvia de proyectiles. Aunque ocurría bastante a menudo, aún le resultaba terrorífico. En el cielo aparecieron numerosos aviones, atacados por fuego antiaéreo mientras lanzaban bombas a poca distancia de allí. El ruido era horrendo.

—Venga, tenemos que escondernos en una trinchera —gritó él.

—¿Está lejos?

—No, está aquí. —El francocanadiense señaló a la derecha—. Venga, hay que darse prisa —dijo, tomándola de la mano.

Corriendo a campo traviesa, ella oyó un grito:

—Yo también necesito ayuda.

Cecily se volvió y vio a Wilhelm Ackermann, el prisionero de guerra alemán con el que había hablado hacía un rato. La sobresaltó verlo cerca, sentado en su silla de ruedas, con una expresión de agonía extrema. ¿Conseguirían los centinelas proteger a todos los prisioneros, incluidos los que yacían en camas o necesitaban sillas de ruedas? Aquel campamento era una pesadilla. Entonces aparecieron más aviones alemanes en el cielo. Segundos después, una explosión mucho más grande llenó el aire. Cecily corrió hasta él, agarró los mangos de la silla de ruedas y empezó a empujarla por el camino embarrado hacia la trinchera. Cuando la alcanzó, intentó dejar la silla de ruedas segura, pero debió de empujarla demasiado fuerte y Cecily resbaló y cayó. Se golpeó la cabeza con el reposabrazos de madera y perdió el conocimiento.

CAPÍTULO 14

Cecily recuperó lentamente el conocimiento. Le dolía tanto la cabeza que vomitó y, con la mente nublada, se vio asediada por pensamientos semiinconscientes. El silencio que seguía al ruido ensordecedor de la batalla resultaba horrible. Envuelta en una nube de polvo y humo, no veía nada, ni a un alma en la oscuridad sombría de la trinchera. Temió que el hospital hubiera sido destruido. Rezó para que su hermana, su madre y Johnny estuvieran sanos y salvos. Rezó también por las enfermeras, los médicos y los soldados. ¿Y dónde estaba el joven francocanadiense que le había salvado valientemente la vida? Se estremeció. Tampoco veía ni rastro de él. ¿Y dónde estaba el prisionero alemán al que había intentado rescatar?

—*Danke* —oyó que decía una voz suave.

Cecily alzó la vista y le sorprendió y alivió verlo a su lado, vivo, aunque atrapado en la silla de ruedas. Intentó moverse y gritó cuando sintió un intenso dolor. También ella estaba atrapada, el pie atascado en la trinchera empapada que tenía debajo. No quería pensar por qué había arriesgado su vida por aquel enemigo. Como prisionero, él podría haber pedido ayuda a los centinelas y los soldados cercanos. Y quizá supiera con antelación que llegarían los aviones alemanes. Algo se paralizó en su interior al sospechar eso. Tendría que procurar no hacerle ninguna de esas preguntas.

—*Ich verdanke Dir mein Leben*. Le debo la vida —murmuró él. Al ver el temblor de ansiedad en el rostro de Cecily, el alemán sonrió con nerviosismo—. No quería quedarme formando con mis camaradas en medio del ataque. Los soldados que fuimos capturados y estábamos heridos fuimos trasladados a este hospital en tren. Otros llegaron por tierra, en unos vehículos militares horrorosos. En respuesta a su pregunta, no fue elección mía venir a luchar a Francia. Nos ordenaron hacerlo.

Cecily adivinó que él no revelaba nada de importancia, solo lo obvio. Agradeció aquel intento de consolarla.

—Esa es la realidad del mundo de hoy —dijo—. No solo para los soldados alemanes, sino también para los británicos y los franceses. Yo tampoco quiero estar atrapada en una trinchera.

—Déjeme ayudarla —dijo él. Intentó apartar su silla de ruedas.

—¡No se mueva! —gritó ella. El dolor era cada vez era más intenso y soportar su peso le resultaba insoportable.

—*Tut mir leid!* —se disculpó él.

Ambos guardaron silencio. Cecily sintió que algo le subía por la pierna y vio horrorizada que era una rata. La tiró al suelo con el puño y dio gracias a Dios porque no la hubiera mordido. Además, sentía piojos corriendo por su cabeza. Según la enfermera Lena, también habría babosas y escarabajos por allí. El hedor de la trinchera resultaba insoportable y le provocaba arcadas. El olor a orina y heces procedía de letrinas que no se habían vaciado. También apestaba a gas, creosol, cloro en polvo usado en el agua, sacos de arena podridos, humo de cigarrillos e incluso cadáveres. Algunos soldados se quejaban a menudo de que había escasez de municiones, que solo les permitían disparar alguna que otra bala con sus armas, razón por la que muchos eran tiroteados y los dejaban enterrados en las trincheras. Era insoportable pensar en eso. Podía pillar fiebre de la trinchera, hundirse en el barro y ahogarse. Una perspectiva horrorosa.

Pasó el tiempo. No sabía cuánto llevaba allí tumbada en una especie de duermevela. Una ráfaga de viento la despertó. Caía el ocaso, casi tenían ya la noche encima. Entonces Cecily vio con gran alivio que se acercaban dos centinelas y observó admirada cómo levantaban en vilo a Wilhelm Ackermann en su maltrecha silla de ruedas y lo sacaban de la trinchera.

El alemán levantó una mano para saludarla.

—*Du bist ein wunderschönes junges Fräulein, charmant und unschuldig. Danke für Deine Hilfe.*

Uno de los centinelas se echó a reír.

—Dice que es una joven adorable, encantadora e inocente y le da las gracias por su ayuda.

—¡Gracias a Dios que se ha salvado! —le contestó ella. Hizo una mueca de alivio cuando por fin le liberaron el pie—. Me quedé atrapada debajo de la silla de ruedas y yo tampoco puedo salir de aquí sola —dijo, nerviosa, cuando terminaban de subir al alemán.

—Volveremos pronto —le contestaron.

Algo en su modo de transportar a aquel prisionero de guerra la preocupó. ¿Acaso lo llevaban a algún lugar para vengarse por el bombardeo de sus camaradas alemanes?

«No seas mal pensada», se advirtió a sí misma. Seguramente evacuaban primero a los pacientes, eso era lo correcto.

Al darse cuenta de que sus piernas se habían deslizado más en el barro, el miedo a hundirse la impulsó a esforzarse por sacarlas. De nuevo la atravesó el dolor y gritó con desesperación. ¿No se quedaban a veces los soldados atrapados así y morían? El borde de la trinchera estaba demasiado alto como para poder escalar. Seguramente habría un lugar de acceso en algún punto. Intentando desesperadamente lidiar con la angustia que la embargaba, se incorporó sobre los brazos y empezó a reptar por el barro, atenta a los tablones que señalarían el camino a la salvación. Sentía urgencia no solo por escapar de aquella condenada trinchera, sino también por buscar a su hermana, su madre y sus amigos. Oía gritos de heridos y gemidos, mientras se esforzaba por conservar la calma en una negrura tan profunda, que la oprimía como una máscara sofocante. O los centinelas estaban ocupados ayudando a gente en peor situación o no daban con ella.

—¡Socorro! —gritó, con la esperanza de alertarlos. Entonces oyó una voz fuerte que la llamaba.

—¿Es usted, muchacha? ¿Dónde está?

Cecily alzó la vista y se alegró muchísimo de ver al francocanadiense salir de la niebla como un fantasma y palpando la oscuridad de aquel vacío con un brazo extendido.

—Estoy aquí, atrapada todavía en esta maldita trinchera.

Cuando él avanzó tambaleante hacia ella, Cecily luchó una vez más por salir del hediondo barro. Otro proyectil los iluminó de pronto a los dos. Cuando él la rodeó con su brazo bueno, en medio del horror de una batería de explosiones, casi parecía que estuvieran bailando una danza macabra en un escenario.

Al final regresaron los centinelas y la sacaron de la trinchera de dos metros de profundidad. El francocanadiense subió arrastrándose para reunirse con ella, le limpió una capa de barro de las mejillas, sonrió y le estrechó la mano.

—Soy Louis Casey. Encantado de conocerla, señorita.

—Cecily Hanson —dijo ella. Lo miró a los ojos con alivio y gratitud—. Muchísimas gracias por salvarme una vez más.

—Todo un placer.

—Espero que no se haya herido aún más el hombro.

—Estoy bastante bien, vivo y con buena salud, seguro que me remendarán pronto.

Parecían enredados en un lío de alambre de espino, pero los portadores de camillas corrieron a colocarlo en una. Louis le apretó la mano antes de que se lo llevaran.

—Si no vuelvo a verla, gracias por no tratarme como el enemigo —dijo.

—Naturalmente. Siento haberme confundido. Iré a verlo pronto. Anímese —dijo ella, consciente de que él había sufrido un trauma considerable y, a pesar de ello, se mostraba amable y amistoso.

A Cecily también la sacaron del alambre de espino y la transportaron en camilla a las salas donde se atendía a los soldados, donde la pusieron en cola a esperar que le examinaran el pie y la pierna. Oyó que había bastantes soldados franceses, ingleses y prisioneros alemanes muertos o malheridos. Preguntó ansiosamente dónde estaban su madre y su hermana y la enfermera que los atendía prometió enviar a alguien a enterarse. A Cecily le habría gustado buscarlas personalmente. El miedo a perder a su familia como había perdido a Ewan era demasiado horrible como para contemplar siquiera esa posibilidad.

Más tarde, para gran alivio suyo, las dos entraron corriendo y la abrazaron con amor y alegría.

—¡Oh, gracias a Dios que estáis sanas y salvas! —exclamó Cecily, con los ojos llenos de lágrimas—. ¡Qué afortunadas somos de haber sobrevivido al bombardeo!

—Yo sigo aquí gracias a Johnny —dijo Queenie—. Vino corriendo, me agarró y me arrastró fuera de las bombas. —Explicó que dos de los hombres con los que Johnny compartía tienda no habían tenido tanta suerte—. Los alcanzaron cuando salían corriendo.

—Al cabo Lewis también —comentó Merryn.

—¡Oh, no! El cabo Lewis era un hombre muy simpático y encantador —comentó Cecily, muy dolida—. ¿Qué le ha pasado?

—Estaba en el barracón donde atendemos a los pacientes cuando cayó la bomba —dijo Lena, que acababa de unirse a ellas—. Al igual que yo, salvó a muchos pacientes, pero, por desgracia, él no logró salir a tiempo. Yo conseguí ayudar a escapar a algunos, pero algunos soldados tenían miembros atados a sus camas y nos fue imposible ayudarlos. Así es la realidad.

—Su pérdida me parte el corazón —gimió Cecily—. Echaremos mucho de menos a Lewis. Era un joven muy valiente. Siempre estaba dispuesto a llevarnos adonde fuera, a ayudarnos a preparar el escenario y el atrezo y a sortear las muchísimas reglas militares. Era muy bueno y servicial.

—Sí, sí que lo era —repuso Lena—. Tenía dos hermanos y los tres habían hecho muchas campañas juntos, incluida la pesadilla aquí en Ypres al comienzo de la guerra. Uno murió en Gallipoli en diciembre de 1915. Luego su hermano menor murió en la batalla del Somme al año siguiente. Desgraciadamente, ahora sus queridos padres lo han perdido también a él.

—¡Oh, no! Es terrible perder a tres hijos. Mi corazón sangra por ellos —musitó Cecily, muy consciente de la tragedia.

—El mío también —murmuró Merryn, pálida de miedo y de dolor.

—Basta ya de esta conversación triste, muchachas. Necesitamos descansar y dormir —dijo Queenie con un bostezo.

Lena sonrió.

—Seguro que sí. Yo me he tomado este descansito para comprobar que estaban todas bien. Nos vemos mañana, señoras.

—Por supuesto —repuso Merryn.

Le dio las buenas noches y un beso cariñoso a su hermana y volvió con su madre a la tienda. Cecily se acomodó en la camilla y rezó una oración para dar gracias.

Cecily tardó una semana en poder andar. No tenía el pie roto. Solo se trataba de un esguince, semejante al que había sufrido Queenie en el escenario. Cuando se sintió lo bastante recuperada, fue al hospital a buscar a Louis Casey, el soldado francocanadiense.

Como no lo veía por ninguna parte, buscó a Lena, quien le dijo que le habían dado el alta después de arreglarle el hombro dislocado.

—¡Gracias a Dios! Me salvó y le estoy muy agradecida.

—Me alegro de que estés mejor, Cecily.

—Estoy muy recuperada, gracias. Me he lavado, así que ya no apesto —comentó la joven con una sonrisa.

Lena se echó a reír.

—Estoy tan acostumbrada al terrible hedor de los pacientes, que yo ni lo notaría. Si necesitas descansar más, no te sientas obligada a actuar pronto.

—Queremos empezar a ensayar hoy. Y, con el permiso nuevo que hemos conseguido, suponiendo que nos sigan dando los pases locales que exigen, trabajaremos hasta que termine la guerra. A menos que nos lo impida un teniente general abusón contrario a que actuemos.

—Desgraciadamente, ya no está entre nosotros. Murió en el último ataque.

—¡Oh, no! Eso es terrible. —Cecily lamentó inmediatamente el comentario burlón que acababa de hacer sobre él.

—Era un militar profesional muy veterano, por el que algunos soldados sentían mucho respeto. Otros no lo aguantaban porque les gritaba cuando desfilaban y los reñía si no le gustaba su aspecto o no hacían lo que les ordenaba. Era un hombre muy estricto y dominante.

—Sí, lo sé, pero lamento enterarme de su muerte. Odio esta guerra y todas las pérdidas y tragedias que ha provocado. Es terrorífico.

A continuación, Cecily fue a ver a Wilhelm Ackermann. Lo encontró tumbado en la cama con aire taciturno y la pierna colgada de un gancho.

—¿Se encuentra mejor? —preguntó Cecily, intentando mantener una distancia cortés pero fría.

El joven sonrió, pareció alegrarse de verla y le dijo que estaba mucho mejor, aunque todavía tenía dolores.

—Por fortuna, yo también me voy recuperando, no sufrí tanto daño como temía —comentó ella.

—Me alegro. Sé que pedirle que me salvara arrastrándome en la silla de ruedas lo agravó todo. Los dos hemos sido afortunados, señorita Hanson. Mi pierna no está infectada ni tiene gangrena, así que, con suerte, no tendrán que amputarla.

Ese comentario hizo que Cecily recordara a Boyd, que había perdido parte de su pierna pero había tenido la suerte de escapar a las infecciones.

—Al menos está vivo, así que se recuperará —dijo.

—Cuando salga de aquí, me trasladarán a un campo de internamiento. Teniendo en cuenta que soy un *Generalleutnant*, no espero ese traslado precisamente con impaciencia.

¡Santo cielo! Al parecer, aquel hombre era un teniente general, un militar de alta graduación. ¡Qué horror! Por ansiosa que estuviera por cumplir su promesa de actuar como espía, sintió una oleada de simpatía por él. Sí, aquel alemán era un hombre atractivo. Cecily no permitiría que se complicaran las cosas entre ellos, pero sentía el impulso de aprovechar aquella oportunidad para interrogarlo y se esforzó por recordar el entrenamiento que le habían dado. ¿Qué podía preguntarle si hasta el momento no había obtenido ninguna información de él? Dijo lo primero que le pasó por la cabeza.

—¿Sabe dónde está la estación de tren más próxima y adónde van los trenes?

Él parpadeó sorprendido.

—¿Por qué me pregunta eso? ¿Piensa marcharse?

Por parte de ella, aquello había sido solo un esfuerzo por extraer alguna información útil, como le habían dicho. Seguramente él conocía bien aquella zona de la que intentaban apoderarse sus camaradas alemanes. Pero era obvio que la pregunta había sido estúpida.

—¡Oh, no! Solo quería mostrar interés por saber cómo había llegado aquí. Además, nuestra pequeña *troupe* saldrá pronto de gira y no siempre podemos contar con que nos proporcionen transporte gratuito.

—Creo que los militares están al cargo de los viajes, así que seguro que no tendrán que ir de gira en tren —dijo él sonriéndole con curiosidad.

Cecily estaba nerviosa. Sabía que debería haber preguntado algo mucho más importante, como dónde estaba el aeródromo más próximo, dónde vivía él en Alemania, cuánto tiempo llevaba en el ejército y por qué creía él que luchaba. Y también debería investigar cuál era el plan del enemigo y cuándo era probable que invadieran Inglaterra. O si había participado en la planificación del último ataque y si sabía si iba a haber más bombardeos. No sería fácil hacer tales preguntas sin delatarse como espía y entonces podía ponerse en peligro. Se dijo que era difícil saber qué preguntar cuando su conocimiento de la guerra y del enemigo era casi nulo.

—A nadie le gusta ser prisionero de guerra —dijo con una sonrisa débil y un cálido aleteo de pestañas, como la había instruido el teniente Trevain.

El teniente le había dicho claramente que parecer amable y un poco incompetente podía ser un modo eficaz para que las mujeres intimaran con un prisionero. A ella no le había funcionado. Había apoyado con éxito a las sufragistas, pero tenía la sensación de ser un fracaso absoluto en su nuevo papel.

El prisionero la miró con expresión afable.

—Gracias por haberme rescatado. De no ser así, podría haber volado en pedazos, así que no me quejaré —comentó con ironía. La miró a los ojos con gratitud.

Cecily estaba conmovida por su comentario y, como no quería que la considerara una espía ni le recordara lo que habían soportado el día del bombardeo, siguió hablando con tono ligero de los lugares en los que habían actuado en los últimos tiempos y de que cada vez estaban más ajetreados.

A él parecía interesarle eso y le preguntó por las canciones y la obra que interpretaban.

—Es sorprendente que aceptara actuar tan cerca del frente.

—Me encanta cantar, aunque no me gustan los viajes y los peligros que eso conlleva —contestó ella, que no quería mencionar por qué hacía aquello—. Antes de venir a Francia, trabajaba en los tranvías. ¿Qué hacía usted antes de esta condenada guerra?

—Era profesor de idiomas, por eso hablo inglés.

—¡Qué interesante! A mí me gustaría hablar idiomas. Supongo que como nos pasa a todos en esta guerra usted también echará de menos a su familia, asumiendo que tenga una y esté casado.

—Todavía no he encontrado esposa, he pasado los últimos años de mi veintena atrapado en esta condenada guerra, como la llama usted, pero espero encontrar una algún día —contestó él, con un brillo de interés en los ojos, que se recreaban en el cuerpo de ella.

Cecily se sonrojó, con una mezcla de gratitud y ansiedad.

—Seguro que la encontrará —dijo.

—Echo de menos a mi madre, que es mayor, está enferma y ahora también es viuda, pues ha muerto mi padre. Siento que debería estar a su lado para protegerla y cuidar de ella. —La voz de él denotaba una amargura que parecía indicar que no era un apasionado de la lucha.

—¡Qué triste! Yo también perdí a mi padre.

—Lamento oír eso. —El alemán suspiró y le dio las gracias una vez más por haberlo rescatado—. Y, como mi madre está ansiosa por ver volver a casa sano y salvo a su hijo, usted podría volver a rescatarme y evitar que me encierren.

Cecily se echó a reír y le dijo que eso no sería posible. Parecía un hombre simpático, aunque fuera enemigo. ¿Por qué no iba a confiar en él? Quizá por la mezcla de nervios y pánico que le producía pensar que debía actuar como una espía, aquella conversación no le había resultado nada fácil. Le había hecho las preguntas equivocadas.

—Ahora debo irme a ensayar —dijo. Y se alejó rápidamente, temblando un poco con inquietud por aquello que se esperaba de ella y que se sentía incapaz de lograr.

CAPÍTULO 15

Una mañana, después de una buena noche de sueño, Cecily se levantó temprano y se vistió rápidamente, impaciente por desayunar y empezar a prepararse para el siguiente ensayo y la próxima actuación. Lena se reunió con las hermanas cuando vio que tomaban pan y entraban en la cantina, que por suerte había escapado al bombardeo.

—Buenos días. Tengo buenas noticias —dijo—. Quizá os interese saber que el teniente coronel que está ahora al cargo ha aceptado organizar un baile para animar a todo el mundo. A los militares les gusta hacer uno de vez en cuando para subir la moral y más después de un ataque así.

—¡Oh, qué divertido! —exclamó Cecily con una sonrisa.

—Yo puedo tocar en el baile —se ofreció Merryn.

—Eso sería muy generoso por tu parte. Tienen un fonógrafo para la música, pero estoy segura de que agradecerán que toques también el acordeón, pero no te comprometas a muchas piezas. No hay muchas mujeres con las que bailar, solo las pocas enfermeras que atienden el campamento. La mayoría de los soldados no han bailado con una mujer en años y bailan resignados unos con otros. —Soltó una risita—. Así que también tienes que hacer eso por ellos.

Merryn soltó una carcajada.

—Al menos estamos disponibles para hacer algo —dijo.

Animada por esa noticia, se ofreció a revisar los trajes que había hecho y elegir algunos que resultaran elegantes.

—Sí, querida —asintió Cecily—. Por favor, ¿puedo llevar yo el rosa de seda? Siempre me queda sensacional.

—Todas tenemos que estar elegantes, como en el escenario. Te buscaré uno a ti también, Lena.

—Eso sería maravilloso. Ahora debo volver al hospital. Ya he terminado la ronda delos pacientes que se alojan aquí en tiendas.

Mientras Merryn se alejaba contenta, Cecily se ofreció a acompañar a Lena.

—Necesito hacer ejercicio. Llevo mucho tiempo encerrada en la tienda y todavía me duelen un poco los pies.

Caminaron juntas por el ajetreado campamento hacia la línea de tiendas donde acomodaban en ese momento a los heridos, que más adelante serían llevados a un hospital, cuando pudieran transportarlos, o a un centro de detención.

—Fuiste muy valiente salvando a ese prisionero alemán. Lo vi hablando contigo y sospecho que le gustas, sabe apreciar lo guapa que eres. Es evidente que estaba dispuesto a confiar en ti.

Cecily arrugó la nariz, preguntándose todavía si debía confiar en él. Intentaba transmitir que compadecía a todos los prisioneros de guerra y lamentaba sus sufrimientos, fuera cual fuera su nacionalidad.

—Él me pidió ayuda y yo hice lo que pude —contestó.

—Hiciste bien. No solo han capturado a soldados, sino también a civiles, atrapados todos en este mundo infernal. Muchos de nuestros muchachos han sido enviados a Alemania y llevan años desaparecidos. A mujeres que trabajan de prostitutas las encierran a menudo por razones distintas —comentó Lena con mordacidad.

—¡Santo cielo! ¿Hay un campo de internamiento cerca de aquí? —preguntó Cecily.

Lena asintió.

—Muchos de nuestros soldados están prisioneros en algunas partes de este país que están en manos alemanas. Los prisioneros que son considerados un problema o que intentan escapar son trasladados. Al otro lado de la frontera, en Alemania, se encuentran los peores campos de internamiento, los *Strafenlag*er, y allí, en un intento por desalentar a los aliados de cualquiera que sea su próximo plan, los envían. Dondequiera que están prisioneros nuestros hombres, viven en unas condiciones insalubres, los golpean sin tregua y comen muy mal, razón por la que el número de muertes cada vez es más elevado.

—Pero eso está muy mal.

—Desde luego que sí. A muchos los obligan a trabajar para el Ejército alemán en el frente o cerca del frente, a pesar del peligro de bombardeos, y pasan muchas horas trabajando en los ferrocarriles y las carreteras, cultivando la tierra y haciendo muchas otras tareas, como portar camillas. Los franceses ahora tratan a los prisioneros alemanes con el mismo desprecio. Lo consideran una represalia y los unos acusan a los otros de tratar mal a los prisioneros de guerra. Por suerte, la Cruz Roja puede visitar esos campamentos y llevar paquetes de comida, así como examinar a los heridos.

—Eso es interesante. ¿Tú eres miembro de la Cruz Roja?

—Sí. A las enfermeras a veces nos está permitido ayudar a cuidar las heridas de los prisioneros y darles el apoyo que necesiten —dijo Lena con firmeza.

—¿Te refieres a ayudarlos a escapar?

Lena miró a su alrededor, como para asegurarse de que nadie las oía y miró los ojos curiosos de Cecily.

—Ofrecemos algún consejo. Les decimos adónde pueden ir si alguna vez consiguen escapar. El modo en que los tratan en los campos puede terminar con su vida o crearles problemas mentales terribles y, naturalmente, se sienten tentados a huir. Si consiguen hacerlo, pueden recibir ayuda de una enfermera pudiente en Bruselas, pues Bélgica está en gran parte bajo control alemán. No me está permitido decir su nombre, pero se trata de una mujer inglesa y sufragista a quien deben la vida cientos de prisioneros de guerra. Gracias a ella han entrado en un país neutral como los Países Bajos o han vuelto a Inglaterra. Cuenta con un buen equipo y yo también la ayudo siempre que me es posible.

Cecily sintió una punzada de interés y preocupación. Recordó que el teniente Trevain le había hablado en Plymouth de una bailarina cuyo nombre artístico era Mata Hari, a la que habían capturado espiando para los alemanes. Al ser neerlandesa, cruzaba libremente las fronteras y, en 1916, al ser arrestada e interrogada en Londres, había afirmado trabajar para la inteligencia francesa. Como sabían que había trasmitido mensajes de radio a los alemanes en Madrid, había sido acusada de espiar para ellos. La habían fusilado en octubre de 1917. El peligro de que pudiera ocurrirles eso a Lena o a ella hacía que se le encogiera el estómago de miedo.

—¡Qué mujer tan valiente tiene que ser! Y tú también. Ese trabajo no debe de ser fácil.

—No, no es fácil. El equipo con el que trabajo está decidido a hacer todo lo posible para rescatar a hombres necesitados de ayuda y que a menudo llevan más de dos años prisioneros. Si se deja vagar solo por un país extranjero a un prisionero de guerra herido o mentalmente enfermo, pueden volver a capturarlo o el ejército puede tacharlo de desertor, lo cual tendría consecuencias igual de desastrosas. Hay que llevarlos a un escondite y después enviarlos a un lugar seguro. No pueden estar aquí, pues el ejército interroga a esos hombres sobre lo que han vivido en el campo de internamiento para sonsacarles toda la información que puedan ofrecer sobre el enemigo y otros prisioneros de guerra antes de enviarlos de nuevo al frente.

Cecily repasó aquella información en su cabeza y guardó silencio unos minutos, sin decir nada de lo que le había pedido el teniente Trevain.

—Yo también soy sufragista, como la mujer de la que has hablado —dijo al fin—. ¿Crees que podría ayudar?

El rostro de Lena se iluminó con una mezcla de esperanza e incredulidad.

—¿Qué sugieres tú? —preguntó.

—Llevo tiempo intentando decidir si hay algo más que pueda hacer por estos hombres, hasta el momento sin éxito. Esta podría ser la respuesta. Como sabes, visitamos distintas bases, así que, si hubiera algún hombre decidido a escapar, podría venir con nosotros para hacer de apuntador o ayudar con el atrezo y más ahora que hemos perdido al cabo Lewis. Tendría que ir vestido de manera apropiada para no parecer un prisionero. Luego, en algún momento, cuando fuera pertinente, podría dejarlo cerca del lugar donde necesitara ir. ¿Asumo que contáis con refugios o disponéis de bases cuando rescatáis a alguien?

—Sí, contamos con lugares seguros, pero necesitan ayuda para llegar allí. —Lena guardó silencio un momento pensando en aquello y después sonrió—. Sí, es una buena idea. Puede que funcione. La cuestión es si estás dispuesta a correr ese riesgo.

Cecily miró los ojos grandes de su amiga y asintió.

—Sí. ¿Cómo pueden decir los políticos que esto es una guerra que acabará con todas las guerras? Es una pesadilla y nuestros prisioneros necesitan mucha ayuda y yo estoy muy dispuesta a dársela.

—¡Excelente! Muchas gracias por tu oferta, la acepto encantada —dijo Lena, estrechándole la mano.

El baile tuvo lugar en un barracón que, por suerte, no había sufrido daños. Estaba a rebosar de hombres, la mayoría de los cuales bailaban alegremente unos con otros. A Cecily, Lena y Queenie no les faltaron en ningún momento invitaciones para bailar, mientras que Merryn tocaba el acordeón de pie sobre una tarima pequeña. Cecily confiaba en poder descansar un poco, cuando una voz le susurró al oído:

—¿Me concede el placer de este baile?

Al volverse, vio ante sí a Louis Casey, el soldado francocanadiense. Con un uniforme caqui con dos bolsillos en el pecho, cinturón de cuero, gorra de plato y botas hasta las rodillas, iba muy elegante. Se había lavado y cortado el cabello de color castaño ceniciento y sus ojos castaños aterciopelados brillaban detrás de sus espesas pestañas. Parecía mucho más sano y atractivo que la última vez que lo había visto durante el bombardeo. Cecily sintió un chispazo de atracción.

—Estoy encantada de ver que se ha recuperado por completo y que ya no se encuentra entre los pacientes —dijo.

—El doctor me arregló el hombro y aquí estoy, en plena forma —contestó él.

La tomó de la mano y la llevó a la pista de baile. La sensación de su brazo rodeándole la cintura y de su mejilla próxima a la de ella le produjo una felicidad inesperada a Cecily, casi como si su sitio estuviera allí, en los brazos de aquel hombre. La presión de su cuerpo fuerte y el calor de sus piernas la excitó, hacía tiempo que no experimentaba esa sensación. Recordó cómo le gustaba a Ewan bailar con ella, cómo decía que aprovechaba cualquier oportunidad para estrecharla en sus brazos. Había llegado el momento de seguir adelante y no recrearse en la pena en la que la había sumido su muerte, mejor recordar los momentos felices que habían pasado juntos.

—¿Está casada? —preguntó Louis.

Cecily sonrió y negó con la cabeza.

—De pequeña, alguna vez soñé con ser cortejada por un conde italiano o un príncipe inglés, como mamá me aseguraba que podría ocurrir. Ese sueño se desvaneció rápidamente cuando conocí a Ewan, el amor de mi vida. Nos prometimos y lo perdí trágicamente en esta condenada guerra. Esa es la razón de que decidiera venir a hacer algo por los soldados.

—Lamento mucho oír eso. Yo también he perdido a amigos muy cercanos. Usted es dulce y encantadora y me gusta mucho. De hecho, estoy totalmente cautivado por usted y muy impresionado por su talento. ¿Quiere casarse conmigo?

Cecily soltó una carcajada.

—Casi no me conoce. A diferencia de mi madre y mi hermana, que creen que una mujer tiene que buscar un marido y ser una buena esposa y madre, yo no estoy nada obsesionada con el matrimonio. No, ya no está en mi lista. Sí soy consciente de que algunos hombres buscan desesperadamente una esposa y pueden ser bastante exigentes.

Louis Casey la estrechó contra sí, apretó su mejilla en la de ella y le susurró al oído:

—Te aseguro que no soy un vampiro controlador. Mis intenciones son absolutamente honorables. Me encantaría besarte. Tenerte en mis brazos hace que me lata con fuerza el corazón y me dé vueltas la cabeza. ¿Por casualidad te produzco yo el mismo efecto?

Pasaron unos momentos hasta que Cecily pudo hablar, cautivada igualmente por el baile con aquel hombre. Optó por no contestar a su pregunta.

—¿Cuánto tiempo llevas en esta guerra? —preguntó con despreocupación. Echó atrás la cabeza para crear algo más de distancia entre ellos.

El joven suspiró profundamente.

—Desde el comienzo. Me alisté con mis mejores amigos y vivimos muchas campañas juntos, incluida la pesadilla del Somme. He perdido a varios, pero, contra todo pronóstico, he sobrevivido. Toco madera y cruzo los dedos para seguir con vida.

—No debe ser fácil luchar y participar continuamente en combates —dijo ella, compasiva.

—Acababa de cumplir veintiún años cuando empezó todo esto y me alisté con impaciencia porque mi padre había estado en la guerra de los bóeres. Igual que él, yo quería ser un héroe. No es fácil, pero hago lo que puedo. La mayoría de las veces no tenemos ni idea de lo que pasa en el pueblo vecino, por no hablar del resto del país. Cuando llegamos, nos llevaron colina arriba hasta un campamento que era un caos. A la mañana siguiente nos hicieron un reconocimiento médico y nos cortaron el pelo. Durante unos días recibimos instrucción, emprendimos ataques simulados sobre alambre de espino y trincheras, aprendimos a lanzar granadas, usar bayonetas y otras municiones. Después, pasamos a hacer lo que podíamos en las trincheras y afrontamos una lluvia de fuego de artillería. —Guardó silencio y sus ojos se llenaron de lágrimas, recordando sin duda la pérdida de sus amigos.

—No entremos en esa sombría realidad. Eres un hombre valiente. —En ese momento terminó la pieza y Cecily le sonrió—. Te disculpo todas las preguntas tontas que me has hecho y te deseo lo mejor. Espero que salgas sano y salvo de esta condenada guerra, como yo la llamo.

—*Merci.* —Para sorpresa de Cecily, él siguió abrazándola y, cuando volvió a empezar la música, siguió bailando con ella—. La distracción que tú nos ofreces aquí también es valiente y por eso te tratan con tanto respeto. Los muchachos necesitamos desesperadamente tus conciertos para aligerar nuestras penas y elevarnos la moral.

—Estamos muy agradecidos a nuestro público, siempre nos recibe de maravilla. Debo reconocer que cuando canto o interpreto un papel en el escenario, me siento muy distinta, no soy yo misma, solo una persona que juega en la ficción para divertirse. Y eso es un regalo. En la realidad, soy un poco chicazo y sí, muy independiente.

—Yo también. En esta guerra, uno tiene que cuidar muchísimo de sí mismo.

Como no deseaba entrar en los horrores que habían sufrido, Cecily pasó a contarle una anécdota graciosa sobre las dificultades de conseguir fruta para comer en Francia y de cómo una vez había encontrado un huerto y se las había arreglado para hacer un trato con el granjero, cambiando una lata de carne de buey por un par de manzanas.

—Deliciosas —dijo con una risita.

Entonces terminó su segunda pieza y, a continuación, se encontró bailando con Johnny. Aquel baile no fue ni mucho menos tan excitante ni tan interesante como el baile con Louis Casey.

En el otro extremo, Merryn la miraba tocando el acordeón y sentía envidia al ver que a su hermana no le faltaban invitaciones, no solo de los soldados solitarios, de aquel hombre francocanadiense, sino, en aquel momento, también de Johnny. Y Johnny parecía absorto en ella. ¿Acaso a Cecily también le parecía atractivo? Merryn los había visto a menudo hablar en rincones, supuestamente de la siguiente producción. Le había dolido no participar en tales conversaciones. ¿Johnny se empeñaba en resultar importante para su familia por haber sufrido él una infancia pobre? ¿O simplemente le gustaba flirtear? Parecía contento de vivir disfrutando del momento. En cierto modo, a Merryn le encantaba esa actitud del joven, a ella le parecía encantadoramente hedonista.

Sorprendentemente, una noche, después de una actuación, le había suplicado que lo ayudara a tocar mejor los platillos y, más tarde, a memorizar el diálogo para el extracto de obra de teatro a fin de superar las exigencias de Cecily. Merryn lo había apoyado en todo momento, cada vez se sentía más cercana a él. De hecho, ella había empezado a soñar con una relación aún más estrecha y se preguntaba cómo podía alcanzar ese objetivo aparentemente imposible. ¿A Johnny le gustaba más ella o Cecily?

Para alegría suya, cuando bajó de tocar el acordeón en la tarima y el encargado del fonógrafo pasó a ocuparse de la música, Johnny se acercó a invitarla a bailar. Merryn de inmediato se arrepintió de sus pensamientos y sus celos se desvanecieron.

—Creía que habrías perdido interés en mí después de bailar con mi hermana —comentó.

—¿Y por qué iba a perder interés por ti precisamente hoy, cuando estás tan hermosa con este vestido maravilloso?

—Prometo ser menos desconfiada —dijo Merryn, con una sonrisa cautivadora—. Al menos, eso espero. He madurado y ya no tengo pataletas ni me enfurruño sin motivo.

—Me alegra oírlo. Entonces, si me disculpara por haberte fallado, ¿me perdonarías?

Merryn miró rápidamente a su alrededor para comprobar que no los observaban y alzó la mano para tocarle los labios, la frente y las mejillas con los dedos.

—Pues claro que sí. Deja de burlarte. No puedo esperar ni un momento más sin que me beses.

—Salgamos fuera —le susurró él al oído.

Salieron del barracón entre risitas y caminaron rápidamente por los tableros, evitando con cuidado el barro y los agujeros de proyectiles. Johnny la llevó a un fortín que había sido construido con cemento por los alemanes cuando tenían el control de esa zona.

—Algunos soldados se escondieron aquí para protegerse de ese bombardeo horrible y demostró ser un lugar bastante seguro. Solo un proyectil atravesó el techo. Tuvieron el sentido común de no salir hasta que se hizo el silencio y paró el bombardeo en cuanto empeoró el tiempo. Ahora está vacío, todos los hombres están en el baile —dijo él.

La tomó en sus brazos con una sonrisa y la besó con pasión. A Merryn siempre le habían gustado todos sus besos, pero ninguno la había arrebatado tanto como aquel que había hecho estallar la tormenta en ese momento.

—Noto que me deseas mucho —murmuró él—. Ven esta noche a mi cama y te besaré más. ¿Sí?

—No. Rotundamente no. —Merryn, que se derretía en sus brazos, rio para mostrarle que no estaba enfadada con él.

—Pues déjame que te haga el amor aquí —murmuró él.

Le bajó los tirantes del vestido escotado y, rozando la piel desnuda de sus pechos, tiró de la joven hacia abajo y se acomodó rápidamente sobre ella. Merryn se dijo que debía poner fin a aquel acto escandaloso, pero su corazón estaba en llamas y su cuerpo se negó a obedecer. Anhelando ser parte de él, se arqueó instintivamente y se regodeó en el éxtasis cuando él frotó levemente con gentileza uno de sus pezones con el índice y el pulgar. Estaba consumida por el deseo de más besos, dispuesta a hacer lo que él le pidiera, una sensación a la que no deseaba renunciar.

El peso y el olor de él resultaban tan abrumadores que Merryn perdía el control de sus sentidos. Vio el brillo de los dientes de él al sonreír y luego Johnny trazó el borde de los labios de ella con la lengua. Sus labios estaban ya muy rosas por los besos que había recibido antes. Quería más, así que respondió con un gemido de deseo. Sentirse amada, libre y protegida era una sensación gloriosa. Johnny era un joven maravilloso y estaba segura de que nunca la decepcionaría. Sintió que la mano de él le subía la falda para acariciarle las piernas. Dio un respingo cuando él tocó sus partes íntimas. Segundos después, la penetró. La embestida rítmica de sus movimientos la envolvió por completo y Merryn se entregó alegremente a él.

Más tarde yació jadeante en sus brazos, rebosante de una confusa sensación de éxtasis y de una extraña vergüenza. Se le ocurrió que quizá llegara a arrepentirse de lo que le había permitido hacer. ¿Pero por qué, si ella lo amaba tanto? Y él seguro que también la amaba. Le había arrebatado la virginidad, pero su forma de hacer el amor había sido tan maravillosa que no deseaba renunciar a él. Para evitar consecuencias no deseadas, debería frenar más acercamientos como aquel. Se juró con fervor que aquello no se repetiría, aunque dudaba de que tuviera fuerzas para resistirse. ¿Por qué no podían ser amantes fieles y ardientes? ¿Y podría explicarle a él por qué necesitaba evitar la tentación y protegerse? Probablemente no.

—¿Te vas a disculpar por haberme poseído? —murmuró.

Johnny soltó una risita.

—¿Por qué iba a hacerlo, cuando eres tan deliciosa que podría comerte entera?

—Mi madre espera que sea una chica respetable. Puede ser muy dura con los jóvenes con los que desearía salir. Si no son de clase alta y ricos, no los aprueba.

—Confieso que no soy más que un muchacho pobre del norte. La rica es ella, así que, ¿que importa eso? Guarda el secreto y no le hables de nosotros —dijo él antes de volver a besarla.

—Estoy de acuerdo. ¡Cómo nos entendemos! Queenie cree que estás prendado de mi hermana —dijo ella con una risita—. Tú y yo sabemos que eso no es cierto. ¿Cuándo te enamoraste de mí? —preguntó ella, buscando confirmar los sentimientos de él para reafirmarse en que había hecho bien en participar en aquel acto glorioso.

—¿Acaso eso importa? —dijo él, insinuando al parecer que no era apropiado que ella preguntara eso—. ¿No te enamoraste tú de mí perdidamente?

—¡Oh, sí! Desde la primera vez que te vi en el Palace Theatre. ¿Y por qué no? Y ahora somos uno.

—Y que lo digas. Me encanta que una mujer encantadora haga lo que le pido —comentó Johnny.

La estrechó con fuerza y Merryn suspiró satisfecha. Los besos de él eran cada vez más exigentes. ¿Pero por qué no iba a hacer lo que quisiera de ella? Lo apartó con gentileza y estudió su rostro con seriedad, con las mejillas brillantes de excitación.

—Johnny, supongo que valoras que haya perdido la virginidad contigo.

—Sí, naturalmente.

—¿También ha sido la primera vez para ti?

Johnny soltó una risita.

—Tengo treinta años —dijo—. ¿Y tú qué crees?

Merryn se dijo que un hombre debía dominar las artes amatorias y que había sido una ingenuidad por su parte pensar de otro modo. En vista de lo que tenían que soportar en la guerra, ¿por qué no disfrutar de la felicidad que pudieran encontrar juntos? Abrazada a él, la posibilidad de tener que pasar por lo que había pasado su hermana la llenó de pánico. Johnny sobreviviría a cualquier ataque futuro o a cualquier bombardeo, como ella misma había sobrevivido a la tragedia de la cantina. Ese había resultado ser el momento más terrorífico de su vida y todavía la poseía el miedo siempre que oía el rugido de un cañón o una ráfaga de metralla. Si ocurría lo peor y perdía a Johnny, al menos podría vivir con el recuerdo de su amor.

CAPÍTULO 16

Cecily estaba sentada debajo de la lona y observaba a Queenie cantar para el público. Actuaba mucho más tranquila que en las ocasiones en las que había salido bebida a escena. Parecía estar rehabilitándose, lo cual suponía un alivio y ayudaba a que le permitiera volver a cantar, un hecho que podía mejorar su relación. Johnny y Merryn la acompañaban, lo cual también era algo bueno, teniendo en cuenta el nuevo plan en el que Cecily estaba a punto de embarcarse. Cuando terminó la actuación, Queenie se acercó sonriente y Cecily la abrazó efusivamente.

—Muy bien, mamá. Al parecer, vuelves a ser la estrella de siempre.

—Todavía te niegas a llamarme por mi nombre, muchacha estúpida, pero te doy las gracias por creer en mí finalmente. Tampoco es que pretenda trabajar demasiado, prefiero actuar de vez en cuando.

—Eso tiene sentido. —Cecily agitó en el aire el último pase que les habían concedido—. Nos han permitido actuar en un hospital —anunció—. Johnny, no tendrás que llevarnos allí, ya tienes bastantes tareas. Nos han ofrecido la ayuda de un soldado joven que tiene que irse de permiso tras haber sufrido varias heridas. Se recupera lentamente y, antes de irse a casa, está dispuesto a ayudar entre bastidores con el atrezo, ahora que hemos perdido al cabo

Lewis. Afirma que entiende bastante de teatro y lo cierto es que parece pertenecer a una familia de clase alta como tú, mamá. Quizá sea por eso.

—Algunos nacemos con la clase y la inteligencia fluyendo por nuestras venas —comentó Queenie.

—Una idea interesante —contestó Cecily con una sonrisa.

Había hecho lo posible por inventar una razón para que aquel soldado se uniera a ellos sin revelar que era un prisionero huido al que Lena tenía oculto en ese momento en un escondrijo secreto. Si los suyos se enteraban, seguramente protestarían por el riesgo que estaba dispuesta a correr por ayudar a esos hombres.

Cuando Cecily se reunió con el prisionero a la mañana siguiente, la alivió ver que ya no vestía como tal sino como un soldado activo. Estaba flaco y pálido y llevaba una venda en la frente que le cubría un ojo. El otro ojo sufría un tic y reflejaba preocupación. Muchos soldados tenían heridas parecidas y estaban demacrados después de haber sufrido mucho los efectos de la guerra. Se presentó como el sargento Allenby, taconeó y le hizo un saludo militar.

Cecily le estrechó la mano, agradecida.

—Encantado de conocerlo, señor, y gracias por su ayuda.

El prisionero la miró confuso.

—Creía que era usted la que me ofrecía ayuda a mí —dijo.

—Sí, así es, pero tiene que parecer lo contrario —susurró Lena—. Hoy trabajará para su *troupe* como hacía el cabo Lewis. Luego partirán sin armar ruido.

—De acuerdo —dijo él con una sonrisa. Su ojo oscuro se iluminó un poco—. A su servicio, señora. No es necesario que me llame señor.

—¡Qué hombre tan apuesto es usted! —dijo Queenie, que se acercó para dedicarle una de sus encantadoras sonrisas—. Aunque un poco demacrado y herido. ¿Asumo que esa es la razón por la que pronto se irá de permiso?

—Para disfrutar de unos días de descanso —dijo él con un saludo de cortesía.

—¡Ah! ¿Acento londinense? —preguntó Queenie. Dio una palmada de alegría—. Dígame de dónde procede y hábleme de usted. ¿A qué se dedicaba antes de la guerra? ¿Está casado?

Cecily, que sabía muy bien cuánto le gustaban los jóvenes a su madre, se apresuró a intervenir.

—Mamá, por favor, basta de charlas. Este sargento tiene derecho a su intimidad, igual que tú. Es hora de irse.

El sargento Allenby los llevó en la camioneta vieja, con el equipo cargado en la parte trasera. Esperaban que el viaje fuera fácil, pues el hospital estaba bastante cerca del centro de Ypres. Sin embargo, los paró un centinela francés, que examinó a conciencia sus pasaportes, pases y permisos y no parecía muy convencido de su identidad. Cecily empezó a cantar *There Is A Long Way to Tipperary* («Hay un largo camino hasta Tipperary»), ansiosa por probar que de verdad estaban allí para entretener a las tropas.

—Han dado muchos conciertos maravillosos —dijo el sargento Allenby en un francés perfecto.

El centinela hizo una mueca de regocijo, aplaudió un poco cuando Cecily terminó de cantar y por fin les permitió entrar en la ciudad.

—Gracias a Dios por su ayuda —murmuró Cecily.

El espectáculo de la mañana y el de la tarde salieron según lo planeado: Cecily cantó a los soldados sus canciones favoritas, seguidas de *Mother of Pearl*, una obra de un acto de Gertrude Jennings. Las expresiones y los gestos de Queenie siempre encantaban al público, y ese estaba formado por soldados franceses y británicos que se habían autoinfligido heridas con la esperanza de ser enviados a casa y unos pocos prisioneros de guerra alemanes.

—Sigues siendo toda una estrella. Ahora puedes cantar para ellos —comentó Cecily.

Queenie, que estaba sobria, sonreía constantemente y se mostraba mucho menos malhumorada, parecía aún más encantadora que de costumbre. Llevaba las cejas depiladas muy finas, formando un delicado arco sobre sus suaves ojos azules. Cuando la veía así, Cecily se sentía fea y ordinaria en comparación con su madre. La joven había pasado horas el día anterior encerrada con Merryn retocando algunos de los vestidos que había hecho su hermana, pero en ese momento le bastaba con ver lo bien que actuaba su madre.

—Gracias a la ayuda de Johnny —dijo Queenie. Besó al chico en ambas mejillas—. Ha pasado horas ayudándome a cantar sin desafinar.

Cecily frunció el ceño ante aquel intercambio. Miró a su hermana y vio que esta esquivaba la mirada de Johnny. ¿Acaso había dejado de gustarle o lo evitaba para proteger una relación entre ellos? Cecily, que podía entender que fuera ese el caso, miró a Queenie y dijo con firmeza:

—Al que debemos dar las gracias es al sargento Allenby, por hacer de apuntador, ocuparse del atrezo y ayudarnos con los centinelas.

—Él también es un joven muy agradable. Hemos sido muy afortunadas de contar con su ayuda, muchacho, aunque no la hemos necesitado mucho —comentó Queenie.

Le dio un beso gentil en la mejilla y el sargento rio encantado.

—El espectáculo ha terminado y podemos irnos todos a dormir —dijo Cecily—. Mañana recogeré yo todo esto.

Sonrió cuando Queenie y Merryn se tumbaron en la cama. Cecily, también necesitada de descanso, se retiró el maquillaje de la cara con agua fría para despertarse y esperó impaciente a que su madre y su hermana se durmieran. Tardaron tanto en conciliar el sueño que ella se puso algo nerviosa, pero cuando oyó que sus respiraciones se volvían regulares, fue rápidamente en busca del sargento Allenby, que la esperaba al lado de la camioneta.

No creía en absoluto que ese fuera su verdadero nombre, pero no se lo preguntaría. Solo deseaba que estuviera a salvo.

—Ahora me toca conducir a mí —le dijo con una sonrisa—. Y después de ver el mapa que me dibujó Lena, solo me queda confiar en que no nos perdamos.

—Bien. Y tenemos que evitar el camino principal para no volver a encontrarnos con ese centinela —le advirtió él.

—Esta vez la ruta nos llevará por el bosque, no por la ciudad.

—Excelente. Si nos para alguien, voy armado —declaró él rotundo.

Avanzaron por un camino recto que cruzaba el bosque, sin encender en ningún momento ninguna luz en el vehículo, lo cual hacía que el viaje resultara más difícil. A Cecily le latía con fuerza el corazón por el miedo y los nervios.

Él, que debió de notar la tensión en ella, dijo con calma:

—Por cierto, me llamo Billy y le agradezco su ayuda para salvarme la vida, señorita Hanson. En el campo de internamiento alemán sufrí torturas y pasé hambre y, luego, cuando trabajábamos en la línea del ferrocarril, conseguí escapar. Es muy valiente ayudándome. Tenga cuidado de no acabar nunca en un lugar así.

Cecily volvió la cabeza para mirarlo con cierta aprensión. No quería considerar semejante posibilidad.

—Yo soy Cecily. Encantada de ayudarlo, Billy. Ahora hemos de tener los ojos bien abiertos. Nos reuniremos con un hombre que lo llevará por la ruta de huida hasta los Países Bajos.

Siguieron avanzando lentamente y sin ruido por el bosque hasta que, treinta minutos más tarde, un hombre con un gorro de lana azul marino salió de detrás de un árbol y encendió la linterna tres veces, la señal convenida que les había comunicado Lena.

—¿Es este el hombre? —susurró Billy.

—Sí —contestó Cecily.

Segundos después, Cecily oyó que el hombre decía: «Dover», la contraseña acordada, a lo que la joven respondió asintiendo. Él entonces le dijo que no se quedara por allí, sino que regresara al instante.

—No tema por mí, regreso ya —le aseguró Cecily.

Billy le apretó la mano, agradecido, saltó de la camioneta y desapareció en el bosque. Cecily dio la vuelta a la camioneta y condujo mucho más deprisa que antes de vuelta al hospital, ansiosa por llegar antes de que su madre o su hermana se despertaran y no la vieran a su lado. Podría haber ido más deprisa por la carretera, pero recordó la advertencia de Billy sobre el centinela francés y procuró llevar cuidado. El viaje había resultado bastante fácil, así que se ciñó al carril del bosque, contenta pero con mal augurio. La joven estaba encantada de haber ayudado a poner a Billy en el camino hacia la libertad, pero miraba continuamente a su alrededor por miedo a que apareciera el enemigo. Aun así, esperaba ayudar a otros prisioneros de guerra.

A la mañana siguiente, Merryn se acercó a Cecily con la necesidad de descubrir dónde había estado la noche anterior, pues la atormentaba una sospecha.

—¿Dónde te metiste anoche hasta después de medianoche? ¿Tuviste una aventura con ese joven? —No era eso lo que sospechaba, pero valía la pena probar.

La pregunta pareció alarmar a su hermana.

—¡Por supuesto que no! ¿Cómo puedes insinuar algo tan terrible?

—Charlaste alegremente con aquel prisionero alemán y luego le salvaste la vida. Bailaste y conversaste también con un soldado francocanadiense. Siempre sostienes que luchas por los derechos de las mujeres y que no deseas llevar una vida doméstica tradicional, como tampoco la ha llevado nuestra madre, pero, al igual que ella, parece que jugueteas con distintos hombres.

—¡Oh, por el amor de Dios! Sí, nuestra madre siempre se ha sentido atraída por hombres jóvenes y disfruta charlando con ellos, como hizo con ese sargento, y también tener aventuras con algunos soldados, pero deberías saber que yo no tengo ningún deseo de seguir su ejemplo. ¿Acaso me estás acusando de ser una mujer libertina?

Merryn sintió una bola de pánico en la garganta. ¿Había insultado a su querida hermana? ¿Era porque ella había corrido un gran riesgo con Johnny en el baile y pensaba que Cecily podía ser culpable del mismo error con el sargento? ¿Por qué iba a hacerlo cuando seguramente sufría todavía por la pérdida de Ewan? Sintió el impulso de disculparse y salir de aquel lío, pero entonces llegó una respuesta que no esperaba en absoluto.

—La cuestión es que madre tuvo un mal matrimonio, como sabemos, lo cual le ha creado problemas a ella y, en cierto sentido, también a mí. Cuando Queenie actuaba, nos dejaba en algún antro, sin un padre que nos cuidara. Por suerte teníamos a Nan. Luego te llenaba de caricias cuando volvía a casa. Tú siempre fuiste la hija favorita de mamá —dijo Cecily con una sonrisa triste.

—¿Estás celosa de los mimos que me dedicaba? Sí, su actitud contigo era mucho peor, pero Queenie también era negligente y exigente conmigo. Yo era tres años menor y por eso me cuidaba más. La quiero y es triste que perdiéramos a nuestro padre. No sé cuándo murió. ¿Nos había dejado ya cuando yo era muy pequeña? No lo recuerdo, pero seguro que tú sí.

Cecily suspiró.

—Yo también era pequeña por aquel entonces y su pérdida debió de ser traumática. Imagino que el dolor me bloqueó la mente. Todavía me gustaría saber si se ahogó accidentalmente o se suicidó acosado por los problemas que tenían. Creo que tenemos derecho a saberlo. Y no, no tengo celos por ser tú la favorita de mamá. Eres mi queridísima hermana pequeña. Y mamá apenas nos ha contado nada de nuestro padre y eso está mal.

—Si te quejas porque mamá no nos cuenta todo aquello que queremos saber, ¿por qué guardas tú también en secreto adónde fuiste ayer?

Cecily suspiró.

—Si tanto quieres saberlo, la verdad es que simplemente ayudaba a Lena a cuidar de los heridos.

Merryn parpadeó, sorprendida y confusa.

—¡Qué extraño! ¿Qué te pidieron exactamente que hicieras por ese hombre?

—El sargento Allenby resultó herido en un bombardeo y no había podido conseguir el permiso para ir a casa. Yo lo ayudé llevándolo a la estación.

—¿O sea que ha desertado?

—¡No, no! Lena le había conseguido por fin el permiso necesario —dijo Cecily rápidamente.

Merryn, incrédula, miró a su hermana a los ojos, donde le pareció ver que mentía. Y había también algo en su tono afilado de voz que sonaba a engaño.

—¡Qué extraño que digas que un hombre no ha conseguido permiso y al instante digas que sí! —comentó. Sentía la necesidad de expresar lo que había sospechado desde el comienzo de esa conversación—. Estoy convencida de que eso que me has dicho es mentira. Dime la verdad. ¿Estuviste con Johnny en un lugar secreto? No me extrañaría nada, él parece cautivado por tu belleza.

—¡Oh, por el amor de Dios, deja de ser tan grosera y estúpida! —replicó Cecily, con voz alterada—. Dices tonterías.

—Eso lo haces tú.

—Como te he explicado un millar de veces, no me interesan el amor ni el matrimonio. Confieso que Johnny ha intentado flirtear conmigo, pero no le he hecho el menor caso. Lo ignoro por completo. Y te aconsejo que tú tengas cuidado con él.

Una nube de rabia inundó la cabeza de Merryn, que miró de hito en hito a su hermana.

—¿Cómo te atreves a decir algo así? Siempre has sido muy quisquillosa y te has preocupado constantemente por mí ordenándome lo que debo y no debo hacer, pero no es asunto tuyo a quién decida yo amar.

—Eres mi hermana. ¿Por qué no voy a preocuparme por ti? Solo quiero protegerte.

—Puedo cuidar de mí misma, gracias. Tengo una opinión mucho mejor de los hombres que tú.

Cecily miró a su alrededor.

—Viene mamá. Hablaremos de esto más tarde. No quiero que nos oiga discutir.

A Merryn le dio un vuelco el corazón cuando vio que Queenie cruzaba el campo hacia ellas en compañía de Johnny.

—Aquí estamos —anunció Queenie, que iba del brazo de Johnny—. Listos para empezar el ensayo.

Merryn miró a su hermana echando chispas por los ojos y no hizo más comentarios.

Un par de días más tarde, Lena le pidió a Cecily que ayudara a otro fugado y la joven aceptó de buen grado. Cuando terminó la actuación de la noche, se dirigió a la camioneta. Merryn se acercó entonces e insistió en que quería acompañarla, dondequiera que fuera.

—Si somos un equipo, ¿por qué no puedo ayudarte? —preguntó.

—Porque quiero correr este riesgo yo sola. Este no es un tema que pueda hablar contigo, querida.

—Sé muy bien que estas mentiras son porque te niegas a admitir quién es el hombre con el que vas a acostarte otra vez, ya sea Johnny o cualquier otro.

Cecily suspiró.

—Deja de acusarme de tales tonterías. No hago nada de eso.

—¿Y adónde vas y por qué?

—Como ya te dije, quizá podamos hablar de esto en otra ocasión y, si me es posible, trataré de explicártelo.

Cecily sintió una punzada de dolor. Llegó rápidamente a la conclusión de que no debería haberle dicho nada a Merryn, pues la mente de su hermana estaba demasiado obsesionada con otras sospechas.

—¿Quieres decir que me contarás otra mentira? —preguntó Merryn con aspereza. Dio media vuelta y se alejó.

Pero Cecily no podía contarle que, después de haber aceptado hacer de espía, le resultaba fácil ayudar a fugados. Subió a la camioneta y descubrió que Lena había dejado al hombre en el asiento trasero, escondido debajo de una manta.

—¿Me rescata a mí solo? —preguntó él.

—Sí. Lo dejaré con un hombre bueno y valiente que lo llevará por la ruta de huida hasta los Países Bajos.

Condujo por el bosque a velocidad moderada y lo dejó salir en cuanto se encontraron con el hombre responsable de aquellos prisioneros de guerra. Cecily se despidió con un gesto de la mano e inició el viaje de vuelta. Al poco rato oyó el ruido de alguien moviéndose detrás de ella. Detuvo el vehículo con miedo, pues no tenía armas ni nada con lo que protegerse. Agarró una llave inglesa que había en el suelo y apuntó con ella a la figura voluminosa que tenía detrás, con la esperanza de que en la oscuridad pudiera pasar por una pistola.

—No se acerque o disparo —gritó.

CAPÍTULO 17

Cecily se quedó atónita al darse cuenta de que se trataba de Wilhelm Ackermann.

—¿Qué hace aquí? —preguntó, sorprendida.

—Cuando vino a verme, le pedí que me rescatara. Ahora que ya puedo volver a andar, me han informado de que planean llevarme mañana a un centro de detención. Cuando la he visto venir a esta camioneta, he conseguido salir de la tienda y esconderme detrás. Tan enfrascada estaba en la discusión con su hermana que no se ha fijado en mí y, por suerte, nos hemos alejado antes de que los guardias se percataran de mi fuga. Quiero que me acerque a una base alemana, sé que no está lejos.

—¿Y por qué me voy a arriesgar a hacer eso? —preguntó Cecily, luchando desesperadamente por calmar los nervios—. Si sugiere que tengo que cruzar tierra de nadie para llegar a territorio ocupado por los alemanes, eso implica que podrían atacarme los soldados y sus metralletas.

—Le pido que se interne un poco más por este bosque y me deje a una distancia segura, yo se lo agradeceré eternamente. Agradezco que me salvara la vida y ha sido muy interesante verla rescatar a ese otro prisionero de guerra. ¿Por qué no puede hacer lo mismo por mí?

—De verdad que no creo que pueda hacerlo. Usted no es francés ni británico.

—Eso es cierto, pero ya me ayudó una vez. ¿Por qué no otra?

—Ya he dicho que no puedo hacer eso.

El alemán soltó una risita.

—Conduzca. No tengo deseos de discutir ni de hacerle daño. Usted hará lo que yo le diga.

Horrorizada por la desesperación de su tono de voz, Cecily consideró aquel comentario como una amenaza. Un miedo oscuro y creciente le oprimía el pecho. Pisó el acelerador y empezó a conducir despacio, sabiendo que no tenía otra alternativa que hacer lo que le ordenaba. Podía tener un cuchillo en la mano y rebanarle el cuello o estrangularla si se negaba a obedecer. ¿Había hecho mal en salvarle la vida a aquel hombre? Después de todo, aquel alemán era un enemigo y ella no le importaba nada, al contrario de la impresión que había dado cuando lo había visitado en la sala de pacientes.

—Va muy despacio, corra más.

—No sé si voy en la dirección correcta.

—Sí va. Dentro de poco giramos a la izquierda. Ya le avisaré cuándo.

Para consternación de Cecily, fueron mucho más lejos de lo que esperaba. Giraba a izquierda y derecha cuando él se lo decía e intentaba recordar el camino. Cuando ya la embargaba el pánico, él le ordenó por fin que parara y le dijo que podía volver al campamento siguiendo aquel camino hasta que llegara a otro más principal situado a un par de kilómetros de allí.

—Luego gire a la izquierda y volverá directamente al campamento.

Cecily detuvo la camioneta y el alemán saltó de la parte trasera. Se sintió aliviada al verlo marchar, había tomado nota mental de los muchos giros que había hecho y no deseaba conducir por la carretera principal, dio la vuelta a la camioneta y empezó a regresar por donde había llegado. Condujo despacio y recorrió cierta distancia sin luces. Una de las veces que giró a la derecha, apareció ante ella un guardia alemán con un arma en la mano. Otro guardia abrió su puerta y le ordenó que saliera. Cecily comprendió horrorizada que había sido capturada.

Esperaba encontrarse encerrada en una celda y cada vez tenía más miedo. ¿La tratarían como a una espía por haberle hecho preguntas al prisionero de guerra alemán, como le había pedido el teniente Trevain? No se le había dado nada bien, los nervios y la prudencia la traicionaban. Ahora la someterían a interrogatorio y terminaría en un campo de internamiento. Esa perspectiva le produjo tanto pánico y dolor que sintió arcadas. ¿Cómo se las arreglaban los soldados, blancos fáciles, cuando eran capturados?

La subieron a la parte trasera del vehículo de los guardias y la llevaron en sentido contrario. Los seguía un guardia conduciendo su camioneta. Al final vio un barracón o fortín delante de ella y le ordenaron salir del vehículo blindado. Se abrió una barrera y la llevaron a un edifico mucho más grande que había cerca. Allí vio a Wilhelm Ackermann de pie en la entrada.

Él los miró a ella y a los dos oficiales que la agarraban por los brazos mientras entraban en el edificio y no dijo ni una palabra. ¿Cómo había podido confiar en aquel hombre? Momentos después, se encontró en una estancia que parecía una oficina, donde la sentaron en una silla ante un escritorio. El hombre sentado detrás del escritorio era un oficial, pues llevaba un elegante uniforme gris con franjas en el cuello y los puños. Se levantó sonriente y le ofreció un cigarrillo.

—No, gracias, no fumo.

—¿Le apetece un vaso de vino? —Hablaba inglés con un leve acento alemán y con voz suave.

Cecily negó con la cabeza, confundida por su amabilidad. Esperaba que la trataran con desprecio.

—¿Café o mejor una taza de té, puesto que es británica? Estuve en Inglaterra de estudiante y conozco sus gustos. —Como ella no respondió, aquel hombre ordenó al guardia que la había llevado allí que fuera a buscarle una taza de té—. Soy el *Oberstleutnant,* el teniente coronel a cargo de este regimiento. ¿Cómo se llama y en qué parte de Inglaterra vive? —preguntó con una sonrisa.

Como no veía razón para no hacerlo, Cecily respondió con calma y le dio su dirección.

—¡Ah! Tengo entendido que Cornwall es una zona muy hermosa. Yo estuve en la Universidad en Oxford, donde descubrí lo tolerantes que son los británicos. Han sufrido muchas pérdidas, pero parecen estar extraordinariamente seguros de ganar esta guerra. ¿A qué cree que se debe eso?

Cecily, decidida a no contestar esa pregunta y permanecer fuerte, alzó la barbilla y sonrió con desgana.

—Lo desconozco. Como seguro que ya sabe, no soy soldado, solo soy una artista.

—¿Así fue como conoció a Wilhelm, un viejo amigo mío que fue capturado y hecho prisionero por los británicos hace unas semanas?

—Sí, estaba herido y recibió cuidados médicos en el hospital antes de ser trasladado a un barracón para que se recuperara. Me vio en una actuación que hicimos para los heridos después del concierto.

—¿Y asumo que se sintió tan atraída por él que consintió en entretenerlo personalmente con sus encantos?

Cecily se sonrojó, no sabía si era de vergüenza o de furia. Los ojos oscuros de aquel hombre brillaban con regocijo y, antes de que tuviera tiempo de pensar una respuesta apropiada, él se sentó en una esquina de la mesa y le sonrió.

—Es una mujer muy atractiva y está claro que usted lo ha cautivado. ¿Por eso salieron a dar un paseo juntos esta noche? ¿Adónde iban y por qué?

Aquella no era una pregunta que ella estuviera dispuesta a contestar.

—La razón de que esté aquí en Francia es porque vine con un grupo para apoyar a nuestros soldados. Soy cantante. Así es como divierto a los hombres, de ningún otro modo. También actuamos un poco y recitamos poesía.

Aquel hombre la sorprendió aplaudiendo despacio.

—¡Ah, fantástico! Entonces podrá entretenernos esta noche.

El teniente Trevain le había advertido de que podría ocurrir aquello. El miedo recorrió el cuerpo de Cecily. No encontró valor para alegar agotamiento por haber cantado ya por la tarde y por la noche. Solo le quedaba esperar que la soltaran pronto y no la retuvieran prisionera.

El teniente coronel la llevó a una estancia llena de humo y que olía a alcohol, donde los oficiales conversaban sentados en sillones y sofás. Cuando entró el teniente coronel se pusieron de pie.

—Descansen —dijo él—. Esta hermosa artista ha accedido a cantar para nosotros. La cena ya ha pasado, pero podemos ofrecerle algo de comer más tarde. Por favor, cante para nosotros.

Cecily notó que Wilhelm Ackermann se sentaba al lado de ese oficial y le susurraba algo al oído. Le habría gustado mucho saber lo que decía y confió en que no la acusara de ser espía. ¡Qué perspectiva tan horrible! No quería pensar en ello. ¿Y qué podía cantarles a aquellos alemanes? Sintió tentaciones de cantar *When I Send You a Picture of Berlin* («Cuando te envíe una postal de Berlín»), pero decidió que no sería apropiado, pues el verso siguiente era «Sabrás que se ha terminado y ya vuelvo a casa». ¿Una buena actuación podría darle la libertad? Cecily lo dudaba.

Decidió cantar *Hello! Hello! Who's Your Lady Friend* («Hola, hola, ¿quién es tu amiga?»») y *Champagne Charlie*. Las canciones de *music-hall* le parecían mucho más seguras y divertidas que las canciones de guerra que cantaba para sus compatriotas británicos. Cuando los oficiales gritaron de alegría y pidieron otra, cantó *If I Were the Only Girl in the World* («Si fuera la única chica del mundo»). Algunos cantaron con ella. Siguió con dos canciones seguras más. Veía que Wilhelm Ackermann le sonreía de vez en cuando y seguía conversando con el oficial.

Al final, el *Oberstleutnant* se puso de pie y aplaudió con ganas.

—Pueden retirarse todos —dijo cuando terminó—. Salgan ahora.

Cecily respiró aliviada y se volvió rápidamente hacia la puerta, ansiosa por volver al campamento.

—Usted no, señorita Hanson, solo estos hombres —dijo él.

La joven se asustó al ver que habían salido todos, incluido Ackermann, y que se había quedado sola con aquel oficial al mando de todo aquello.

—¿Seguro que no desea comer nada? —preguntó él.

—No, gracias, no tengo hambre. —Desesperada por escapar, comer era lo último que quería.

—Le serviré un vaso de nuestra buenísima cerveza alemana.

La joven declinó también la oferta.

—¿Puedo irme ya? —preguntó.

El hombre la miró de arriba abajo, deteniéndose principalmente en los ojos, los labios y los pechos, lo que hizo que Cecily se estremeciera de aprensión.

—Es usted una mujer extremadamente interesante y demasiado atractiva para que yo le permita irse rápidamente cuando podríamos disfrutar de una velada muy agradable juntos.

La agarró con firmeza por la cintura, la llevó al sofá, la sentó de un empujón y le puso un vaso de cerveza en la mano.

—Beba, la ayudará a relajarse y le hará mucho bien. Es demasiado tarde para que vuelva conduciendo adonde están acampados, pero yo puedo ofrecerle alojamiento. No en una celda, es usted bienvenida a compartir la comodidad de mi dormitorio.

Cecily se estremeció de miedo al darse cuenta de que corría el peligro de ser violada. ¿Cómo podría salir de aquel desastre? Recordó la reacción de su madre en una ocasión en la que tenía que salir al escenario y Cecily le había ofrecido un vaso de agua para que dejara de beber. Con el fuerte deseo de defenderse, repitió la rabieta de Queenie y le tiró el vaso de cerveza al oficial por la cabeza. Él la empujó con furia, se tumbó encima de ella, le subió la falda y deslizó una mano entre sus piernas. Cecily gritó con fuerza. Se abrió la puerta y entró Wilhelm como una tromba.

—*Was zum Teufel machst du mit meiner guten Freundin?* —gritó. El oficial se echó a reír.

—*Ich mache mit ihr genau das, was ich möchte.* Hago lo que me da la gana con ella. ¿Eres una espía, muchacha? Si es así, no puedes ser amiga suya.

—No.

—Es una mujer noble y generosa que me salvó la vida y ahora me ha rescatado. No merece ningún castigo.

La conversación entre ellos se convirtió en una riña furiosa en alemán. Cecily no entendía ni una palabra y no quiso discutir en inglés. Se levantó de un salto y se colocó la falda, luchando por calmar el golpeteo de su corazón en el pecho y consciente de que Ackermann seguía discutiendo desde la puerta para defenderla o por quererla para sí mismo. La agarró del brazo, dejó al teniente coronel hirviendo de rabia y tiró de ella por un pasillo. ¿Intentaría ahora aprovecharse de ella? Esa posibilidad resultaba igual de aterradora. Para alivio de Cecily, no la llevó a su dormitorio, sino al patio. Saludó a los guardias, dio instrucciones y enseguida se abrió la barrera para permitirles salir al bosque. Hacía frío, el viento nocturno hacía volar las hojas de los árboles y Cecily respiró aliviada.

—Su camioneta está a poca distancia. He dejado claro a los guardias que usted me estaba ayudando a escapar, no capturándome, así que es libre de marcharse. ¿Cree que podrá encontrar el campamento?

—Sí. Muchas gracias por salvarme. —Tan aliviada se sentía que tenía un fuerte deseo de abrazarlo, pero consiguió controlar esa impulso estúpido.

Ackermann le dedicó una cálida sonrisa.

—Teniendo en cuenta que usted me salvó la vida, es justo que yo salve la suya. De no ser por esta guerra, nuestras distintas nacionalidades no serían un problema. ¡Qué Dios la proteja, Cecily! Le he hecho creer al *Oberstleutnant* que la iba a llevar a mi cama, así que le recomiendo que vuelva corriendo a su campamento antes de que note su ausencia. De otro modo, podría enviarla a un campo de concentración. —La despidió con la mano y volvió a cruzar la barrera hacia el interior de la base.

Cecily, luchando contra el miedo, corrió tan deprisa como le permitían las piernas, subió a la camioneta y la puso en marcha rápidamente. Condujo los primeros metros despacio para que no oyeran su marcha y, cuando pensó que estaba lo bastante lejos, aceleró para volver al campamento lo antes posible.

Después del susto por su captura, Cecily le contó por fin a Merryn lo que había hecho. Le explicó que había sentido la necesidad de ayudar a escapar a prisioneros franceses y británicos, a pesar de los riesgos que eso conllevaba. Le contó que Lena se arriesgaba más visitándolos en los campos de internamiento de la zona ocupada por los alemanes para insinuarles lo que podría hacer por ellos, trabajando con una red, de cuyos integrantes Cecily desconocía los nombres. Le contó cómo viajaba por el bosque, donde un rescatador ayudaba a los jóvenes fugados a huir por una ruta secreta a los Países Bajos, y el miedo que había sentido al encontrar al prisionero de guerra alemán escondido en la parte trasera de la camioneta. A continuación le habló de su captura y de lo que le había hecho el oficial alemán.

—¡Oh, qué horror! —dijo Merryn. Abrazó a su hermana cuando vio que tenía las mejillas llenas de lágrimas.

—Estaba muerta de miedo cuando ese horrible teniente coronel se disponía a violarme. —Contó luego cómo le había tirado la cerveza encima, lo que provocó una sonrisa de sorpresa y aprobación en Merryn—. No sabía si podía confiar en Wilhelm Ackermann, pero cuando grité, entró valientemente a rescatarme. Al parecer, lo hizo por gratitud por haberle salvado la vida. Debo reconocer que no pretendí salvarlo una segunda vez y que no quisiera volver a conversar con enemigos, pero sí seguiré ayudando a Lena a salvar a nuestros fugados.

Merryn la miró atónita. Había orgullo y admiración en sus ojos.

—¡Qué mujer tan valiente y maravillosa eres! —exclamó.

Cecily sonrió a su querida hermana y le dio un abrazo.

—Es maravilloso que hayamos hecho las paces. Créeme que Johnny no me interesa nada. Que él y tú estéis intimando más es cosa tuya, pero asegúrate de que sea la decisión correcta. Mamá intentó flirtear con él en una ocasión y le dio un beso. No te lo conté en su momento porque sabemos que le encanta hacer eso con distintos jóvenes. ¿Sabe ella la relación que hay entre vosotros dos?

Merryn negó con la cabeza. Parecía perpleja por esa información.

—Lo hemos guardado en secreto porque ya sabes cómo insiste en que elijamos un hombre rico y de clase alta. Queenie no ha aprobado a ninguno de los pretendientes que hemos tenido.

Cecily soltó una risita.

—Claro que no. Y creo que seguramente haces bien en guardar silencio sobre esta relación, al menos hasta que acabe la guerra. Yo tampoco diré nada, querida. Solo quiero que te asegures de que haces bien al encariñarte con él.

—¡Oh! Claro que sí —contestó Merryn, con una gran sonrisa—. Yo lo amo y creo que él siente lo mismo por mí.

Cecily la abrazó con ternura y, después de haber expresado ya su preocupación, se aseguró de que Merryn no viera la duda que aleteaba en sus ojos. No le gustaba cómo había intentado Johnny coquetear con ella, pero quizá el joven solo hubiera estado bromeando. Solo cabía esperar que la fe de Merryn en él estuviera justificada. Su querida hermana era joven, pero merecía encontrar el amor que tanto anhelaba. Enfrentada a la posibilidad de tener una vida solitaria, a veces Cecily ansiaba también un amor, pero al mismo tiempo se resistía tenazmente a que aquello ocurriera.

CAPÍTULO 18

Verano De 1918

En las semanas siguientes, Cecily ayudó a escapar a varios prisioneros más. Después de haber hecho a Merryn partícipe de su secreto, siempre que un soldado herido se unía a ellos, su hermana ya no preguntaba su nombre ni por qué estaba allí, simplemente le encargaba tareas sencillas. Cecily solo les decía a su madre y a Johnny que a aquellos jóvenes les gustaba ayudar porque eso les daba un respiro de las trincheras, del combate o de las heridas que sufrían. No era verdad exactamente, pero lo aceptaban como una realidad de aquel mundo difícil. Cuando ella desaparecía un rato después del espectáculo, decía que había dado un paseo por el campamento para hacer ejercicio o que había ido a hablar con los soldados en el hospital de la base.

Siempre se esforzaba por no volver tarde. Cecily ya estaba familiarizada con los caminos del bosque y conducía con cuidado, pues aquel bosque no era tan seguro como el que había cerca de Saint-Omer. Una noche chocó accidentalmente con una piedra y pinchó.

—¡Maldita sea! —gritó.

Le costó mucho cambiar la rueda, sin dejar un instante de mirar a su alrededor, a la oscuridad y los árboles, temerosa de que se acercaran guardias enemigos o aquel espantoso *Oberstleutnant*. Después de aquel episodio, tenía el sentido común de alejarse de esa zona, aunque la línea del frente enemigo nunca andaba muy lejos. Cuando terminó, arrojó el neumático pinchado a la camioneta y volvió rápidamente al campamento. Al aparcar, la sorprendió e irritó ver que Johnny avanzaba hacia ella. ¡Maldición! ¿Qué hacía merodeando por allí a esa hora de la noche? Entonces vio que una enfermera se alejaba corriendo a hurtadillas. ¿Había estado coqueteando o hablando con ella?

—Hola —dijo él. Abrió la puerta de la camioneta—. ¿Has ido a alguna parte, tienes aventuras secretas con esos soldados que trabajan con nosotros? —preguntó con aire burlón.

Cecily se echó a reír.

—No seas ridículo. Solo intento ayudarlos, igual que ellos a nosotros —contestó Entrecerró los ojos y dijo con aspereza—: Tú intentaste una vez flirtear conmigo, lo cual fue un error o una broma estúpida. Teniendo en cuenta que parece que hay algo entre mi hermana y tú, espero que no tengas una aventura con alguna de estas enfermeras. Acabo de verte con una.

—Claro que no. Merryn y yo estamos muy unidos y nos divertimos juntos, aunque está un poco agotada, como estamos todos ahora. Si nos pagaran como es debido por el trabajo que hacemos, la llevaría lejos a tomarnos un descanso.

—Recuerda que somos voluntarios, no nos pagan nada.

—Tu familia tiene mucho dinero. Tu madre, una mujer rica y egoísta, podría darnos algo, pero al parecer a ti no te importa el dinero. Yo no soy rico —comentó él con frialdad.

—Vistes bien, ya no cojeas y casi nunca llevas gafas. Si parto de la base de que pudiste usar eso como una estratagema para evitar que te reclutaran, ¿por qué voy a creer que no tenías nada que ver con esa enfermera? Por favor, sé sincero y fiel con mi hermana.

Eso es lo único que te pido. Yo me aseguraré de que Merryn tenga tiempo para descansar.

Cuando se alejaba, Cecily lo oyó gruñir con furia. Todavía no podía confiar en aquel hombre tan pagado de sí mismo y le asqueaba cómo trataba a las mujeres. Su hermana lo adoraba, quizá ella, Cecily, estuviera equivocada al tener tan mala opinión de él. Y además parecía que les exigía dinero. Aquello era preocupante. La joven entró en su tienda, se metió en la cama, aterida de frío, y se consoló con la satisfacción que le producía ayudar a salvar con éxito a tantos fugados.

El siguiente resultó ser un hombre descarado que insistió en que lo llevara al lugar indicado antes de la actuación, pues se acercaba ya el crepúsculo. Cecily intentó persuadirlo de que esperara hasta más tarde, pero él se obstinó en partir enseguida. Cuando caminaba con firmeza hacia la camioneta, iba pateando con furia cartuchos vacíos en busca de balas y luego encendió un cigarrillo.

Cecily se acercó corriendo.

—Por favor, no golpee esos cartuchos, algunos podrían tener aún explosivos. Y apague el cigarrillo. Los enemigos apostados cerca podrían ver su luz.

—Tonterías —declaró él con impaciencia—. Pon el vehículo en marcha, muchacha. Hago lo que siento la necesidad de hacer y, la verdad, no tengo paciencia para esperar más tiempo.

Cecily suspiró y corrió a la tienda a buscar la llave de la camioneta. Le habría gustado que él hubiera consentido en asistir a la actuación y partir después, pero no le costaría mucho entregarlo a su rescatador y, si no llegaba a tiempo, su madre podría empezar a cantar. Tomó su bolso y, cuando volvía hacia la carretera, vio que una bala de un francotirador cruzaba delante de él. El fugitivo se echó al instante en un agujero que había dejado un mortero en el suelo en otra ocasión. Luego algo explotó y un humo negro cubrió la carretera. Cecily empezó a toser y atragantarse. El miedo la volvió a invadir. Un rato después, cuando se disipó un poco el humo y cesó el ruido de los disparos, se levantó tambaleante y corrió a rescatarlo.

Lena llegó a su lado en segundos y los ojos de ambas mostraron la misma desesperación cuando encontraron el cuerpo muerto en el agujero, con las piernas cortadas y el cigarrillo todavía en la boca.

—¡Oh, Dios mío! Intenté que no fumara y le ordené que no golpeara los cartuchos por si alguno tenía dentro explosivos. No me hizo caso —musitó Cecily, con las mejillas llenas de lágrimas.

—No es culpa tuya, querida. No era un hombre fácil, tampoco aceptaba nada de lo que yo le decía. Quizá sea un desertor que se autolesionó para poder huir. Me temo que ha pagado un precio terrible por su arrogante terquedad.

Consciente de la rutina terrorífica en que andaba metida, Cecily se esforzó por aceptar aquello.

En julio el batallón regresó a Saint-Omer y el pequeño grupo de artistas lo siguió encantado, todos aliviados por dejar el campamento de Ypres, tan cerca de territorio alemán y de la línea del frente de numerosas batallas: Lys, Bailleul, Kemmel, Passchendaele y muchas otras. Habían visto muchos soldados muertos o cegados por gas lacrimógeno, pobres hombres a quienes el miedo aceleraba siempre el corazón. Lena se fue con ellos, pues sentía también la necesidad de cambiar de escenario. Se alegraban de volver a un lugar conocido. No estaba claro cuánto tiempo pasarían allí. Cecily había recibido una nota del teniente Trevain en la que decía que quería que se trasladaran a Malta pronto, a una región hospital con una necesidad desesperada de artistas. La joven le había escrito para hablarle de Wilhelm Ackermann, le había contado cómo la había forzado a ayudarle a escapar y luego la había salvado de ser violada y encerrada en un campo. También le había descrito la misión que desarrollaba y al parecer contaba con su aprobación.

Un día Cecily estaba sentada debajo de un árbol planeando el próximo concierto, cuando apareció Louis con una sonrisa iluminando su rostro recién afeitado.

—¿Podemos hablar un momento? Quiero preguntarte algo.

Cecily se sintió excitada al ver a aquel canadiense atractivo y, teniendo en cuenta la misión en la que estaba metida, también sintió cierta alarma. ¿Quería escapar él también, como deseaban hacer tantos soldados?

—Espero que no tengas ningún problema —dijo.

Louis se sentó en la hierba a sus pies y sonrió con un toque de humor.

—La verdad, Cecily, es que acaban de informarme de que me van a trasladar.

—¡Oh! Lamento mucho oír eso. Nosotros también nos iremos a su debido tiempo. ¿Te está permitido decir adónde te envían?

—A unos cuantos nos han ordenado unirnos al batallón de Bapaume, una gran población cercana al Somme, donde al parecer se desarrolla ahora otra batalla.

A la joven la invadió un mal presentimiento.

—Espero que no te ocurra nada. Te echaré de menos.

Louis vio la tristeza en sus ojos azul violeta y le apretó la mano.

—Yo también te echaré de menos, pero seguro que estaré bien. No nos vamos a poner a pensar ahora que la guerra vaya a empeorar aún más. Creo que terminará bastante pronto —declaró con firmeza.

La resistencia que mostraban sus ojos marrones despertó la admiración de Cecily.

—Esperemos que sí.

—La cuestión es que nos enviarán a finales de esta semana. Antes de eso, nos han concedido unos días de permiso y, al igual que muchos otros, he pensado ir a visitar Salperwick, un pueblo situado a pocos kilómetros de aquí que tiene un río magnífico. Siempre me ha gustado pescar, navegar y nadar y por allí hay un bosque encantador para dar paseos. Me preguntaba si a ti también te gustarían esas cosas y si querrías tomarte un corto descanso conmigo. Tu presencia me alegraría mucho, confieso que me he encariñado mucho contigo.

Cecily lo escuchó atónita. La emoción de esa oferta animaba su interior como una llama. Desde el baile, se habían hecho bastante amigos. No podía imaginarse enamorándose de él, pues su corazón seguía perteneciendo a Ewan. Y él tampoco le declaraba su amor, lo cual era bueno. Pero si aquel hombre encantador iba a participar en otra batalla horrible, ¿por qué no divertirse con él un poco antes de su partida? Y si se despertaba el deseo entre ellos, bien merecían ese placer romántico. ¿Acaso no afrontaba ella también una vida solitaria como mujer soltera?

—He vivido tiempo en Plymouth y también me gusta pescar y navegar, pero no soy muy hábil en ninguna de esas cosas. Me gusta más cantar, bailar y nadar —dijo con una risita—. Sería un placer aceptar tu invitación y acompañarte.

El rostro de Louis se iluminó de alegría.

—Gracias, Cecily. Eso sería maravilloso.

La rodeó con sus brazos y la joven, encerrada en su abrazo, sintió un temblor de excitación cuando la besó con gentileza.

—Tenemos disponibles una habitación doble y dos individuales —les informó la conserje de la posada.

Louis preguntó a Cecily qué prefería y enarcó las cejas con curiosidad. La joven miró a aquel hombre alto y musculoso de hombros fuertes, cuyos ojos marrones mostraban un brillo delicioso y sonrió ampliamente.

—La habitación doble, obviamente. Somos matrimonio. —Le pareció apropiado decir eso.

Louis asintió con una sonrisa y miró a la mujer de recepción.

—Eso sería espléndido, gracias.

La recepcionista tomó sus maletas y los precedió al segundo piso. Abrió la puerta situada al final del pasillo, dejó las maletas en un estante y se marchó en silencio. Quizá aquella mujer había creído que se trataba de un matrimonio, quizá no, pero no los había echado. Cecily miró a su alrededor, vio la cama grande que había en el centro y, para su sorpresa, le empezaron a temblar las piernas. Por tonto que pudiera parecer, la visión de la cama la llenó de un pánico repentino. ¿Acaso su propia frustración la había empujado a esa escapada y le había mentido? No, solo quería un poco de diversión en su vida. ¿Qué tenía eso de malo?

—Esto es espléndido —comentó Louis, que también miraba a su alrededor.

Estaba tan cerca que ella podía olerlo. No olía a humo ni alcohol, solo a jabón y a un olor persistente que desprendía su uniforme. Sus ojos se encontraron. Los de él mostraban un valor salvaje, electrizante y sensual, mientras que ella sentía que en los suyos la ternura empezaba a reemplazar al pánico.

Era mediodía y, después de sacar la poca ropa que habían llevado y colgarla en el armario, Louis sugirió que fueran a comer algo y después a explorar el río.

—Te prometí que navegaríamos. Hoy hace un día soleado y cálido y quizá sea la mejor oportunidad que tengamos.

Y también la última que tendrían en mucho tiempo: él partiría en unos días para Bapaume y la *troupe* quizá se trasladara a Malta. Disfrutaron de un almuerzo delicioso a base de paté, tostadas y café solo. La recepcionista les sirvió a continuación unas porciones de bizcocho casero y, después de la pobre comida del campamento, todo les pareció delicioso.

Louis le dijo cuánto le gustaban sus conciertos.

—Cantas muy bien y también tienes mucho talento como actriz.

—Lo que más me gusta es cantar. Quizá intentemos montar un par de extractos de comedias de Shakespeare. *Mucho ruido y pocas nueces* y *El sueño de una noche de verano.* Sería divertido y supondría un cambio de registro para mí. Seguiré cantando antes y después de cada extracto.

—Dedicas mucho tiempo y energía a este proyecto, muy apreciado por todos. Esta guerra puede alterarnos mucho, llenarnos de miedo y dolor o volvernos locos como resultado del fuego de la artillería. Lo que tú nos ofreces alimenta y aligera nuestras mentes y espíritus. Eres muy valiente.

—Tú también por haber elegido luchar en esta guerra. Espero que salgas sano y salvo.

Louis arrugó un poco el ceño.

—Creo que esa batalla que tiene lugar en Bapaume está siendo apoyada por tropas de Nueva Zelanda y quizá de Australia. Lo sabré al llegar allí. Creo que pronto acabará esta guerra. Esta batalla forma parte de ese plan, desde la batalla de Amiens se han ido sucediendo victorias aliadas y bien podrían extenderse al Somme, Ypres y muchos otros lugares. Tenemos que echar a los alemanes.

Cecily vio la determinación que expresaba el rostro del joven y le apretó una mano con las suyas.

—Basta de hablar de guerra. Alejemos esa preocupación de nuestras mentes y disfrutemos de este descanso. Necesitamos divertirnos.

Louis se echó a reír.

—Desde luego que sí. Una idea excelente.

Caminaron por el bosque hasta el río, él alquiló un bote, se sentó enfrente de ella y empezó a remar. Con el sol brillando, el cielo y el río parecían fundirse como oro derretido. Una brisa empezó a perturbar la ondulación azul gris de las olas. Cecily se sobresaltó cuando el bote empezó a subir y bajar azotado por el agua.

Louis se echó a reír.

—¿Estás bien?

—Sí. Remas muy bien —dijo ella, que disfrutaba observándolo. Aquel hombre nunca le había resultado tan tentador.

Siguieron un tramo más, Cecily lo contemplaba disimuladamente, hasta que él le preguntó por fin si quería probar a remar.

—¿Por qué no?

—Podemos remar juntos —dijo él. Le pasó uno de los remos, lo colocó en su sitio y le dijo que procurara sujetarlo correctamente en el agua—. Ahora échate hacia delante, gira las muñecas y sácalo del agua cuando te inclinas hacia atrás. No des tirones, solo aplícale fuerza.

Cecily intentó hacer lo que le decía, pero no resultó fácil y acabó riéndose.

—Eres mucho más fuerte que yo. Creo que ahora nos movemos en círculos.

—Haré menos fuerza —dijo Louis, riéndose también. Remó mucho más despacio y terminaron ajustando sus fuerzas. Después de un rato, llevó el bote a la orilla con gran habilidad. La ayudó a bajar y le dio un abrazo que parecía anunciar mucho más.

—Muchísimas gracias.

Después de la cena volvieron a pasear por la orilla del río, tomados de la mano. El suave lamer del agua en las piedras resonaba en sus oídos como un sonido mágico. El río, ondulado por la brisa y bañado en una piscina de luz de luna pálida, brillaba con un hermoso color gris. Hablaban con suavidad, compartiendo sueños para el futuro. Louis le dijo que anhelaba regresar a su ciudad natal de Quebec, donde esperaba abrir un restaurante algún día.

—Sabe Dios lo que haré yo. Sé que seguiré cantando, ya que no se me ocurre qué otra cosa puedo hacer bien —comentó Cecily con una sonrisa—. Suponiendo que consiga que me acepte algún teatro.

—Puedes venir a cantar para nosotros en Quebec... si no tienes un prometido con el que pienses casarte —musitó él, alzando las cejas con aire interrogante.

Cecily le recordó que la pérdida de Ewan era la razón por la que no tenía ningún deseo de comprometerse con nadie.

—A él también le gustaba cantar, aunque con un tono de voz mucho más profundo. Y pescar y nadar —dijo con una risita—. Me gusta recordar los momentos divertidos que pasamos juntos siendo muy jóvenes, no obsesionarme con su muerte.

—Haces bien —asintió él. Le dio un abrazo consolador—. Eres hermosa —murmuró. —Le acarició la mejilla con la palma de la mano y admiró el vestido de seda rosa que había elegido ella para la cena—. Y encantadora.

Cecily encontraba muy seductor el brillo de admiración de los ojos de Louis. La embargó una burbuja de euforia.

—Tú también eres muy atractivo.

Cuando la besó, se sintió mareada. Lo tomó del brazo y caminaron alegremente de regreso a la posada y al dormitorio. Él la ayudó a quitarse el vestido y Cecily no protestó cuando la tumbó en la cama. A medida que la acariciaba y besaba con pasión cada vez mayor, la iba invadiendo el deseo, una sensación mucho más intensa que las que había conocido hasta entonces. Le echó los brazos al cuello instintivamente y lo atrajo hacia sí, casi incapaz de reprimir su deseo. Había asumido que nunca tendría intimidad con un hombre y no esperaba vivir algo así. Ewan y ella no habían hecho el amor, los dos eran muy jóvenes y estaban más que dispuestos a esperar hasta que se casaran, pero, después de haberlo perdido, Cecily no se creía capaz de volver a enamorarse otra vez. Y aferrarse a su independencia le ahorraría el peligro de casarse solo por una sensación de desaliento o soledad, lo cual podría ser un error desastroso. La perspectiva de ser virgen toda la vida ya no la seducía. ¿Por qué se iba a condenar al celibato cuando tenía derecho a un poco de diversión y de placer? Y aquel hombre encantador no era el odioso *Oberstleutnan* que había intentado violarla.

—¿Seguro que sí? —murmuró él.

Cecily le sonrió con dulzura y él la besó en los labios, las mejillas y los pechos y le dijo que tenía protección. Cuando por fin la penetró, ella se encontró moviéndose instintivamente al ritmo del cuerpo de él y el placer entre ellos fue escalando hacia un glorioso pináculo de felicidad.

CAPÍTULO 19

Después de un ensayo y de subrayar la cantidad de trabajo que había asumido durante meses, por no hablar del de los últimos días, en ausencia de Cecily, Queenie le exigió a Johnny que la llevara al *estaminet* más próximo, un café bar cercano a la estación de ferrocarril. El joven pidió un vino de Málaga para ella y una jarra de cerveza para él, junto con un cigarro neerlandés. Apenas le costó unas monedas. Se sentaron bastante rato en una mesa dispuesta fuera del café, donde Queenie tomó tres copas.

—Gracias a Dios que no has invitado a Merryn a venir con nosotros ni le has dicho adónde íbamos. Adoro a mi hijita, pero es tan contraria al alcohol que no me permite ni un sorbo. Más tarde deberíamos dar un paseo juntos, para despejarme un poco. ¿Crees que podríamos pasear antes de volver al campamento? —preguntó. Lo miró aleteando las pestañas.

Johnny miró a su alrededor y, al ver el deplorable estado de la calle llena de agujeros de proyectiles, se encogió de hombros.

—No creo. No sé si habrá más ataques. Aquí en Saint-Omer no parece seguro dar un paseo y, en el bosque, menos. —Oyó que se acercaba un tren, miró los edificios del ferrocarril, situados al otro lado de la calle y vio a Cecily caminando hacia la estación—. ¡Santo cielo! Tu otra hija ha vuelto y no va sola.

Queenie se sobresaltó. La irritó que Cecily apareciera justo cuando ella disfrutaba de aquel día de asueto.

—Tendrás que irte, Johnny.

El joven se levantó de un salto y dobló la esquina del *estaminet*. Con el vaso de cerveza y el cigarro en la mano, se acuclilló en la acera, lo bastante cerca como para oír lo que le decía Queenie.

—Por suerte no se ha fijado en mí. Camina hacia la estación acompañada por un hombre. ¿Se trata del prisionero de guerra alemán al que salvó?

Johnny negó con la cabeza.

—Lo dudo. Parece ser que él escapó hace tiempo, en Ypres. ¿No sería mejor que tú también te levantaras, Queenie?

—Me levantaré en cuanto termine esta copa de vino —musitó ella, muy irritada porque la presionaran para irse. Su afición al alcohol era demasiado grande como para dejar aquella botella de vino sin terminar—. ¡Qué pesadez! Estaba disfrutando de este rato, pero se pondrá furiosa si me ve bebiendo. Su actitud es todavía peor que la de Merryn.

Johnny frunció el ceño.

—Ese tipo me resulta vagamente familiar. Podría ser uno de los soldados que nos han ayudado en las actuaciones. No sé si es el soldado francocanadiense con el que bailó.

—¡Ah, sí! Puede que tengas razón. —Queenie observó con atención a Cecily entrar en la estación y se dijo que su hija habría pasado los últimos días con él. O sea que a ella también le gustaba el sexo. Empezó a sentir el impulso de escapar—. ¡Oh! Cuando salga de la estación, caminará hacia nosotros.

—Podemos ir a buscar otro café —murmuró Johnny, que sonaba ligeramente desesperado—. Mientras Cecily no nos haya visto, somos libres de ir a otra parte.

—Vayámonos ahora —contestó Queenie.

Bebió rápidamente las últimas gotas de vino y un momento después, con la copa ya vacía, los dos cruzaron rápidamente el puente sobre el Canal de Neuffossé y se escabulleron.

Cecily miraba a Louis con tristeza caminando a su lado por el andén de la estación, atestado de soldados. Había disfrutado mucho de aquel breve descanso juntos. Esos pocos días habían explorado los alrededores, disfrutando de remar, de nadar y de pescar, además de hacer el amor numerosas veces por la noche y también por la mañana, cuando ella despertaba con el brazo del joven alrededor de su cuerpo. Casi podía imaginar que la guerra había terminado y que por fin le estaba permitido ser feliz y estar en paz.

Llegó el momento en el que tenían que regresar a Saint-Omer para que Louis partiera a reunirse con su siguiente batallón cerca del Somme, algo de lo que ninguno de los dos quería hablar. Guardaron sus pocas pertenencias en silencio y regresaron al campamento. El joven se puso el uniforme, recogió sus cosas y Cecily lo acompañó a la estación. ¡Qué sola se iba a sentir cuando él se marchara! Lo iba a echar mucho de menos.

—Sospecho que será un viaje lento. Lo pasaré recordando el tiempo que hemos pasado juntos, especialmente las largas noches —dijo él, abrazándola cuando se acercaba el tren.

—Yo también lo recordaré con mucho cariño —murmuró ella. Sonrió con timidez—. Y te agradezco que me hayas enseñado a remar y a pescar mejor, así como a hacer el amor.

Louis sonrió.

—Me alegra oír eso.

En aquel momento, una multitud de soldados empezó a subir al tren. Los dos se miraron fijamente a los ojos unos instantes y él la estrechó con fuerza y la besó con renovada pasión.

—Me ha encantado cada minuto que hemos pasado juntos. Eres un verdadero tesoro. Cuídate mucho, Cecily. Te escribiré siempre que tenga ocasión.

—Yo también te escribiré —contestó ella, con los ojos llenos de lágrimas.

Cuando Louis se volvió para subir al tren, ella corrió a echarle los brazos al cuello y darle otro beso. La mirada del joven expresaba una mezcla de tristeza y deseo.

Cuando todos los soldados hubieron subido a los vagones, el tren se alejó de la estación y, momentos después, se desvaneció y Louis desapareció. Cecily, embargada por una sensación de desaliento, volvió andando despacio al campamento. ¡En qué vida más horrible estaban atrapados aquellos hombres valientes! Solo le quedaba esperar que Louis estuviera en lo cierto cuando decía que aquella condenada guerra terminaría pronto.

En las semanas siguientes, Cecily recibió varias cartas de Louis contándole sus experiencias. Describía marchas interminables, azotados por el viento y la lluvia, le contaba que dormían en el bosque o se escondían en zanjas, búnkeres y trincheras, para esquivar los bombardeos, y que veían pasar a la artillería, con los caballos al galope, a menudo muertos de miedo y con los ollares aleteando.

Caen proyectiles por todas partes y hay muchas bajas. Recogemos rifles abandonados, pistolas y granadas de mano, porque siempre creemos que necesitamos más munición. Continúan los bombardeos y escuchamos atentamente el sonido de las bombas para determinar si pueden caer a unos metros de nosotros. Rezamos para que el enemigo se retire por fin y nosotros podamos también hacerlo. Estoy deseando volver a verte, pero se rumorea que nos van a mover a otro frente, así que quizá no tengas noticias mías en un par de semanas. Cuando estemos instalados en otro lugar, volveré a escribirte. Cuídate y mantén la fortaleza. Con mis mejores deseos,

Louis

Aunque le complació recibirla, a Cecily le resultó desgarrador leer esa carta. El silencio que siguió luego le produjo una gran desesperación. ¡Qué doloroso era que, después de haberle tomado cariño a aquel hombre, la vida de Louis volviera a correr peligro! Un día en el que fue a hablar con Lena le preguntó si tenía noticias de los hombres que se habían unido al batallón de Bapaume, cerca del Somme.

Lena negó con la cabeza con tristeza.

—Lo siento. Creo que ha habido muchos muertos y heridos, pero no es fácil averiguar quiénes han salido con vida ni dónde se encuentran ahora. ¿Hay alguien en particular que te interese saber?

—Me preocupan todos esos soldados, pero me he hecho bastante amiga de Louis Casey, un francocanadiense. —Cecily le contó que él le había explicado que habría un retraso en sus cartas porque se trasladaban a un lugar distinto del frente.

—Esperemos que escriba desde allá donde lo envíen —dijo Lena con una sonrisa comprensiva—. Haré algunas averiguaciones y, si me entero de algo relacionado con él, te lo diré.

—Muchas gracias. Te lo agradezco mucho.

—Yo también te agradezco tu ayuda. El enemigo alemán está trasladando más prisioneros por las carreteras. Sabe Dios adónde los llevan o cómo nos las arreglaremos para salvarlos. Encontré a uno inconsciente y atado a un árbol, a punto de morir, pero conseguí salvarlo.

—¡Gracias a Dios!

Cecily apartó valientemente de su mente sus preocupaciones personales y siguió trabajando duro con los conciertos. Afortunadamente, no llegaron prisioneros a los que rescatar. Sí llegó la esperada orden del teniente Trevain diciendo que su grupo se trasladaba a Malta, donde necesitaban desesperadamente distracción. Como era una isla pequeña del Mediterráneo a una distancia segura de los combates en el frente, Malta estaba llena de hospitales con miles de hombres y se consideraba un asilo. Cecily estaba deseando ir a cantar para ellos, pero la entristecía dejar a Lena. Se despidieron cariñosamente y prometieron estar en contacto.

La Marina transportó a la compañía de artistas, aunque pararon brevemente en Marsella a esperar un barco y, una vez a bordo, pasaron una velada animada cantando y bailando en la cubierta baja para entretener a la tripulación. Cuando llegaron por fin a Malta, Cecily estaba ilusionada. Miró los conjuntos de casas blancas, la iglesia en la que estaban enterrados los caballeros de la Orden de Malta y una calle llena con un rebaño de cabras. La isla era famosa por sus templos de megalitos, sus torres y sus rincones históricos, aunque en ese momento los muelles estaban llenos de almacenes, armamento, equipo militar, soldados y barcos. Malta no participaba plenamente en la lucha, pero se consideraba algo más peligrosa que en el inicio de la guerra, ya que los submarinos alemanes habían hundido varios barcos hospital. Algunos pacientes eran trasladados a Grecia, pero los cuidados médicos disponibles todavía en muchos hospitales de la isla tenían buena reputación. Cecily estaba encantada de hacer cuanto pudiera por los heridos que se recuperaban allí, donde se salvaban miles de vidas.

Los llevaron a un hotel pequeño, donde dieron un concierto en un jardín lleno de limoneros, naranjos y mimosas, con un público que los contemplaba con admiración. La experiencia fue divertida y Cecily sintió un gran respeto por aquellos heridos.

Durante septiembre y octubre dieron muchos conciertos en hospitales y en varios campamentos, así como a bordo de un barco de transporte de tropas lleno con mil hombres y en un acorazado. En una ocasión viajaron por caminos estrechos y colinas empinadas hasta la bahía de San Pablo. Les costó llegar allí, pero fue muy agradable. Actuaron en un campamento para convalecientes donde había también miles de jóvenes, algunos de los cuales tenían fiebre, heridas en las extremidades o problemas mentales. Había poca comida disponible, principalmente pan, fruta, alubias, guisantes y otras verduras. Cecily veía a mujeres trabajando en los campos, cuidando de los huertos, donde se levantaban paredes para proteger las plantas de los vientos que rugían sobre el mar. Luego se instalaron agradecidos en un campamento distinto a pasar la noche. Estaban agotados.

Había muchas normas para reforzar la seguridad y defender la isla. No se podía entablar conversación con el enemigo, en particular en relación con movimientos de barcos y otros asuntos navales. Cecily era consciente de que sería peligroso hablar con prisioneros de guerra heridos. Por suerte, había dejado de hacerlo desde que Wilhelm Ackermann la había secuestrado. Una noche cayó en la cuenta de que hacía semanas que no contactaba con el teniente Trevain y, como necesitaba decirle que había ayudado a más fugados, dio un paseo por el puerto en busca de un barco de la Marina que poseyera el radiotelégrafo necesario, pero un guardia de aspecto severo le dio el alto.

—¿Quién va? —rugió.

A continuación, le informó con furia de que nadie podía caminar por la costa cerca de un puesto o de un barco militar, pues corría peligro de que le dispararan.

—Lo siento mucho, no había pensado en eso. ¿Podría usar el radiotelégrafo del barco? —Se apresuró a dar su nombre y dijo que era artista. Consciente de que él podía preguntar con quién deseaba contactar y por qué, le dijo sonriente que simplemente quería hablar con un buen amigo de Inglaterra—. ¿Eso tampoco está permitido? —preguntó. Pensó que quizá podía usar el código que le había dado Trevain, pero su instinto le decía que no lo mencionara a menos que se lo pidieran.

Para su sorpresa, él se acercó y la esposó. Cecily entonces se encontró escoltada por dos guardias hasta el barco, aquello la había pillado por sorpresa. La encerraron en un camarote pequeño, que se parecía mucho a una celda, y pasó horas allí, durante las cuales el miedo fue dando paso a la furia. ¿Cómo se atrevían a encerrarla solo por hacer una pregunta razonable? ¿Había hecho mal al no usar la palabra clave que le habían dado?

El guardia volvió por fin y la llevó al camarote del capitán situado en la cubierta superior. El capitán, un hombre adusto, estaba sentado ante su escritorio y la tuvo de pie delante de él. Le informó con voz inexpresiva de que había investigado su nombre y su historia y, sin mencionar las fuentes, que había descubierto mucho sobre ella.

—Tendrá que contestar a todas las preguntas que yo le haga. Si se niega o no consigue explicarse, podría resultar culpable de un grave delito.

Cecily empezó a temblar de miedo. ¿La iban a interrogar de nuevo, esa vez un oficial de la Marina británica que se mostraba todavía más condescendiente que el *Oberstleutnant*, el teniente coronel de Ypres? Aquello había sido terrorífico y ahora parecía que tendría que pasar por lo mismo en Malta.

—No creo que pueda decirle gran cosa, ya he dejado claro que solo soy una cantante que dirige una *troupe* para entretener a los soldados. Hemos actuado en el Royal Opera House de aquí y en muchos otros lugares, así como en varias fiestas y festivales.

—¿En serio? Me han informado de que ayudó usted a escapar a un prisionero de guerra alemán.

Cecily lo miró anonadada. ¿Quién le habría dicho eso? Le pasó por la cabeza que podría haber sido el fugado que estaba en la camioneta cuando Wilhelm Ackermann iba escondido en la parte trasera. Posiblemente lo habría visto y había pensado que no era el único al que rescataban. El pobre hombre probablemente estaba tan asustado y desesperado por escapar que no había mencionado lo que sospechaba haber visto, pero sí era posible que hubiera informado de ello a la Marina. Cecily no tenía la menor intención de confesarlo.

—Eso es mentira. Solo ayudé a un paciente, prisionero de guerra alemán, que estaba en silla de ruedas cuando bombardearon nuestro campamento y, al empujarla, lo dejé caer en una trinchera. Yo salí herida. —No tenía ningún deseo de contar lo que había ocurrido entre ellos después. Demasiado peligroso.

—Su nombre, por favor. ¿Y qué le pidió por su generosa ayuda?

Cecily guardó silencio, preocupada por cómo responder a esa pregunta.

El oficial golpeó la mesa con el puño y amenazó con volver a encerrarla en la celda si no contestaba.

—¡Conteste a esta maldita pregunta! Estoy al cargo y, aunque sus amigos descubran dónde está, les será negado el derecho a verla o rescatarla, así que el silencio no la ayudará en absoluto. Exijo pruebas de lo que afirma.

Cecily respiró hondo en un esfuerzo por aligerar la tensión que la embargaba y se le ocurrió que podía darle a aquel hombre una versión reducida de la verdad. Alzó la barbilla con firmeza y anunció con calma:

—Señor, cumplo instrucciones de un teniente de Inglaterra de no hablar de prisioneros de guerra con los que haya podido hablar y de no rescatarlos nunca. Periódicamente hablo con él en Inglaterra sobre «Dover».

El capitán la miró con incredulidad y guardó silencio. Se puso de pie y salió del camarote. Un momento después volvió el guardia y la llevó al cuarto donde estaba situado el radiotelégrafo. El joven que estaba al cargo le explicó cómo usarlo y luego la dejó sola para que enviara la información: «Más pollos salvados y enviados a anidar a casa», escribió Cecily como le habían enseñado.

Terminó el mensaje con una fuerte sensación de alivio y, para su tranquilidad, el guardia la llevó de vuelta al campamento en un vehículo militar. Cecily insistió en que la dejara a cierta distancia de la entrada para que nadie supiera dónde había estado y el hombre así lo hizo y le deseó que le fuera bien.

—Se acerca el final de la guerra —dijo. Le contó que, tras haber perdido todo el apoyo de otras potencias, las fuerzas alemanas se retiraban por fin y también habían levantado el control de muchas zonas que al parecer eran un completo caos—. Hasta las tropas están desertando.

—Me alegro de oírlo —dijo Cecily con una sonrisa.

CAPÍTULO 20

Cecily estaba organizando su último espectáculo en Malta y, por primera vez, Merryn rehusó unirse a ellos, alegando que tosía, estaba resfriada y no se sentía bien.

—Sé que todavía estás agotada y que necesitas descansar, preciosa, pero se acaba la guerra y será nuestra última actuación. Agotados de la lucha, las batallas y el terror que han vivido durante años, los soldados no tienen muchas ganas de risas ni de vítores. Muchos han resultado heridos y temen que haya más ataques. Les costará creer que la guerra se pueda acabar por fin. Tenemos que hacer cuanto podamos por ayudarlos a creer que sí es cierto.

—Lo siento, yo también estoy agotada y enferma —declaró Merryn antes de volver corriendo a la tienda.

Uno de los soldados se ofreció a sustituirla tocando el violín. Johnny seguía tocando la batería. No era un día frío, pues el siroco soplaba desde África y los hombres aprovechaban el clima para cuidar de los caballos, las armas y las municiones.

Cecily, ataviada con un hermoso vestido de seda blanco, cantó con fuerza y alegría. Empezó por *Take Me Back to My Dear Old Blighty* («Llévame de vuelta a mi querida Inglaterra») y siguió cantando todas las canciones que amaban los soldados más algunas otras nuevas. *Au Revoir, But Not Good Bye, Soldier Boy* («Au revoir pero no adiós, soldadito»), *Home Sweet Home* («Hogar dulce hogar») y una de las favoritas de ella: *Oh! How I Hate to Get Up in the Morning* («Oh, cómo odio levantarme por la mañana»). Todas fueron bien recibidas y los soldados por fin empezaron a aplaudir, reír, silbar y participar.

Queenie cantó también algunas de sus canciones favoritas del *music-hall*, empezando con *Another Little Drink Wouldn't Do Us Any Harm* («Otra copita no nos haría daño»). Al escucharla, Cecily movió la cabeza con desesperación, pero se rio con buen humor. Su madre parecía estar sobria y, como siempre, muy elegante y espectacular. Siguió con *Any Old Iron? Any Old Iron? Any, Any, Any Old Iron?* («¿Chatarra vieja? ¿Chatarra vieja? ¿Alguna chatarra vieja?»). A continuación, cantó *Bird in a Gilded Cage* («Un pájaro en una jaula de oro») y luego muchas más. Se turnaron madre e hija y cantaron más canciones, trabajaron bien juntas y animaron a los soldados a participar. Resultó muy gratificante ver al público admirado por sus actuaciones. Cecily veía alivio en sus rostros agotados y, a veces, al recordar a sus amigos perdidos, sus pálidas mejillas se llenaban de lágrimas. Su vida mejoraría cuando acabara la guerra.

Merryn despertó al amanecer, saltó de la cama, salió corriendo de la tienda hasta una zanja y vomitó. Hacía unas semanas que se sentía mal y vomitaba a menudo, pero no quería pensar mucho en eso. Últimamente tenía la sensación de estar haciendo malabarismos con su vida. Había cometido el pecado imperdonable de dejar que Johnny le hiciera el amor cuando quisiera porque le horrorizaba perderlo. Merryn no deseaba tener que pasar por lo que había sufrido su adorada hermana. Cierto que no era soldado, pero habían vivido en zonas peligrosas y su relación había alcanzado una intensidad que jamás habría imaginado. Lo amaba y creía que él la amaba a ella, ¿y eso no lo justificaba todo? Y adoraba tenerlo en su interior, allí donde el ritmo y la profundidad le hacían sentir que era parte de él.

Sospechaba que debido a la gravedad de su problema, no sería fácil contárselo a Johnny, y aún más difícil sería resolver aquella complicada situación. ¿Y cómo se atrevería a afrontar la ira de su madre? No, todavía no. Después de haber exigido privacidad debido a su edad, Queenie ocupaba una tienda pequeña propia situada a cierta distancia, razón por la que desconocía los frecuentes viajes que hacía Merryn cada mañana para vomitar. Volvió a su tienda y se acurrucó en la cama, de cara a la pared. Teniendo en cuenta la mala opinión que Cecily tenía de Johnny y que le había ordenado que no se fiara de él ni intimaran mucho, tampoco deseaba comentar el tema con su hermana. Para irritación suya, Cecily estaba despierta y empezó a charlar.

—Buenos días, preciosa. ¿Ya has ido a buscar el desayuno? ¿Qué hora es? Siento haber tardado tanto en acostarme. La actuación salió de maravilla. Es una lástima que no te encontraras bien para actuar. —Se sentó en la cama y se frotó los ojos.

Merryn no dijo nada, se mantuvo en silencio.

—¿Qué te pasa? ¿Todavía estás agotada? Sé que estás exhausta y reconozco que aquí en Malta tenemos todavía mucho trabajo, así que no me extraña verte pálida y fatigada.

Merryn se echó a llorar. Cecily saltó de la cama y corrió a abrazarla.

—¿Qué pasa, querida? —murmuró. Mantuvo la voz baja para que no la oyeran fuera de la tienda—. Espero que no estés enfadada conmigo otra vez.

—No quiero hablar de la pelea que tuvimos —repuso Merryn, con un gemido de desesperación—. Sí, sigo agotada y no me encuentro bien. Eso se debe a que espero... —dijo sin pensar.

—¿Que ocurra algo horrible? —murmuró Cecily con voz tranquilizadora—. Yo también sigo esperando recibir otro telegrama espantoso.

Merryn se secó las lágrimas y miró con furia el semblante preocupado de su hermana.

—¡Qué ingenua eres! No espero un maldito telegrama, sino algo mucho más importante. ¡Un bebé!

Cecily la miró con incredulidad.

—¡Oh, Dios mío! ¿De cuánto tiempo crees que estás?

—Solo de unas pocas semanas, creo.

—Asumo que Johnny es el padre. ¿Se lo has dicho?

Merryn negó con la cabeza. No deseaba entrar en detalles, contar que había creído que él la protegería usando un preservativo de goma. Al menos en una ocasión él había dejado de hacerlo. Suponía que debería sentir remordimientos por haber perdido la virginidad. ¿Cómo podía evitar esa sensación de culpa por estar soltera? ¡Oh, pero lo amaba tanto! Sus sentimientos por Johnny debían de reflejarse en sus ojos cada vez que lo miraba, también en el modo en que sus dedos lo buscaban para tocarlo a la menor oportunidad.

—Todavía no he tenido valor y creo que no hay prisa. Quizá no esté embarazada o quizá termine perdiéndolo.

Cecily se sobresaltó.

—No cometas ninguna estupidez arriesgándote así a perder al bebé y a Johnny. Quizá él se alegre de descubrir que va a ser padre, así que díselo.

Merryn se mordió el labio inferior. Estaba confusa. No, no deseaba renunciar a él. Ahora eran una sola persona. ¿Notaba él que ella tenía un problema, ya que su malestar había empezado a afectar a su vida amorosa? A veces daba la impresión de que él la evitaba deliberadamente. ¿La ayudaría? Confiaba en que así fuera.

—Se lo diré cuando me parezca apropiado —dijo—. Como pronto regresaremos a Inglaterra con los soldados, ahora mismo no puedo hacer nada por resolver este problema. Lo arreglaré cuando volvamos a casa. ¡Oh!, y por lo que más quieras, por favor, no se lo digas a Queenie. —Merryn lanzó un gemido—. Si le digo que quiero casarme con Johnny y se entera de mi estado, se pondrá furiosa y dirá que no a todo. Aún no tengo veintiún años y podría negarme el permiso que necesito para celebrar la boda.

—Conozco muy bien lo despectiva que se ha mostrado con todos tus pretendientes, así que no le diré ni una palabra, te lo prometo. Esperaré hasta que él te proponga matrimonio y luego haré cuanto pueda por apoyarte y convencer a nuestra madre esnob de que sois una pareja enamorada.

—Gracias —repuso Merryn. Y se echó a llorar de nuevo, agradecida a su hermana, mientras Cecily la abrazaba y le daba palmaditas de consuelo.

Cuando hacían el equipaje para emprender su marcha, Cecily recibió un par de cartas de Cornwall dirigidas a ella. Para su sorpresa, no eran de Nan, quien le escribía a menudo para expresarle su esperanza de que estuvieran todas bien y disfrutando todavía de sus actuaciones. Las cartas eran de Boyd, su sobrino. Cecily lo recordaba con cariño y se dispuso a leerlas gustosa. Boyd empezó contándole el Día del Armisticio, el lunes 11 de noviembre, le explicaba que el rey había anunciado el final de la guerra y que Plymouth se había llenado de gente deseosa de celebrarlo, incluidos soldados y mujeres del Cuerpo Femenino de la Marina y de los Cuerpos Auxiliares. Después de celebrarlo con la algarabía de las bandas de música, la alegría de las enfermeras bailando y los aplausos y los lloros de todo el mundo, habían mantenido dos minutos de silencio en memoria de todos los caídos.

Cecily sonrió. Le habría gustado estar allí para saborear aquel acontecimiento maravilloso. En Malta no había habido aplausos hasta que habían actuado ellos. A pesar de saber que pronto volverían a Gran Bretaña con un futuro nuevo por delante, los soldados estaban demasiado agotados para celebraciones. Se marcharían en unos días, cuando la Marina los llevara a todos de vuelta a casa. Cecily estaría encantada de cantar para ellos en el barco, para celebrar su buena suerte al haber sobrevivido a la guerra.

Siguió leyendo la carta, que cambió de tema de pronto.

> La razón de que te escriba, Cecily, es para decirte que escribí a lady Stanford para preguntarle si podrías hablar con ella, le expliqué que querías saber algo más del hombre que podría ser tu padre. Por fin ha contestado su secretaria y dice que es posible que lady Stanford tenga información útil y que accede a recibirte cuando vuelvas. No dice nada más y espero que su información sea interesante para ti personalmente, que no se trate solo de información relacionada con el movimiento sufragista, en el que ella participa y donde la conociste. También estoy deseando verte pronto.
>
> Con mis mejores deseos,
>
> Boyd

Cecily corrió a darle la noticia a Merryn.

—No creo ni por un momento que su información tenga que ver con las sufragistas. Parece que ha descubierto algo sobre nuestro padre. ¿No sería maravilloso? Estoy deseando volver a verla y oír lo que tenga que decir. Y, cuando estemos de vuelta en Inglaterra, podremos celebrar también esta victoria.

—Yo también tengo muchas ganas de volver a Plymouth —dijo Merryn, aunque su tono de voz y su expresión tensa no parecían encajar con aquel comentario—. Pero necesito descansar. Déjame sola, por favor.

Cecily se arrodilló para abrazarla.

—La guerra ha terminado, querida, y ahora podrá iros bien a Johnny y a ti, también a nuestra madre, una vez que volvamos a estar en casa. Te sentirás mucho mejor en un par de semanas. Duerme un poco para prepararte para el viaje y yo seguiré haciendo las maletas.

Hasta que no terminó de recoger todas sus cosas, no abrió la segunda carta que había recibido. Era de Lena.

> Querida Cecily:
> Lamento mucho tener que darte esta trágica noticia. Me han informado de que la infantería sufrió un bombardeo cuando contaba con poco apoyo, pues la artillería se había retirado ya. Cayó una lluvia de bombas por todas partes, cayeron muertos y heridos hombres y caballos. Y me temo que no hay ni rastro de Louis por ninguna parte. Tristemente ha desaparecido. Asumo que esto te partirá el corazón, puesto que erais muy buenos amigos y ya sufriste otra gran pérdida. Como sabes, millones de hombres han muerto en esta horrible guerra que se suponía que debía acabar con todas las guerras. No es fácil de aceptar, pero muchos vivirán para siempre en nuestros corazones.
> Con mucho cariño,
>
> Lena

El dolor y la pena asaltaron a Cecily. Esas eran las malas noticias que había temido. Estaba tumbada en la cama sollozando cuando entró su madre a verla y la joven le confesó por qué se hallaba en aquel estado.

—¡Oh, cariño! Has perdido a ese encantador francocanadiense al que adorabas. Lo siento mucho. —Queenie se sentó a su lado y le dio un abrazo reconfortante—. ¡Qué triste que pierdas a otro hombre al que estabas empezando a amar! Mi corazón está contigo, querida, sé muy bien lo horrible que es eso.

Cecily se sintió conmovida por su comprensión y apoyó la cabeza en su mejilla. Queenie podía ser extremadamente engreída y egocéntrica, pero en ocasiones podía mostrarse muy cariñosa y más con aquel tema. Resultaba reconfortante saborear el consuelo que su madre le ofrecía. Louis había sido un hombre encantador y muy cariñoso con ella. ¿Por qué siempre perdía a un hombre al que amaba o al que empezaba a querer? Definitivamente, no quería saber nada más de hombres en el futuro. Se sentía incapaz de soportar de nuevo aquella sensación de pérdida. Y teniendo en cuenta el lío en el que se había metido, ¿encontraría su querida hermana la felicidad? Solo podía confiar en que así fuera.

SEGUNDA PARTE

POSGUERRA

CAPÍTULO 21

Era maravilloso estar en casa. Nan abrazó estrechamente a las tres, las ayudó a deshacer el equipaje y Queenie se alegró muchísimo cuando le entregó su anillo de diamantes. A continuación, disfrutaron de una buena comida, un baño caliente y ropa limpia. ¡Qué gusto! Cecily deseaba preguntarle a Nan por su sobrino y por cómo se había puesto en contacto con lady Stanford, pero decidió no hacerlo todavía. Iría a hablar con ella sobre el tema en cuanto le pareciera apropiado.

Cecily estaba muy triste, hundida en la pena por la pérdida de Louis, tan devastadora como la de Ewan. Era un hombre encantador, amable y considerado. Había disfrutado mucho de los días de descanso que habían compartido en Salperwick, remando, pescando y nadando, por no hablar de sus excitantes noches juntos. De haber vivido él, ¿su amistad habría acabado dando paso a una relación más profunda? Sí, le había dicho que la quería mucho e incluso bromeando le había propuesto matrimonio en el baile, pero ya no había ninguna posibilidad de que ocurriera eso. Cualquier esperanza que hubiera tenido de casarse con un hombre al que amara había desaparecido. Hacía tiempo que sentía esa certeza. ¡Qué triste! Ya solo le quedaba saborear la paz y emprender una nueva vida sola.

No sabía cómo construirse esa nueva vida, pues el momento estaba resultando ser más difícil de lo esperado. En el fondo de su pena yacía una suerte de resentimiento y rabia por el efecto que había tenido la guerra en las vidas de todos. Tras leer las noticias de *The Daily Telegraph*, llegaba a la conclusión de que en el país imperaba un desbarajuste total. Muchos soldados estaban furiosos porque todavía no los habían desmovilizado. La regla era que salieran del Ejército cuando encontraran un empleo. Eso los enfurecía. Creían que los primeros en haber entrado debían ser los primeros en salir. Hasta los hombres sanos tenían problemas para encontrar empleo y en muchas ciudades había huelgas por los sueldos y agitaciones en las fábricas. Los soldados heridos eran tratados durante un tiempo en hospitales atestados, a veces poco más de un mes. Aquellos que sufrían traumas por los bombardeos y revivían constantemente las experiencias que habían vivido recibían muy poca ayuda. Algunos solo podían encontrar trabajo de cerilleros en un mercado; otros, sin la ayuda médica que necesitaban, se volaban la cabeza.

Las elecciones dominaron la Navidad. Volvió a ganar Lloyd George y siguió siendo primer ministro. ¿Conseguiría resolver tantos problemas? Sorprendentemente, algunas mujeres se habían presentado a las elecciones parlamentarias, entre ellas Christabel Pankhurst, para alegría de Cecily. Desgraciadamente, no resultó elegida. La única elegida fue Constance Markievicz, una condesa irlandesa, pero renunció al escaño por razones políticas o personales.

Por todas partes despedían a las mujeres o les pedían que dejaran su puesto de trabajo para hacer sitio a los soldados que habían vuelto a casa, también sufrieron las consecuencias aquellas que habían perdido a sus maridos y eran cabezas de familia y las únicas que trabajaban en su casa. Les ordenaban volver a la cocina y eso arruinaba cualquier esperanza de ganarse la vida. ¿Podían confiar en que algún político tratara a las mujeres con el respeto debido?

—Después de todo lo que hemos hecho por el país y los soldados, deberíamos tener derechos y empleo —le dijo Cecily a Merryn. Dejó el periódico con disgusto—. He pedido volver a mi trabajo en los tranvías y se han negado a readmitirme. ¿Tú has conseguido recuperar el tuyo, querida?

Merryn negó con la cabeza.

—¿Por qué me voy a molestar en pedirlo si sabemos que me despedirán en cuanto me case?

Cecily vio a su hermana tumbarse en la cama y captó una expresión de desesperación en su semblante.

—¿Has hablado con Johnny? —preguntó.

Merryn negó con la cabeza.

—Lo haré en cuanto él encuentre un empleo y eso puede tardar.

—¡Qué lío! —dijo Cecily. La arropó con el edredón.

Sentía una fuerte necesidad de proteger a su adorada hermana, pero no sería fácil. Decidió dejarla en paz para que echara una siesta y salió sin hacer ruido de la habitación, un tanto irritada. Le habría gustado hablar con Johnny y advertirle de que debía apoyar a Merryn, puesto que había sido él quien le había alterado la vida, pero eso no resultaría apropiado. Y tampoco podía hablar con su madre del tema, porque eso también podía crear conflicto y empeorar aún más el problema de su querida hermana.

Otra cuestión importante era que buscar trabajo podía ser una pesadilla para todas las mujeres, incluidas ellas. Había visitado y escrito al Palace Theatre, el Theatre Royal y todos los teatros que conocía, incluido el Pavilion on the Pier. Hasta el momento no había tenido respuesta de ninguno de ellos. Su falta de interés resultaba preocupante. Bailarinas, cantantes, malabaristas y comediantes tenían que competir ya con el cine. Después de pasar muchas noches sin dormir repasando posibles soluciones, Cecily tomó una decisión y la anunció a la mañana siguiente durante el desayuno.

—Tengo intención de buscar clubes y teatros más pequeños que puedan haber abierto durante la guerra, así como también escuelas, iglesias y cines, cualquier lugar que pueda tener interés en ofrecer actuaciones. Haré lo imposible por conseguirnos actuaciones en alguna parte haciendo saber lo profesionales que hemos sido actuando para las tropas.

—No creo que tengas éxito. Esta sociedad parece haber cambiado tanto como ha cambiado el mundo. Todos los directores que me conocían han desaparecido —replicó Queenie, furiosa también por no haber recibido ofertas.

Cecily se dedicó a recorrer las calles de Plymouth. Como no encontró teatros pequeños, se dedicó a llamar a todos los clubes, *pubs* y cines que pudo encontrar. A ninguno le interesó su espectáculo. Finalmente, encontró un pequeño club nocturno situado en el norte de la ciudad. Por fin le dieron permiso para hablar con el encargado y le explicó brevemente lo que había hecho su pequeña *troupe* para los soldados el último año y medio.

—Estaríamos encantados de actuar aquí por una suma razonable —dijo.

La expresión del hombre le pareció extrañamente cáustica.

—La guerra ha terminado y hoy en día tenemos que competir con los cines, así que no.

Parecía un hombre muy quisquilloso, nada impresionado por la historia que le había contado. Cecily era muy consciente de que la guerra había hecho que surgieran nuevos encargados y directores, no de los que habían crecido en el teatro, sino de los que querían aprovechar los años del *boom*. Siempre habían tenido mucho público, soldados de permiso que iban al teatro con sus esposas o novias, desesperados por ver algo divertido o espectacular. La reputación de los nuevos directores de los teatros ya no era buena, se los consideraba menos preocupados por los artistas a los que empleaban de lo que se habían mostrado los directores de la vieja escuela.

—Sería nuestro modo de celebrar el fin de la guerra —comentó Cecily, ansiosa por convencerlo.

—Sí, desde luego, no queremos obras sobre desastres ni nada tan serio como Shakespeare.

—No le molestaremos con una obra de teatro. Actuaremos con música y canciones alegres. Podemos hacer la primera actuación gratis si quiere —se ofreció ella, desesperada por cerrar un trato—. Si va bien, quizá le interese darnos la oportunidad de trabajar cobrando.

—Mmm. De acuerdo, pues. Probaremos, pero no prometo nada.

—Muchas gracias. —Acordaron una fecha y Cecily, aliviada, corrió a su casa a dar la noticia—. Creo que podemos cantar canciones de la guerra y vestir de uniforme, como hace Vesta Tilley. Montar un gran espectáculo patriota.

—No sé si es una buena idea —dijo Queenie con acidez—. Tú no eres una estrella como esa gran dama. Y la guerra ha terminado, ¿por qué vamos a seguir actuando para soldados o interpretando canciones sobre ellos?

—Este espectáculo es para todo el mundo, mamá, no solo para los soldados. Creo que deberíamos hacerlo como un modo de celebrar el fin de la guerra y también para dar a conocer nuestro talento.

—¿Y por qué no nos pagan? —gruñó Johnny—. No tiene sentido trabajar gratis.

—Es un pequeño club nocturno y, como el encargado no me hizo ninguna oferta de trabajar por una modesta suma, le sugerí que hiciéramos el primer espectáculo gratis. También le dije que tendría que pagarnos por las actuaciones siguientes. Si no hacemos eso, quizá tengamos que considerar actuar durante el intermedio en un cine, que es lo que hacen ahora algunos artistas. Aunque eso tampoco se paga muy bien.

—Suponiendo que no encontremos ofertas mejores por nuestra cuenta —comentó Johnny, cáustico.

Merryn no dijo nada, encerrada todavía en su tristeza atónita. Cecily, muy pendiente del estado de salud de su hermana, la observó atentamente los días siguientes, que se pasaron ensayando. Queenie repetía las lecciones de siempre sobre la respiración, la postura y el canto. Trabajaron más que nunca, decididos a procurar que la actuación estuviera a la altura. Todos acordaron que Cecily podría ser la primera en cantar para presentar después a Queenie como estrella del espectáculo, algo que la joven tuvo que aceptar incondicionalmente ahora que habían vuelto a Plymouth, donde su madre había sido una estrella durante años.

Cuando llegó el día, les encantó ver una cola en la calle del club, a la que distraían un hombre que tocaba un banjo y una mujer que caminaba con su perro recolectando dinero para soldados y marineros que habían sido heridos en la guerra y necesitaban ayuda. Cecily contribuyó con placer y con una sonrisa y llevó rápidamente a su grupo a los camerinos.

—Ánimo. Ha llegado el momento de volver a actuar.

Se asomó por una grieta de la parte lateral del telón y miró más allá del escenario. Comprobó con placer y alivio que, aunque era un club pequeño, estaba lleno de gente sentada alrededor de las mesas tomando copas y riéndose. No solo estaban ocupados todos los asientos, sino que también había mucha gente de pie en la parte trasera, al lado de la barra.

—Solo hay sitio de pie. Acaba de sonar el aviso de los dos minutos. Rápido, Johnny, Merryn, salid a escena y tomad vuestros instrumentos. Vamos allá. Mucha mierda.

Los dos se instalaron en un rincón y empezaron a tocar.

Cuando Cecily se alisaba el uniforme y se disponía a salir al escenario, un hombre que deambulaba entre bastidores se acercó y le siseó al oído:

—Era mi hija la que tenía que actuar hoy aquí, no ustedes. Han cancelado su espectáculo sin que les importe nada que llevara años actuando aquí. Al hacer esto gratis, han arruinado su carrera.

—¡Oh, santo cielo, qué horrible! Yo no sabía eso.

Como no podía discutir aquel problema teniendo al público aplaudiendo ya, Cecily se disculpó apresuradamente y salió a escena vestida de uniforme. Hizo un saludo militar, sonrió, levantó las rodillas, pisó con fuerza y se detuvo. Empezó a cantar valientemente *Pack Up Your Troubles in Your Old kit Bag* («Guarda tus problemas en tu viejo morral»), una de sus canciones favoritas. Al ver que Merryn la miraba con preocupación, le guiñó un ojo y le sonrió. Después de todo, no era culpa suya que hubieran cancelado el espectáculo de aquella chica. Seguramente actuaría otro día. Hablaría con el encargado para asegurarse de que así fuera.

En mitad de la canción empezó a oír jaleo entre el público que estaba de pie cerca de la barra. El ruido la alarmó y el resto del público parecía irritado por no poder oír bien la canción.

—No queremos canciones sobre la maldita guerra —gritó una voz.

—Ni tampoco queremos ver a mujeres de uniforme —gritó otro hombre.

En cuestión de minutos estalló el caos y los hombres situados más atrás empezaron a lanzar fruta podrida y botellas de cerveza al escenario. Cecily sintió pánico. Al parecer, había sido una mala decisión vestir de uniforme. Daba la impresión de que algunos de aquellos cascarrabias podían alcanzar el escenario. Una perspectiva terrorífica.

—Salid del escenario y dejadnos con nuestras cantantes y bailarinas favoritas —gritó otro.

Cecily reconoció la voz del hombre que la había acusado entre bastidores de arruinarle la carrera a su hija. ¿Acaso había organizado él aquel ataque? Un mal presentimiento se apoderó de ella y le recordó los traumas que había sufrido durante la guerra, cuando caían bombas y proyectiles. Estaba indefensa y no sabía cómo lidiar con aquello cuando una fila de mujeres salió de pronto al escenario. Llevaban vestidos ligeros y vaporosos y formaron una fila cogiéndose de los hombros unas a otras. Empezaron a levantar mucho las piernas, imitando a las bailarinas del Moulin Rouge. El público empezó a aplaudir y silbar, encantados con aquello.

Johnny se acercó, agarró a Cecily y sacó del escenario a Merryn y a ella.

—Venga, muchachas, vámonos. No podemos hacer nada para salvar este desastre.

Así fue como aquellas chicas, incluida la hija del hombre de mal genio, acabaron con su espectáculo. La última sonreía con satisfacción cuando se disponía a subir al escenario a cantar escasa de ropa. Cecily intentó disculparse. Merryn guardaba silencio y Johnny parecía cautivado por aquellas hermosas bailarinas, a las que miraba con admiración.

Apareció entonces el encargado, les dijo que eran muy aburridos y los echaron sin más. Cecily corrió al camerino, donde encontró a Queenie maquillándose y poniéndose los pendientes para su actuación de estrella. Escuchó desesperada la explicación de Cecily de cómo los habían despedido. Les costó un rato calmarla, recoger sus pertenencias y convencerla de que se marchara.

En cuanto llegaron a su casa, Queenie se enfrentó a Cecily con furia.

—Te advertí que era un error. No volveré a trabajar contigo, muchacha. Debiste comprobar bien la fecha, cerciorarte de que no se vieran obligados a cancelar nada y no consentir en hacerlo gratis.

—Hice lo que creí apropiado y no esperaba que saliera tan mal —comentó Cecily—. Ojalá ese hombre no hubiera organizado el ataque, seguro que su hija podría haber actuado otra noche.

—No los culpes a ellos —rugió Queenie—. La responsabilidad era totalmente tuya y has cometido un grave error desde el principio.

Merryn se acercó y pasó el brazo por el de su hermana.

—No es justo decir que la cancelación fue culpa de Cecily. ¿Por qué asumes que fue así, Queenie? Hay mucha gente que necesita trabajar y pocos trabajos, todos se pelean por conservar el que tienen. Así es como son las cosas ahora que ha llegado la paz y hay escasez de dinero en el país. No culpes a Cecily, ella ha hecho todo lo posible por ayudarnos. Lo organizó todo de maravilla durante la guerra.

—¡Gracias a Dios que eso se ha acabado! A partir de ahora, haré lo que me plazca, no lo que ordene Cecily. Aún es pronto, acabamos de volver de Francia, pero estoy segura de que yo encontraré trabajo de nuevo en el Palace Theatre porque yo soy una estrella y ella no.

Johnny dio un paso al frente.

—Creo que ya es hora de que yo me labre también un futuro y busque un trabajo que no tenga nada que ver con la guerra. Tienes mucho talento, Cecily, pero esta vez has cometido un error grave. Tu plan no ha funcionado.

—Lo siento —dijo ella, alzando las manos con amargura—. Los teatros sufren los apuros de la posguerra, pero haz lo que creas que es mejor para ti, Johnny. Y tú también, mamá. —Cecily sentía vergüenza y desesperación por la actitud despectiva de Queenie, aunque aquello no era nada nuevo para ella.

—Creo que has hecho lo correcto intentando ayudarnos, pero yo siento la necesidad de descansar, no de trabajar más —dijo Merryn con un suspiro.

El apoyo de su hermana conmovió a Cecily, pero su expresión de desolación indicaba claramente que no deseaba confesar la razón por la que necesitaba tanto descanso. Al menos, no lo confesaría estando su madre presente. Y Cecily no tenía ningún deseo de discutir con nadie. Sin duda era ella la que había cometido el error y la respuesta caótica del público implicaba que la *troupe* se había acabado y el futuro se presentaba lúgubre.

CAPÍTULO 22

Merryn corrió para reunirse con Johnny en un rincón tranquilo de la playa de Tinside y se echó en sus brazos. Era un día frío y ventoso de enero, así que se había puesto una bonita falda larga, un jersey de lana y un abrigo elegante, desesperada por estar tan atractiva como abrigada. Era maravilloso que por fin pudieran pasar algo de tiempo solos. Todavía no tenía claro si tendría valor para contarle su embarazo. Él deslizó la mano debajo de su jersey para tocarle los pechos, lo que hizo que ella olvidara las náuseas mañaneras, que empezaban a remitir. Su vientre empezaba a crecer más, así que tendría que lidiar con aquel tema pronto.

—Me alegro de que todavía me desees —murmuró—. La cuestión es que tengo un problema.

Johnny lanzó un gemido.

—¿Acaso no tenemos problemas todos en este mundo horrible? Y, para colmo, todo lo que pasamos el otro día, gracias a la tonta de tu hermana.

Merryn vio con desesperación la expresión malhumorada del joven.

—Por favor, no culpes a Cecily. Queenie siempre le echa la culpa de todo cuando algo la preocupa. Mi querida hermana solo quería buscarnos trabajo. ¿Crees que conseguirás encontrar un empleo?

—Yo, como tú, después de haber trabajado duro el último año, necesito descansar un poco. Un hombre también merece tener tiempo para sus aficiones. He estado encantado de contribuir y haré todo lo que esté en mi mano en cuanto haya disfrutado de tan necesario descanso. Y removeré cielo y tierra para ayudarte a resolver cualquier problema que tengas.

—¡Oh!, ¿ de verdad? —Merryn sintió una esperanza nueva al oír eso.

Johnny sonrió un poco y a continuación sufrió un ataque de tos. Cuando se le pasó, sacó un cigarrillo de su pitillera de plata y lo encendió.

—Con la guerra terminada, pronto nos recuperaremos del agotamiento.

—No sé si yo me recuperaré, pero es que mi problema no se debe a la guerra. Estoy embarazada —dijo ella, soltando por fin esas palabras movida por la desesperación.

—¿Qué? —Johnny dejó caer el cigarrillo y la miró con incredulidad escandalizada—. ¡Condenación! Me has dejado de piedra. Creía que solo tenías un resfriado o una infección.

Merryn negó con la cabeza.

—Antes de salir de Francia lo sospeché, pero no quise decírtelo hasta estar segura y, además, aún teníamos que afrontar el largo viaje de vuelta a casa. He estado preocupada por esto toda la Navidad. Ahora que somos libres de construir una nueva vida para nosotros, podríamos casarnos —dijo con una sonrisa tímida.

¿Qué la había impulsado a hablar así? ¿No tenía que dejarle eso a él? La invadió el pánico.

—Es decir, suponiendo que estés preparado para ser padre y me quieras todavía —se apresuró a añadir, aturdida.

Johnny parpadeó. La soltó y la miró confuso durante lo que le pareció una eternidad.

—¡Dios santo, muchacha! Menudo problema. No sé si puedo permitirme casarme y mantener una esposa, por no hablar de ser padre. Ya sabes que encontrar empleo ahora que se ha terminado la guerra no es fácil. ¿Cómo me las voy a arreglar? A menos que no necesites que te mantenga porque tu madre es rica. ¿Queenie ha aceptado ayudarte?

Merryn temió que Johnny no se atreviera a casarse con ella por no tener un empleo. La idea de que pudiera acabar de madre soltera le resultaba terrible. Combatió las lágrimas y se esforzó por no mostrar cuánto le había dolido el comentario de él.

—Todavía no he tenido el valor de contárselo.

—Tienes que hacerlo. Es tu madre y debe ayudarte a solucionar este problema dándote dinero suficiente para mantener a ese niño.

—No es cuestión de dinero. Lo que importa es si me dará permiso para casarme contigo, en caso de que tú me hagas esa proposición —dijo ella, sonrojada de vergüenza—. No cumpliré veintiún años hasta septiembre de 1920. Y siempre ha tenido la idea tonta de que Cecily y yo teníamos que casarnos con hombres bien situados.

—Y yo no lo soy.

—Eso a mí no me importa. Yo te amo. ¿Y tú no me amas?

Johnny parpadeó. Parecía confuso.

—¿No lo hemos pasado bien juntos? Entre nosotros ha habido algo especial, así que supongo que lo que sentimos el uno por el otro debe de ser amor, ¿verdad? Confío en acertar con las palabras.

A Merryn le pareció que no podía respirar y que su corazón dejaba de latir. ¿Qué quería decir él al describir su relación de aquel modo? Se dio cuenta de que le deslizaba los dedos debajo de la falda con aire posesivo y le acariciaba los muslos y la piel más interna de los mismos. Luego empezó a besarla y a hacerle el amor, casi como si así demostrara las palabras que acababa de pronunciar. La penetró jadeando y Merryn lanzó un grito ahogado y sintió una mezcla de excitación y pánico. Por mucho que anhelara su contacto y deseara formar parte de su vida, ¿quería él formar parte de la de ella? No parecía estar cerca de declararse y proponerle matrimonio.

Cuando por fin salió de ella, le sonrió con gesto voraz.

—Eres deliciosa y tu sitio está en una familia de posibles, no en una familia como la mía. Quizá termines convenciéndome de que me case contigo. ¿Quieres que hable con tu madre?

Merryn negó con la cabeza.

—No. Se lo diré yo en cuanto la encuentre de buen humor, quizá tarde.

—Estaré cerca por si necesitas mi ayuda.

—Entretanto, ¿intentarás buscar un empleo?

Johnny se echó a reír.

—No será fácil. Y aún será más difícil encontrar una casa. Siempre podemos vivir con Queenie.

—¡Oh, no! Ni hablar —declaró ella.

No le parecía bien que él mencionara que necesitaban la ayuda de Queenie. Y pensó que, aunque no le gustara, tendría que hablar con su madre antes de lo que había planeado para resolver aquel problema.

—¿Estás segura de que es buena idea casarte con él, querida? —preguntó Cecily cuando Merryn le anunció que por fin le había dicho a Johnny que iba a ser padre y había tenido el valor de sugerirle matrimonio—. Temo que sufras si permites que ese hombre controle tu vida. Ha flirteado con otras chicas, también conmigo, lo cual me temo que es una forma de traición.

Merryn se sonrojó. Apretó los labios con enfado.

—Eso podría ser culpa tuya y no suya. ¿Por qué lo culpas a él?

Cecily se dio cuenta de que había dicho algo que no debía y se apresuró a defenderse.

—Lo rechacé con firmeza, así que, por favor, no me acuses de querer que ocurriera eso. También intenté explicarte que mamá lo besó una vez. Creo que ha flirteado también con las enfermeras. Deberías escuchar lo que digo y no confiar demasiado en él. El rostro de Merryn palideció de furia.

—No creo que siga flirteando con nadie ahora que somos una pareja.

—También es probable que mintiera en las razones por las que no entró en el Ejército. El problema de visión que supuestamente tenía parece que ha remitido. Lo he visto muchas veces ir por ahí e incluso leer sin gafas.

—A veces olvida ponérselas.

—Eso no ocurriría si no pudiera ver bien sin ellas y la tos y la cojera que presuntamente tenía parece que han desaparecido por completo. También me pidió una vez dinero después de acusar a nuestra familia de ser rica y egoísta. ¿Cómo puedes confiar en él?

—Eres tú la que no confía en los hombres, no yo —repuso Merryn—. ¿Por qué no crees en él? Yo daría mi alma y mi corazón por casarme con mi querido Johnny y estoy convencida de que él también me ama.

—Ten cuidado. Eres mi queridísima hermana y haré cualquier cosa por protegerte, aunque eso suponga que tengas que permanecer soltera.

—Te aseguro que Johnny me cuidará y yo confío en él. Ahora voy a hablar con Queenie. —Merryn salió resoplando, con la barbilla alta, dejando a Cecily desesperada y muy preocupada por su hermana del alma.

—¿Puedo hablar contigo, mamá? —preguntó Merryn con cortesía, después de llamar con los nudillos a la puerta del dormitorio de Queenie.

No le había contado a su hermana la mala reacción de Johnny ante la noticia, pues no quería dar la impresión de que quizá no se declarara nunca. Se dijo que la renuencia que pudiera sentir él a casarse con ella se debía simplemente a que necesitaba un empleo. Y había sentido la necesidad de hacerle el amor. Solo le quedaba esperar que aceptara la realidad de su situación. Y tenía que intentar obtener el permiso necesario de Queenie. Cuando se abrió la puerta, Merryn, como siempre, quedó impresionada por la encantadora imagen que daba su madre, elegantemente ataviada con un camisón de crepé azul celeste que hacía juego con sus ojos.

—¿Qué pasa, querida? ¿Me has conseguido por fin un papel en un espectáculo del Palace? —preguntó Queenie.

Merryn se sentó al lado del fuego y cruzó las manos con firmeza en el regazo, esforzándose por controlar los nervios.

—Lo siento, no he tenido tiempo de preguntar por eso. La cuestión es que no me encuentro muy bien y...

—Estás mucho mejor, así que, por favor, ve a hablar con el nuevo encargado. Antes se te daba muy bien esa tarea. ¿Por qué no me ayudas? Déjale claro que puedo cantar y que sigo siendo la estrella de siempre. ¡Ah!, y por favor, ocúpate de mi pelo. —Le tendió un cepillo.

Merryn ignoró esa orden y se pasó una mano por el estómago.

—La verdad es que estoy esperando...

Queenie la miró varios segundos con ojos inexpresivos y después gritó:

—¿Qué? ¡Eso no puede ser!

—Me temo que sí.

Merryn sentía que le temblaban los labios al ver el rostro furioso de su madre. No le sorprendió que Queenie la abofeteara como a una niña pillada en falta.

—¡Ramera! ¿Quién demonios es el maldito padre? ¿Fue uno de esos estúpidos soldados?

Merryn se frotó la mejilla. Le costaba trabajo respirar.

—El padre es Johnny y está ansioso porque nuestro hijo nazca dentro de los lazos del matrimonio. Quiero que me des tu permiso para casarme con él.

—¡Oh, Dios mío! ¿Quieres decir que has tenido una aventura con él? —Queenie la miraba atónita—. Supongo que no me dirás ahora que ese estúpido te ama.

—Yo creo que sí —respondió Merryn, rezando para que la duda que la atenazaba no resultara evidente en sus ojos—. Es fascinante, muy cariñoso y hace más de un año que mantenemos una relación.

Siguió un silencio. Queenie la miraba con rabia.

—No seas ridícula —dijo con desdén—. Eres muy joven para casarte. Tienes toda la vida por delante y posiblemente también te espere una carrera deslumbrante. ¿Por qué arriesgar todo eso?

Merryn hizo una mueca burlona.

—No tengo el talento que tenéis Cecily y tú, tampoco la belleza, y jamás podría impresionar ni persuadir a nadie para que me contratara como música.

—¿Cómo puedes decir eso? En cuanto tengas más experiencia, el mundo será tuyo, querida, y siempre puedes trabajar para mí. Johnny quizá intente hacer ver que es un caballero, pero tiene poco que ofrecer. Su madre es tan pobre como un ratón de iglesia, del norte y de clase trabajadora, y no tiene padre.

—Ni yo tampoco —señaló Merryn con terquedad—. Como tú tienes dinero y eres mi madre y me quieres, él cree que me ayudarás a mantenerme económicamente. Yo no estoy segura de que eso sea correcto.

—Tienes razón. Ni en un millón de años —gritó Queenie—. A menos que te quedes conmigo. Tú te has puesto en esta situación y, si te vas y te casas con él, tendréis que correr los dos con los gastos que supone tener un hijo. No olvides que el matrimonio no siempre resulta ser tan maravilloso como esperamos las mujeres. Desde luego, no lo fue para mí.

—Sé muy bien que tú siempre te quejas de tu propia experiencia, pero nunca has contado por qué salió mal. Confío en que, cualquiera que fuera tu desastre, no me ocurra a mí. ¿Ya no te importo nada, mamá?

Los hermosos ojos de Queenie se llenaron de aflicción.

—Pues claro que sí, querida mía. Eres mi hija más preciosa y deseo mucho que seas feliz.

—Bien. Pues, como ya te he explicado, quiero casarme con el hombre que amo —declaró Merryn con valentía—. Si no estás convencida de lo que siente él por mí, le pediré a Johnny que venga a pedirte mi mano. Se ha ofrecido a hacerlo.

Los labios de Queenie se curvaron en una sonrisa irónica.

—¡Qué gran idea! Puedes enviármelo a toda velocidad.

—La verdad es que ya está esperando en el jardín. Iré a buscarlo y sé amable con él, mamá. —Merryn le dio un beso en la mejilla y salió corriendo a buscar a Johnny.

El joven se quedó de pie ante Queenie y empezó a halagarla diciéndole lo hermosa que era y el talento que tenía.

—Imagino que estarás ansiosa por demostrar tanto tu amor por Merryn como tu lealtad hacia mí en pago de todo lo que he hecho por ti estos años.

Queenie lo miró furiosa.

—¡Maldita sea! Nunca me dijiste que estabas tonteando con mi querida hija.

Johnny se encogió de hombros con una sonrisa.

—Envueltos en la guerra, creímos que había que mantener en secreto nuestra relación. Además, Merryn sabía que preferías que se casara con un hombre de fortuna y de clase social elevada. Yo no permitiré que ocurra eso. Es joven, hermosa, está locamente enamorada de mí y espera un hijo mío. Confío en que no tengas objeción en que me case con tu hija favorita, a la que seguro que deseas proteger tanto como yo. La adoro.

Rodeó con un brazo a Merryn, llena de alegría al escuchar sus palabras, y la atrajo hacia sí.

—Confío en que me proporciones los fondos necesarios para mantenerla, puesto que no tengo grandes esperanzas de encontrar fácilmente un empleo apropiado ni buenos ingresos.

—¡Rotundamente no! Todo son exigencias.

Johnny soltó una risita.

—Mi ambición es vivir bien y quiero a tu hija. Me temo que tendrás que aceptar la realidad y protegerlos a ella y a tu futuro nieto.

Después, para sorpresa de Merryn, Queenie concedió el permiso necesario para celebrar aquella boda, les deseó felicidad y accedió también a proporcionarles una modesta suma de dinero. Días más tarde, Johnny había conseguido la licencia especial. Se publicaron las amonestaciones en la iglesia más próxima durante tres domingos seguidos y la boda tuvo lugar unos días después de eso. Merryn estaba radiante de felicidad.

CAPÍTULO 23

Cecily recibió una nota de Boyd donde le decía que lady Stanford daría un discurso en el próximo mitin de las sufragistas que tendría lugar en Londres. El impulso de ir a verla se apoderó de ella. ¿Qué información tenía aquella mujer sobre su padre? Estaba deseando enterarse y también le agradaba la idea de volver a ver a Boyd, que tan servicial se mostraba. Le preguntó a Nan si podría alojarla su hermana.

—Con su esposo muerto, mi querida hermana se ha mudado a Bournemouth a llevar una pequeña posada. Necesitaba un modo de conseguir ingresos. Está a cierta distancia de Londres, así que tendrías que hospedarte en un hostal.

—¡Oh, qué lástima! Estaba deseando volver a ver a tu sobrino —comentó Cecily, decepcionada.

— Boyd ha alquilado un apartamento en Shoreditch. Sigue buscando empleo y ahora llora la muerte de su padre. Hemos perdido muchos hombres en la guerra y Eric, su padre, murió hace poco de la gripe española. ¿Seguro que quieres ir a Londres por un mitin?

—Lamento mucho oír eso, Nan, pero sí, quiero. Es una oportunidad demasiado buena como para dejarla pasar.

Cuando Merryn, que vivía en Mutley Plain con su esposo, fue a verla, Cecily le dijo que esperaba que la acompañara.

—Me encantaría. Sabes que siempre encuentro fascinantes esos mítines.

Johnny entró en aquel momento en el salón. Su rostro parecía más arrogante que de costumbre.

—¿De qué mitin habláis y dónde se celebrará? —preguntó.

—Es un mitin sufragista en Londres, con una oradora importante —le explicó Cecily.

—¿Y por qué vais a ir tan lejos cuando podéis asistir a esos encuentros aquí? —preguntó él, malhumorado—. Además, Merryn ahora es mi esposa y pronto será una madre muy ocupada. ¿De dónde va a sacar el tiempo y la energía, por no hablar del dinero para el tren?

—Yo puedo ayudarla con el billete y la visita valdrá la pena. Hablarán de los problemas que afrontan las mujeres a la hora de buscar empleo y de cuántas están sufriendo recortes en los salarios y volviendo a las pobres sumas que recibían antes de la guerra.

—¿Por qué van a cobrar las mujeres lo mismo que los hombres teniendo ellos como tienen esposa e hijos que mantener?

—Sí, los hombres merecen un sueldo decente, Johnny, pero los hombres solteros también ganan más que las mujeres que tienen hijos a los que mantener y muchas han perdido a sus esposos en la guerra. Eso no está bien. Se creó un comité para hablar de la desigualdad de los sueldos, pero a los parlamentarios, todos varones, les preocupaba que los derrotaran las mujeres en unas elecciones debido a la escasez de hombres y por eso no nos han concedido el voto a todas.

—Las mujeres tenéis que aceptar la realidad de que los hombres volvemos a estar al cargo.

Cecily alzó los ojos al cielo y soltó una carcajada.

—¡Jamás! Las mujeres deberíamos tener los mismos derechos, el mismo sueldo, las mismas horas de trabajo y las mismas pensiones que los hombres. No podemos permitir que los diputados o las clases medias y altas tomen decisiones sin tomar en consideración las necesidades de las personas de clase trabajadora.

—Yo no soy de clase alta, pero tú sí. ¿Por qué te importa eso?

—Porque creo que todo el mundo merece tener el derecho a votar para que la gente pueda construir su propio futuro cuando sea necesario, sin importar cuál sea su clase o su sexo. Deberíamos pedir igualdad para todos.

—¡Eso son tonterías! —gritó él, frunciendo los labios con disgusto—. Los hombres no pueden hacer el trabajo doméstico: cocinar, lavar y limpiar. Si se pusieran un delantal e hicieran eso, parecerían estúpidos actores de *music-hall*. ¿Por qué vamos a tener que asumir que las mujeres tienen derecho a hacer los trabajos de los hombres, ahora que ellos han sido licenciados del Ejército y la Marina?

Cecily golpeó la mesa con los dedos y miró la expresión despectiva de su cuñado con una luz beligerante en sus ojos azul violeta.

—Supongo que tienes la cabeza metida en una nube y no has notado que hay más de un millón de mujeres desempleadas. Deberían tener derecho a trabajar y más las que han perdido a sus esposos y necesitan ganar un salario decente. Y no olvides que hay una tremenda escasez de hombres, que han muerto muchos miles, por no decir millones, así que hay un exceso de mujeres —dijo.

Recordaba la estúpida conversación que habían tenido a bordo del barco que los llevaba a Francia, en la que él había hecho gala del desprecio que sentía por las mujeres, y lo exigente que se había mostrado hacia ellas. Nunca se había fiado de él, pero su hermana sí...

—Yo no he muerto, así que mi esposa no tiene ninguna razón para ir. Le ordeno que se quede conmigo —declaró Johnny, pasando la mano por el cuello de Merryn.

Siguió un silencio breve e incómodo. Cecily vio que Merryn lo miraba nerviosa, consciente de la furia que despedían los ojos de Johnny, y que eso la llenaba de angustia y miedo. Carraspeó y sonrió a Cecily.

—Creo que mi esposo tiene razón al decir que no tengo ni tiempo ni necesidad de viajar a Londres. Me parece que esta discusión se está alejando del tema del sufragio para las mujeres, así que me saltaré ese mitin si no te importa, Cecily.

Cecily se esforzó por no protestar para no alterar a su hermana, aunque se estuviera dejando gobernar por Johnny.

—Como quieras. Es tu decisión, preciosa. A mí me resulta útil ir a un mitin donde hay una mujer famosa que puede hacernos partícipes de las últimas noticias. Esa señora es de lo más interesante —dijo.

No mencionó que Boyd le había escrito para decirle que lady Stanford tenía noticias sobre su padre y que por eso estaba deseando hablar con ella. Ese no era un tema del que quisiera hablar delante de Johnny. Su cuñado parecía estar de mal humor y se mostraba demasiado dominante. Su opinión sobre las mujeres era peor que nunca. Presumiblemente porque él también tenía dificultades para encontrar empleo, cosa que Cecily podía entender. Abrazó a Merryn con un suspiro.

—Siento haberle dado la lata a Johnny para que te permitiera acompañarme. Solo será un viaje corto, pero entiendo que necesitas descansar. Te lo contaré todo cuando regrese.

—Aunque no para todas, por fin hemos conseguido el voto para algunas mujeres. A muchas sufragistas les ha decepcionado que Christabel Pankhurst no haya sido elegida. Las mujeres debemos permanecer fuertes aunque algunos hombres nos consideren débiles como bebés —proclamó lady Stanford con firmeza al comienzo del discurso—. Debemos adquirir la fuerza de tomar nuestras propias decisiones. No ser solo hijas que hacen la voluntad de sus padres o esposas que obedecen a sus maridos. No somos niños, animales, idiotas ni locas. Somos seres adultos inteligentes y tienen que aprobar el ejercicio de nuestros derechos. Cuando los niños tienen problemas, esperan que su padre los resuelva. Como esposas, queremos que nuestros maridos nos apoyen y no nos controlen. Los hombres no deben vernos como empleadas domésticas y objetos sexuales —rugió, agitando el puño en el aire y haciendo que todo el mundo saltara y aplaudiera.

Cecily, admirada, también estaba cautivada por el discurso de aquella mujer decidida.

—No podemos ir por la vida como si fuéramos niñas. Tenemos que aprender a resolver nuestros problemas y ver a nuestros esposos como iguales, no como padres suplentes. Tenemos que ganarnos su respeto además de ofrecerles el nuestro.

Los aplausos llenaron el salón. Cecily bebía con ansia cada palabra. El discurso de lady Stanford había sido el más fascinante. Siguió hablando de que las chicas que antes trabajaban en el servicio doméstico ya no deseaban volver a esas tareas aburridas.

—Les interesan más los trabajos que han hecho durante la guerra y no desean pasarse el día lavando, planchando o cocinando ni estar recluidas en una buena casa. Y a mí me parece comprensible, pues algunas se ven obligadas a trabajar de la mañana a la noche. Por suerte yo nunca he sido tan exigente y hoy en día tenemos más máquinas para cubrir nuestras necesidades. Esas chicas también quieren tener la libertad de ir al cine o a bailar alguna noche —dijo con una sonrisa.

«¿Y por qué no?», pensó Cecily. Ella misma anhelaba esa libertad para hacer cuanto deseara una vez decidiera qué hacer con su vida. Consciente de que Merryn necesitaría su apoyo en los meses siguientes, sobre todo después del nacimiento del bebé, sabía que no sería una decisión fácil.

Cuando terminó la reunión, corrió a ponerse en la cola de las mujeres que querían hablar con lady Stanford y esperó pacientemente su turno.

—¿Está aquí para solicitar empleo? —preguntó la mujer, sonriéndole con cortesía cuando por fin le llegó el turno—. Si es así, me temo que ya he concedido dos puestos y no tengo más que ofrecer.

Cecily parpadeó. Obviamente era una mujer muy rica que quizá necesitara más servicio doméstico, pero no era eso lo que esperaba oír.

—No, milady, no he venido para buscar empleo sino para comprender los problemas políticos a que se enfrentan las mujeres y para volver a verla. No sé si recuerda que nos vimos en Plymouth el día de la marcha de celebración por el voto a la mujer y le pregunté si estaba emparentada con mi padre, pero usted estaba en ese momento demasiado ocupada para responder.

Lady Stanford dejó de sonreír y la miró con los ojos entrecerrados y una expresión extraña que resultaba casi fría.

—Creo que le dije que no era así, quienquiera que sea su padre.

Cecily, algo nerviosa por esa reacción, se esforzó por explicarse.

—Usted lleva el mismo apellido y sé que mi padre vivió en Londres y yo nací aquí. Mamá nos ha hablado poco de lo que falló en su matrimonio o de cuándo y por qué desapareció mi padre, Dean, y me gustaría saber si estaban emparentados. Boyd, el sobrino de mi niñera, me dijo que le había escrito y que usted le había respondido diciendo que hablaría conmigo.

—No recuerdo haber dicho eso. Es posible que mi secretaria contestara sin consultarme —repuso lady Stanford con una mirada firme—. ¿Quién es su madre?

—Queenie Hanson. Ese era su nombre de soltera. Una vez le dijo a mi hermana que lo había recuperado después de la separación. Su apellido de casada era Stanford.

—¿Tiene una hermana?

—Sí, se llama Merryn. ¿Es usted por casualidad hermana de nuestro padre?

—¡Santo cielo! ¡Qué pregunta tan ridícula! ¿Cuándo nacieron las dos?

Cecily, que vio que el rostro de lady Stanford había palidecido y parecía enfurecido por alguna oscura razón, sintió curiosidad y consternación. Frunció el ceño.

—¿Por qué quiere saber eso? —preguntó.

—Por nada. Solo intento ser cortés. Lamento decir que no puedo ayudarla. Si me disculpa, hay otras personas con cuestiones y comentarios más importantes. Buenas tardes —dijo la mujer.

Se volvió y empezó a hablar con la siguiente mujer de la fila. Cecily, decepcionada, no vio otra opción que marcharse.

Después del mitin y de la imposibilidad de conseguir la información que buscaba, a Cecily la complació encontrar a Boyd esperándola fuera. Le había escrito para decirle que iba a ir y se alegró mucho de volver a verlo. Tenía un aspecto mucho más saludable que cuando se habían conocido en Plymouth. Había ganado peso y ya no usaba muleta. Tampoco tenía magulladuras en la cabeza y sus ojos parecían más brillantes, grandes y animados.

—Encantada de verte tan bien, Boyd —dijo, estrechándole la mano.

El brillo de los ojos castaños aterciopelados del joven se parecía mucho al afecto. Alzó los brazos casi como si fuera a darle un abrazo de bienvenida, pero se conformó con una sonrisa. La llevó a un café próximo.

—¿Has disfrutado del mitin sufragista? ¿Y cómo te ha ido con lady Stanford? —preguntó cuando se sentaron a una mesa.

Cecily hizo una mueca de frustración y desaliento.

—Esa mujer es un auténtico rompecabezas. Poco dispuesta a ofrecer ninguna información y demasiado absorta en hacerme preguntas a mí. Y no ha sido nada cortés.

—Me pregunto por qué.

—No tengo ni idea. Es un rompecabezas. No deseaba hablar del tema y ha dicho que no sabía nada de tu carta.

Boyd frunció el ceño, desanimado también al parecer. Llegó la camarera y él pidió el té de la tarde para ambos.

—Como ya te conté, le escribí y me contestó su secretaria con una nota breve en la que decía que estudiaría el tema y que estaba segura de que lady Stanford estaría dispuesta a hablar contigo. ¿Te ha dicho algo de su esposo?

—No me ha dicho nada. Insiste en que ya dejó claro que mi padre, quienquiera que fuera, no está emparentado con ella. Parece que este esfuerzo por verla ha sido una pérdida de tiempo —confesó Cecily.

—Es una lástima. Sin embargo, yo he descubierto alguna información interesante sobre su esposo. Se llamaba James Stanford y al parecer era el tipo de hombre que tenía aventuras con actrices, cantantes y bailarinas. Un mujeriego.

—¿Ah, sí? Recuerdo que mi madre dijo que muchos hombres las trataban como a... —Cecily guardó silencio cuando llegó la camarera con una tetera, sándwiches pequeños, pastelitos y galletas de mantequilla y mermelada, servido todo ello en una bandeja escalonada de pasteles, un verdadero regalo en aquel mundo de posguerra—... como a prostitutas —terminó Cecily con una risita cuando se quedaron solos.

Boyd se rio y la alentó a servirse un sándwich de jamón y queso, cosa que ella hizo, pues tenía hambre.

—Solo es una suposición, pero es posible que Queenie fuera amante de su esposo. A menos que tú tengas pruebas de que estuvieran casados.

—¡Oh, Dios mío! Menuda sorpresa. Mi madre afirma haber sufrido un matrimonio desastroso, pero ha tenido muchas aventuras. Y aún las sigue teniendo. —Cecily suspiró—. Supongo que de joven debía de ser espectacular. Todavía es muy hermosa, con cabello rubio rizado, ojos azules radiantes y labios rojos. Su esposo no debió de ser ese tal James Stanford.

—Pues es una lástima. James Stanford era hijo de un lord.

Cecily parpadeó sorprendida y tomó otro sándwich.

—Eso es extraordinario. Mi madre admira mucho la alta sociedad y se cree importante, como si ella también fuera de clase alta, cosa de la que yo no estoy convencida. ¿Has descubierto algo más de ese lord?

Boyd asintió y tomó un sorbo de té.

—Fui a la Biblioteca Británica para investigar en periódicos antiguos y encontré un par de artículos breves sobre él. Se crio en una hacienda situada en Yorkshire. Su familia poseía también una casa en Londres, donde su padre, lord Stanford, asistía a menudo a la Cámara de los Lores. Hacían una semblanza de su vida. Deja que te muestre una copia que hice.

James Arthur Stanford afirmaba haber disfrutado de una infancia sin comodidades y con unos padres que habían mostrado poco interés por él, una infancia que había pasado confinado con sirvientes. Vivían en una hacienda situada en Yorkshire, donde se esperaba que matara faisanes y urogallos, lo cual él nunca deseó hacer. Le enseñaron a montar a caballo, le ordenaron ser cuidadoso con el dinero y aprendió diligentemente a dirigir la hacienda. Desde los ocho años pasó la mayor parte del tiempo en internados, que él consideró bastante tétricos. Lo expulsaron de varios, con lo que hizo pocos amigos. Cuando fue más mayor, prefería vivir en Londres, donde asistía muchas noches al teatro y disfrutaba del vino, las mujeres y la música. No mostró ningún interés por la política. Ahora, por alguna razón desconocida, ha desaparecido y hace tiempo que no se le ve. Si alguien sabe dónde puede estar o lo que ha sido de él, por favor, contacte con la policía más cercana o con nosotros aquí en el periódico.

Después de leer eso dos veces, Cecily miró a Boyd con un brillo de confusión en los ojos.

—Mi madre nos dijo que nuestro padre se llamaba Stanford. Si este hombre fue su esposo, pudo haberse ahogado y por eso dice este artículo que ha desaparecido, pero si era un lord y se casó con ella, ¿por qué no se llama lady Stanford? No tiene sentido.

—James Stanford desapareció y posiblemente murió antes de que muriera su padre, así que no habría sobrevivido tanto como para ser lord.

—Oh, entiendo. ¿Crees que tenía un hermano?

Boyd movió la cabeza y se encogió de hombros.

—No tengo ni idea. La información que encontré de este hombre es interesante, aunque admito que no hay pruebas de que fuera tu padre. Y no tiene mucho sentido intentar hablar con lady Stanford, pues es un apellido bastante común y puede que su esposo James y ella no estén emparentados con tu familia. Puedo seguir buscando más detalles de Dean Stanford.

—Por favor, tampoco te dediques a ello. Estoy segura de que tienes cosas mucho más importantes que hacer con tu tiempo ahora que estás bien y, como dices, no hay ninguna prueba de que estén emparentados.

Enervada un poco por la actitud desdeñosa de lady Stanford, a Cecily la conmovía la oferta de Boyd, aunque también se preguntaba por qué se molestaba en perder el tiempo así cuando parecía una empresa inútil. Los dos guardaron silencio mientras comían bizcochitos con mermelada y nata. Al fin, Cecily decidió animar la conversación.

—Me encanta esta comida —dijo con una sonrisa—. Es un gran regalo después de todas las comidas aburridas que hemos tenido durante esta condenada guerra. Debería aprender a cocinar.

—Yo no dejo de pensar que también debería hacerlo. —Boyd se echó a reír—. No me van mucho los quehaceres domésticos y rehusé a ayudar a mamá con su nueva pensión. Estoy buscando trabajo en algún periódico, pues me interesa mucho el periodismo. También me apasiona el *jazz*, una música muy africana y americana. Como tú, adoro la música y admiro y envidio mucho tu trabajo. ¿Quieres acompañarme a un club de *jazz*? Hay uno cerca de aquí.

La perspectiva de pasar la velada juntos la animó bastante. Se había puesto elegante para el mitin, con un vestido plisado de seda, un collar largo de cuentas y un sombrero de ala ancha bordado, así que aceptó encantada la oferta.

—Eso sería todo un regalo. Nunca he estado en un club de *jazz*.

—Pues vamos a pasar una velada divertida.

CAPÍTULO 24

Resultó ser un local muy animado, con la pista llena de parejas que bailaban alegremente. Hubo muchos aplausos y resonar de pies cuando la Dixieland Jazz Band tocó «Mournin' Blues» («Blues del duelo») y muchas piezas más muy apreciadas por el público. Cecily no sintió que se le diera bien aquel baile nuevo y, por su pata de palo, Boyd solo podía moverse lentamente, sin giros bruscos. Aun así, le encantó bailar con él. Le hacía dar vueltas y a veces la estrechaba contra sí, con sus ojos castaños aterciopelados brillando de admiración y felicidad. Consiguieron bailar un tango lento y luego probaron un pasodoble español, un poco rápido para los dos. Cecily tropezó y cayó en sus brazos con un ataque de risa.

—Creo que necesito descansar —dijo, pues había notado que él también parecía necesitar lo mismo y empezaba a cojear un poco.

Encontraron una mesa situada en un extremo del local y se sentaron. Boyd pidió dos copas de vino y se relajaron charlando animadamente de música y de sus obras de teatro favoritas. De la guerra hablaron poco, eran recuerdos de los que nadie quería hablar ya. Cuando bailaban un último vals, Cecily experimentó una punzada de felicidad por estar en sus brazos, sintiendo la barbilla de Boyd rozándole la frente. Cuando terminó el baile, él la acompañó al hostal. No dijo nada hasta que llegaron a la puerta.

—Siento que mi madre no haya podido alojarte por haberse mudado a Bournemouth. Confío en que este hostal sea de tu gusto. ¿Podemos encontrarnos para desayunar en el café donde hemos tomado el té de la tarde?

—Eso estaría muy bien —repuso ella con una sonrisa.

Boyd vaciló un momento y después la besó con ternura. La suave calidez de su boca le resultó muy excitante a Cecily, más de lo que esperaba. Lo observó alejarse sintiendo un aleteo nuevo en el corazón.

El hostal no era precisamente cómodo, pero era barato y el personal muy amable. Cecily compartía un dormitorio pequeño con varias mujeres jóvenes más y se quedó dormida recordando su velada con Boyd. Se despertó varias veces porque oía roncar a alguna mujer o llorar a otras, que habían perdido su empleo o al ser amado, y a menudo las consolaban otras que tenían problemas parecidos. Cecily también quería encontrar trabajo. Su madre le pasaba una pequeña asignación, pero a cambio de esa generosidad esperaba que Cecily obedeciera sus exigencias de llevar a cabo diversas tareas, sobre todo desde que Merryn ya no estaba presente. Cecily ansiaba ganarse la vida y tomar sus propias decisiones.

A la mañana siguiente se reunió con Boyd en el café y, para alegría suya, él ofreció llevarla de visita por Londres en autobús. Cecily disfrutó viendo las Casas del Parlamento, el Big Ben, la Torre de Londres y varios lugares maravillosos más. Después, dieron un largo paseo desde Trafalgar Square a lo largo del Mall y cruzaron St. Jame's Park hasta el palacio de Buckingham. Cuando llegaron por fin a la estación de Paddington para que Cecily tomara el tren de regreso a Cornwall, la joven le dio las gracias por sus atenciones y su compañía y le dijo adiós con cierta melancolía.

—Este viaje habría sido muy aburrido y solitario sin ti —comentó.

—Yo también he disfrutado mucho de nuestros momentos juntos —respondió él con una sonrisa cálida y seductora.

¿Empezaba a sentirse atraída por él? ¡Por supuesto que no! ¿No había tomado la decisión de no volver a fijarse en ningún hombre? No, solo eran buenos amigos. Permaneció a su lado en el andén, observando al tren entrar echando humo en la estación y casi deseando que no tuviera que irse. Boyd abrió la puerta de un vagón, la ayudó a subir a bordo y colocó su pequeña maleta en el estante.

—Espero volver a verte pronto. Quizá empiece a buscar empleo en Cornwall. Aunque mi tía no se muestra muy partidaria de eso. Insiste en que me quede en Londres y dice que será mucho mejor para mí.

Cecily sonrió.

—Nan puede ser un poco criticona. Espero que encuentres lo que buscas. Estaremos encantadas de que nos visites en Plymouth cuando quieras. —La invadió una sensación de alivio al pensar en volver a verlo.

Cuando lo despedía agitando la mano, él respondió a su mirada amistosa con una sonrisa de admiración que a ella le causó una emoción profunda. Teniendo en cuenta las pérdidas que había sufrido ya, intentó frenar esa sensación. No, no tenía fuerzas para correr el riesgo de volver a enamorarse. ¡Pero qué amable y considerado era Boyd! Había disfrutado de cada minuto que habían pasado juntos y su mente era un remolino de confusión sobre lo que sentía por él. Cuando se instaló para el largo viaje de vuelta, pensó en la actitud desdeñosa de lady Stanford hacia ella y apreció mucho la generosa oferta de Boyd de buscar más información sobre su padre. Era sorprendente que estuviera dispuesto a invertir su tiempo en eso. Quizá, al estar desempleado, buscaba algo en lo que ocuparse, lo que hizo que Cecily se preguntara por qué Nan no quería que buscara trabajo en Cornwall. Cerró los ojos y se permitió un descanso que resultaba muy necesario después de haber dormido poco aquella noche.

Cuando llegó a Plymouth, Cecily tomó un tranvía en la estación y pasó por la casita adosada de Merryn, situada detrás del Cop-op en Mutley Plain. Estaba deseando ver a su hermana y contarle lo bien que lo había pasado en Londres con Boyd.

—El sobrino de Nan es un joven muy amable y animoso. Me llevó a tomar el té y después a un club de *jazz*. Lo pasamos muy bien.

—¡Qué suerte la tuya!

—¿Verdad que sí? A ti también te habría encantado. Parece que los gustos populares han empezado a cambiar. Las baladas y las canciones del viejo estilo han dado paso al charlestón, al *jazz* y a un ritmo de música distinto que llaman síncopa. Intenté aprender algunos de esos bailes nuevos, pero no tuve mucho éxito —dijo Cecily con una carcajada—. Teniendo en cuenta que Boyd tiene una pata de palo, como él la llama, lo hizo bastante bien. Pasamos una velada encantadora y al día siguiente recorrimos Londres en autobús. Ha sido un viaje estupendo.

—Te envidio. Aparte de ir a la compra, yo me paso los días encerrada aquí, descansando o cosiendo. A Johnny no le gusta que vaya a ninguna parte porque dice que tenemos poco dinero. Y, además, no le gusta esta casa.

Cecily miró la pequeña sala de estar donde estaban sentadas juntas en el sofá. No estaba particularmente bien amueblada, pues, aparte del sofá, solo tenía un sillón y una mesita de centro. Hacía bastante frío y, si andaban mal de dinero, no resultaba sorprendente que no hubiera fuego en la chimenea, pero era pequeña, práctica y estaba cerca del centro de la ciudad. Había una bonita alfombra hecha a mano y cortinas azules brillantes en las ventanas, hechas por

Merryn, que cosía muy bien. Las paredes eran blancas, probablemente también las había pintado ella.

—Veo que has trabajado duro limpiando y arreglando esta casa. Te ha quedado elegante y bonita. ¿Por qué no le gusta?

Merryn hizo una mueca.

—Dice que está muy lejos del mar y que tiene que andar mucho cuando va a buscar trabajo a los teatros. También la encuentra pequeña y sucia. Yo la he decorado con la esperanza de que llegue a gustarle. Johnny dice que preferiría vivir en nuestra casa de Gran Parade con Queenie, por ser mucho más elegante contar con servicio. Yo no deseo eso. Ahora quiero controlar mi vida, no que la dirija nuestra madre.

—Estoy de acuerdo contigo. Yo deseo lo mismo.

—Mientras estabas en Londres le han propuesto que vuelva a actuar en el Palace Theatre.

—¡Oh!, me alegro mucho. ¿Todavía la consideran una estrella?

Merryn sonrió.

—Lo es. Y tú también. La ayudé haciéndole un vestido nuevo y arreglándole el pelo, pero rehusé hacer todo lo que me exigía, como lavarle la ropa o pasar horas ordenando y limpiando su camerino. Le he recomendando que emplee a una doncella que se encargue de esas tareas.

—Yo también. También me da la lata para que la sirva —dijo Cecily con un suspiro y una risita—. Me alegra saber que ha vuelto a actuar, seguro que eso la calma un poco. Yo también intento hacerme una vida propia, con menos éxito que nuestra madre, pues todavía no he conseguido encontrar un empleo y mucho menos un hombre para casarme, como insiste ella. Aunque eso no debería preocuparme.

—A mí me preocuparía —comentó Merryn con una sonrisa débil—. A pesar de estar agotada y sentir que me falta algo, a pesar de la falta de ánimo que me hunde algunos días, a mí sí me preocuparía.

Cecily advirtió el ceño fruncido de su hermana. ¿Acaso Merryn estaba asustada por el parto o no se encontrara del todo bien?

—Lamento oír eso. Seguro que te encontrarás mejor cuando haya pasado el parto —comentó con ternura.

—Pero no me estará permitido buscar empleo después de dar a luz, algo que no había planeado hacer tan joven —dijo Merryn—. Estoy segura de que querré al bebé cuando nazca, así que entonces disfrutaré cuidando de mi familia. Solo espero que a mi esposo le pase lo mismo —añadió, con una luz de ansiedad en sus hermosos ojos de color avellana.

—Podrías encontrar trabajo más adelante, querida, y Johnny también lo encontrará. —Cecily entonces cambió de tema, porque no quería decir algo que no debiera sobre aquel cuñado al que no aprobaba—. No te creerías lo poco que me contó lady Stanford. Me habría gustado que hubiera estado dispuesta a contestar mis preguntas en vez de hacerme un montón ella.

—¡Ah, vaya! O sea que tu viaje ha sido una pérdida de tiempo, como yo temía —murmuró Merryn.

—En absoluto. —Cecily pasó a decirle lo que había descubierto Boyd sobre James Stanford y le mostró el artículo que le había dado—. Pero no ha encontrado pruebas de que ese hombre esté emparentado con nuestro padre, aunque él también desapareció. Boyd es un buen hombre y se ha ofrecido a intentar descubrir más cosas, aunque no sé cómo piensa hacerlo.

—Si lady Stanford se niega a contar la verdad, ¿por qué no le preguntamos a Queenie? Seguro que ya es hora de que acepte que tenemos derecho a saber más de la muerte de nuestro padre y de quién era.

—Eso no será fácil —comentó Cecily, sombría.

—Podemos intentarlo juntas, formamos un buen equipo.

Las hermanas se abrazaron para sellar ese acuerdo.

Cecily, sentada en el salón de la hermosa casa de Queenie en Grand Parade, sirvió una taza de café, se la tendió a su madre y comentó con calma:

—Mamá, hay algo de lo que queremos hablarte.

Queenie miró primero a una de sus hijas y después a la otra.

—No iréis a pedirme que vuelva a unirme a tu compañía, ¿verdad? He dejado claro que quiero mantener mi independencia. Todavía soy una estrella.

—Eres muy famosa y eres libre de tomar tus propias decisiones en esos asuntos, mamá. La pregunta no va de eso. Queremos saber si ya estás preparada para hablarnos más de nuestro padre. Cuándo y por qué te dejó. Qué clase de hombre era. ¿Nos quería y nos echó de menos cuando os separasteis? ¿Murió por eso? Teniendo en cuenta lo poco que nos has contado de él, nos gustaría saber más cosas.

—Por favor, dinos todo lo que puedas —le pidió Merryn.

Queenie las miró. Parecía sobresaltada por su petición.

—No tenéis derecho a exigir esa información. Puede que os resulte irritante no oír toda la historia de mi vida, pero tenéis que aceptar que no deseo recordar las tragedias que sufrí. Me angustiaría demasiado recordarlas.

Cecily le sonrió con aflicción.

—Eso lo entiendo, mamá. Yo también he perdido al amor de mi vida. Pero somos tus hijas y ahora somos adultas y estamos dispuestas a mostrarnos comprensivas y ayudarte a sobrellevar la historia triste de tu matrimonio y a entender por qué salió mal. Queremos saber si fue porque te traicionó y te hizo sufrir o si no le gustaba tu trabajo. Seguro que contárnoslo hará que te sientas mucho mejor y pondrá fin a esas horribles pesadillas que todavía padeces.

Merryn extendió el brazo y dio una palmadita a su madre en la mano.

—Escucha a Cecily. Tiene razón. Somos una familia unida y sentimos la necesidad de saber lo que le ocurrió a nuestro padre o al menos hacernos una imagen mental de él.

La mirada que les lanzó Queenie provocó un escalofrío a Cecily.

—Jamás hablaré de ese hombre.

—¿Por qué no? Lo perdiste pero lo amaste. Este tema es importante para nosotras, mamá. Si te niegas a contarnos nada de nuestro padre, tendremos que buscar esa información en otra parte.

—¡Tonterías! ¿Cómo vais a lograr eso? —preguntó Queenie con desdén.

—El año pasado conocí por casualidad a una mujer llamada lady Stanford en un mitin de sufragistas en Plymouth y ahora la he visto en Londres. Sé que tu apellido de casada era Stanford, así que me pareció buena idea preguntarle si estaba emparentada con Dean Stanford. Me dijo que no había nadie con ese nombre en su familia.

—¡Dios! ¿Cómo te atreves a hablarle de mí a alguien solo por esa coincidencia en el apellido? —La ferocidad que expresaba el rostro de Queenie resultaba perturbadora.

—Me pareció algo razonable. Cuando lo intenté de nuevo la semana pasada en Londres, donde ella daba un discurso, volvió a ignorar mi pregunta y se mostró irritada.

La expresión de Queenie solo se podía describir como una extraña mezcla de desprecio frío y pánico.

—No me sorprende en absoluto. Te prohíbo que vuelvas a hablar con esa dama nunca más.

—¿Quieres decir que te conoce?

—¡No! Estoy hablando de mi vida y mi intimidad, de tragedias que es mejor no recordar porque causan demasiada angustia. —Queenie dio un respingo y rompió en llanto—. Y tampoco me preguntéis nunca por mi esposo.

Cecily, asustada por haberla alterado, recordó lo compasiva que se había mostrado su madre cuando la había destrozado la pérdida de Ewan y se sintió muy culpable. Corrió al sofá y la estrechó en sus brazos.

—Lo siento mucho, mamá. No he tomado en consideración el efecto que tendría sobre ti el recuerdo de su pérdida, a pesar de tu desastroso matrimonio y de las pesadillas que todavía tienes a veces —dijo.

Intercambió una mirada de angustia con Merryn y se juró para sí no volver a sacar el tema de la muerte de su padre nunca más. Cruzó los dedos con la esperanza de que eso fuera posible.

Queenie dejó caer al suelo la taza de café que sostenía en el regazo, se secó las lágrimas y se levantó bruscamente.

—No debéis hablar con nadie de este tema, ¿está claro? Si lo hacéis, jamás os perdonaré semejante intromisión en mi vida personal. Eso podría romper mi corazón y a nuestra familia —dijo.

Levantó la barbilla con firmeza y se alejó. En sus ojos ya no había lágrimas, sino ansiedad y rabia. Al parecer, el tema estaba cerrado para siempre.

CAPÍTULO 25

A finales de mayo, Merryn dio a luz a una niña en un parto sorprendentemente fácil, atendido por Nan y su hermana, no fue necesario llamar a ningún doctor ni comadrona. Se sintió llena de amor y totalmente cautivada por la pequeña y miraba maravillada sus hermosos ojos azules, su pelo dorado y sus minúsculas uñas. Era una criatura adorable. Acunó a su hija en los brazos y la besó en las mejillas. Adoraba su dulce olor.

Queenie también estaba presente y expresó su alegría por tener a una nieta.

—¡Qué suerte has tenido, cariño, por haber tenido un parto tan sencillo! Yo nunca fui tan afortunada.

—Gracias a Nan —dijo Merryn. Abrazó a la niñera.

—¿Quieres que haga algo más? —preguntó esta, que ya había bañado a la niña y la había depositado en la cuna.

—No se me ocurre nada. Cecily ha dicho que se quedará aquí a ayudar.

—En ese caso, descansaré un rato. Tú deberías hacer lo mismo, pequeña. Por favor, dejadla tranquila —le pidió a Queenie. Luego miró a Cecily y le ordenó con firmeza que cuidara bien de su hermana.

—Lo haré, Nan —prometió Cecily. Y su promesa hizo que Merryn se sintiera segura y relajada. ¡Cuánto la ayudaba y la quería su hermana!

Queenie se despidió sonriente con un beso y, cuando Cecily se fue a descansar en el cuarto de invitados, Merryn se quedó dormida. Se despertó varias veces sobresaltada. Estaba deseando que llegara Johnny y conociera a su hermosa hijita. Su marido llegó unas horas más tarde, henchido de satisfacción, y anunció jubiloso que había vuelto a conseguir empleo en el Palace Theatre, gracias a la recomendación de Queenie. Abrazó y besó a Merryn.

—La vida empieza a mejorar por fin.

—Me alegra saberlo. Y yo ya he dado a luz.

—¡Ah! Por fin has traído al mundo a mi hijo. Me alegra saberlo.

—Es una niña —dijo Merryn con una sonrisa.

—¡Dios santo! Así que no has hecho lo que esperaba. Yo no quiero una hija. Para un hombre ya es bastante malo vivir con una mujer como esposa —comentó él con brusquedad. Miró con el ceño fruncido a la niña, dormida en la cuna situada al lado de la cama—. Tengo cinco hermanas menores que yo y no me interesó ninguna de bebé. Eran tan quisquillosas y exigentes que lograron que no quisiera una hija. Habría preferido un chico alegre con el que jugar al críquet y al fútbol. Deberías haberme dado lo que quería.

Al ver que él no parecía nada contento ni interesado, Merryn lo miró desesperada.

—No puedes culparme por eso —dijo—. Además, tu hija es adorable. ¿No quieres tomarla en brazos?

Johnny negó con la cabeza e hizo un gesto de desaprobación.

—Tengo cosas mejores que hacer, como practicar con la batería. —Dio media vuelta y salió de la habitación.

Merryn se echó a llorar, escandalizada porque él no hubiera mostrado deseos de tomar en brazos a la niña. Cecily debía de haber oído los comentarios cáusticos de Johnny, pues entró corriendo a consolar a su hermana con un abrazo.

—¿Por qué mi esposo rechaza a nuestra hijita? —preguntó con un sollozo.

—No te preocupes por eso, querida. Seguro que de momento solo puede pensar en que por fin tiene ya un empleo. Antes o después acabará aceptándola. ¿Cómo no va a encontrarla adorable? —La niña empezó a llorar y Cecily la tomó en brazos—. Creo que tiene hambre. ¿Cómo la vas a llamar? —preguntó cuando la entregaba a su madre para que la alimentara.

—He pensado en Josette. Me encanta ese nombre —dijo Merryn, secándose los ojos mientras intentaba poner a la niña al pecho.

—¡Qué bonito! Hola, pequeñita, encantada de conocerte, Josette —susurró Cecily.

Acarició y besó la cabecita de la niña y luego se sentó en un taburete próximo a la cama a observar cómo se alimentaba. Cuando notó que su hermana se esforzaba con ansiedad en persuadir a la niña de que empezara a succionar debidamente, la ayudó a colocarla en la posición correcta.

—Tranquila, preciosa, ya ha descubierto cómo chupar.

—Tengo mucha suerte de contar contigo, Cecily. No sé lo que haría sin ti —dijo Merryn con un suspiro.

Cuando la niña estuvo bien alimentada y volvió a quedarse dormida, Cecily ayudó a cambiarle el pañal y sonrió mientras Merryn la colocaba de nuevo en la cuna.

—Eres muy afortunada de tener a esta niña. No te preocupes por Johnny. La aceptará en cuanto se acostumbre a la idea de tener una hija en vez de un hijo. Los hombres tienen a veces reacciones raras. Lo que tienes que hacer ahora es dormir. Es lo que más necesitas después de este día frenético. Y si quieres ayuda en algún momento, toca esta campana —dijo Cecily, señalando una que había dejado en la mesilla—. Estoy ahí al lado y me quedaré encantada a ayudar todo el tiempo que quieras.

—Eso sería maravilloso, muchas gracias. —Merryn sonrió con gratitud a su hermana.

Cuando Cecily hubo salido y cerrado las puertas tras ella, Merryn dejó que las lágrimas rodaran por sus mejillas. Se sentía muy desgraciada, pero se esforzaba por consolarse, recordando la alegría que había sentido cuando Johnny había accedido a casarse con ella. No habían ido de luna de miel, pues habían pasado ya mucho tiempo fuera, en Francia. En su lugar, disfrutaban simplemente de hacer el amor sin tener que preocuparse ya por las consecuencias. Eso había tenido que terminar al final, debido al estado avanzado de Merryn. Había intentado explicarle a su esposo que ya no podía hacerlo estando tan cerca el parto. Él se había reído y no había hecho caso, pero ella había terminado por imponerse y lo había echado de su cama. Hacía ya algún tiempo que no hacían el amor. Con la niña ya nacida, ella estaría pronto en condiciones de reanudar esa intimidad, lo que seguramente restauraría la felicidad entre ellos. Y, como le había asegurado Cecily, Johnny probablemente acabaría por aceptar y adorar a su hija.

Merryn se quedó dormida soñando con todo eso y la despertó tres horas después el llanto de la niña. Se sentó en la cama, contenta de que Johnny durmiera en el sofá de la sala de estar, pues Cecily ocupaba el cuarto de invitados, y dio de mamar a Josette, operación que repitió varias veces esa noche. Empezaba a preocuparle cuánto tardaba siempre en comer la niña, pero le encantaba la sensación de tenerla en sus brazos. En una ocasión en que la niña parecía satisfecha, volvió a dejarla en su cuna y se durmió a su vez. No despertó hasta el amanecer, cuando la niña quería comer de nuevo.

Se abrió la puerta y entró Cecily sin hacer ruido.

—Buenos días. Te traigo una taza de té y un montón de pañales nuevos. Te traeré una bandeja con el desayuno en cuanto Josette disfrute del suyo.

—Gracias. Te agradezco mucho tu ayuda.

—Estoy encantada de hacer lo que pueda, al menos hasta que consiga encontrar un trabajo. Entonces cambiará mi vida.

—La mía ha cambiado ya —murmuró Merryn. Miró a su adorada hijita y sonrió de satisfacción. ¿Cómo no iba a estar feliz con su vida?

Cecily estaba tumbada en la cama del cuarto de invitados de su hermana, muy cansada y con una necesidad desesperada de dormir toda una noche seguida. Llevaba una semana subiendo y bajando escaleras, preparando y llevando comida, pañales y una serie interminable de tazas de té para Merryn, que estaba ocupada cuidando de la niña. Josette la miraba con sus ojitos azules y era tan adorable que Cecily sentía una especie de dolor en sus entrañas. Sus esperanzas de tener hijos habían muerto con Ewan.

Dar a luz debía de ser físicamente agotador. Nan había llamado al doctor para que comprobara que todo iba bien con Merryn después de un parto tan rápido. El doctor la había examinado y había dicho que la nueva mamá se encontraba bien, pero había insistido en que guardara cama algún tiempo para recuperarse del todo. Cecily había accedido encantada a quedarse a cuidar de su hermana, porque sabía lo mucho que la necesitaba y el poco apoyo que tenía con Johnny.

Oyó llorar a la niña una vez más. Lloraba desesperada. Cecily salió de la cama, se puso la bata y fue a ayudar. Merryn estaba de nuevo al borde del pánico, sujetaba a la niña en la posición incorrecta y la pequeña gritaba. No debía de ser fácil lidiar con aquello siendo tan joven. Al final, Josette se acomodó y empezó a succionar leche del pecho de su madre. Cecily le dio un beso y salió de la estancia. Cuando llegó a su habitación, le sorprendió ver a Johnny en la puerta. Por suerte, había recordado ponerse la bata. Se apretó el cinturón y se subió más el cuello.

—¿Esa condenada niña no va a dejar de gritar nunca? —preguntó con desdén.

—En este momento, tu encantadora hijita está comiendo alegremente. Los niños a veces tardan un tiempo en aprender a hacerlo bien. ¿Por qué no entras a ayudar a tu esposa y ves que Josette ya lo hace mucho mejor?

Johnny soltó un bufido.

—No es tarea mía.

Cecily le lanzó una mirada desdeñosa y pasó a su lado para abrir la puerta. Entonces él se puso delante de ella y le tocó los pechos.

—A los hombres les interesa esto por otras razones muy distintas a que den leche a los bebés.

Cecily lo abofeteó con furia.

—¡Maldito seas! ¿Cómo te atreves a tocarme así?

Johnny se echó a reír.

—Era una broma.

—Lo mismo dijiste aquella vez que intentaste flirtear conmigo. No te atrevas a repetir eso y sé más cariñoso con mi hermana. Con tu esposa.

Entró en el dormitorio, cerró la puerta con fuerza y colocó una silla debajo del picaporte para que no se abriera fácilmente. No se fiaba ni por un momento de aquel hombre estúpido. Le preocupaba mucho su querida hermana, afligida por la actitud despectiva que mostraba su marido por la niña. ¡Johnny siempre estaba dando problemas! Era casi tan irritante como el prisionero de guerra alemán y el modo en que aquellos horribles oficiales se habían comportado con ella. Solo Dios sabía por qué Merryn se había enamorado de él. A Cecily solo le quedaba esperar que él quisiera de verdad a su hermana y acabara siendo un buen esposo.

Todas las tardes, mientras Merryn descansaba un poco, Cecily pasaba horas ocupándose de su sobrina. Le encantaba abrazarla, besarla y conversar con ella, darle leche de un biberón si era necesario y cambiarle el pañal. Johnny no dejaba de repetir que ya era hora de que su esposa volviera a cuidar de él también y no solo de la niña. ¡Qué hombre tan egoísta! Seguía sin mostrar ningún interés por su preciosa hija y sin ayudar a su esposa. Era como si la razón para casarse con ella hubiera sido tener a alguien que lo cuidara y le ofreciera sexo regularmente. Y Cecily temía que no hubiera dejado de flirtear. Mantenía la puerta de su cuarto bien cerrada y lo esquivaba siempre que podía. ¿Acaso exageraba? Sus pensamientos más oscuros se aligeraban un poco cuando recordaba lo mucho que Merryn amaba a Johnny y que a veces parecía un poco angustiada.

Como era responsable de la cocina, se levantaba temprano para preparar el desayuno, después de haberse levantado también algunas veces a ayudar a Merryn durante la noche. En aquel momento oía llorar a Josette porque quería comer. Se vistió rápidamente, se echó agua fría en la cara de la jarra que había sobre la cómoda y corrió abajo a poner agua a hervir. Estaba agotada y la irritó ver a Johnny durmiendo a pierna suelta en el sofá, después de haber llegado tarde esa noche, como de costumbre. Una hora después, cuando Josette ya había comido y Cecily había llevado arriba la bandeja con el desayuno de Merryn, él entró en la cocina como una tromba, con el rostro rojo de rabia y la encontró lavando pañales.

—¿Dónde está mi desayuno? ¿Por qué no me has llamado? —dijo.

Cecily le lanzó una mirada mordaz y señaló el horno con la cabeza.

—Ahí dentro hay beicon y huevos. Sírvete. Creía que sabías que había hecho el desayuno y que me habías oído subir y bajar. No es culpa mía que te quedes dormido.

—¿Y cómo no voy a quedarme dormido si trabajo hasta tarde todas las noches? —gruñó él. Sacó el plato del horno y la miró con furia—. No está caliente.

—Pues si no está satisfecho con mi modo de cocinar, milord, me despediré ahora mismo —comentó ella con burla.

—¡Oh, cállate! —gruñó él. Se sentó a la mesa de la cocina y empezó a comer con rapidez. Minutos después, apartaba el plato vacío—. No estaba bueno, pero tenía hambre. Procura que la cena sea mejor.

Cecily lo miró con los brazos en jarras y soltó una risita sardónica, aunque por dentro hervía de furia.

—Haré lo que pueda, señor. Es sorprendente lo bien que aprendo a cocinar teniendo en cuenta que no lo había hecho nunca, señor. Y lo mal pagado que está, señor.

—¡Deja de decir tonterías! ¿Por qué te van a pagar si estás aquí para cuidar de tu hermana? No te rías. Vuelve a los pañales o tendrás que estar horas lavándolos. También tienes que lavar y planchar mis camisas y hay más trabajos pendientes: limpiar las alfombras y las ventanas, fregar el suelo de la cocina, barrer, limpiar el polvo y muchas cosas más.

—¡Cielos! No me extraña que Merryn necesite tanto descanso. ¿Y qué harás para ayudarla cuando se sienta capaz de hacer todos esos quehaceres domésticos?

Su cuñado soltó un bufido.

—Se las arreglará perfectamente en cuanto se acostumbre a cuidar de la niña. Yo cumpliré con mi deber trabajando todas las noches, eso es lo que hacemos los hombres. Tú recibes dinero de Queenie, así que no tienes que trabajar ni volver a cantar nunca más. Eres afortunada.

—Pretendo actuar de vez en cuando, aunque no sea en el Pier ni en un teatro grande, y espero encontrar algo. Entretanto, como tengo tiempo libre, me encanta ayudar a mi hermana.

—Merryn tampoco tiene que actuar más y, ahora que se ha recuperado plenamente, debería ocuparse ella de los quehaceres domésticos. Ya no necesita tu ayuda. Es perfectamente capaz de cuidar de la niña y de mí, su adorado esposo, así que puedes irte en cuanto termines estas tareas. No deseo que estés al cargo de ella ni que te entrometas en nuestra relación.

Cecily se volvió con rabia, sabiendo lo débil que estaba Merryn, pero sabedora también de que era inútil discutir con él por ese tema. Era un hombre terco y condescendiente. Cecily sospechaba que solo había accedido a casarse con su hermana porque su madre tenía dinero. Durante la guerra había insistido en muchas ocasiones en que los hombres tenían que estar al cargo de las mujeres e instruirlas sobre lo que tenían que hacer. Daba la impresión de que empeoraba en ese aspecto, y eso implicaba que Merryn necesitaba más protección. Cecily se arremangó y siguió batallando con el lavadero y los pañales antes de fregar con furia el suelo de la cocina.

—¿Te puedes creer que tu esposo me ha ordenado que me vaya? —le dijo a Merryn cuando la ayudaba a bañar a Josette.

Como su hermana no contestaba, la miró y vio que tenía el rostro tenso. Tardó un rato en contestar.

—Quizá tenga razón —dijo al fin cuando sacó a la niña para secarla—. Ya estoy mejor y seguro que puedo arreglármelas sola.

—Pero es un egoísta. Espera que haga yo todos los quehaceres domésticos sin echar una mano jamás —repuso Cecily, que tuvo que reprimirse para no comentar que había sentido la necesidad de cerrar bien la puerta de su habitación.

—Soy su esposa. ¿Por qué no voy a hacerlo yo, si ya me he recuperado del nacimiento de Josette? Te agradezco toda tu ayuda, pero ahora creo que es más apropiado que pase tiempo con mi querido esposo en vez de contigo, mi hermana. En el pasado intentaste convencerme de que no me casara con él, probablemente porque resentías que hubiera dejado de coquetear contigo y la mala opinión que tienes de él no me ayuda nada.

Cecily se sintió desolada al oír aquello. Pensó que se había excedido al hablar así a Merryn. El sarcasmo de Johnny había dejado claro por qué no debería esperar que él echara una mano y por qué debería tolerar sus caprichos y sus faltas. La había acusado de entrometerse y, sorprendentemente, su hermana estaba de acuerdo. Cecily intentó convencerse de que era verdad que interfería con su relación. Merryn estaba casada y tenía derecho a tomar sus propias decisiones. Se sonrojó de consternación y pensó que empezaba a haber distancia y frialdad entre ellas.

—Lo siento, querida. Probablemente tengas razón. Puedo dedicarme a buscar empleo y tú debes sentirte libre de organizar tu propia vida.

—¡Exacto! Pues venir a verme alguna vez, cuando Johnny esté ocupado ensayando.

—Lo haré. Y tú puedes venir a verme siempre que quieras. Toma un tranvía, no son caros. Nos vemos en un día o dos, cariño —dijo Cecily.

Se despidió, preparó su bolsa y, esforzándose por sonreír y sin hacer ningún comentario más sobre el adorado esposo de su Merryn, se marchó en silencio sin que la abrazara su hermana. Había cuidado encantada de ella y de su sobrina y en parte se sentía aliviada por no tener que seguir en aquella casa con aquel hombre horrible, pero también le causaba mucha ansiedad dejar a su hermana.

CAPÍTULO 26

En las semanas siguientes a su marcha, Cecily fue a nadar todas las mañanas, pues sentía la necesidad de hacer ejercicio y de vez en cuando se acercaba a visitar a su hermana. A veces se ocupaba de la niña mientras Merryn se encargaba de las tareas domésticas y otros días iban a comprar juntas y a Cecily le encantaba empujar el cochecito. Aunque disfrutaba estando con su hermana, seguía habiendo cierta distancia entre ellas y ya no se atrevía a preguntarle por su matrimonio ni por su esposo. Desde luego, Merryn parecía más madura, callada e independiente. A Cecily solo le quedaba esperar que le fuera cada vez mejor.

En cuanto a ella, en parte estaba cada vez más frustrada y aburrida. No había conseguido encontrar un empleo decente y había perdido muchos amigos. La mayoría de los chicos que había conocido ya no estaban y muchas de sus amigas estaban viudas y ocupadas con sus hijos. También había perdido a los hombres a los que había amado o de los que se había encariñado. Teniendo en cuenta los pocos hombres que había, se veía solterona, una mujer que nunca tendría la suerte de ser madre ni albergaba ninguna esperanza de casarse. Boyd era el único amigo que le quedaba, pero ¿volvería a verlo? Esperaba en secreto que fuera un día a visitarla.

Creía firmemente que era mucho más seguro permanecer soltera. El sueño de un matrimonio feliz había desaparecido hacía tiempo de su mente, reemplazado por el deseo de explorar la posibilidad de construirse su propio futuro y disfrutar de cierta seguridad económica, alejada de hombres dominantes. Cada vez había más mujeres solteras autosuficientes y ella tenía que esforzarse por ser una de ellas. Había un límite al tiempo que podía depender de los fondos que le proporcionaba su madre. Desesperada por conseguir su independencia y buscar su propósito en la vida, decidió investigar cómo podía desarrollar una carrera nueva. No parecía fácil decidir si debía seguir cantando o buscar algún otro tipo de empleo.

Al menos era libre de tomar sus propias decisiones, cosa que deberían poder hacer todas las mujeres. Las que habían trabajado en los tranvías durante la guerra y habían conservado el empleo estaban en huelga para pedir el mismo aumento de sueldo que los hombres. Había habido obreras en huelga en Londres, así que ¿por qué no podían hacer lo mismo las mujeres en Plymouth? Merecían los mismos derechos. A Cecily se le ocurrió que, después de haber estado participando con el movimiento sufragista tanto tiempo, podía intentar ayudarlas en esa lucha.

—¿Estáis consiguiendo solucionar vuestro problema? —le preguntó a Sally Fielding, una de sus antiguas compañeras de trabajo en los tranvías. Unas cuantas estaban de pie en Old Town Street, mostrando carteles que decían «¿La casa es el lugar de la mujer?» o «Creemos en la igualdad»—. Entiendo que no me devolvieran a mí mi trabajo en el tranvía después de haber estado tanto tiempo ausente, pero las que trabajasteis durante toda la guerra, deberíais tener ese derecho.

—Por supuesto que sí —asintió Sally—. Nos acusan de tener menos fuerza y más problemas de salud que los hombres. Eso es una absoluta tontería. El condenado gobierno nos trata como a siervas. Hicimos nuestro trabajo mientras duró la guerra, pero ahora nos echan para reemplazarnos por hombres a los que consideran más habilidosos. Las mujeres hemos trabajado muy duro y lo hemos hecho bien. Creen que somos menos productivas, lo cual, definitivamente, no es verdad. Y, desde luego, tenemos derecho al mismo salario.

—¿Os habéis afiliado a algún sindicato? —preguntó Cecily.

—Claro que sí. Cuando nos registramos para trabajar en la guerra, ¿por qué no íbamos a buscar protección? Durante la guerra, el propio Comité Nacional de Trabajadores de Emergencia nos envió un folleto en el que nos recomendaba que nos afiliáramos.

—¿Y estáis dando fondos a las mujeres que están en huelga y no cobran?

—No muchos —contestó Sally con una mueca.

—Pues ayudaré con eso —dijo Cecily.

Permaneció con ellas el resto del día. Se quitó una bota y fue mostrándosela a los peatones, al tiempo que les pedía un donativo de ayuda. Cuando cayó el atardecer, entregó una buena suma de dinero a Sally.

—Intentaré reunir más mañana —dijo—. ¿Cuánto tiempo durará esta huelga?

—Quizá solo un par de días más esta semana. Después, si no llegamos a ninguna parte, seguiremos la próxima semana.

—Yo estaré a vuestro lado —prometió Cecily.

Todos los días pasaba horas ayudando a más mujeres tratando de recaudar dinero para ofrecerles algún ingreso, pues mientras estaban en huelga no cobraban. Eso le producía satisfacción y le daba un objetivo nuevo en la vida. A pesar de los problemas que tenían esas mujeres, Cecily echaba de menos el trabajo que había hecho durante la guerra y la oportunidad de mostrar su talento. Escribió una carta breve a Boyd para contarle la satisfacción que sentía al ayudar a aquellas mujeres. También lo echaba mucho de menos a él.

—¿Puedo hacer algo más para ayudar? —le preguntó a su amiga Sally.

—Sí, podrías escribir un artículo para el periódico describiendo nuestros éxitos y por qué merecemos cobrar la misma gratificación que están dando a los hombres trabajadores por haber trabajado durante la guerra.

—Lo intentaré —prometió Cecily.

Escribió largo y tendido sobre cómo habían trabajado muchas mujeres durante la guerra con municiones, con el carbón, el gas y los suministros eléctricos, en fábricas, medios de transporte y oficinas.

Por todo ello, esta guerra supuso una revolución. Ahora las obligan a volver al servicio doméstico y a las que siguen trabajando les recortan el sueldo hasta los reducidos salarios que recibían antes de la guerra, no se lo suben como es el caso con los hombres. Si las mujeres hacen el mismo trabajo con el mismo resultado, deberían cobrar el mismo sueldo. Ninguna mujer debe de cobrar menos de lo que necesita para vivir y el regreso de los hombres a esos trabajos no debería destruir la vida de las mujeres. Muchas han perdido a sus esposos y ahora tienen que criar a sus hijos solas. Para poder ofrecer un buen futuro a sus seres queridos, tienen que permitirles conservar su puesto o darles un trabajo alternativo. Por favor, apoyen a estas mujeres trabajadoras y desfavorecidas.

Llevó copias del artículo a todos los periódicos locales de Plymouth, Devonport y más allá. Como la huelga continuó la semana siguiente, siguió recogiendo donativos para ayudar a las mujeres que necesitaban ingresos. Visitó iglesias, el Hoe, donde descubrió que siempre había gente que simpatizaba con la causa, quizá por estar cerca del monumento en memoria de la guerra. Visitó también el Pier, teatros y campos de fútbol. A la semana siguiente, se alegró al ver su artículo en carteles, así como también en varios periódicos y revistas. Semanas después, los jefes de los tranvías aceptaron un sueldo mínimo igual para las mujeres.

—¡Hemos triunfado! —gritaron todas.

—Y gracias por conseguirnos fondos para evitar que nos muriéramos de hambre durante la huelga —dijo Sally. Le dio un abrazo.

Cecily sonrió.

—Ha sido un placer ayudar y me alegro de vuestro éxito.

De nuevo se encontró sin saber qué hacer. Después de haber ayudado a las mujeres huelguistas, a los soldados y a su querida hermana, Cecily tenía muchas ganas de construirse una vida. Todavía le gustaba cantar y había visitado muchos teatros en Plymouth, Devonport y otras ciudades próximas, pero no había recibido ninguna oferta. Sí había tenido ocasión de actuar alguna vez en el intermedio en un cine y alguna que otra noche en un hotel pequeño. No había ganado mucho dinero con nada de eso, por lo que debía buscar algo mejor.

Se puso un elegante vestido de color lavanda y decidió ir a dar un paseo por el Hoe y llegar hasta el Pier. Oyó música y se acercó al Pavilion. Era un adorable día de julio, brillaba el sol y la gente nadaba, reía y se divertía. Casi sintió el impulso de nadar también, le encantaba nadar. Miró la torre Smeaton y el monumento en memoria de la guerra, lleno ya de nombres de hombres caídos y pensó en la angustia de la guerra y lo contenta que estaba de que hubiera terminado por fin.

¿El director del Pavilion se interesaría por ella? Poco después de volver de la guerra, le había enviado una nota pidiendo una audición, pero no había obtenido respuesta. Según su madre, habían cambiado de director y quizá eso pudiera ayudarla. Era improbable que Queenie pusiera pegas a que su hija volviera al escenario, como sí había hecho en el pasado. Cecily apartó esa posibilidad de su mente y le preguntó a la oficinista si podía hablar con el director. La mujer fue a buscarlo y él escuchó respetuosamente a Cecily explicarle que había actuado durante los últimos dieciocho meses de la guerra.

—¿Cree que podría darme la oportunidad de cantar aquí? —preguntó—. Seguro que sabe que mi madre es una estrella. Ha vuelto a actuar en el Palace Theatre, así que estoy segura de que deseará que trabaje aquí.

El director la miró perplejo.

—No creo que eso importe mucho.

—En otros tiempos le importaba muchísimo. —Cecily sonrió—. Gracias a la guerra, ahora puedo ofrecer muchas canciones buenas.

—¿En serio? Me temo que el espectáculo y las canciones que ofrecía a las tropas no serían bien recibidos ahora. ¿Tiene canciones nuevas que ofrecer?

Cecily respiró hondo y comprendió que había vuelto a cometer un error. ¿Acaso no les había ocurrido lo mismo hacía unos meses, la última vez que habían intentado actuar como una compañía en el club nocturno? Esa podía ser la razón de que no hubiera recibido ofertas desde entonces. En ese momento interesaban canciones alegres y triviales, el *jazz* y el cine mudo en los cines, cada vez más populares. En el intermedio tocaba un pianista y a veces lo acompañaba una cantante, como hacía ella en ocasiones. Los conciertos al viejo estilo ya no interesaban, se llevaban más las actuaciones alegres y un poco subidas de tono. ¿Por qué no se le había ocurrido crear un repertorio nuevo? Probablemente porque había estado ocupada cuidando de Merryn, de Josette y ayudando a las mujeres en huelga.

—Estoy segura de que puedo ofrecerle lo que desea —se apresuró a decir. Al ver que él volvía su atención a una carpeta que llevaba y empezaba tomar notas, le resultó evidente que no estaba nada interesado—. ¿Harán audiciones en algún momento? —preguntó.

—Tenemos muchos artistas disponibles, gracias. Por el momento no busco más. —Y se despidió con una inclinación de la cabeza y se volvió para marcharse.

Cecily corrió tras él.

—Lamento oírlo. Estoy desesperada por encontrar trabajo. ¿Sabe de alguna compañía que busque nuevos artistas?

El hombre se detuvo a mirarla. Al ver la ansiedad que reflejaba el rostro de ella, sonrió comprensivo.

—Siempre puede pedir trabajo a bordo de un crucero. Suelen necesitar artistas nuevos.

—¿De verdad? No se me había ocurrido. Lo pensaré. —Cecily le dio las gracias y se alejó despacio.

Pensó en lo que le había dicho aquel hombre. ¿Sería apropiado que volviera a viajar? Echaría de menos a Merryn, pero su hermana se había recuperado bien y estaba decidida a vivir su vida con un hombre que a Cecily no le gustaba y con su hija encantadora. ¿Por qué no hacer algo emocionante con su vida? Le gustaba mucho Plymouth. Era una ciudad llena de vida, con regimientos acuartelados en la Ciudadela Real, muchos de ellos marineros, y había muchos *pubs* y prostíbulos para entretenerlos. Después de haber pasado su primera juventud en internados y de haber soportado docenas de lugares caóticos durante años, algo que siempre le había costado sobrellevar, había sido una bendición ir a vivir allí. Creía que su madre solo había estado dispuesta a mudarse allí después de haber muerto su padre y su madre, una reacción triste y extraña. Cecily apartó eso de su mente y empezó a componer canciones para sí misma, pues sentía la necesidad de un cambio drástico en su vida.

Cuando tuvo unas cuantas canciones que le gustaban, volvió a ver al director del Pier y le preguntó si podía recomendarle una compañía que valiera la pena probar. Él le entregó la dirección de Cruceros Carabick.

—La industria de los cruceros vuelve a estar activa ahora que ha terminado la guerra —le explicó—. Hay unas cuantas compañías que se dedican a eso, pero empiece por esta. Tienen clase, son elegantes y eficientes y pequeños, sus cruceros viajan de Portsmouth a Córcega, Cerdeña, Malta, España, Grecia y otros rincones del Mediterráneo. Pueden llamarme a mí si le piden referencias. Y si no la aceptan, Cecily, venga a verme de nuevo y trataremos de ver lo que puede hacer con nosotros aquí en el Pier.

—Muchas gracias —repuso ella, sorprendida por aquella posible oferta.

Pasó los días siguientes corrigiendo y ensayando las canciones nuevas que había compuesto, así como también aprendiendo baladas clásicas que no tuvieran nada que ver con la guerra. Tras haberse convencido por fin de que seguía siendo una buena artista, escribió una carta a Cruceros Carabick y dio un beso de esperanza al sobre antes de echarlo al correo. ¡Oh, qué ganas tenía de que le hicieran una oferta!

CAPÍTULO 27

Merryn estaba encantada con su adorable hijita, pero echaba de menos la ayuda de su hermana, pues la mayoría de los días Cecily solo les hacía una visita corta. El interés de Johnny por su hija seguía siendo nulo y no ayudaba nada. Su actitud hacia su esposa tampoco era muy considerada y siempre estaba pidiendo sexo. Merryn había intentado explicarle por qué no podía hacerlo todavía, pues aún estaba dolorida y cansada y seguía sangrando.

—Lo siento, amor mío. Lo haremos pronto —le prometía.

Desde la marcha de Cecily había vuelto a su cama y exigía que ella sucumbiera a sus deseos. Una noche apartó las mantas y gritó:

—Levántate y desnúdate. Sí, sé que dices que aún no estás recuperada, pero al menos podrás darme el placer de verte desnuda. Eres una artista y ya es hora de que me entretengas a mí.

—No creo que te gustara verme en este momento. Sigo un poco gorda después del embarazo, tengo estrías y sufro otros problemas —contestó ella con una sonrisa tímida. No quería mencionar que creía que tenía una infección y que sus pechos estaban hinchados y doloridos.

—No seas ridícula. La niña tiene ya casi un mes. ¿Cuál es el problema? —Johnny la sacó de la cama, le quitó el camisón, se desnudó a su vez y se tumbó en la cama a mirarla mientras se acariciaba el miembro—. Muévete un poco y baila.

Avergonzada, Merryn se esforzó por hacer lo que su marido le decía, aunque nunca había hecho nada parecido.

—Levanta los brazos, abre mucho las piernas y adelántate hacia mí.

—¡Oh, por favor, no, Johnny!

—¡Haz lo que digo! —rugió él, dándole un empujón.

Merryn cayó al suelo, estremeciéndose de vergüenza y sintiéndose culpable por haberse negado a hacer el amor con él. Johnny tiró de ella para levantarla y Merryn hizo lo que le ordenaba. Entonces Josette empezó a llorar, asustada por los gritos de su padre. Merryn corrió hacia la cuna, pero Johnny saltó de la cama y la agarró. Le pasó las manos por el cuerpo y acarició no solo sus pechos hinchados, sino también las partes íntimas, que seguían doloridas después del parto. Josette lloraba más alto que nunca y Merryn se esforzaba desesperadamente por apartarlo. ¿Por qué no entendía la responsabilidad que conllevaba cuidar de una recién nacida y el dolor que suponía el parto? Su marido hacía gala de un apetito sexual insaciable y no mostraba ningún respeto ni comprensión por lo que ella había pasado.

—Por favor, suéltame. Josette me necesita.

—Yo también y soy mucho más importante que esa niña —dijo él. Le apretó los pechos con tanta fuerza que ella gritó de dolor. A continuación, con un ruido sordo de excitación, la echó sobre la cama y la penetró sin molestarse en darle un abrazo ni un beso.

Merryn olía el alcohol en su aliento y oía sus jadeos y gruñidos. Johnny no mostró ni la más mínima señal de afecto por su mujer, que se sentía traumatizada y violada. Cuando salió de ella, se quedó dormido casi al instante, Merryn se puso el camisón, tomó a Josette en brazos y corrió abajo a darle de comer a la niña y cambiarle el pañal, pero también a lavarse, consciente de que un chorrillo de sangre corría por sus muslos y las lágrimas rodaban por sus mejillas. ¿Por qué había sido él tan exigente? ¿Le fascinaba poseerla y quería tratarla como a una esclava obediente y sumisa? ¿O simplemente quería pruebas de que ella lo seguía amando? Si era así, ella había hecho mal en ignorar las necesidades sexuales de él solo por su estado. ¿Acaso ella no había disfrutado siempre haciendo el amor con él y siempre había esperado que él fuera comprensivo con ella? En vista de eso, tenía que intentar ser mejor esposa y alentarlo a convertirse en un padre cariñoso.

Encantada por haber recibido una carta amable de Boyd, en la que elogiaba con admiración los esfuerzos que había hecho por las mujeres en huelga, a Cecily se le metió en la cabeza ir a visitarlo. Como sabía que a él también le gustaba la música, quería conocer su opinión sobre las canciones que había compuesto. Le escribió una nota breve para decirle que sentía la necesidad de volver a Londres, pues no quería confesar el motivo hasta que llegara el momento oportuno. La ilusionó mucho que él contestara enseguida diciéndole que iría a esperarla a la estación de Paddington.

Cecily se puso una falda larga de cuadros azules, blusa blanca, chaqueta a juego y un sombrero de ala ancha sobre su cabello castaño. Quería resultar atractiva. Llevaba un bolso y una sombrilla de verano para protegerse del sol y se alegró mucho de verlo. Boyd estaba elegante y atractivo, con un traje gris claro, un chaleco de rayas y un sombrero canotier. Y una amplia sonrisa de bienvenida en el rostro.

Cuando empezaron a caminar por la ciudad, entre ellos se hizo un silencio, aunque su atracción mutua resultaba evidente en el modo en que él la miraba y le tomaba la mano al cruzar una calle. Ese contacto producía un remolino de emoción en Cecily.

—¿Adónde quieres ir? Podemos visitar Spitalfields Market, el teatro Princes o la Gaiety. O simplemente dar un paseo por St.

Jame's Park. Asumo que te hospedas en el hostal y te acompañaré allí cuando desees. Aunque, si no te apetece ese lugar incómodo, también puedes quedarte en mi apartamento.

Había algo en sus ojos castaños aterciopelados que la excitaba, pero el instinto le advertía de que no aceptara. Aquella oferta era demasiado tentadora y peligrosa. ¿No se había complicado la vida cuando le permitió a Louis que le hiciera el amor sin estar enamorada? ¿Y podía estar segura de lo que sentía Boyd por ella, por no hablar de lo que sentía ella por él? Negó suavemente con la cabeza.

—Me hospedaré en el hostal, gracias, pero no deseo ir allí todavía, un paseo por el parque me parece muy buena idea.

Con el sol brillando en el cielo azul, dieron un paseo maravilloso y después disfrutaron de un almuerzo delicioso. El placer de su proximidad calentaba el cuerpo de la joven como si fuera fuego mientras charlaban animadamente. Cecily se preguntó si no debería mencionar ya el motivo de su visita, pero en vez de eso, comentó que había esperado que él visitara Cornwall.

Boyd la miró de soslayo y sus labios se curvaron en una sonrisa seductora.

—Sí, consideré buscar un empleo en Plymouth, pues deseaba verte más y confiaba en poder quedarme con mi tía, tu Nan, hasta encontrara una casa, pero me escribió diciéndome que a tu madre no le gusta tener invitados y sentí que no debía ir.

Cecily soltó una risita, encantada de su interés por ella y comprendiendo la razón de Nan para sostener eso en su carta.

—Eso no es totalmente cierto. A Queenie le gustan demasiado los hombres jóvenes. Nan solo quería protegerte de caer en sus redes.

Boyd soltó una carcajada.

—En ese caso, más vale que me hospede en un hostal juvenil para estar seguro, como haces tú aquí.

—Siempre serías bienvenido. ¿Has encontrado trabajo como periodista?

—No, no he conseguido encontrar empleo en ningún periódico de Londres. Antes trabajaba con mi padre en el Spitalfields Market, transportando cosas, pero me alisté en el ejército cuando era muy joven, así que no tengo los conocimientos necesarios. Mi tía me dice que vaya a Bournemouth y mi madre desea desesperadamente que trabaje con ella en su posada. Como bien sabes, yo no quiero hacerlo y, teniendo en cuenta que piensa jubilarse pronto, ¿para qué voy a hacerlo si seguramente terminará viviendo con su hermana?

—¿De verdad? ¡Oh! La echaremos mucho de menos.

—Seguro que sí. ¿Tú has conseguido trabajo?

Cecily se sintió extrañamente aliviada por la falta de empleo de él, pues eso la llenaba de esperanza de que pudiera ir a Cornwall, aun en el caso de que Nan se jubilara y se marchara.

—He actuado alguna vez en un cine y en un hotel, pero no me han ofrecido nada a largo plazo. —Cecily pasó a explicarle la sugerencia del nuevo director del Pier de que podía intentar trabajar en un crucero—. Además de cantar, me gusta viajar, pero como nuestra *troupe* está muerta y Merryn no puede acompañarme, no es una decisión fácil irse sola. Sin embargo, tendré que decidirlo pronto. El mundo ha cambiado y siento la necesidad de hacer algo con mi vida.

—¿Y te imaginas trabajando en un crucero?

—Ya he escrito a Cruceros Carabick y espero que me hagan una oferta —confesó ella con suavidad.

Boyd sonrió.

—Me alegra saberlo. Si tienes éxito y consigues un empleo en un crucero, ¿cantarás las mismas canciones que cantabas durante la guerra?

—No. Ahora se consideran desfasadas. —Cecily hizo acopio de valor y sacó sus partituras del bolso—. La verdad es que he compuesto unas cuantas, pero no sé si son buenas. Confiaba en que tú me dieras tu opinión.

Boyd parecía fascinado mientras las leía.

—Me encantaría oírte cantarlas. Mi apartamento es pequeño y está en una zona muy poblada de la ciudad, no se parece nada a tu hermosa casa de Plymouth, pero agradezco al ayuntamiento haber podido acceder a su alquiler, porque hay escasez de viviendas y tengo que vivir con mi pensión de guerra. Además, allí tengo un piano. ¿Quieres venir a cantar para mí antes de desaparecer en el hostal?

Cecily parpadeó encantada.

—¿Tienes un piano? ¡Qué maravilla! ¿Quieres decir que eres pianista?

—No soy un virtuoso, pues mis padres solo pudieron pagarme unos años de clases cuando les supliqué que me compraran un piano, pero estaré encantado de hacer lo que pueda. ¿O tienes tú un piano y sabes tocar también?

Cecily se echó a reír.

—Sí, aunque nunca he tocado en público porque no me considero lo bastante buena, pero toco para mí siempre que compongo y ensayo sola y estaría encantada de cantar para ti si te apetece escucharme.

—Claro que sí.

Cecily se sentó al piano en la pequeña cocina-sala de estar de Boyd. El apartamento no tenía muchos muebles, solo un par de sillas y una mesa, pero estaba limpio y ordenado. Boyd se sentó en silencio a escuchar mientras ella se concentraba en cantar una de sus canciones favoritas, no una de las que había compuesto ella. *How Ya Gonna Keep 'Em Down on the Farm After They've Seen Paree* («Cómo vas a hacer que se queden en la granja después de haber visto París»).

Cuando terminó, él aplaudió con ganas.

—Me encanta esa canción. Es muy popular y muy divertida. Cantas muy bien y estoy impresionado de que puedas también tocar el piano, que lo haces de maravilla. ¿Puedo tocar ahora para ti?

—Por favor, hazlo —dijo ella.

Se levantó para cederle el taburete y le entregó una partitura. Cuando Boyd empezó a tocar, Cecily vio enseguida que era muy bueno. Empezó a cantar.

> Cuando te hayas ido dejándome llorando,
> cuando te hayas ido, no se podrá negar
> que estarás triste y apenado y
> que echarás de menos a la mejor amiga que has
> tenido jamás.

Cuando terminó de cantar, aplaudió.

—Has tocado muy bien. Estoy muy impresionada.

—Esta canción también me gusta —dijo él con una sonrisa—. ¿Puedo tocar ahora una de las que has compuesto tú?

Pasó la siguiente hora tocando él esas canciones y Cecily cantándolas. Para alegría suya, él a veces cantaba con ella, en los lugares donde resultaba apropiado. Eso le gustó mucho.

—¡Madre mía! Sabes cantar además de tocar.

—Lo hago en pocas ocasiones, pero me alegra que te guste cómo toco —dijo él.

Se frotó la barbilla y guardó silencio. Cecily temió que fuera a criticar sus canciones, sabía que a ella le dolería.

—Tus canciones tienen un ritmo bueno y letras interesantes —dijo él—. Si recibes una oferta de la compañía del crucero, ¿podría unirme a ti?

Cecily lo miró atónita.

—¡Santo cielo! ¿Quieres decir que deseas trabajar conmigo?

Boyd asintió con una sonrisa encantadora.

—¿Por qué no? Siempre, claro, que creas que toco lo bastante bien. Una aventura así me resulta irresistible y sabes cómo adoro toda la música, no solo el *jazz*.

MUJERES EN EL FRENTE

—¡Oh, eso sería maravilloso! Si me ofrecen un empleo, acepto el trato —dijo ella.

Extendió el brazo para estrecharle la mano, pero él le puso las manos en las mejillas y le dio un beso cargado de ternura. A Cecily se le aceleró el corazón. Le encantó el sabor y la presión de la boca de él en la suya. Sintió la caricia de sus dedos en las mejillas y la embargó una oleada de deseo. Se separó con gentileza, sonrojada de excitación.

—Tengo que irme. Debo llegar al hostal antes de las nueve y mañana tengo que tomar el tren para casa. Me pondré en contacto contigo en cuanto me contesten.

Unos días después, para su alegría y su sorpresa, le llegó una respuesta. Le ofrecían la oportunidad de ir a una entrevista y hacer una audición la semana siguiente. Envió rápidamente una postal a Boyd dándole la noticia y después se lo contó a Merryn, a la que le contó también que quizá la acompañara el sobrino de Nan. Su hermana la escuchó atónita. Le apretó la mano.

—Cantar en un crucero debe de ser muy divertido. Espero que te vaya muy bien, aunque te echaré mucho de menos.

—Y yo también a ti. Espero que continuemos tan unidas, querida.

—Por supuesto que sí.

—Y si me decido a embarcarme en el crucero, ¿puedo dar por supuesto que estás bien asentada y contenta en un matrimonio feliz?

—Sí —contestó Merryn. Se volvió a hacerle cosquillas en la cara a Josette, que estaba tumbada en su cochecito, evitando así responder a la cálida sonrisa de Cecily.

—Me alegra saberlo —dijo Cecily. Abrazó a su hermana y besó a Josette—. Eres muy afortunada de tener esta niña encantadora. Ahora necesito desesperadamente buscar en mi armario un vestido apropiado para la audición. Por favor, ayúdame a encontrar uno.

271

Merryn eligió para ella un vestido elegante de seda verde pálido hasta el tobillo, al que añadió un cinturón ancho amarillo limón y tirantes a juego adornados con una pequeña fila de florecillas. Cuando se reunió con Boyd en Plymouth para ir a la prueba, Cecily quedó gratamente impresionada al verlo ataviado con un frac, un chaleco blanco, camisa y pajarita, todo al parecer alquilado. Ambos iban muy bien vestidos al estilo clásico.

—Estoy intentando controlar los nervios —confesó él cuando se sentaron a esperar a que los llamaran.

—Estás muy atractivo.

—Y tú muy hermosa, como siempre —repuso él.

Cecily se sonrojó de placer. Había tantas personas que iban a participar en la audición que casi perdió la esperanza. Sentía pánico escénico, algo poco habitual en ella, pero desapareció en cuanto Boyd empezó a tocar y ella a cantar una de sus canciones, *My Life is a Bliss* («Mi vida es una bendición»). Recibieron aplausos y comentarios elogiosos por tratarse de una canción nueva y haberla interpretado muy bien los dos. Para alegría de Cecily, más tarde los llamaron al despacho del director y enseguida les ofrecieron un empleo. Segundos después firmaron un contrato y les dieron instrucciones de dónde y cuándo tenían que partir y lo que se esperaba de ellos. Los llevaron a un camerino, donde les tomaron medidas para hacerles ropa.

—Si Merryn pudiera venir con nosotros, sería muy divertido —dijo ella, cuando se sentaron a charlar en una mesa de un café.

—Nosotros también nos divertiremos —le prometió Boyd—. Le he dejado claro al director que necesitamos camarotes separados. Creía que estamos casados.

Cecily lo miró a los ojos con anhelo. ¿Por qué lo deseaba? Se estremeció de deseo y le dedicó una sonrisa llena de encanto.

—Estoy encantada de que te hayas unido a mí —dijo—. Será mucho mejor que viajar sola.

CAPÍTULO 28

Merryn estaba sentada con Cecily en el café del Pier, como tanto le gustaba hacer, con la niña en sus brazos. Escuchó la maravillosa noticia de su hermana de que el sobrino de Nan y ella habían sido contratados como artistas de un crucero. Sus ojos se llenaron de lágrimas, pero asintió con una sonrisa.

—Me alegro mucho por ti, querida. ¡Oh, cómo me gustaría ir también! Pero, ahora que soy una mujer casada con una niña, no puedo hacerlo, a menos que Johnny accediera a unirse a ti, cosa que no hará.

—No, ya no tiene interés en la *troupe*.

—Me pareció un error por parte de Queenie y de él poner fin a nuestra pequeña compañía, teniendo en cuenta todo lo que pasamos juntos durante la guerra en Francia. Nosotras no podíamos hacer nada y, por suerte, los dos empezaron a trabajar de nuevo en el Palace Theatre, lo cual es algo bueno.

—Yo los comprendo. ¿Por qué no iban a hacerlo?

—Johnny está tan ocupado que pasa menos tiempo en casa que antes.

—¡Oh, vaya! ¿Eso es un problema?

—No, no. Me alegro de que le vaya tan bien y, como también estoy muy ocupada con Josette, me resigno a ello.

Merryn frunció el ceño. No quería explicar que parecían cada vez más distanciados, pero se decía que esa distancia quizá se debiera al trabajo de él y no por haber perdido interés en ella.

Cecily sonrió comprensiva.

—En lo que se refiere al sobrino de Nan en este proyecto, ni Queenie ni su tía deben saberlo. Nan ha intentado convencerlo de que trabaje con su madre en la posada, pero él no quiere. No podemos hablarles de este crucero hasta que sepamos seguro que nos va bien profesionalmente.

—No diré ni una palabra —prometió Merryn. A juzgar por la excitación que veía en los ojos de su hermana y sabiendo tan bien como sabía el talento que tenía, sospechaba que Cecily podría estar ausente semanas o incluso meses, lo cual no le gustaba nada—. Me alegro mucho de que tengas el apoyo de ese joven —dijo—. ¿Crees que podríais llegar a ser pareja? —bromeó.

—¡Quién sabe! —Cecily sonrió—. Lo encuentro muy cariñoso y atento y es muy atractivo. También me impresiona su calidad como pianista. Partimos en diez días, así que ahora tengo que irme a ver lo que voy a llevarme. Nos proporcionan algunos trajes, pero nos permiten llevar también algunos propios. ¿Me ayudarás a elegir algunos y me acompañarás de compras?

—Será un placer ayudarte.

Los días siguientes fueron un torbellino de actividad, Merryn se dedicó a ayudar a Cecily revisando su guardarropa y eligiendo trajes que sirvieran para el escenario, vestidos de día, sombreros, medias y zapatos apropiados. También pasaron varias horas juntas de compras en busca de varios artículos necesarios. Merryn también presenció algunos ensayos. La escuchaba y la aplaudía mientras arreglaba o adornaba algunas prendas. Josette estaba tumbada en la alfombra y parecía disfrutar tanto de la música que movía las piernas sin parar. En ocasiones, Merryn le daba un abrazo y la dejaba sentarse en su regazo. Ya tenía más de tres meses y era cada vez más activa.

Queenie también iba a veces a escuchar y ofrecer sus consejos. Le prestó generosamente algunas prendas a Cecily y le enseñó cómo había que doblarlas y disponerlas en las maletas. Cecily le agradecía su apoyo, pero, para evitar entrar en detalles, quiso darle a entender que trabajaría sola. El día de su partida, Merryn sonrió con alegría cuando vio que su madre abrazaba estrechamente a Cecily.

—Disfruta del viaje y no intimes con ningún desconocido —le dijo Queenie.

Cecily se echó a reír.

—¿Y tú no has intimado jamás con desconocidos, mamá?

Queenie sonrió con malicia.

—Te sugiero que no cometas los mismos errores que cometí yo. Mi madre era un poco ingenua con los hombres y yo también lo he sido, así que tú procura encontrar a uno que sea rico, de clase alta y cariñoso, como te he aconsejado en muchas ocasiones. Y cuídate mucho, querida niña.

Merryn vio un brillo de felicidad en los ojos de su hermana cuando Queenie le dio otro abrazo y comprendió que Cecily saboreaba aquel raro momento de cercanía entre ellas, cuya relación nunca había sido fácil. ¿O era posible que su madre simplemente se sintiera aliviada con la marcha de Cecily? Esa idea no le gustó. Y le resultó interesante oír a Queenie mencionar a su madre.

Merryn acompañó a Cecily en el tren hasta Plymouth y caminó con ella por el muelle, empujando el cochecito de Josette. La fascinó ver al sobrino de Nan esperando a su hermana en el muelle. Cuando llegó el momento de despedirse, la abrazó con afecto, combatiendo las lágrimas y esforzándose por conservar la calma.

—Johnny te envía sus mejores deseos y se disculpa por no haber podido venir a despedirte —dijo.

—Debe de estar muy ocupado con los ensayos —respondió Cecily.

Merryn, que sabía que su esposo y su hermana no se habían dirigido la palabra desde que él ordenara a Cecily irse de su casa, dijo:

—La verdad es que hoy ha dicho que necesitaba descansar, ha trabajado mucho últimamente. Por suerte, está empezando a aceptar a nuestra hija como el tesoro que es. Pasa tiempo viéndola comer y a veces lo he convencido de que la siente en su regazo.

Eso solo había ocurrido una vez, después de una pelea, pero Merryn decidió no mencionar eso.

—¡Excelente! Espero que sea un buen padre para mi adorable sobrina —contestó Cecily. Le dio un beso a Josette.

—Disfruta de tus actuaciones y de explorar todos los lugares fascinantes que visitarás. Ha sido un placer conocerte, Boyd, y buena suerte. —Merryn le estrechó la mano a él y abrazó de nuevo a Cecily con las mejillas llenas de lágrimas.

—Estoy segura de que lo pasaremos muy bien. Tú cuídate mucho, querida, y cuida también a tu adorable hijita —dijo Cecily, llorando también. Abrazó con fuerza a su hermana y, cuando por fin la soltó, subió la pasarela del barco de la mano de Boyd.

Cuando estaban en la cubierta, Merryn vio que aquel joven tiraba de su hermana hacia sí y la rodeaba con un brazo. Cuando oyó el silbato del barco y empezó a alejarse despacio, los observó partir, haciendo lo posible por sonreír y saludar. Después tomó el tren hasta su casa y se echó en brazos de Johnny hecha un mar de lágrimas. Estaba muy triste, lo cual él intentó inmediatamente arreglar con sexo. Merryn no protestó, a pesar de que esa vez tampoco le gustaron su modo brusco de proceder ni su falta de ternura.

En las semanas siguientes, Merryn se sentía cada vez más sola, apenas había visto a su hermana. Cecily había ido a casa por Navidad y, como siempre, las dos hermanas se habían alegrado mucho de verse. Habían pasado un día de Navidad feliz con Queenie, Cecily se había mostrado encantada de ver a su adorable sobrina, una niña divertida y vivaz que crecía rápidamente. Merryn se veía a sí misma como una madre entregada y cariñosa, aunque algo apagada a veces, quizá porque le preocupaba que Cecily volvería a marcharse pronto en más cruceros. Después de la cena, Johnny le ordenó que le sirviera una copa de oporto justo cuando estaba ocupada dando de comer a la niña.

Como él estaba recostado en el sofá, Cecily lo riñó.

—Creo que eres perfectamente capaz de servirte una copa tú mismo. Josette no puede comer sola. Mamá cuenta ahora con una doncella, una mujer que le recomendó Nan cuando se jubiló, y también se ocupa de las comidas, pero aquí no hay mayordomo.

Queenie se echó a reír.

—Nunca he podido permitirme uno y tampoco lo he deseado. Sírveme otra copa a mí también, Johnny.

Él frunció el ceño y fue a por la botella, que estaba en la mesa del rincón, sin hacer más comentarios. Cuando Josette terminó de comer, Merryn se ocupó de rellenarle la copa a su marido, buscar sus cigarrillos, ofrecerle nueces y una porción de pastel navideño, además de ahuecarle los cojines de la espalda. Para irritación suya, él no hizo nada por ella.

Después de que pidieran un carruaje de alquiler que los llevara a casa, Cecily le dio un consejo a Merryn.

—No permitas que ese marido tuyo te dé órdenes, querida. No eres su esclava.

Pero Cecily había vuelto a marcharse. De no ser así, Merryn le habría pedido consejo sobre cómo lidiar con Johnny. Había disfrutado de la ilusión de casarse con él y de la emoción embriagadora de montar una casa juntos, a pesar de lo poco que le había gustado a él tener que alquilar una casita. Siempre había parecido un hombre amable y divertido, pero tenía cada vez peor carácter y, por algún motivo desconocido para ella, actuaba de manera autoritaria.

Y seguía sin interesarle nada su encantadora hija. El hecho de que tuviera un trabajo era un gran alivio. Había dejado claro que ella, como esposa suya, no tendría jamás ningún motivo para volver a los escenarios ni para trabajar. Aquello la decepcionaba un poco, porque era joven y le había gustado tocar y actuar en público. Sin embargo, como madre, no deseaba ser tan negligente como había sido Queenie. Así las cosas, dedicaba también tiempo a tareas mucho menos aburridas que lavar pañales, cocinar y limpiar.

Muy aliviada de que Queenie hubiera declarado que no tenía ningún deseo de que vivieran con ella, había hecho todo lo posible por alegrar aquella casa vieja. Curiosamente, a Johnny no le gustaba que hiciera eso. No había elogiado ni las paredes pintadas de blanco ni las cortinas, los cojines y alfombras que había hecho, ni tampoco los cuadros que había colgado en las paredes del cuarto de Josette. Su actitud parecía casi como si estuviera mal que una esposa joven se mostrara activa y tuviera alguna sensación de independencia. Aunque esa sensación de independencia no era tan fuerte como la de Cecily, después de haber sobrevivido a las vicisitudes de la guerra, ya era parte de ella.

Un día Johnny llegó a casa para el almuerzo después del ensayo de la mañana y la encontró pintando los armarios de la cocina.

—¿Se puede saber qué haces? —preguntó.

—He decidido pintarlos. Creo que con una pintura blanca crema parecen más modernos y limpios. ¿No te gustan?

—No es tarea tuya hacer estos trabajos. Contrata a alguien o pídele al casero que lo haga. Tú dedícate a cocinar, eso es lo que se espera de las mujeres. ¿Dónde está mi almuerzo?

Merryn le sonrió conciliadora.

—Hay una empanada de queso y cebolla en el horno para que no se enfríe, querido. El casero me ha dado permiso para pintarlo y sé hacerlo. No quiero pagar a nadie yendo como vamos tan cortos de dinero.

—Y, si no me aumentan el sueldo, continuaremos así de cortos. Tu madre es rica, ¿por qué no le pides más?

Merryn reprimió un suspiro. Veía a su marido demasiado obsesionado con el dinero. Queenie les había dado una suma pequeña cuando se habían casado, pero no alcanzaba la cantidad que Johnny había esperado. Merryn le estaba muy agradecida por haberles proporcionado unos ingresos razonables hasta que su esposo encontró trabajo. Su madre podía ser una mujer difícil y muy negligente, pero en ocasiones era también generosa y tierna. ¿Por qué le iba a pedir dinero? Merryn no deseaba estar sujeta a las exigencias de Queenie y estaba decidida a mantener su independencia.

—Afortunadamente, ahora que has recuperado tu trabajo, no necesitamos ya la ayuda de Queenie. Yo tengo derecho a dedicarme a otras tareas en la casa, no solo a cocinar y coser, además de manejar mi propia vida.

—No, tú no tienes derecho a eso. Soy yo quien maneja nuestras vidas. Y no quiero que termines siendo una de esas personas que se dedican a hacer cosas raras. Eres mi esposa, debes hacer lo que te digo. ¡Sírveme el almuerzo ya! —gritó. Le arrebató la lata de pintura y la arrojó al fregadero.

—¡Oh, no! ¡Mira lo que has hecho Johnny! Has salpicado todo el fregadero con pintura.

Merryn corrió a levantar la lata antes de que se volcara toda la pintura y empezó a frotar el fregadero con un cepillo grande

Johnny la agarró del brazo, la volvió hacia él, levantó un puño y lo agitó peligrosamente cerca del rostro de ella.

—¡Escucha lo que digo, muchacha! —siseó con furia—. Saca mi almuerzo del horno ahora mismo o te arrepentirás de haberme descuidado.

Merryn se estremeció de miedo. Sabía que era mejor no discutir las decisiones ni contestar los comentarios de Johnny. Su marido no escuchaba casi nunca su opinión ni sus necesidades y cada vez era más puntilloso y dictador. Todas las tardes esperaba que Merryn colgara sus pajaritas en el armario en la posición exacta. Tenía que doblarle la camisa y plancharle los pantalones en cuanto se los quitaba. Su ropa debía estar siempre perfecta.

—Por favor, cálmate, Johnny. Estoy tratando de hacer más nuestra esta casa, no descuidarte a ti. ¿Por qué iba a descuidarte después de haber sobrevivido juntos a la guerra? Y no, ahora que sus ingresos están cayendo, no quiero pedirle nada más a mi madre.

Por los ojos de su marido pasó una sombra de pánico y de culpabilidad, claramente visible puesto que no llevaba gafas. ¿Cecily había acertado al sospechar que Johnny había mentido haciéndose pasar por miope para que no lo reclutaran? Y parecía obsesionado con el dinero. Aflojó el puño y la tomó entre sus brazos.

—Perdona, querida, tienes razón al decir que la guerra nos hizo daño, eso afecta a veces a mi carácter. Actuar para las tropas fue peligroso y tuvimos mucha suerte de que no nos pasara nada grave a ninguno. Procuraré calmarme.

El llanto de la niña resonó por las escaleras y Merryn intentó apartarse de él.

—Me alegro, ahora sírvete tú el almuerzo mientras yo voy a ocuparme de Josette.

—Todavía no —dijo él. La empujó sobre la mesa de la cocina, le subió la falda y la penetró.

Más tarde, cuando Johnny volvió al teatro, Merryn dio de comer por fin a su hijita hambrienta y limpió el fregadero. Luego se sentó en la mesa de la cocina, más confusa y triste que nunca. Si en algún momento había creído que su matrimonio iba bien, ya empezaba a pensar que iba muy, muy mal. Desde luego, su ilusión primera se había desintegrado. Recordaba que Cecily le había advertido que se pensara mucho si debía casarse con Johnny. ¿Había cometido un terrible error al hacerlo? Se secó las lágrimas y se dijo que tenía que estar satisfecha con su vida y confiar en que su matrimonio mejoraría, fuera cual fuera el problema que tenía Johnny. ¿Lo presionaban mucho en el teatro? Era difícil saberlo, puesto que nunca le permitía asistir a verlo tocar. Se sentía cada vez más encerrada en aquella casa y en la cocina. Sin duda tendría que acabar convenciéndolos, a su madre y a él, de que ya no era una niña porque iba a cumplir veintiún años al año siguiente. En cuanto los cumpliera, deberían considerarla lo bastante mayor como para manejar su vida.

CAPÍTULO 29

Cecily y Boyd ocupaban cada uno un camarote individual en la cubierta inferior del barco y comían con los demás artistas, tripulantes y fotógrafos, por lo que tenían poca intimidad. Vivir en un espacio reducido con extraños requería tacto. Como Cecily estaba acostumbrada a trabajar con soldados y era muy independiente, no tenía problemas con eso. Boyd era muy divertido y en su primer crucero habían visitado lugares maravillosos: Alicante, Gran Canaria, Tenerife y Funchal. Cecily agradecía su presencia allí y estaba encantada de cantar con él. Trabajaban muchas horas, siete días a la semana, los pasajeros de esos cruceros eran muy exigentes. Cecily se despertaba cada mañana sobre las siete y desayunaba en el bufet de la tripulación. A continuación, iban a ensayar dos horas.

—No te dejes vencer por el miedo escénico —le había advertido ella al comienzo, cuando había visto que le temblaban las manos—. Finge que no te oye nadie y que tocas solo para ti.

—Lo recordaré —dijo él con una sonrisa.

—También ayuda prestar atención a los otros músicos. A mí me encanta escuchar a muchos cantantes y aprendo mucho de ellos. Mientras, seguiremos ensayando.

Después de Navidad, ya inmersos en los años veinte, navegaron hasta Venecia, donde disfrutaron de un viaje en góndola por el Gran Canal hasta la isla de Murano, y después a Córcega, Barcelona y Málaga. De vez en cuando tenían tiempo libre y a Cecily le gustaba pasarlo con Boyd. En Tánger visitaron una mezquita antigua, pasearon por calles llenas de burros y vieron a hombres haciendo objetos de cerámica y pintando candelabros. Un grupo trabajaba en una curtiduría y parecían estar empapados hasta los huesos pisoteando en las piscinas hediondas donde procesaban el cuero. Cuando Cecily expresó compasión por ellos y más tarde admiró un hermoso bolso que vendían, Boyd se lo compró.

—No hay razón para que seas tan generoso —dijo ella, sonrojándose.

—¿Por qué no? Los dos disfrutamos de la compañía del otro, así que divirtámonos durante el viaje.

A ella le gustó aquel comentario y lo premió con una sonrisa deslumbradora.

—A mí también me encanta. Encontraré algo que comprarte a ti.

Cuando se les acercó un vendedor a pedirles que fueran a ver las alfombras que vendía, Cecily miró a Boyd con aire interrogante y él, riéndose, declinó la oferta.

—¿Dónde iba a poner algo así en mi pequeño camarote? Y no tengo casa, pero quizá algún día...

Había algo en su mirada que parecía implicar que ella podía ser parte de aquel futuro. Cecily había decidido no volver a enamorarse, pero cada vez le resultaba más difícil no querer a aquel hombre. Boyd leyó su confusión en sus ojos, pues sonrió y le dio un beso, lo que hizo que ella sintiera la boca seca de deseo.

—Invítame a un té con menta mejor —dijo.

Cecily así lo hizo. También pidió *tajine*, un estofado de cordero, para almorzar y los dos disfrutaron de su delicioso sabor y del placer de estar juntos.

¡Qué hombre tan maravilloso!

Merryn procuraba no quejarse de Johnny y concentrarse en ser una buena esposa y madre, a pesar de que su esposo era cada vez más controlador. Cuidar de la pequeña Josette, que era una niña muy vivaz, que acababa de celebrar su primer cumpleaños, la ocupaba durante horas, aunque la pequeña dormía ya bien toda la noche. Merryn se aseguraba de hacer trabajos difíciles en la casa solo cuando la niña dormía y Johnny se había ido al teatro y sabía que no volvería en horas. Mientras sus comidas estuvieran listas a tiempo y cuidaran de su ropa exactamente como él quería, nunca notaba las mejoras que hacía ella en la cocina, un lugar donde entraba poco. Pasaba cada vez más tiempo en el teatro, sin duda concentrado en sus actuaciones. Cuando volvía a casa tarde por la noche, Merryn procuraba estar ya metida en la cama y él le hacía el amor rápidamente. Seguramente eso era algo bueno, aunque mucho menos placentero que antes. Casi nunca se molestaba en acariciarla o besarla, lo cual hacía que ella se sintiera usada en lugar de amada.

Una mañana de verano, a Merryn la asustó recibir un mensaje de Queenie diciendo que no se encontraba bien. Enseguida metió a Josette en el cochecito y tomó un tranvía hasta Grand Parade, temiendo que su madre hubiera bebido otra vez demasiado.

—Me encuentro muy mal —gimió Queenie, secándose los ojos con un pañuelo y tumbada en el sofá del salón—. Necesito desesperadamente tus cuidados.

—Pero Nan te contrató una doncella nueva cuando se marchó antes de Navidad.

Su madre hizo un gesto de desagrado.

—Tuve que despedir a esa chica porque era una inútil. Hoy en día es casi imposible encontrar servicio decente. Johnny y tú tendréis que veniros a vivir aquí conmigo.

Merryn la miró atónita.

—Hasta ahora siempre habías dicho que no.

—Pero las cosas han cambiado.

—No estoy segura de que eso me venga bien a mí. Tengo una niña y un esposo a los que atender y Johnny pasa muchas horas ensayando y actuando. Además, he trabajado mucho para mejorar la casa que alquilamos y no quiero dejarla. Puedo intentar buscarte un ama de llaves nueva y vendré encantada a ayudar siempre que pueda.

—Me temo que eso no será suficiente. Tienes que mudarte aquí de manera permanente, querida, no me encuentro nada bien. El doctor me ha examinado el pulso, el corazón y otros órganos y me ha informado de que sufro de tensión alta y posiblemente también insuficiencia renal.

Merryn la miró angustiada. Su querida madre podía estar enferma de verdad.

—¡Oh, no! Siento mucho oír eso, Queenie. Supongo que eso te ha ocurrido por tu dependencia de la ginebra. ¿El doctor piensa enviarte al hospital?

—Me he negado.

—¡Dios santo! Eso ha sido una mala decisión.

—Por favor, no me riñas. Ha dicho que necesitaba que me examinaran, pero que no hay garantías de que haya una cura. —Queenie se echó a llorar.

—Estoy segura de que sí la habrá, mamá.

Merryn la abrazó para consolarla. No sabía cómo lidiar con aquel problema. ¿Por qué había rehusado su madre a ir al hospital? Porque allí ya no podría beber. Merryn siempre había temido que la adicción de Queenie al alcohol pudiera empeorar su salud. Por doloroso que resultara aquello, no se sentía capaz de hacer de ama de llaves y de enfermera. Seguro que podría encontrar a alguien más diestra que ella en esas tareas. Tomó nota mentalmente de hablar de ello con el doctor y preguntarle qué era lo que necesitaba exactamente su madre.

—Confiemos en que sea solo una infección o una enfermedad menor de la vejiga, como una cistitis, y que te recuperes pronto. ¿El doctor te ha ofrecido alguna medicina?

—Me ha dado pastillas, me ha ordenado descansar y comer comida suave, ni grasa ni carne y mucha fruta y verduras. Comprenderás que eso no me apetece lo más mínimo.

—Debes hacer lo que te recomienda y dejar que te examinen. Mientras, encontraré a alguien que cocine para ti, mamá, y me ocuparé de que estés bien cuidada. También le pediré al doctor que venga regularmente a verte una enfermera.

—Eso no es necesario, querida. Cuidar de mí será tarea tuya.

Aquella noche, en la cena, cuando Merryn le contó a Johnny el problema de su madre y su exigencia de que fueran a vivir con ella, él se mostró encantado.

—Sí, debemos hacer todo lo posible por ayudarla. De hecho, al advertir que Queenie no estaba bien, yo mismo se lo sugerí. Estoy encantado de que haya aceptado. Y sé que tú la quieres.

Merryn lo miró con una mezcla de sorpresa y preocupación.

—Es mi madre, claro que la quiero, pero tú no tenías derecho a sugerirle eso sin haberlo hablado antes conmigo. Le he ofrecido buscarle un ama de llaves más diestra y una enfermera que cuide de ella día y noche. No me apetece hacer ese trabajo y no quiero mudarme de casa.

—¡Maldita sea! ¿Por qué no? La casa de tu madre en Grand Parade es mucho más hermosa que esta casucha vieja, por mucho tiempo y esfuerzos que hayas desperdiciado en intentar mejorarla.

Merryn negó firmemente con la cabeza, aunque se preguntaba si hacía bien al mostrarse tan renuente a sacrificar su vida y ceder a las exigencias de su madre. Por más que siempre hubiera dejado claro que era ella su hija favorita, trabajar para su madre nunca había sido fácil. Quizá no estuviera enferma de verdad, quizá Johnny la hubiera convencido de que sí lo estaba para cumplir su deseo de vivir en una casa mejor.

—Como tú pasas la mayor parte del día en el Palace Theatre, si nos mudamos, me tocará a mí sola ocuparme de Queenie. Ya tengo bastante cuidando de Josette y de ti, querido, así que, a menos que sea absolutamente necesario, no estoy de acuerdo con eso. Iré a verla regularmente para comprobar que está bien, pero siempre ha sido demasiado exigente.

—Puede ser una mujer muy dominante, pero a nosotros nos ha ayudado mucho. Si Queenie te necesita, tienes que ofrecerte a cuidar de ella —respondió él, con frialdad—. Y todavía necesitamos su apoyo económico.

Merryn parpadeó, sorprendida. ¿Era esa otra razón para que él le hubiera sugerido aquello a Queenie, no solo por su deseo de vivir en aquella casa rica? ¿Y había inventado su madre el cuento de que estaba enferma para que ella aceptara su petición? Si esa era otra de sus mentiras, eso explicaría por qué no había accedido a ir al hospital a que la examinaran.

—Te aseguro que no deseo vivir con mamá solo por razones económicas. Si crees que no ganas dinero suficiente, puedo intentar ganar algo yo cosiendo.

—No, tú no harás nada de eso. Nunca has valorado lo importante que es el dinero y esa es mi responsabilidad, no la tuya —gritó él—. Vuelve al lavadero o seguirás con el agua hasta los codos cuando esa niña necesite comer. Estás demasiado obsesionada con esta condenada casa y con tu independencia.

Merryn se sintió culpable. No pudo encontrar una respuesta apropiada a aquel comentario. Al ver el brillo de furia en los ojos de su esposo, recordó la vez que le había levantado el puño, casi como si fuera a pegarle, y se dijo que sería peligroso no mostrarse de acuerdo con él. Además, si Queenie de verdad tenía insuficiencia renal y necesitaba cuidados y atención plenos, dieta especial y tratamiento, no estaría bien por su parte negarse a ir a cuidar de su madre, aunque fuera solo durante una breve temporada. ¿Cómo iba a descuidarla? Respiró hondo y asintió.

—Puede que tengas razón y sea eso lo que debemos hacer, por difícil que resulte.

—¡Excelente! Por fin has entrado en razón. Hablaré con Queenie para organizar nuestra mudanza.

¡Oh, cómo echaba Merryn de menos a su hermana! Se sentía terriblemente sola y demasiado controlada por su esposo y su madre, pero, como decía Johnny, tenía que entrar en razón, superar aquella sensación de tristeza que la acompañaba desde hacía meses y tomar en consideración que al menos tenía una hija querida a la que amar y cuidar. Vertió agua hirviendo en el fregadero y volvió con valentía a sus quehaceres domésticos, con la esperanza de que Johnny no viera las lágrimas que caían en el barreño.

En los meses siguientes hubo varios cruceros más. Pararon en Florencia, Génova, Cádiz, Marsella y Gibraltar, donde hicieron muchas excursiones interesantes, y también volvieron a algunos de sus lugares favoritos. A veces no podían desembarcar por tener tareas que hacer a bordo. Estas podían consistir en limpiar, lavar o planchar o en tomar parte en simulacros de seguridad en los botes salvavidas. Ya eran expertos, pues todos los tripulantes, incluidos los artistas, estaban obligados a ayudar y guiar a los clientes. Sabían cómo se debía poner un chaleco salvavidas y dónde reunirse si había que evacuar el barco, una posibilidad que Cecily no quería considerar que pudiera pasar con el mundo en paz.

—Quizá trabajar en estos cruceros nos ayude a encontrar trabajo en Cornwall o en algún otro lugar de Inglaterra cuando queramos hacerlo —dijo una mañana durante el desayuno.

Boyd soltó una carcajada.

—Lo dudo. Confinados en este barco, da la impresión de que estemos encerrados en otro mundo y, aunque les guste el espectáculo, es improbable que la mayoría de los pasajeros recuerden nuestros nombres.

—¡Qué idea tan triste!

—Los beneficios son el dinero que ganamos, más el hecho de que no tenemos que pagar alquiler por un lugar para vivir ni comida, aunque la nuestra no sea tan buena como la que preparan para los pasajeros —dijo él con una risita—. Actuar siempre es un trabajo duro, pero en estos cruceros es muy divertido, ¿no te parece?

Cecily sonrió.

—Estoy de acuerdo. Algunas actuaciones son un poco estresantes, pero nunca tanto como durante la guerra. Aquellos conciertos eran mucho más exigentes y traumáticos. Fueron una parte de mi vida que ahora quiero olvidar para siempre.

—Yo tampoco quiero recordar esos años —dijo él con un suspiro.

—Y hacemos un buen equipo. Tú eres cada vez mejor pianista, actúas bien en público y has traído alegría a mi vida.

—Y tú a la mía —repuso él. Y el corazón de Cecily se llenó de felicidad.

La mayoría de los días actuaban en el salón, en el bar o en el comedor, durante el almuerzo. Por las noches entretenían a los clientes antes o después de cenar y Cecily tenía que vestir entonces de un modo más glamuroso, muy alejado del uniforme que llevaba al principio en Francia para cantar a los soldados. Boyd siempre vestía frac y vestido así estaba muy atractivo. Una vez a la semana daban un espectáculo más largo en el salón de baile, donde Boyd tocaba música de baile y canciones de *jazz* que resultaran idóneas para bailar. Eso continuaba hasta después de medianoche. Boyd era muy popular y recibía muchos aplausos y mucho aprecio por parte del público.

Cecily estaba decidida a sumergirse en aquella década nueva y disfrutar de la locura de los primeros años veinte. Cantaba canciones nuevas como *After They've Seen Paree* («Después de haber visto París»). Su favorita era *I Want to Hold You in My Arms* («Quiero tenerte en mis brazos»). Cuando la cantaba, lanzaba sonrisitas a Boyd y lo señalaba con las manos y el público se reía. También cantaba algunas de las canciones que había compuesto ella y siempre eran bien recibidas.

De vez en cuando se veía obligada a bailar con un hombre, si se lo pedía, pues había que tratar con respeto a los pasajeros. Cecily nunca intimaba mucho con ninguno de aquellos hombres bien situados que podían permitirse ir de crucero y se relacionaba con ellos desplegando una amabilidad y una cautela perfectamente calculadas. Aunque no había muchos. El barco, igual que Inglaterra, estaba ocupado en gran parte por mujeres y caballeros jubilados. Bailar con un desconocido no le producía ninguna emoción.

Un día en que se movía por la pista de baile cantando, un hombre bastante atractivo, aunque mayor, no dejaba de pedirle que bailara con él. Olía como Queenie cuando se emborrachaba. Al final se sintió obligada a aceptar y él la sorprendió proponiéndole matrimonio. Ella sonrió nerviosa y rehusó con una risita, tomándoselo a broma, como había hecho con Louis cuando habían bailado en aquella velada encantadora. Sí, habían creado una relación con el tiempo. ¿Lo había amado? No estaba segura, pero se sentía privilegiada por haber compartido con él aquellos pocos días y noches antes de que muriera. Ahora, en aquel trabajo nuevo, cada vez se sentía más cercana a Boyd.

—¿Te ha gustado ese hombre ebrio rico y has aceptado su proposición? —preguntó este, atrayéndola hacia sí cuando bajaban las escaleras hacia sus camerinos en la cubierta inferior.

Cecily miró sus ojos gentiles y sonrió.

—No, naturalmente que no. Muchos hombres creen que las actrices y cantantes somos mujeres muy frívolas que pasamos el tiempo bebiendo champán, flirteando y haciendo cosas con los admiradores o que somos unas vagas que no hacemos nada muy extenuante. Esa es la vida de mi madre, no la mía. A mí me interesa más mi carrera, aunque la verdad es que a Queenie siempre le ha obsesionado la suya —añadió con una risita.

—Esa es una actitud ridícula para un hombre. Y totalmente equivocada.

—Por supuesto. Quienes nos critican deberían valorar que centenares de artistas, principalmente mujeres, damos entretenimiento a los soldados, no sexo y alcohol. Ayudamos a subirles la moral. Me dijeron que Vesta Tilley hizo lo mismo y recaudó dinero para las tropas vendiendo fotos con su autógrafo y enviándoles postales y regalos. Una dama encantadora y con mucho talento.

—Como tú. Me encanta que cada día nos sintamos el uno más cerca del otro. —Boyd la tomó en sus brazos y le susurró al oído—: Te adoro. De hecho, creo que me estoy enamorando de ti.

La besó apasionadamente y la determinación de ella de no tener nada que ver con hombres desapareció de pronto. Boyd resultaba embriagador y la drogaba con su dulzura. Curvó las manos en los rizos revueltos de su pelo y sintió una oleada de felicidad. Entonces él le alzó las caderas y la apretó contra su erección, prueba clara del deseo que sentía por ella. Cecily también deseaba muchísimo a Boyd.

—Yo también te quiero —dijo. Volvió a besarlo con impaciencia.

Entraron en el camarote de él e hicieron el amor, Cecily embargada por una embriagadora excitación.

CAPÍTULO 30

Vivir con su madre era todavía peor que antes. Reñía constantemente a Merryn por no peinarle bien su cabello rubio, por no cortarle bien las puntas o por no recogerlo en el lugar exacto. Eso había ocurrido muchas veces en el Palace Theatre y entonces Queenie solía ordenarle que se marchara. Desgraciadamente, ahora no hacía eso, sino que sus exigencias eran insoportables.

Cada mañana, cuando Merryn le llevaba la bandeja del desayuno, como se esperaba de ella, Queenie le daba una lista de las tareas que tenía que hacer.

—Ocúpate del lavado y la plancha y cambia mis sábanas todos los días. Mantén los suelos de esta hermosa casa bien limpios. Procura que las puertas y ventanas estén bien cerradas al atardecer y que todos los fuegos, que debes encender todas las mañanas, estén bien apagados antes de retirarte por la noche. Recorta las mechas de las lámparas, mantén la mesa del comedor, la cómoda y todos los demás muebles brillantes. Limpia mis zapatos, mis sombreros y mis prendas y ocúpate de la pila de ropa interior y vestidos que hay en mi vestidor y que requieren arreglos. No olvides que, si te necesito, tocaré esta campana.

—¡Dios santo! Soy tu hija, no tu sirvienta. Como diría Cecily, tu actitud es muy victoriana. Haré lo que me dé tiempo, Queenie. He puesto un anuncio en el periódico local para buscar un ama de llaves o una doncella. El doctor ha dicho que vendrá una enfermera casi todos los días a cuidarte. Y, cuando te recuperes, volveremos a nuestra casa.

—No se te ocurra hacer eso. Exijo que vivas aquí para cuidarme todo el tiempo que te necesite. Ah, y por favor, cómprame una botella de ron. Necesito alcohol para que me calme los nervios.

—No, mamá, no digas tonterías. Estás enferma con posible insuficiencia renal y no permitiré que vuelvas a hacerte adicta al alcohol —repuso Merryn con calma.

—¡Haz lo que te ordeno! —gritó Queenie con furia. La expresión fiera de sus ojos sí daba a entender que consideraba a Merryn como una sirvienta de la época victoriana. Su intención era que su hija se pasara la vida atendiendo sus caprichos y perdonando sus faltas—. Hazme un asado de carne para la cena con un poco de grasa.

—¿El doctor no te dijo que no comieras carne y mucho menos grasa? Puedo hacerte una sopa de verduras.

—¡Haz lo que te digo, estúpida!

Merryn bajó las escaleras con la mente llena de malvados pensamientos y entró en la cocina con las mejillas rojas de ira. ¡Si al menos Nan estuviera todavía allí! Siempre había lidiado con Queenie mejor que ellas, pero ya era mayor, se había ganado retirarse y Merryn no se creía con derecho a pedirle que volviera.

Después del almuerzo, que para Queenie había consistido en arenques ahumados tibios, pues Merryn no había conseguido que el horno calentara debidamente, fue a examinar el vestidor de su madre. La disgustó encontrarlo desordenado y atestado de vestidos, ropa interior, zapatos y sombreros, como si Queenie, al volver cada noche del teatro, se limitara a tirarlos por allí de cualquier manera, muchos esparcidos por el suelo. Merryn chasqueó la lengua con irritación, los recogió, alisó, planchó los vestidos arrugados y empezó a colgarlos cuidadosamente en el armario o a guardarlos doblados en un cajón.

Aquella tarea le costó mucho tiempo, animada un poco por Josette, que jugaba con los sombreros y zapatos que le llamaban la atención. Cuando Merryn terminó de preparar la cena de su hija, bañarla y acostarla, la campana de Queenie llevaba un buen rato sonando. Su madre creía que era ya hora de la cena, para la que Merryn había preparado carne de ternera asada, como le habían ordenado. ¡Qué pesadilla!

Merryn estaba exhausta. Los quehaceres domésticos en aquella mansión resultaban agotadores. Subía y bajaba sin cesar las escaleras para llevarle a Queenie comida, tazas de té o pastillas, todo según las recomendaciones del doctor. Al final consiguió contratar a una enfermera y a una mujer que cocinara y limpiara. Entonces se relajó un poco, pero, para consternación suya, Queenie las despidió y, cuando contrató a otras, volvió a hacer lo mismo.

—¿Por qué haces eso, mamá? Yo no puedo ocuparme de todo este trabajo ni cumplir con todas tus exigencias.

—Sí puedes. Presta atención a lo que te digo. Esas mujeres eran unas inútiles y la enfermera era demasiado entrometida y por eso ahora estoy aún peor. —Queenie se recostó en la almohada, gritó de dolor y se echó a llorar.

Merryn, apenada y confundida, corrió a abrazarla y consolarla. ¿Cómo se iba a arreglar ella sola?

Para extrañeza de su hija, Queenie se encerró en sí misma y, callada, la sentía cada vez más distante. Empezó a tratarla como a una desconocida con la que no deseaba comentar sus dolencias. Casi no la miraba y tomaba el desayuno en la cama con una expresión vacía en los ojos. ¿Acaso se debía al resentimiento que sentía por la cantidad de tiempo que pasaba Merryn con su hija y su esposo en lugar de estar cumpliendo todas las órdenes que ella le daba? ¿O volvía a tener pesadillas que se filtraban en su mente desde el pasado? Eso podría explicar por qué a menudo se dormía horas seguidas. Fuera cual fuera la razón, parecía estar encerrada en sí misma y hundiéndose en una depresión. ¡Cómo deseaba Merryn poder animarla y ayudarla a recuperarse!

Sentada a su lado, Merryn hacía saltar a Josette en las rodillas y le cantaba: «Cucú, cantaba la rana, cucú, debajo del agua. Cucú, pasó un caballero. Cucú, con capa y sombrero».

Josette aplaudió, encantada, riendo de alegría. Merryn volvió a cantársela.

—¿Quieres acunar a Josette y cantarle tú? —preguntó a Queenie.

—No, es hija tuya, no mía.

—Quizá la presencia de tu nieta te haga olvidar un rato tus dolores.

—¿Por qué? Ella no puede curarme.

—No, pero puede animarte.

—Llévatela, déjame en paz y sigue con tus tareas.

—Hacerte compañía es mejor que pasarme el tiempo limpiando y lavando —señaló Merryn con sequedad.

—No, no lo es. —Queenie tomó la bandeja del desayuno, que había comido a medias, y la arrojó al suelo. El ruido de los platos y las tazas al romperse y el té salpicando por todas partes asustaron a Josette, que se echó a llorar.

—Vamos, vamos, cariño, no llores. Mamá recogerá todo esto —dijo Merryn. Colocó a su hija en el sillón y empezó a ocuparse de aquel desastre—. Sé que tienes dolores, mamá, pero eso ha sido una estupidez y ha asustado mucho a mi hija. Deberías intentar conservar la calma y dejar de contemplarte tanto. ¿Descuidabas e irritabas a mi padre como haces ahora con Josette y conmigo? Seguro que eso lo volvería loco y también nos afectó a nosotras. ¿Qué harás si me marcho? —Merryn se esforzaba por secar el té con su pañuelo y recogerlo todo. Sintió rabia cuando se cortó los dedos con un plato roto.

—Estoy aburrida. No se te ocurra dejarme. Y no quiero hablar de ese hombre ni de los problemas que tuve con él. Concéntrate en la realidad, muchacha. Estoy enferma.

Josette empezó a llorar con más fuerza al oír el tono malhumorado de su abuela.

Merryn, furiosa, se esforzó por calmarse. Desde niña, había preguntado incontables veces por la identidad de su padre. Su madre debía de saber que no le quedaba mucho tiempo de vida y, aun así, seguía negándose a contar detalles de su pasado. Decir la verdad era contrario a su naturaleza y, negligente y engreída, ahora trataba a su nieta con el mismo desdén que a sus hijas. Merryn colocó la vajilla rota en la bandeja, tomó en brazos a su hija, que seguía llorando, y salió de la habitación con un resoplido.

Más tarde, cuando Johnny volvió a casa ese día, le contó los problemas que tenía Queenie, entre ellos, el aburrimiento.

—Está siempre distante, insociable o duerme durante horas. Sospecho que otra vez bebe demasiado. Lo huelo en su aliento.

—No digas tonterías. No creo que beba ginebra ahora. ¿De dónde la iba a sacar?

—Quizá persuadiera a algunas de las doncellas que contraté para que le compraran ginebra o ron y luego las despidiera porque se negaron a comprarle más. Ahora es obvio que no tiene en cuenta su estado de salud ni la terrible cantidad de tareas que insiste en que yo haga. Me obliga a servirla constantemente para ahorrarse el gasto de una enfermera y un ama de llaves. Lo siento, pero no tengo el tiempo, la habilidad ni la energía para hacer todo el trabajo que necesita esta mansión y además cuidar de mi madre sin descuidar a mi hija. Mi madre no solo me arruina la vida, sino que además se pone en peligro mortal, lo cual es muy preocupante.

—No digas tonterías. Tienes tiempo de sobra. Y, si su salud empeora, dale otra pastilla —dijo él antes de alejarse con una carcajada.

Cecily echaba mucho de menos a su hermana, de la que recibía pocas cartas, que le enviaba a la oficina del crucero. Merryn nunca hablaba de su matrimonio ni de si Johnny había llegado a querer a su hija. Decía que Josette crecía deprisa y que había celebrado su primer cumpleaños. Eso había sido hacía meses. Cecily había enviado una tarjeta de cumpleaños a su sobrina y escribía regularmente a su hermana, pero no había recibido respuesta desde entonces. Cuando el barco estaba en el mar, en caso de que tuviera un mensaje urgente que darle, Merryn solo podría contactar con ella por radiotelegrafía. Cecily confiaba en que nunca sintiera la necesidad de enviar ninguno, pero lamentaba no poder ir a verla. Cuando llegaban a Portsmouth o a veces a Southampton, no tenían tiempo libre para tomar un tren hasta Plymouth. En cuanto desembarcaban los pasajeros, tenían que ayudar con los preparativos de los siguientes, que subían a bordo ese mismo día más tarde. Luego el barco volvía a zarpar. Cecily estaba preocupada y deseaba mucho ver a su querida hermana y preguntarle cómo estaba.

Se lo dijo a Boyd en un momento en el que estaban ensayando en el escenario para la actuación de esa noche.

—¿Has escrito a tu madre últimamente? —le preguntó.

—Les he escrito a mi tía y a ella diciéndoles que disfruto de un buen empleo en el barco, pero sin dar detalles concretos y solo he recibido una carta de respuesta, la enviaron a la oficina. Como sabes, mi tía me había dicho que no le dijera a mi madre que planeaba mudarme a Cornwall. Cuando contestó, me ordenó que le explicara bien lo que hacía y cuándo dejaría esto para ir a trabajar en su posada porque no quería que le diera un disgusto a mi madre.

Le escribí diciéndole que no tenía intención de trabajar allí y no debieron de recibir bien la noticia.

—¡Ah, vaya! ¿Y por qué se iba a disgustar tu madre? ¿Se preocupa en exceso por ti?

Boyd frunció el ceño.

—Antes no era así. Creo que ahora que mi padre ha muerto quiere que me vaya con ella a Bournemouth.

—Estoy segura de que Nan cuidará bien de tu madre, como hacía con nosotros, y que acabará por hacerle aceptar la realidad. Dile que tienes mucho éxito como pianista —dijo Cecily con una sonrisa.

Boyd resopló con incredulidad.

—No estoy muy convencido de eso. Si hubiera más hombres disponibles, habrías podido elegir a uno con más talento.

—¡Bobadas! Tú lo haces muy bien.

—Partimos de nuevo —dijo él al oír el silbato del barco—. Estas cuestiones tendrán que esperar.

Estaba resultando ser una vida ajetreada y a Cecily le resultaba estimulante trabajar con Boyd.

Su siguiente puerto era Malta, una isla sobre la que tenía sentimientos encontrados. Cuando desembarcaron, Cecily se quedó sin habla. El corazón le latía con fuerza al recordar todo lo que había vivido allí, el estado de salud de Merryn y el terrible interrogatorio al que la habían sometido a ella. No eran temas de los que deseara hablar. La isla estaba mucho más hermosa que durante la guerra, iluminada por la arena dorada reluciente y sin rastros de municiones ni *jeeps* por ninguna parte.

—Quise visitar esta isla hacia el final de la guerra. Estaba llena de hospitales para heridos, pero no era una zona de combate tan horrible como Saint-Omer, Ypres o el Somme, lugares que me alegré de abandonar. La guerra fue tan horrible que me resulta muy difícil hablar de los horrores a los que nos enfrentamos.

—A mí también.

Los dos guardaron silencio paseando por la costa, mucho más animada, a pesar de alguna que otra muestra de los daños causados por los bombardeos. Cecily no deseaba recordar el interrogatorio al que la habían sometido por haber rescatado supuestamente al prisionero de guerra alemán ni cómo se había quedado atrapada en la trinchera con él ni el peligro de violación que había corrido con un oficial alemán. Al menos Wilhelm la había salvado después de que ella lo hubiera salvado a él. Tampoco quería hablar de la pérdida de cientos de soldados y de amigos, como el cabo Lewis, caído en un bombardeo. Boyd también guardaba silencio, tampoco mencionaba lo que había tenido que soportar él. A Cecily no le parecía apropiado preguntárselo. Los hombres que habían regresado a Inglaterra, heridos o no, nunca hablaban de lo que habían tenido que sufrir. Para el corazón y el alma de la joven era mucho mejor hablar solamente de su popularidad como artistas y de la ayuda que habían prestado a aquellos hombres valientes.

—Aquí dimos grandes conciertos en varios hospitales de la Cruz Roja, en campamentos de convalecientes, en barcos de tropas y en muchos otros lugares. Siempre teníamos mucho público. Hombres que reían, lloraban, vitoreaban y aplaudían con ganas, como en las zonas de combate. Y, cuando hicimos nuestra última actuación, nos ovacionaron puestos en pie. Nos gustó venir a esta hermosa isla, encantados de oír que el final de la guerra estaba próximo, pero luego recibí malas noticias sobre Louis Casey, un amigo franco-canadiense. Me salvó la vida cuando bombardearon nuestro campamento y me entristeció mucho saber que había muerto en una batalla cerca del Somme justo al final de la guerra. ¡Qué tragedia!

—Parece que era un hombre valiente.

—Sí que lo era.

—¿Te enamoraste de él?

—No —respondió ella, pero, al recordar su relación, se preguntó si aquello era cierto. Movió la cabeza sonriente y dio un beso rápido a Boyd, pues era él al hombre que adoraba en ese momento—. Solo éramos buenos amigos que pasamos algo de tiempo juntos remando, nadando y pescando. —Tuvo cuidado de no mencionar sus otros entretenimientos—. No, no fue el amor de mi vida.

Boyd la miró con cariño.

—¿Adivinas quién es el amor de mi vida? Alguien a quien espero no perder nunca. Un día quizá recibas una proposición que no puedas rechazar.

¿Acaso insinuaba que esa proposición sería suya? A pesar de haber decidido que permanecería soltera para no sufrir más, a Cecily le emocionó esa posibilidad. ¡Oh, cuánto quería a Boyd! Trabajar en el barco con él era una auténtica delicia y pasaban juntos gran parte de su tiempo libre, muchas veces haciendo el amor.

—¿Crees que iremos alguna vez en un crucero a Canadá? —preguntó ella, cuando volvían a subir la pasarela del barco—. Si es así, me gustaría presentar mis respetos a Louis por haberme salvado la vida depositando flores en su nombre al lado de un monumento en memoria de la guerra.

—Lo averiguaremos —contestó él, con una sonrisa de afecto—. A mí también me gustaría conocer América y Canadá y haré lo posible por que veas cumplido ese deseo.

CAPÍTULO 31

Era ya finales del verano cuando participaron en un crucero que cruzaba el Atlántico, en concreto se dirigía a Nueva York, y en un barco mucho más grande. Cuando llegaron, las calles les parecieron atestadas y un poco hostiles, pero llenas de automóviles y edificios maravillosos. Al parecer se trabajaba mucho para proporcionar electricidad y agua corriente caliente y para construir industrias nuevas.

—Es una ciudad muy moderna, resulta impresionante — comentó Cecily.

Se alegraba de que Boyd hubiera tomado la decisión de pasear por el Puente de Brooklyn y visitar Central Park, donde le gustó observar a las ardillas jugando en los árboles. Le gustaba compartir aquellas excursiones en tierra firme con él tanto como sus actuaciones. Después de cumplir con su trabajo ayudando a los pasajeros, disponían de algo de tiempo libre para explorar la ciudad en la que se encontraran y aquellas visitas a tierra firme resultaban emocionantes.

Desde allí navegaron hasta Canadá, un viaje mucho más importante para Cecily. Primero atracaron en Newport, en Rhode Island, una ciudad hermosa y rica en historia, donde los invitaron a tomar el té de la tarde en una casa de cuáqueros. A Cecily le recordó el té que habían tomado juntos en Londres. ¿Volvería a ver a lady

Stanford alguna vez y le daría esta la información de su padre que tanto anhelaba? Otro hombre perdido. El siguiente puerto fue Sydney, en Nueva Escocia, donde al parecer habían llegado muchos inmigrantes escoceses en el siglo XIX.

—Parece bastante celta —dijo ella—. Quebec, sin embargo, es muy francesa y estoy deseando ir allí. Confío en que haya un monumento en memoria de los caídos en el que pueda dejar una corona de flores en recuerdo de Louis.

—Buscaremos un lugar apropiado —comentó Boyd comprensivo.

Cuando el barco atracó en el muelle de Quebec, Cecily sintió nostalgia por el recuerdo del tiempo pasado con Louis y tristeza por su pérdida. La impresionó mucho aquella ciudad amurallada y recordó la descripción que le había hecho Louis de su ciudad natal. Pasearon colina arriba por calles curvas adoquinadas, una subida larga pero muy agradable, y visitaron la basílica-catedral de Notre-Dame de Quebec. Admiraron la magnificencia del castillo Frontenac, un hotel tan alto y tan magnífico, que parecía dominar la ciudad.

—La guía dice que este hotel ha sido muy popular entre los viajeros del ferrocarril desde que fue construido en 1893. Por suerte, aunque nosotros también somos viajeros, no tenemos que pagar para estar aquí —dijo Boyd con una carcajada, cuando pasaron a su lado y se acercaron a la pared instalada alrededor de la plaza a mirar desde allí el espléndido barco crucero, atracado en el muelle de abajo. La vista a través del río St. Lawrence era espectacular y Cecily se sintió muy privilegiada por estar allí.

—¿Podemos ir ahora a la ciudadela, ocupada por los soldados? —propuso.

—Buena idea.

Cuando se acercaban a la ciudadela, situada en una zona boscosa de terreno muy por encima de la ciudad, Cecily se detuvo en la entrada a poner la pequeña corona de flores que había comprado.

—Ya que vamos a estar un par de noches en Quebec, me encantaría actuar para ellos en recuerdo de Louis y de otros soldados canadienses —dijo.

—Es una buena idea. ¿Por qué no? Vayamos a ofrecérselo.

Boyd y Cecily actuaron la noche siguiente en el patio del centro de la ciudadela, rodeado de muros, cañones y hermosa vegetación. Estaba lleno de soldados, muchos de ellos tullidos o heridos, que a ella le recordaron a su público de la guerra. Cuando se adelantó a cantar, se quedó atónita al ver a Louis sentado en primera fila. No la miraba ni sonreía como antes. Su rostro era un desastre, con la nariz destrozada y los ojos ocultos por unas gafas oscuras. Estaba sentado y sujetaba un bastón blanco en las manos. Cecily se dijo que el pobre hombre debía de estar ciego y malherido. Al menos estaba vivo, gracias a Dios. A su lado había una mujer joven, que agarraba el brazo de él con cariño. Cecily se quedó tan paralizada al verlo que guardó silencio. Hasta que, consciente de que Boyd había notado su reacción, hizo un esfuerzo y empezó a cantar *Goodbye, France* («Adiós, Francia»). Después cantó *Till We Meet Again* («Hasta que volvamos a vernos») porque le pareció apropiada.

Al final del espectáculo, se volvió hacia Boyd y murmuró:

—Es asombroso descubrir que sigue vivo.

—Quizá lo intuyeras y por eso querías venir aquí.

Cecily parpadeó, sorprendida.

—No tenía ni idea. Tengo que ir a hablar con él, si no te importa.

—Iré contigo —repuso él. La siguió con una expresión de curiosidad y preocupación.

A Cecily le encantó ver que Louis la esperaba de pie.

—No puedo verte, Cecily, he perdido la vista, pero cuando me dijeron que ibas a actuar para nosotros, no pude resistirme a venir. He reconocido tu voz al instante. Me alegra saber que vuelves a cantar y me sorprende muchísimo encontrarte aquí en Quebec.

Aun en un estado tan lastimoso, Louis parecía tan complacido que Cecily sintió el impulso de abrazarlo. Por suerte, consiguió controlarse.

—Para mí ha sido todavía más sorprendente encontrarte a ti, Louis. Creía que habías muerto. Debe de estar usted muy contenta de que no sea así —dijo con una sonrisa a la mujer que estaba de pie al lado de él.

—Sí, muy contenta —murmuró esta, apretándole la mano a Louis.

—Te presento a Carolina, mi esposa, que accedió valientemente a casarse conmigo a pesar de estar como estoy

—Evolucionas bien, Louis, no te inquietes. Con alguna que otra ruptura, hacía años habíamos sido novios y, la verdad, volver a reencontrarnos fue precioso y, como no me ha visto más mayor y menos atractiva que antes, me casé encantada con él —dijo ella con una risita—. Me contó lo bien que cantas y lo buenos amigos que fuisteis, Cecily, y te agradezco que lo ayudaras en esa guerra horrible. Louis habla mucho de cómo disfrutaba los conciertos que dabas. Fue muy noble por tu parte.

—Solo intenté cumplir con mi parte, como hicimos las mujeres entonces. Ahora trabajo en un crucero. Es mucho más agradable que vivir en un campamento o en un hospital durante la guerra.

—¿Y él es tu esposo? —preguntó ella. Le estrechó la mano a Boyd.

—No, Cecily es una amiga mía muy especial y me había hablado de la pérdida de Louis. Me alegro de conoceros a los dos —dijo él. Le estrechó la mano, pero no hizo ademán de estrechar la mano de Louis.

—Estoy muy contenta y aliviada de ver que estás vivo y sano, pero lamento mucho tu ceguera —dijo Cecily.

—Yo también me alegro de volver a verte —contestó Louis. Le dio un abrazo mientras su esposa sonreía animosa—. Quiero que sepas que agradecí nuestra amistad y los bailes que compartimos. Confiaba en que te hubieran informado más tarde de que había sobrevivido, aunque yo no pude escribir a nadie, pues me costó recuperarme, había perdido la vista y tenía la cara y otras partes del cuerpo destrozadas. A Caroline no le importó mi ceguera. —Rodeó a su querida esposa con el brazo y dijo algo en francés. Caroline se sonrojó de felicidad. Sin duda él le había dicho: *Je t'aime*, «Te amo».

Viéndolo con su esposa, Cecily sintió que nunca había estado enamorada de aquel hombre. Solo había disfrutado de su amistad y de la diversión que habían compartido en un momento difícil de la guerra, una amistad que él había descrito con mucha cautela. Al despedirse, besó a los esposos en ambas mejillas, al modo francés, y les deseó mucha felicidad.

—¡Qué encuentro tan sorprendente! A pesar de su ceguera, me he alegrado muchísimo de verlo —dijo cuando iban bajando la colina—. Y creo que nuestra actuación ha ido bien.

—Claro que sí. Parecías muy contenta de verlo. Asumo que te ha gustado menos conocer a su esposa y que te habrá puesto celosa descubrir que se ha casado con otra.

Cecily negó con la cabeza con firmeza.

—Después de haber perdido a Ewan, mi prometido, no tenía ningún interés en volver a estar con ningún otro hombre. Estaba decidida a no casarme nunca.

—Soy consciente de que quedamos pocos hombres, pero no puedo creer que tomaras la decisión de quedarte soltera. Estoy seguro de que en otro tiempo fue un hombre muy atractivo. ¿Te hizo alguna proposición de futuro?

—Por supuesto que no. —Cecily se ruborizó un poco al recordar la oferta que le había hecho Louis cuando bailaban y que ella se había tomado a broma. No quería hablar de ello y menos viendo el ceño fruncido de Boyd. Sintió una punzada de pánico al darse cuenta de que él la había visto ruborizarse y que Boyd no creía que no hubiera tenido ninguna oferta de Louis.

Siguieron caminando por el puerto en silencio. Tal vez ella hubiera hecho mal en insistir en que fueran a Canadá en recuerdo de Louis. Bien podría ser que eso hubiera dañado su relación, quizá Boyd estuviera convencido de que todavía le gustaba Louis. Siendo así, seguramente no se le declararía nunca.

Cuando subían al barco, se esforzó por buscar algo apropiado que decir.

—Una vez bromeó conmigo cuando...

La interrumpió un joven que se acercó corriendo a entregarle un mensaje urgente. Era de Merryn y le decía que Queenie estaba muy enferma y podía estar muriéndose de una insuficiencia renal. Horrorizada por esa noticia, Cecily le tendió la nota a Boyd con los ojos llenos de lágrimas.

—Tengo que ir a casa. —Sentía la necesidad de ver a su madre por última vez y de estar con su hermana.

—Aún falta una semana para terminar este crucero. Cuando lleguemos a Portsmouth, puedes tomar un tren para casa. Tendremos que avisar de que no iremos en el próximo crucero —dijo Boyd.

Al ver la oscuridad en sus ojos, Cecily recordó lo que había dicho de su encuentro con Louis y pensó que él tampoco habría deseado que continuaran juntos aunque no hubiera recibido esa mala noticia. Probablemente ya no la consideraba el amor de su vida.

Una mañana, cuando Queenie exigió que la ayudara a vestirse, Merryn se sobresaltó.

—Puede que esté enferma, pero también estoy mortalmente aburrida de estar en esta cama. Pienso volver al teatro.

—¿Estás segura? —preguntó Merryn, muy alarmada por esa decisión—. ¿Cómo vas a soportar un ensayo y una actuación todas las noches?

Queenie parecía quedarse sin aliento cuando se vestía, tarea que le costaba un buen rato por los dolores que sufría.

—Sabes perfectamente que eso es lo que me gustaría hacer —dijo—. Estoy segura de que puedo salir al escenario y cantar para mantener mi estrellato. Eso me hará sentirme mucho mejor. Tendrás que venir al teatro conmigo.

—No, mamá, eso no puedo hacerlo. Tengo que cuidar de mi hija y tú no estás bien como para trabajar. Necesitas descansar y cuidarte. —Pensó que su madre deliraba un poco y confiaba en que su negativa a asistir la persuadiera de quedarse en casa.

Queenie no hizo el menor caso de ese consejo e insistió en que Merryn llamara un automóvil de alquiler. ¡Qué obstinada y difícil era su madre! Seguramente regresaría en un par de horas, pero no fue así: Queenie volvió bastante tarde y afirmó que a la mañana siguiente asistiría mucho más temprano a los ensayos.

Merryn, desesperada, escribió a Cecily para decirle que su madre estaba enferma y podía morir si de verdad era insuficiencia renal lo que tenía. Como Queenie se negaba a ir al hospital, no podía estar segura, pero temía que fuera así, tal y como había sugerido el doctor. Se esmeró por no mencionar los efectos que tenía ese problema en su vida, le pareció inapropiado. Queenie estaba intentando volver al trabajo, lo cual sería muy largo de explicar. A la mañana siguiente, llevó aquel breve mensaje a la compañía de cruceros y les suplicó que lo enviaran con urgencia a su hermana, cosa que prometieron hacer. Después Merryn buscó una vez más la ayuda de Johnny cuando le sirvió el desayuno.

—A pesar de decir que no se encuentra bien, ha cometido la tontería de volver a actuar en el teatro. No puede hacer eso. Tú la viste actuar anoche y seguro que no lo hizo bien. Ayúdame a convencerla de que no vuelva a hacerlo, por favor.

Johnny pareció sorprendido al oírla. Negó con la cabeza.

—Que Queenie, una auténtica estrella, siga actuando es muy valiente por su parte, pero si tú no quieres que vaya, dale otra pastilla y ciérrale la puerta de la habitación.

¿Merryn se atrevería a hacer semejante cosa? Creía que no. Cuando despertó a su madre, no tan temprano como esta le había exigido, Queenie tenía la mirada nublada y no parecía capaz de hablar, solo gruñía y se quejaba cuando repitieron de nuevo el agotador proceso de vestirse antes de irse, pero de nuevo se negó a oír las súplicas de Merryn para que se quedara en la cama.

Ese mismo día, más tarde, Merryn, muy preocupada por su madre, tomó la decisión de ir al teatro a ver los ensayos, ansiosa por descubrir si se había recuperado de verdad y actuaba bien. Fue un paseo agradable al lado del mar y Josette disfrutó de dar una vuelta en su carrito en un día soleado como aquel. Merryn estaba deseando volver al Palace Theatre después de tantos años. Era un edificio elegante Art Nouveau, con brillantes suelos de cerámica, tejado en forma de cúpula y ventanales en arco, desde donde la gente podía ver la ciudad.

Cuando entró en el teatro, no vio ni rastro de Queenie. Johnny tampoco estaba por ninguna parte. Cuando preguntó al director por su madre, este le dijo que se había vuelto a poner enferma, igual que el día anterior, en el que le había permitido dormir en su antiguo camerino.

—Después llamé a un taxi para que la llevara a casa y le ordené con firmeza que no volviera hasta que estuviera plenamente recuperada de lo que quiera que le pase. Ha cometido la tontería de volver hoy. Insistía en que estaba bien, pero se ha vuelto a derrumbar en el ensayo y de nuevo la he despachado a casa en un taxi. Le recomiendo que no le permita volver más.

—Tiene razón. Me aseguraré de que se quede en casa, no se encuentra nada bien —asintió Merryn con tacto. Ansiosa por pedirle ayuda a Johnny, preguntó dónde estaba su marido.

El director parpadeó sorprendido.

—Ya no trabaja con nosotros. Cuando se marchó a Francia, contratamos a otro batería.

Merryn lo miró con incredulidad.

—Pero a mí me dijo que había recuperado su trabajo.

El hombre sonrió con tristeza y movió la cabeza.

—Lamento tener que decir esto, pues creía que sabía que ya no podíamos darle trabajo. Johnny trabaja ahora en un restaurante próximo. Se dedica principalmente a fregar los platos y a limpiar. Fue el único trabajo que pudo encontrar. —Le dio a Merryn una palmadita amable en el hombro—. En cuanto a su madre, fue una gran estrella y me encantaría creer que se recuperará, pero, al igual que usted, tengo serias dudas de que ocurra eso. Que pase un buen día y Dios la bendiga, muchacha.

Merryn estaba paralizada por la incredulidad. ¿Ese trabajo horrible era la causa de que Johnny estuviera siempre de mal humor? Aunque era consciente de que le había mentido, probablemente por vergüenza, sintió lástima de él. Como no deseaba que se enterara de que ella había ido al teatro, no se entretuvo en Union Street, sino que volvió deprisa a su casa. Durante la cena no dijo nada de lo que había descubierto, se limitó a desearle suerte cuando salió, supuestamente, para la actuación de la noche en el teatro.

Más tarde, después de dar de cenar a Josette, bañarla, acostarla y cantarle hasta que se quedó dormida, Merryn se sentó en el salón a pensar cómo resolver la encrucijada en que la había situado Johnny. Quizá pudiera encontrar el momento apropiado para comentar aquella falta de un buen empleo y ayudarlo a encontrar el modo de que volviera a tocar la batería. Se preguntó dónde estaría el instrumento, pues hacía mucho que no lo veía y había supuesto que lo guardaba en el teatro. ¿Era posible que lo hubiera vendido cuando decía que necesitaba más dinero? ¡Qué idea tan horrible!

Cuando decidió que era hora de acostarse, se dio cuenta de que había olvidado retirar la bandeja de la cena de Queenie, pero le pareció que no sería correcto retirarla en ese momento. Su madre insistía siempre en cenar en su habitación y acostarse temprano, después de pedir que no la molestaran, una decisión que Merryn comprendía, teniendo en cuenta su mal estado de salud. Al menos había accedido a no hacer más intentos de ir al teatro, lo cual era un gran alivio. Como Merryn también sentía la necesidad de descansar, subió, pero le sorprendió oír gruñidos procedentes del dormitorio de Queenie. ¿No dormía bien y tenía pesadillas? Abrió despacio la puerta de la habitación para ver cómo estaba y la escandalizó ver a Johnny en la cama con ella, haciéndole el amor.

CAPÍTULO 32

Demasiado furiosa y alterada por lo que había visto como para hablar con su esposo, Merryn pasó una noche insomne en la habitación de su hija. Le había dejado una nota a Johnny donde decía que Josette estaba echando dientes y necesitaba sus cuidados. No sentía ningún deseo de que le hiciera el amor cuando volviera supuestamente del teatro. Ya había tenido sexo con su madre. Sintió náuseas al pensarlo y su corazón se hundió en una sima oscura. ¿Por qué hacía eso cuando se suponía que la quería a ella, su esposa? ¿Y cómo se atrevía Queenie a permitir que el marido de su querida hija le hiciera el amor? Tan absortos estaban el uno en el otro, que no habían oído abrirse la puerta ni el respingo de desolación de Merryn, que la joven había frenado rápidamente tapándose la boca con la mano. Ansiosa por escapar, había huido al cuarto de Josette a dormir en la cama individual.

Por la noche había llorado en silencio, procurando no asustar a Josette ni alertar a su madre ni a su esposo. ¿No le había dicho Cecily en una ocasión que Queenie había intentado besar a Johnny? Merryn no había prestado atención a eso. A su madre siempre le había gustado mucho coquetear con hombres jóvenes y Merryn no se lo tomó en serio. ¡Qué mujer tan atroz! No respetaba a nadie, solo vivía para sí misma.

Merryn se levantó temprano, con el corazón roto, y se tranquilizó con una taza de té. Preparó beicon y huevos para Johnny, dejó el plato en el horno a baja temperatura para mantenerlo caliente, puso una nota en la mesa del comedor diciendo que tenía que estar con Josette, porque la pequeña no se encontraba bien. Lo último que quería hacer en ese momento era hablar con él, así que volvió al cuarto de su hija, en el piso superior. Cuando oyó un portazo en la puerta principal, que anunciaba la marcha de Johnny, volvió a la cocina a prepararle el desayuno a Queenie. Tras dejar a Josette jugando con sus muñecas en el salón, en su nuevo parque, respiró hondo y le subió la bandeja.

Se sentó en silencio a ver comer a su madre su desayuno favorito de huevos revueltos y tostada, muy dolida por el recuerdo de lo que había visto. Queenie parecía tranquila y contenta, elegantemente ataviada con un camisón de color crema y con sus adorables ojos azules muy brillantes. Al verla, Merryn tuvo la impresión de que la había animado bastante hacer el amor con Johnny la noche anterior. Cuando Queenie terminó de desayunar y se tomó las pastillas recetadas por el doctor, Merryn dejó la bandeja sobre la mesa próxima a la puerta, para evitar que su madre la tirara otra vez al suelo. Queenie entonces empezó a darle su lista habitual de instrucciones, con voz pastosa, como siempre en los últimos tiempos.

—Hoy quiero que limpies todos estos cristales sucios y laves las cortinas. Después de eso, puedes prepararme chuletas de cordero para almorzar y...

—Basta. No digas más. No sé cómo encuentras fuerzas para no dejar de atosigarme y comer tan bien teniendo en cuenta que supuestamente estás muy enferma.

—¿Cómo dices? Deseo mostrarme entera y valiente. Tú obligación es escuchar lo que necesito para mejorar mi salud. La comida y la limpieza son importantes para mí. Primero de todo tengo que darme un baño. Por favor, prepáramelo.

Merryn se cruzó de brazos y miró fríamente a su madre.

—Anoche vine a verte, ¿y sabes qué? Vi a Johnny haciendo el amor contigo en lugar de estar haciéndolo conmigo, que soy su esposa.

Queenie se sobresaltó. Se cubrió las mejillas con manos temblorosas.

—¡Oh, Dios mío! ¿Cuándo viniste a mi habitación y por qué?

Merryn se recostó en el sillón y le informó fríamente, con una calma extraña, que había subido a recoger la bandeja de la cena.

—¿Por qué se lo permitiste? ¿Acaso otra vez estabas borracha? —preguntó.

Vio un brillo de culpabilidad en los ojos de su madre, quien giró el rostro para esquivar su mirada. Suspiró.

—Para calmar mis nervios y sobrellevar mi mala salud, Johnny me proporciona ron y yo presto poca atención a lo que me hace cuando he bebido las copas que ansío. Confieso que tuvimos una aventura en Francia. Yo desconocía que en aquel momento tenía también una relación contigo. Cuando me di cuenta de que os ibais a casar, intenté acabar con eso. querida. Desgraciadamente, él no me hizo caso y ha seguido acostándose conmigo muchas veces desde entonces.

Merryn sintió náuseas.

—¡Por el amor de Dios, Queenie! ¿No podías buscarte otro amante que te diera sexo?

—Habiendo tanta escasez de hombres sanos, reconozco que me resultaba difícil resistirme a Johnny. Y ese era el precio que tenía que pagar por contar con un suministro de alcohol —comentó Queenie, nerviosa. Se dejó caer sobre la almohada—. Pensaba que me quedaba poco tiempo en este mundo y sentía desesperadamente la necesidad de amor. De jovencita, me enamoré de un muchacho, pero luego se fue del país y lo perdí. Johnny es amable y considerado y siempre está dispuesto a ayudarme a lidiar con mis dificultades.

Se muestra comprensivo con mis tristezas y me ayuda a relajarme y a divertirme. Siempre que yo le dé el dinero que tanto necesita, el pobre hombre no consigue encontrar un trabajo decente. Por eso he trabajado tanto desde que me readmitieron en el Palace Theatre.

Merryn frunció el ceño.

—Ayer pasé por el teatro para ver si estabas bien y el director me contó que estabas demasiado enferma como para poder trabajar. ¿Pero qué tiene eso que ver con que te haga el amor? Has destruido mi matrimonio, Queenie, como también destruiste el tuyo. ¿Cómo podría perdonarte eso?

Cuando Merryn se volvió para marcharse, su madre se echó a llorar.

—Lo siento mucho, querida. No recuerdo lo que pasó anoche, pero recuerdo que entró a darme un par de pastillas, como suele hacer cada noche para ayudarme a soportar los dolores que tengo, además de ron. Después me quedaría dormida y no sabría lo que hacía. Desde luego, estos días no estoy de humor para sexo.

—¡Oh, mamá! Dos pastillas más de las que tomas normalmente son demasiadas. No me extraña que te quedes dormida tan a menudo.

Merryn corrió a abrazar a Queenie, con lágrimas de desesperación rodando por sus mejillas. ¿Cómo podía echarle toda la culpa a su madre cuando Johnny las manejaba a las dos de un modo espantoso?

Durante el resto de la mañana, incapaz de concentrarse debido a la mezcla de furia y lástima que sentía por su madre, Merryn se limitó a hacer las tareas más urgentes. Pasó la mayor parte del tiempo jugando con Josette y abrazándola, todo un consuelo para ella mientras se esforzaba en pensar cómo lidiar con aquella tragedia. Además de por ser una alcohólica, Queenie debía de haber sufrido muchísimo en su vida para haber caído tan bajo. ¿Qué le habría ocurrido? Merryn no tenía ni idea, su madre seguía negándose a hablar del pasado. Muy probablemente se trataría del fracaso de su matrimonio con aquel esposo desconocido.

Cuando se dio cuenta de que su matrimonio con Johnny estaba acabado, Merryn llegó a la conclusión de que debía volver a su casita de Mutley. Podía ir todos los días a cuidar de su madre, como era su deber, pero no había encontrado otra ama de llaves y la enfermera solo iba un momento cada día... ¿Bastaría con eso? Por furiosa que se sintiera por la traición de su madre, ¿cómo iba a abandonarla estando enferma? Y después de decidir que nada le arruinaría la vida, llegó a una decisión completamente distinta. Tenía que ser Johnny quien se fuera, ella no. Fue al dormitorio y empezó a guardar las cosas de su marido.

Johnny volvió a casa por la tarde, dijo que el ensayo había ido muy bien y que tenía que cenar rápidamente antes de volver a la actuación de la noche.

Merryn movió la cabeza con desdén.

—Ayer fui al Palace Theatre a ver cómo estaba Queenie y me enteré de tu verdadero trabajo. Aun habiéndome mentido durante meses sobre tu supuesto trabajo en el Palace Theatre, me das pena, Johnny.

El rostro del joven se puso rojo de furia.

—¡Maldita sea! ¿Por qué iba a reconocer que solo he conseguido encontrar un trabajo que es una basura?

—Yo, como amante esposa, te habría apoyado al máximo si me lo hubieras dicho. Estoy segura de que hay otros lugares en los que podrías haber encontrado empleo y yo habría hecho todo lo posible por ayudarte. Si ya no tocas la batería, ¿dónde está?

—Tuve que dejarla en la casa de empeños porque andaba corto de dinero —contestó él, con el ceño fruncido.

—¡Santo cielo! ¡Qué estupidez! Ya antes de casarnos, acosabas a Queenie pidiéndole dinero y desde entonces le has pedido cada vez más. Posiblemente por eso decidiste que nos mudáramos aquí y la convenciste de que necesitaba cuidados desesperadamente. Eso tampoco estuvo bien. Y a pesar de que yo he estado aquí cuidando de ella, anoche vi lo que le hacías, otra razón sin duda para venir aquí. Te encanta acostarte con ella.

Johnny se puso lívido y guardó silencio unos segundos, antes de contestar con un tono de voz lisonjero.

—No me culpes por eso. Queenie me sedujo en Francia. Juré que no permitiría que volviera a ocurrir pero pasó.

Merryn soltó un bufido de burla.

—No creo ni una palabra de lo que dices. Queenie afirma que intentó acabar su aventura contigo cuando se enteró de nuestra relación, pero tú te negaste a romper. De hecho, ninguno la disteis por terminada, así que ambos sois igual de culpables de lo que ha habido entre vosotros desde hace ya tiempo. Y está claro que te sigue gustando acostarte con ella aunque esté enferma. Y no tienes ningún derecho a darle más pastillas cada noche. Eso está muy mal, es peligroso y podría dañar aún más su salud.

Johnny hizo un gesto de desdén.

—¿Y por qué me voy a arriesgar a que le duela nada cuando le encanta acostarse conmigo? Es mucho mejor que esté tranquila y adormilada.

—Mi madre enferma afirma que ya no le interesa continuar esta aventura contigo, dice que se queda dormida cuando toma esas pastillas y no sabe lo que le haces. Por tu traición, ya no quiero vivir más tiempo contigo y tengo intención de poner fin a nuestro matrimonio, que ha resultado ser un desastre completo. Ella sigue siendo mi querida madre y está enferma, así que eres tú quien debe irse, no yo.

—¡Maldita sea! ¿Y dónde demonios voy a vivir? Sabes muy bien que renuncié a nuestra antigua casa. ¿Por qué voy a vivir solo si tú eres mi esposa y es tu deber cuidar de mí?

Merryn sonrió con suficiencia.

—Ya no. En el futuro tendrás que prepararte el desayuno, el almuerzo y la cena, limpiar, doblar y colgar tu ropa. Tendrás que aprender a cuidar de ti mismo.

—Sabes perfectamente que no sé cocinar y, maldita sea, ya friego y limpio suficiente en ese condenado restaurante. Si me echas de esta casa, decides separarte y te niegas a ofrecerme parte de la fortuna de tu familia, no te permitiré que te quedes con esa niña.

Merryn sintió un frío interior.

—Nuestro matrimonio se ha terminado y lo que yo haga conmigo misma y con Josette, la hija a la que nunca has querido, es decisión mía, no tuya. Creo que a Queenie apenas le quedan ahorros. A mí no me importa el dinero, solo mi vida y la de mi hija. En cuanto tenga tiempo y la oportunidad de hacerlo, buscaré un empleo, como hacen muchas mujeres hoy en día. Te he hecho las maletas, así que ve a recogerlas en tu habitación y márchate ya. Adiós, Johnny.

—No pienso ir a ninguna parte.

—No te queda otra —comentó Merryn con frialdad.

Se volvió y le abrió la puerta de la cocina. Johnny se adelantó, le dio un fuerte golpe en la cabeza y la tiró al suelo. Al caer, la embargó el miedo y segundos después él le daba patadas en la espalda con furia. Merryn se acurrucó desesperadamente para protegerse y soltó un grito al descubrir que sangraba por la cabeza y la cara. Su mente se quedó en blanco, la envolvió una nube oscura y perdió el conocimiento.

CAPÍTULO 33

El barco atracó en Portsmouth al amanecer del día siguiente y a Cecily le costó despedirse de Boyd. Él se dirigía a Bournemouth a ver a su madre y explicarle dónde había trabajado esos últimos meses, pues confesó que no se lo había dicho claramente en ninguna de las cartas que le había enviado. Cecily no estaba segura de que volvieran a trabajar juntos en otro crucero, pues entre ellos se había abierto una extraña distancia, posiblemente por los celos que había sentido él por creer que lo había engañado al decirle que lo amaba cuando en realidad quería desesperadamente a Louis. Aquello no era cierto, pero Cecily estaba tan preocupada por su madre y su hermana que había sido incapaz de encontrar fuerzas para convencerlo de lo contrario.

—Avísame si puedo hacer algo para ayudaros —se ofreció él amablemente cuando colocó la maleta de Cecily en el estante de los equipajes—. Y también dime cuándo estarás disponible para otro crucero, por si yo también estoy libre.

—Gracias. Eso depende de la salud de mi madre y de la ayuda que necesite Merryn para cuidar de ella —comentó Cecily con tristeza.

Estaba ansiosa por ver a su familia y temía seriamente que Boyd no estuviera libre para volver a trabajar con ella. Lo despidió agitando la mano cuando partió el tren y le sonrió con dulzura. Le pareció ver un brillo de comprensión en los ojos del joven. El viaje duró varias horas, mucho más que el viaje de Boyd. A Cecily le sentó bien ver su adorada tierra, pero no quería imaginar en qué terrible estado estaría Queenie, atormentada por el miedo de que no pudiera recuperarse. También estaba deseosa de ver a su hermana y a su sobrina y confiaba en que ambas estuvieran bien. Sabía que Merryn se había visto obligada a mudarse con su madre para cuidar de ella y pensaba que sería maravilloso que volvieran a vivir juntas, aunque fuera solo una breve temporada. Le hablaría de todos los lugares que habían visitado en esos maravillosos cruceros, también le contaría en qué consistía su trabajo y le confesaría el amor que había encontrado con Boyd y que ahora estaba en peligro de perder. Solo le quedaba confiar en que él volviera a creer en el amor de ella.

Cuando llegó a Plymouth sobre las doce del mediodía, tomó un tranvía hasta su casa en Grand Parade. Dejó la maleta en el vestíbulo y gritó:

—¡Sorpresa, sorpresa! ¡Ya estoy aquí, preciosa! —Continuó cantando una estrofa de *Dreaming of Home, Sweet Home* («Soñando con el hogar, dulce hogar»).

Aquel silencio la decepcionó. ¿Acaso estaría Merryn de compras? ¿O quizá había subido a llevarle el almuerzo a Queenie y no la había oído cantar? Corrió hasta el dormitorio de su madre, abrió la puerta con cuidado y sonrió, preparada para volver a cantar, pero guardó silencio, horrorizada por lo que vio. No había ni rastro de Merryn, en la habitación estaba solo Queenie, que dormía profundamente, con el rostro pálido y demacrado. Parecía muy enferma. Cecily se acercó y le acarició el cabello rubio.

—Despierta, mamá. Estoy en casa.

Queenie no se movió ni abrió los ojos. Su madre estaba tan profundamente dormida que ni advirtió su presencia. Cecily miró a su alrededor con el ceño fruncido. ¿Dónde estaba su hermana?

Salió sin hacer ruido y echó un vistazo rápido en el dormitorio de Merryn, también estaba vacío. Corrió abajo para buscarla en la cocina, en el salón y en la sala de estar, pero no la encontró por ninguna parte.

—¿Dónde estás, Merryn, cariño? —llamó cuando volvía a subir. Y se quedó atónita cuando oyó llorar a su sobrina desde su cuarto situado en la planta superior, la pequeña reaccionaba así a su llamada.

Corrió escaleras arriba y la alarmó ver a Josette de pie en su cuna, agarrada con fuerza a la barandilla. Estaba muy sucia, la sábana que tenía bajo los pies desnudos estaba empapada, como si se hubiera hecho pis. Sollozaba lastimosamente, encerrada en su cuna.

—¡Oh, mi amorcito! ¿Por qué estás metida aquí en pleno día? —preguntó Cecily.

La envolvió en una toalla, la tomó en sus brazos y la estrechó contra sí. La alivió que la niña dejara de llorar y se aferrara a su cuello. Su querida sobrina no la recordaría, hacía meses que no la había visto, pero la pequeña necesitaba consuelo. Tenía ya diecisiete meses. Volvió su cabecita para mirar a su alrededor y gritó:

—¡Mami!

—Mi pobre niña. Me pregunto dónde estará mamá.

Cuando la pequeña empezó a llorar de nuevo, Cecily le dio un beso y se dio cuenta de que olía muy mal.

—No te preocupes, iremos a buscarla. Primero te cambiaremos el pañal, querida.

Su preciosa sobrina estaba hecha un desastre. Tenía la cara roja, como si llevara tiempo sollozando, todo su cuerpo estaba mojado por las lágrimas y la orina y parecía hambrienta. Cecily la desnudó, la lavó rápidamente en el lavabo del cuarto de baño, no quería tardar preparándole la bañerita cuando sentía la necesidad urgente de buscar a su hermana. Cuando hubo encontrado ropa limpia y la niña estuvo vestida, la abrazó con cariño.

—Ahora vamos a busca a mamá, ¿de acuerdo, cariño? Y despúes comeremos algo.

Josette, que parecía también impaciente por encontrar a Merryn, tomó la mano de su tía y trotó con ella en búsqueda de su madre. Cecily volvió a registrar cada habitación, mirando esta vez en todos los recovecos y escondrijos, por si Merryn había sufrido una caída. Como era una casa grande de tres plantas, tomaba a la pequeña en brazos cuando subían y bajaban escaleras, para que no se cayera. Sentía también la necesidad de cuidar de su madre, así que volvía de vez en cuando al cuarto de Queenie a ver si se había despertado, pero la mujer seguía profundamente dormida y sin moverse. Cecily creyó que su madre estaba inconsciente por la gravedad de su enfermedad. Mientras recorría la casa, pensó que parecía que la habían desvalijado. Faltaban muchos cuadros, jarrones y otros objetos y eso la sorprendió. Y lo más importante. ¿Dónde estaba su querida hermana? La desaparición de Merryn era preocupante. ¿Había ido a buscar a una enfermera o un doctor? De no ser así, ¿dónde podría estar? Y, estuviera donde estuviera, ¿por qué había dejado a su hija en casa?

Se esforzó por no dejarse arrastrar por el miedo y sonrió a Josette.

—¿Tienes hambre, cariño? Mientras esperamos a que venga tu mamá a casa, vamos a comer algo.

Llevó a la niña a la cocina y le sirvió una taza de leche. Encontró pan seco y queso y le preparó una rebanada de pan tostado con queso fundido, que la niña mordisqueó alegremente. Demasiado atribulada por la inesperada ausencia de su hermana, Cecily no pudo comer nada.

En aquel momento entró Johnny y se sobresaltó al verla sentada en la mesa de la cocina con Josette.

—¡Dios bendito! ¿Que demonios haces tú aquí?

—Vivo aquí y he sentido la necesidad de venir a ver a mi madre. También estoy buscando a Merryn. ¿Dónde está?

—¿No está aquí? —preguntó él con frialdad—. ¡Qué raro! Casi siempre está con Queenie. Supongo que habrá ido a hacer la compra o estará ocupada haciendo alguna de las muchas tareas que le exige tu madre. ¿Queenie no sabe dónde está?

Cecily lo miró con incredulidad.

—¿Por qué iba a salir Merryn y dejar solas a su hija y a su madre enferma? Mi hermana no haría una cosa tan estúpida. Y la casa está hecha un desastre. ¿Acaso han entrado a robar aquí?

—No, que yo sepa —comentó él con aspereza—. La verdad es que Merryn no se las arregla muy bien con toda la limpieza y el trabajo que supone cuidar de esta casa además de hacer lo propio con vuestra madre, así que es posible que la haya descuidado un poco.

—Pensaba que mi madre había contratado a un ama de llaves cuando Nan se retiró con su hermana a Bournemouth. No veo a nadie.

—Queenie nunca aprueba a ninguna de las personas que contrata Merryn, siempre las despide.

—Eso es ridículo. ¿Quieres decir que Merryn tiene que hacerlo todo sola sin ayuda y que está mal por haber estado sometida a esa presión?

Johnny suspiró, se volvió para hervir agua y prepararse una taza de té.

—Me preocupa su salud mental. Puede que haya salido a dar un paseo para huir de Queenie, quien, como sabes, no es una mujer fácil. Las dos discuten mucho sobre lo que hay que hacer —dijo.

Sacó del bolsillo sus gafas y se las puso. Había algo en su modo de esquivarle la mirada que le preocupó mucho a Cecily, para quien aquella conversación no tenía sentido. Miró a Josette, que parecía observar y escuchar a su padre y a su tía, le sonrió con gentileza y la tomó en brazos.

—Puede que tengas razón —dijo a Johnny—. Nunca ha sido fácil trabajar para Queenie y, si Merryn está desesperada, quizá haya ido a dar un paseo. Me llevaré a Josette a la playa a ver si está allí o en el Pier, que son sus dos lugares favoritos. Si no la encuentro, tendré que llamar a la policía.

Johnny se giró bruscamente con expresión desolada.

—En realidad, dudo que esté en ninguno de esos sitios y que sea fácil encontrarla. Debo confesar que se marchó anoche, hecha una furia, después de declarar que ya no deseaba cuidar de su madre. No la he visto desde entonces.

La idea de que su querida hermana abandonara a su hija por problemas con su madre enferma era demasiado horrible para contemplarla.

—¡Dios bendito! ¿Y por qué haría una cosa así? ¿Se había peleado con Queenie?

—Me temo que fue conmigo con quien se peleó cuando protesté por negarse a cuidar debidamente de su madre y darle demasiadas pastillas, lo que seguro que es peligroso.

Cecily no estaba convencida de que Merryn fuera capaz de nada semejante, era más probable que fuera él quien le hubiera dado demasiadas pastillas, pero reaccionó con toda la calma de la que fue capaz.

—¿Por eso ha estado mamá todo el día dormida? —preguntó.

—Obviamente. Puede que eso la libere de todos sus dolores, pero Merryn no ha hecho bien. También estaba disgustado porque ya no cuida de su madre, de su hija ni de mí y me dijo que se marchaba, que estaba agotada y necesitaba un respiro. Lo mismo que hizo una vez en Francia.

—Eso fue por una razón completamente distinta. ¿Y por qué iba a abandonar a su hija? ¿Acaso insinúas que tiene problemas mentales?

—Sí.

—¡Qué horror! —exclamó ella. Vio que él le esquivaba la mirada y la invadió el miedo—. Tengo que ir a buscarla.

—Como quieras. Sabe Dios dónde se habrá ido. Desde luego, a nuestra vieja casa no, pues sabe que el casero piensa alquilársela a otros.

Cecily, dispuesta a agarrarse a un clavo ardiendo con tal de alejarse de él, dijo lo primero que le pasó por la cabeza.

—Quizá haya ido a casa de una de nuestras amigas sufragistas. Me llevaré a Josette, seguro que la encontraremos.

No, no abandonaría a su querida sobrina. Johnny no era franco del todo, se callaba algo. Dejar sola a Queenie no fue una decisión fácil, pero tenía que ir a buscar a su hermana.

—También llamaré a una empresa que conozco y contrataré a alguien para que ayude a cuidar de Queenie y de esta casa.

—Y de mí —comentó él con sequedad.

Cecily le estaba poniendo el abrigo a Josette cuando sonó el timbre de la puerta. Con la esperanza de que fuera Merryn, corrió a abrir y la sorprendió ver a Nan con una maleta en la mano.

—Hola, querida. Boyd me ha dicho que habías vuelto a casa porque Queenie está grave y he pensado ayudaros a cuidar de ella.

Cecily la abrazó con fuerza.

—¡Oh, gracias a Dios! Me alegro mucho de verte, Nan.

Nan abrazó después a Josette.

Cecily tomó su maleta y la llevó al salón, donde cerró la puerta sin ruido para que no las oyeran.

—Queenie lleva todo el día dormida, quizá esté borracha, pero quizá esté inconsciente por haber tomado demasiadas pastillas. No sé. Creo que la enfermera vendrá esta tarde en algún momento y debería examinarla con atención.

—Me encargaré de que así sea —comentó Nan, sentada en el sofá con Josette sobre su regazo—. ¿Se puede saber por qué no me dijo Merryn que Queenie estaba tan mal?

—No estoy segura, pero también hay otro problema —murmuró Cecily—. Quizá debido a todo este estrés al que ha estado sometida, Merryn ha desaparecido.

—¡Oh, no! ¿Qué ha ocurrido? ¿Dónde puede haber ido? Cecily negó con la cabeza.

—No tengo ni idea, ¿pero puedes hacer el favor de cuidar de Josette y de Queenie mientras yo voy a buscarla?

—Naturalmente, querida. Cuidaré bien de las dos mientras buscas a Merryn. Espero que no le haya sucedido nada malo.

—Yo también. Muchas gracias por haber venido, Nan. Instálate en tu antigua habitación del último piso y yo informaré a Johnny de tu llegada. Te recomiendo que no hables de esto con él. No me ha convencido lo que me ha contado de que Merryn salió huyendo anoche porque necesitaba un respiro. No creo ni por un momento que se haya marchado voluntariamente sin su hija.

—Ni yo tampoco. Adora a su hija. —Nan abrió su bolso y sacó una tarjeta—. Boyd me ha dicho que te dé esto por si necesitas su ayuda. Su madre ha instalado un teléfono para que los huéspedes puedan reservar habitación. A mí me da miedo ese invento, pero a ella le funciona de maravilla, así que puedes llamarlo si necesitas que te ayude.

—¡Oh! Eso sería maravilloso. Me temo que no tengo ni idea de cuánto tiempo estaré fuera ni por dónde tendré que buscarla. Deséame suerte.

Cuando Cecily entró en la cocina, le sorprendió encontrarla vacía. Johnny habría vuelto al trabajo, indiferente a la desaparición de su esposa. ¡Qué hombre tan estúpido! Escribió una nota informándole de la llegada de la querida amiga de Queenie, la dejó sobre la mesa y partió rápidamente a buscar a su hermana por la playa, en el Pier, el Hoe y después el Barbican, donde a Merryn le gustaba ir al mercado y ver a los barcos de pesca zarpar y atracar, pero no encontró ni rastro de ella.

Después de varias horas de búsqueda angustiosa, cuando ya empezaba a atardecer, Cecily estaba tan asustada que siguió el consejo de Nan, buscó una cabina telefónica y llamó a Boyd. Fue muy alentador oír su voz cuando tanto lo necesitaba. Le explicó rápidamente que no sabía qué le había ocurrido a Merryn.

—Ha desaparecido, solo Dios sabe dónde y por qué. Creo que Johnny oculta algo. Por suerte ha llegado Nan para cuidar a Queenie. Te agradezco muchísimo que la hayas enviado y también necesito desesperadamente tu ayuda. Tú eres muy importante en mi vida. No puedo creer ni por un momento que Merryn abandonara voluntariamente a su madre y a su hija.

—Coincido contigo, eso no tiene sentido. Tú también eres importante en mi vida, querida. Tomaré el primer tren que parta hacia allí e iré a ayudarte a buscarla. Puede que no llegue hasta medianoche o, si no hay trenes antes, mañana temprano, pero iré en cuanto pueda.

CAPÍTULO 34

Después de hablar con Boyd, Cecily llamó a todos los hospitales cercanos para preguntar si su hermana Merryn había tenido un accidente, tal vez nadando, y la habían atendido allí. Todas las recepcionistas o enfermeras con las que habló revisaron sus archivos y le dijeron que no tenían a nadie con ese nombre. Todas le sugirieron también que acudiera a la policía si no la encontraba pronto. Cecily asintió y, cuando terminó de hablar, volvió corriendo a su casa, con la esperanza de que Merryn hubiera vuelto ya. Cuando descubrió que seguía ausente y la pequeña Josette fue corriendo a abrazarla, se esforzó por sonreír y sofocar el pozo de miedo en que sentía estar hundiéndose. Después de todo lo que habían pasado durante aquella condenada guerra, era espantoso enfrentarse de nuevo a la posible pérdida de su hermana, a la que quería más que a nadie en el mundo. Y, como si no bastara con esa angustia, estaba también el problema de su madre.

Nan le dijo que la enfermera había confirmado que Queenie había tomado demasiadas pastillas y alcohol.

—Encontré una botella de ron debajo de su cama y la tiré. También he escondido las pastillas fuera de su alcance. Gracias a la ayuda de la enfermera, por fin recuperó el conocimiento. Conseguí persuadirla de que comiera un sándwich pequeño y tomara una taza de té, pero, cuando la acompañaba a la puerta, la enfermera no me dio buenas noticias sobre su estado de salud. Explicó con tristeza que ya le queda poco tiempo.

—Lo sospechaba... —murmuró Cecily, con pena.

Queenie pareció alegrarse de verla y, cuando Nan salió a preparar comida, Cecily pasó una hora sentada con ella. No quería disgustarla contándole que Merryn había desaparecido, así que habló del éxito de los cruceros en los que había participado. Queenie la escuchó contenta.

—Encontré a un acompañante joven que toca bien el piano y que dice estar enamorado de mí —comentó.

Después de haber hablado con Boyd por teléfono y haber oído la devoción que sentía por ella, Cecily tenía nuevas esperanzas sobre su relación con él.

—Me alegro mucho de oír eso, querida. Me encantaría conocerlo. ¿Es guapo y rico?

Cecily soltó una risita.

—Lo primero sí, pero no lo segundo. ¿Importa eso, mamá?

Queenie sonrió y negó lentamente con la cabeza.

—Probablemente no. Siempre he estado obsesionada con el dinero porque mi madre me abandonó sin motivo. Yo también busqué amor, pero no logré encontrarlo. Me construí una vida propia, lo cual no fue fácil. Espero que la tuya sea mucho más feliz, querida.

Empezó a adormilarse y Cecily, llena de emoción por la ternura que acababa de mostrarle, la abrazó y la besó.

—Dios te bendiga, mamá —murmuró—. Y gracias por toda la formación que me diste, me ha ayudado muchísimo, y gracias también por haberte mostrado tan comprensiva en las dos ocasiones en que he sufrido una pérdida. Siento no haberte protegido mejor, pero te quiero mucho.

Queenie abrió los ojos y parpadeó para reprimir las lágrimas.

—Yo también te he querido siempre, hija.

Cecily, muy conmovida, apenas podía respirar por la emoción, aquella era la primera vez que su madre le decía esas palabras.

—¿A pesar de que Merryn siempre haya sido tu hija favorita y nunca te haya gustado nada de lo que he querido hacer, ya fuera cantar en un escenario o casarme con Ewan? —preguntó con una risita.

—Eres una chica encantadora y con mucho talento y siempre he temido perderte por las complejidades en que me he visto envuelta a lo largo de toda mi vida.

En sus ojos azules había un brillo de adoración y Cecily se esforzaba por buscar una respuesta apropiada a aquella sorprendente declaración cuando entró Nan. Llevaba una bandeja con un cuenco de sopa, un panecillo y una taza de leche. Sonrió a Queenie.

—Querida, te traigo algo de cenar y estaré encantada de ayudarte a comer y a beber —dijo.

Cecily se levantó para cederle su sillón al lado de la cama.

—¿Puedes arreglártelas sola mientras me ocupo de Josette? —preguntó.

—No te preocupes —murmuró Nan—. Le daré de comer y me aseguraré de que no tenga cerca ron ni pastillas. Cuando hayas atendido a la pequeña, que está en su parque, descansa un poco. Es tarde y debes de estar agotada.

Cecily dejó a Nan sentada al lado de Queenie y fue a bañar a Josette, acostarla y cantarle una canción. Después se tumbó en su cama, exhausta pero reconfortada y conmovida por la conversación que había tenido con su madre. ¿Por qué había tratado tan mal a Queenie su propia madre? No se había molestado en quitarse la ropa y no tardó en pensar de nuevo en Merryn. Estaba muy preocupada por ella, pero se había esforzado en no asustar a su madre. ¡Qué día tan largo y traumático! Muy distinto a lo que esperaba. Se quedó dormida pensando en su adorada hermana, temía muchísimo perderla. ¿Dónde podría estar?

Para alivio suyo, Boyd llegó al amanecer. Se sintió mucho mejor con él allí para ayudarla a buscar a Merryn, sobre todo cuando la abrazó para ofrecerle consuelo, apoyo y para demostrarle su amor por ella. Cecily le acarició las mejillas con cariño y le susurró también palabras de amor. Después de un desayuno rápido, una tostada con mermelada y una taza de té, él se levantó enseguida.

—¿Por dónde empezamos? —preguntó—. Supongo que has registrado esta casa.

—Sí. Dos veces.

—Pues, por si acaso, haremos el tercer recorrido antes de salir para la playa.

Cecily avanzó a su lado por la casa. Registraron todas las habitaciones, alacenas y armarios e incluso miraron debajo de las camas. Después fueron al puerto, rodearon el Pier, subieron hasta el Hoe y recorrieron la ciudad, mirando detrás de los arbustos y de los árboles, en estanques y en los vestuarios de la playa, por si se había desmayado o caído en alguno. Horas después, volvían a estar en el salón, donde se dejaron caer en silencio en un sillón.

—¿Dónde más se podría buscar? —preguntó Nan, muy preocupada, después de servirles una taza de café a cada uno—. Me gustaría ayudaros, pero creo que debo quedarme cerca de Queenie. Está peor.

Cecily suspiró nerviosa, con una sensación oscura en la boca del estómago.

—No se me ocurre nada. He buscado ya varias veces por todas partes. Ayer llamé a todos los hospitales para comprobar que no hubiera ingresado en alguno. No quiero ni imaginar que se fuera a nadar y se ahogara. ¿Creéis que debo llamar a la policía?

—Creo que ya ha llegado el momento de hacerlo —comentó Boyd con tristeza.

Se hizo el silencio mientras los tres consideraban aquella posibilidad.

—Doy por hecho que también habéis registrado la bodega —comentó Nan después de un momento.

—¡Santo cielo! Me había olvidado de la bodega, nunca bajamos allí. —Cecily se puso en pie de un salto.

Boyd la imitó.

—¿Dónde está y por dónde se baja?

—Está en el sótano. La puerta está en la trascocina —contestó Nan, antes de volver arriba con una bandeja con café y galletas para Queenie.

Boyd y Cecily corrieron a la trascocina, pero encontraron cerrada la puerta del sótano.

—¿Dónde está la llave? —preguntó Boyd.

—Debería estar colgada en este gancho, pero no la veo en su sitio —dijo Cecily con un gemido de irritación.

—¿Por qué está cerrada la puerta? Si tuviera las dos piernas, la abriría a patadas. ¿Tenemos un martillo o un hacha?

—Se guardan en el sótano. —Cecily corrió a la cocina y volvió con el atizador—. ¿Servirá esto?

Boyd lo agarró y golpeó varias veces la cerradura con él hasta que terminó por romperse. Empujó la puerta y Cecily tomó una lámpara que había llevado consigo para seguirlo por los escalones de piedra. Alzó la lámpara para mirar la bodega oscura y sombría, pero no vio más que un montón de leños y de carbón.

—No recuerdo el tamaño de este sótano, hace años que no bajo aquí. Recuerdo que tenía más de una zona y que ocupaba toda la longitud de la casa. ¿Quieres que vaya a buscar otra lámpara para que veamos mejor? —preguntó.

—Buena idea. Yo miraré en la estancia contigua.

Cuando Cecily se volvía para subir las escaleras en busca de otra lámpara, el instinto la hizo pararse y preguntar con la voz más alta que pudo:

—Merryn, querida, ¿estás aquí? Llevo registrando nuestro «Hogar dulce hogar» desde ayer.

Entonces oyó un grito apagado.

La encontraron en el rincón más alejado de otra estancia del sótano, con las muñecas atadas a una tubería de agua y un pañuelo apretado alrededor de la boca. Cecily, traumatizada por verla encerrada en aquel sótano frío y oscuro, con la cara amoratada, los ojos casi negros y rastros de sangre en el cuello, le quitó el pañuelo con ternura mientras Boyd le desataba las muñecas.

—¿Cuánto tiempo llevas aquí y quién te ha atado? ¿Fueron los ladrones que robaron muchos cuadros, jarrones y otros objetos?

Merryn negó con la cabeza y ese gesto le arrancó una mueca de dolor.

—No recuerdo cuándo ni cómo me bajaron aquí. No creo que fueran ladrones quienes robaron nuestras cosas, sino el mismo monstruo que me golpeó a mí.

—¡Oh, no! ¿Quién fue ese monstruo, querida? —preguntó Cecily. Temía saber la respuesta a esa pregunta, pero no se atrevía a declarar que sospechaba que el responsable podía ser el esposo de su hermana.

Boyd vio que Merryn tenía los ojos llenos de lágrimas y temblaba de frío y cortó la conversación.

—Déjame llevarte arriba, muchacha. Cuando te hayas calentado y recuperado un poco, nos contarás todo lo que ha pasado.

Una hora más tarde, después de que Nan la bañara y le diera de comer, Merryn estaba sentada en el sofá del salón abrigada con una bata. Se habían reunido para escuchar su historia. La joven les contó lo que había visto la noche que había ido a recoger la bandeja de la cena de Queenie. Aquello no le sorprendió nada a Cecily.

—Siempre temí que pudiera ocurrir algo así, pero no imaginé que pudiera suceder después de haberte casado con él, querida.

—Ojalá hubiera hecho caso de tus sospechas cuando los viste besándose, Cecily. Siempre hemos conocido la debilidad de Queenie por los hombres jóvenes y me dije que solo coqueteaba con él. Cuando la acusé de haberme traicionado, reconoció haber tenido una aventura con él, de manera que no puede decir que sea inocente. Johnny tampoco. Siguió acostándose con ella sin importarle que estábamos casados y, creyendo que le quedaba poco tiempo de vida, ella sucumbió. En las últimas semanas, al parecer, Johnny le dio a Queenie demasiadas pastillas y es probable que la violara muchas noches, pues mamá dijo que estaba inconsciente y que ya no le interesaba el sexo, pero aun así sigue sintiendo aprecio por él.

Merryn siguió describiendo las amenazas que le había lanzado su esposo cuando ella le había contado cuanto había visto aquella noche.

—Johnny ha controlado mi vida mucho más de lo que jamás habría esperado. Ha resultado ser un hombre muy dominante. Acabó diciéndome que me arrebataría a la niña si no accedía a seguir siendo su esposa y entregarle la fortuna que cree que posee nuestra familia. Siempre le ha obsesionado hacerse con el dinero de Queenie. Le expliqué que apenas le quedan ahorros y le dije que nuestro matrimonio había terminado. Fue entonces cuando me golpeó.

—¡Oh, querida, qué monstruo! Sin duda se enfadó al saber que apenas queda dinero y robó los objetos desaparecidos de la casa —dijo Cecily, furiosa por el carácter controlador y la avaricia de Johnny.

—Supongo que sí. He tenido mucha suerte de que llegarais todos a ayudarnos a Queenie y a mí —susurró Merryn.

Cecily permaneció sentada apretando la mano de su hermana, llena de compasión por ella, mientras Boyd fue a llamar a la policía. Pronto llegaron dos agentes, que escucharon también la historia de Merryn y dijeron que, atada en el sótano, si su familia no la hubiera encontrado a tiempo, podría haber muerto a causa de sus heridas o de hambre. La llevaron al hospital para que la examinara un doctor y después salieron en busca de su esposo. Cecily confiaba en que encontraran a ese bastardo y lo encerraran.

Cecily acompañó a su hermana y, aunque Merryn tenía la columna vertebral muy magullada, cosa que resultaba alarmante, no había sufrido daños graves en el corazón ni en los pulmones. El doctor le puso una bolsa de hielo en la espalda y le explicó que así se iría reduciendo la inflamación. Por suerte, movía bien las piernas, así que no corría peligro de quedar paralizada como consecuencia de la paliza que había recibido.

—¡Gracias a Dios que tú no acabarás en silla de ruedas como muchos soldados, querida! —exclamó Cecily. La abrazó con calor.

El doctor les informó de que la recuperación podía llevar algún tiempo y le recomendó que descansara primero y después empezara a hacer ejercicio poco a poco para que fueran fortaleciéndose sus músculos. Cecily estaría encantada de ayudarla a conseguirlo.

Cuando regresaron a casa aquella noche y Cecily hubo instalado a Merryn en su cama, se enteraron por Boyd de que la policía había encontrado a Johnny vendiendo mercancías en un mercado de Plymouth. Lo habían detenido por robo, agresión e intento de asesinato de su esposa. Cecily se alegró. Eso era lo que se merecía. Todos estaban agotados y se retiraron a dormir, Boyd en un cuarto de invitados del último piso. Cecily fue discreta y no se reunió con él. A la mañana siguiente, primero fue a ver a Queenie, que dormía profundamente, y luego se reunió con los demás para desayunar. Allí le explicó a Boyd con cautela que todavía no podía pensar en ir con él a trabajar en otro crucero y que esperaba que su madre pudiera recuperarse.

—Quizá más adelante... —comentó con timidez.

—No me importa nada esperar y confío en que volvamos a viajar juntos algún día —dijo él con una sonrisa amable.

Nan frunció el ceño. Parecía descontenta al enterarse de que habían trabajado juntos en cruceros.

—Confieso que, aunque vine encantada a ayudar a Queenie cuando me dijiste que estaba enferma, me disgustó saber que habías decidido trabajar con Cecily en vez de hacerlo con tu madre, Boyd. Se te daría bien llevar su posada y sería un proyecto con más futuro para ti.

—No, no es así —dijo Boyd con una carcajada—. Adoro a mi madre y estoy seguro de que tú la ayudas muy bien, tía, pero a mí no me gustaría ese trabajo y, por todo lo ocurrido estos días, no he tenido tiempo de hablarle de mi trabajo en los cruceros.

—Es mejor que no lo hayas hecho. A mi hermana no le gustará nada. Por favor, deja ese trabajo y vete a vivir a Bournemouth.

Cecily estaba perpleja por la actitud desaprobadora de Nan y, al ver el rostro angustiado de Boyd, lamentó que se sintiera tan frustrado por los comentarios de su tía.

—¿Por qué no lo aprobará su madre? —preguntó—. Yo le conté a Queenie el éxito que hemos tenido y lo felices que somos trabajando juntos y le alegró mucho oírlo. Aunque no me arriesgué a disgustarla hablándole de ti, Merryn.

—Eso ha sido muy sensato —asintió su hermana—. Y, la verdad, a pesar de la estupidez que ha cometido, yo todavía la quiero.

Cecily sonrió.

—Yo también la quiero. Sube conmigo a saludarla, Boyd. Mi madre ha dicho que le gustaría conocer a mi pareja musical.

—Eso no sería nada apropiado —comentó Nan con severidad—. Queenie está casi en estado comatoso y no seguirá mucho tiempo entre nosotros.

Cecily le dio una palmadita en el hombro.

—No temas. Necesitamos pasar con ella el tiempo que le quede. Últimamente ha sido muy amable conmigo y, si está despierta, será un placer hacer lo que me pidió y presentarle a Boyd. ¿Por qué no voy a querer darle una alegría antes de que se vaya de este mundo?

Subieron todos las escaleras y Nan los siguió con una expresión extrañamente desconcertada. Cecily le acarició el pelo a Queenie y, al darle un beso, notó que su respiración sonaba muy fatigada y a veces parecía cesar por completo. La alivió mucho ver que abría los ojos y sonrió cuando Merryn se apresuró a asegurarle que no se preocupara por el lastimoso estado en el que se encontraba antes de contarle brevemente lo que había ocurrido.

—No olvides que yo a ti te he perdonado, pero jamás perdonaré a mi esposo. Ahora ya se ha ido.

Queenie acarició la mejilla de su hija y sonrió.

—Me alegro mucho, querida. Es un hombre espantoso.

Merryn asintió con lágrimas en los ojos.

—Sí, un monstruo. Te quiero, mamá.

Cuando se apartó su hermana, Cecily le apretó la mano a Queenie con gentileza, encantada de ver que seguía llevando su anillo de diamantes.

—Mamá, como me pediste, he traído a mi amigo para que te conozca.

Queenie lo miró maravillada y dijo:

—¡Oh! Yo te conozco, querido muchacho, he visto una foto tuya. —Alzó los brazos y lo atrajo hacia sí con una sonrisa radiante—. Es maravilloso verte por fin. ¡Qué hombre tan encantador! ¡Y además eres mi querido hijo!

CAPÍTULO 35

Cecily se quedó paralizada y frunció el ceño cuando vio que Boyd se sobresaltaba y parecía igual de atónito.

—Sí, algún día puede llegar a ser tu yerno, mamá —dijo Cecily.

Entonces se oyó un estertor, seguido de un silencio total. Queenie se había quedado inmóvil con los ojos muy abiertos. Nan se acercó, se los cerró e informó a sus hijas de que su madre acababa de morir.

—¡Oh, no! ¿Estás segura, Nan? —preguntó Cecily.

—Me temo que sí, querida.

Después de las palabras que acababa de pronunciar, les costó reaccionar. Cecily oyó que Merryn empezaba a llorar y le tomó la mano con los ojos también llenos de lágrimas, pues las dos sentían el dolor de aquella pérdida.

—Cuando estuve con ella anoche, dijo que me quería y que había tenido miedo de perderme por las complejidades en que se había visto envuelta a lo largo de toda su vida. Eso me conmovió profundamente, pero no entendí por qué lo decía.

—Siempre ha guardado su pasado en secreto. Ahora nunca sabremos nada, ni siquiera quién fue nuestro padre —repuso Merryn, secándose las lágrimas—. Esa es una realidad con la que vamos a tener que aprender a vivir. ¡Gracias a Dios que estábamos las dos aquí con ella cuando se ha ido!

—Pero decir que Boyd era hijo suyo ha tenido que ser una broma, seguro que dio por supuesto que nos casaríamos. ¿Por qué habrá dicho algo así justo antes de morir? —Cecily miró a Boyd y vio que estaba sentado en una silla a cierta distancia, frotándose la cabeza con cara de angustia—. Tú no crees lo que ha dicho, ¿verdad? —le preguntó.

Boyd la miró. Estaba muy pálido.

—Cuando mi padre estaba a punto a morir de esa terrible gripe española, se despidió de mí con tristeza y dijo que me amaba tanto como si fuera su hijo de verdad. Naturalmente, ese comentario me dejó atónito y le pedí que explicara lo que quería decir con eso. Confesó que yo era adoptado porque mi madre no había podido tener hijos. Después, al darse cuenta de que no debería habérmelo dicho por si eso disgustaba a mi madre, me suplicó que no mencionara nunca el tema.

Cecily, atónita, lo miró en silencio, con el corazón golpeándole con pánico en el pecho. Estaba desesperada y traumatizada y no quería ni pensar que lo que había dicho su madre pudiera ser cierto.

—¿Tú sabías eso, tía? —preguntó Boyd.

Nan no contestó.

—Si de verdad soy adoptado, ¿sabes por casualidad quiénes fueron mis padres biológicos? —siguió preguntando Boyd—. Tanto Cecily como yo necesitamos saber la respuesta a eso. ¿Queenie es nuestra madre? ¿O simplemente dio por hecho que nos íbamos a casar, como ha sugerido Cecily?

Nan carraspeó.

—Te tuvo en 1894, cuando acababa de cumplir diecisiete años.

Boyd se levantó y se acercó a la puerta.

El funeral tuvo lugar unos días más tarde. Boyd asistió pero guardó silencio en todo momento. Sus gloriosos ojos castaños aterciopelados parecían muy angustiados y esquivó la mirada de Cecily. La joven estaba destrozada de dolor. ¿Por qué tenía que ir algo mal siempre que quería a un hombre? Amaría a Boyd eternamente. Su vida juntos en los últimos doce meses había sido maravillosa y emocionante y ambos formaban una pareja que sentía que su lugar estaba con el otro. Acababa de enterarse de la peor de las noticias posibles, Boyd y ella eran hermanos de madre. Tenían un padre diferente, pero la misma madre, y habían hecho el amor incontables veces, lo que significaba que habían cometido incesto. Cecily sentía un fuerte deseo de salir huyendo y esconderse.

Queenie siempre había vivido absorta por su estrellato y su reputación, así que no resultaba muy sorprendente que hubiera apartado a su hijo de su mente y nunca hubiera mencionado siquiera su existencia. Solo Dios sabía quién sería su padre o si ella era capaz siquiera de recordar su nombre, pues había tenido amantes a lo largo de toda su vida. Nunca había sido una madre fácil, cabía suponer que debido a problemas que nunca les había contado, aunque sí había declarado querer a Cecily antes de morir y siempre se había mostrado muy comprensiva con sus pérdidas. Ahora acababa de perder también a Boyd.

Cuando terminó todo y se sentaron en el comedor para dar cuenta de un almuerzo ligero, Nan tomó la palabra.

—Sabéis que conocí a Queenie desde que era muy joven. Entonces se llamaba Martha. Había muchas cosas que siempre me ordenó que no contara. Ahora que ha abandonado este mundo, me está permitido contaros todo lo que sé. Eso me lo dejó claro. No sé si podré aclararlo todo, pero haré lo posible por explicar cuanto pueda.

—¡Oh, sí, por favor, Nan! —le suplicó Cecily.

—Necesitamos saber más —asintió Merryn.

—¿Puedo escucharlo yo también? —quiso saber Boyd.

—Por supuesto, cariño —dijo su tía.

Se echó hacia atrás en la silla y empezó a contar su historia.

—Queenie fue una hija única mimada, una muchacha atractiva que disfrutó de una infancia feliz y privilegiada en Whitstable. Al ir haciéndose mayor, se encariñó con el hijo de un pescador, pero ese chico no deseaba ser también pescador y se marchó a América. Ella lo echaba mucho de menos y creía que él la adoraba. La besaba dulcemente y se mostraba muy comprensivo con los problemas familiares que le contaba ella. Martha creía que se estaba enamorando de él. Cuando la señora Gossard descubrió que su hija estaba embarazada, pensó que ese chico era el responsable. Lo consideró culpable solo por pertenecer a una familia de clase trabajadora. La verdad era que, después de la muerte de su esposo, la madre de Martha había encontrado pronto un nuevo amante y aquel hombre vivía con ella. Ese canalla abusaba continuamente de la joven Martha y por la noche le daba a beber ginebra para facilitar sus agresiones.

Cecily se encogió de furia.

—¡Oh, eso es terrible! No me extraña que nuestra madre tuviera pesadillas.

—Y que terminara siendo alcohólica —señaló Merryn con frialdad—. Queenie también tenía poca confianza en los hombres de clase trabajadora, quizá porque el chico del que se había enamorado la había abandonado.

Nan asintió.

—Intentó contárselo a su madre, pero esta se negó a creerla. Aunque yo estaba soltera, había ayudado a mi madre a traer al mundo a muchos bebés y asistí al parto. La señora Gossard no quería arriesgarse a llamar al doctor para que nadie se enterara del embarazo de su hija. La había tenido encerrada durante casi cinco meses para no echar a perder su propia reputación. Como tampoco quería criar a un nieto ilegítimo, me ordenaron que llevara al bebé a un orfanato cercano para entregarlo en adopción. Yo dije que lo haría, pero, como mi hermana, que entonces tenía treinta y tres años, no podía tener hijos, se lo di a ella.

—¿O sea que yo soy su hijo? —preguntó Boyd.

—Sí, querido muchacho. Durante la guerra, angustiada por tus heridas, acabé por confesarle todo a Queenie. Se alegró mucho al saber de tu existencia y de tu vida feliz. A partir de entonces la tuve informada de lo bien que lidiabas con la pérdida de la pierna y le escribí a menudo cuando se encontraba en Francia. Se alegró mucho de saber que te habías recuperado y sabes que le gustó mucho conocerte por fin.

Profundamente triste, Cecily miró los ojos angustiados de Boyd.

—¿Y qué fue de Queenie después de que le quitaran a su hijo? —preguntó.

—Se escapó de casa con muy poco dinero, poco más de lo que costaba el tren a Londres, ansiosa de irse a vivir a una distancia segura. No tenía dónde vivir, dormía en antros y, cuando se le terminó el dinero, pasaba hambre y robaba en las panaderías. El dueño de una tienda amenazó con hacer que la arrestaran, pero ella consiguió escapar. Una noche muy fría estaba sentada llorando cerca del Támesis, en East London, y se le acercó una mujer a ofrecerle ayuda y empleo. Martha aceptó encantada y se vio convertida en una prostituta.

Horrorizadas, las dos hermanas intercambiaron una mirada de incredulidad.

—Eso no puede ser cierto. ¿Por qué haría una cosa así?

Nan las miró compasiva.

—Necesitaba desesperadamente comida, dinero y un lugar donde vivir y se dijo que los marineros eran mucho más compasivos que su familia. Obviamente, se había acostumbrado a ser explotada y, por la fuerza de la costumbre, tomaba una copa para dejar que se sirvieran de su cuerpo.

—No soporto siquiera imaginarlo —dijo Cecily—. ¡Pobre mamá!

—Sí, pobre mujer. Meses después, empezó a resentir cada vez más que su chulo se llevara gran parte de sus ganancias. Vivía en una casa de mala reputación, llena de prostitutas, y casi no tenía ni un penique. Desanimada, decidió ganar dinero de algún otro modo. Consciente de que cantaba bien, pues lo había hecho de niña en el colegio y en la iglesia, un día se fue al mercado y puso su sombrero en el suelo para recoger los donativos. Para su sorpresa, le fue muy bien y llegó a tener varios admiradores. Temerosa de que su chulo la descubriera y le quitara también ese dinero, se trasladó a cantar en otros mercados o debajo de un puente cuando llovía.

Nan suspiró.

—Un día que estaba cantando en el West End de Londres, cerca del Gaiety Theatre, se le acercó un joven distinguido. Alabó su talento y le sugirió que hiciera una prueba para trabajar en el teatro. Incluso se ofreció a organizar dicha audición. Martha deseaba intentarlo, aunque se dijo que seguramente aquel hombre querría algo de ella en pago de aquel favor. Hizo la audición y, para alegría suya, recibió una oferta de trabajo.

Merryn sonrió.

—Entiendo que le hicieran esa audición. Sin contar estos últimos años, siempre tuvo una voz maravillosa.

Nan asintió.

—Su carrera fue bien y, un año después, me escribió y me suplicó que fuera a trabajar para ella, ya se estaba convirtiendo en toda una estrella. Accedí encantada. Había sido doncella suya y le tenía cariño, pero no podía decirle nada a su madre.

—¿Y quién era ese hombre que le abrió el mundo del teatro? —preguntó Cecily—. ¿Era el hombre al que investigamos creyendo que era nuestro padre?

—Se trataba de James Stanford, hijo de un lord, y un hombre rico que la llenó de esperanza e ilusión por construirse una nueva vida. Se entregó alegremente a él con gratitud y mantuvieron una relación. A ella le gustaba llamarlo Dean. Le puso ese apodo por ser una autoridad y disfrutar de una alta posición.

Cecily, incapaz de decir nada más, consternada por saber que Boyd era su hermano, se sintió aliviada cuando habló Merryn.

—Lamento que no conociéramos a nuestro padre ni supiéramos por qué nuestra madre guardó un silencio tan obstinado toda su vida. Yo era su hija favorita y me resulta sorprendente que no respetara mi amor por Johnny y lo usara para divertirse ella. Al final se disculpó. Se sintió culpable cuando sufría ya de insuficiencia renal. Me mostró cariño y me sentí aliviada de poder perdonarla. Después de oír lo que sufrió de niña, a pesar de tener una buena carrera, no me sorprende que se hiciera adicta al alcohol y al sexo. No encontró ni tiempo ni energía para dedicarnos mucha atención ni mostrarnos su amor cuando éramos pequeñas. ¡Gracias a Dios que te teníamos a ti para cuidarnos, Nan!

La mujer abrazó a las dos hermanas y a su sobrino.

—Nunca me he casado, pero os quiero a todos como a mis propios hijos.

—Y tú fuiste una madre para nosotros —susurró Cecily antes de darle un beso en su regordeta mejilla—. ¡Afortunadamente!

—Queenie no era una mujer fácil, creo que por los abusos que había sufrido de niña. Atormentada toda su vida por las mismas pesadillas, nunca quiso volver a su casa familiar en Kent. Cuando murió la señora Gossard, le dejó la casa familiar a su amante, aquella mujer jamás creyó lo que le había contado su hija. A Queenie, que para entonces había triunfado ya, no le importó y se compró esta casa victoriana aquí en Plymouth. Entonces insistí en que vosotras vivierais aquí y no os llevara con ella en sus giras.

—Eso fue bueno. Nos encantó vivir aquí contigo. Estoy intentando recordar si Stanford, nuestro supuesto padre, vivió aquí con ella —comentó Cecily.

—No creo que conociera siquiera esta casa —repuso Nan—. Para entonces ya no estaba con ella, aunque fueron pareja durante unos años.

—¿Le confesó alguna vez que había sido prostituta? —preguntó Merryn con suavidad.

Nan negó con la cabeza.

—No, y rezaba para que no se enterara nunca. Le dijo que se había quedado huérfana muy joven y que la muerte de sus padres la había dejado sin casa y con muy poco dinero porque tenían muchas deudas. Me temo que mentir se convirtió en su segunda naturaleza.

—¿Entonces nada de lo que nos contó era verdad? ¿Ese hombre fue nuestro padre y se ahogó en el Támesis, como afirmaba ella?

—Perdió a Stanford, pero vivía con la esperanza de que volvieran a reunirse algún día y fueran de nuevo amantes. Pasaron los años y él siguió enviándole dinero, pero no volvió a verlo. Por eso le molestaba tanto que preguntarais quién era vuestro padre y cuándo volvería a casa y por eso os dijo que se había ahogado. Pensaba que así os callaríais y que ella evitaría males mayores. Creía firmemente que vuestros futuros maridos deberían ser ricos para que dispusierais de dinero suficiente para manteneros bien si fracasaba una relación, como le había ocurrido a ella. Por esa razón Queenie aprovechaba su dinero y su posición y...

—Perdona, Nan —la interrumpió Cecily—. Si se inventó que se había ahogado para que nos calláramos, ¿eso significa que nuestro padre no está muerto?

Nan tardó un momento en contestar.

—En realidad —dijo—, lord Stanford está vivo y se encuentra bien. Vive en el norte de Escocia. Cuando Queenie me escribió hace unos meses diciéndome que sospechaba que podía sufrir insuficiencia renal, le escribí. Lord Stanford me contestó diciendo que estaría encantado de conoceros a las dos, suponiendo que a vosotras os interesara conocerlo a él. Dice que ha estado deseándolo durante años.

—¡Oh, Dios mío! Eso sería maravilloso —declaró Cecily, muy sorprendida.

—Confiábamos en que algún día ocurriera —corroboró Merryn.

Nan asintió.

—Tú también puedes conocerlo si quieres, Boyd. Lord Stanford os ha invitado generosamente a todos a ir a visitarlo y está dispuesto a contar su parte de la historia en relación con los errores que cometieron Queenie y él. Me puse en contacto con él cuando decidí que os contaría la vida de vuestra madre en cuanto muriera y me he permitido reservaros asientos en un tren. —Nan les entregó tres billetes—. Podéis usarlos cuando os resulte conveniente. ¿Tal vez mañana?

CAPÍTULO 36

El viaje en tren fue largo pero entretenido y los llevó hasta las tierras altas de Escocia y, después, desde Inverness hasta Narin, a veinticinco kilómetros de distancia, en la costa de Moray Firth. Entre Cecily y Boyd reinaba un silencio profundo. Merryn al principio intentó conversar con los dos, pero finalmente decidió guardar también silencio y concentrarse en su pena. Llegaron un día suave de otoño, las hermanas ansiosas ante la posibilidad de conocer por fin a su padre. Las calles de aquella ciudad tan victoriana eran largas y estrechas y divisaron un muelle y las playas de arena. Encontraron un carruaje tirado por un caballo y, cuando Cecily mostró al cochero el nombre de la casa que buscaban, MacMarron Hall, le sorprendió que le dijera que no era una casa sino un castillo georgiano situado a unos kilómetros de la ciudad.

—O sea que ese lord es bastante rico —susurró Merryn cuando subieron al carruaje.

Y resultó ser un edificio magnífico, con torreones a izquierda y derecha, muchísimas chimeneas altas en el tejado, ventanas de guillotina y un porche de columnas cubiertas de glicinias.

—¡Qué lugar tan hermoso para vivir! —dijo Cecily, cuando el carruaje paró en el patio, rodeado por un jardín amurallado y un bosque.

Cuando bajaron del carruaje, se abrió la puerta principal y apareció un hombre. Parecía bastante mayor y regordete, de pelo blanco, bigote y amplia sonrisa. Vestía un elegante traje cruzado gris. A su lado había un perro pastor de las islas Shetland negro y blanco. El hombre se acercó enseguida a estrecharles la mano, sonriente, con el perro trotando pegado a sus talones.

—Me ha alegrado mucho recibir un telegrama anunciando su visita. ¡Dios mío, cómo me alegro de verlos! Nunca imaginé que sería posible. Adelante.

A Cecily la conmovió mucho esa bienvenida. Parecía un hombre de lo más encantador.

Entraron en el vestíbulo, impresionante por su tamaño, su enorme araña de cristal y su gran escalinata. Y también por la armadura antigua que había al lado de la puerta.

—Siempre está haciendo guardia —dijo Stanford con una carcajada—. Por aquí, amigos.

Minutos después estaban sentados en un enorme salón, lleno de sillones y sofás, donde ardía el fuego en la chimenea y en cuyas paredes colgaban grandes retratos y tapices. El perrito, que respondía al nombre de Shep, era tranquilo y cariñoso y no ladró ni se resistió cuando los tres lo acariciaron. Se limitó a olfatearlos un poco y después fue a sentarse pacíficamente al lado de su dueño.

Un ama de llaves les llevó café y un carrito con tarta, bizcochos, galletas, tortas de avena y queso, una selección fantástica para el té de la tarde. Mientras comían, conversaron sobre el tiempo.

—Esta zona tiene un clima estupendo, con veranos frescos e inviernos suaves. No es tan cálida como Cornwall —dijo el lord con una risita.

—¿O sea que recuerda Cornwall? —preguntó Cecily—. Supongo que hace años que no va por allí.

—Lo recuerdo muy bien, querida muchacha. Y a ti también.

Cecily casi se sonrojó con ese comentario. Dejó su taza y, al captar la mirada ansiosa de Merryn, sonrió.

—Nosotros también estamos encantados de estar aquí y conocerlo, lord Stanford.

—Podemos tutearnos. Llamadme James, o Dean, si queréis, como hacía vuestra madre —dijo él con una sonrisa. Se inclinó hacia delante para observar mejor a los tres.

Cecily le explicó rápidamente que no habían sabido que estaba vivo hasta la muerte de su madre, cuando Nan había podido por fin contarles la historia del pasado de Queenie.

—Nos ha contado cómo os conocisteis, pero solo sabemos una porción pequeña de su vida, razón por la que nos encantaría que nos hablaras del tiempo que estuviste con ella, si estás dispuesto a compartir eso con nosotros. Mamá siempre se negó a contarnos nada de nuestro padre y nos gustaría saber si eres tú.

Lord Stanford se recostó en su sillón con una sonrisa amarga. Shep suspiró y apoyó la barbilla en los pies de su amo.

—No os aburriré con nada irrelevante, pero estaré encantado de contaros la verdad, que he guardado en secreto toda mi vida. Más tarde os explicaré por qué. Ambos éramos jóvenes y fuimos muy felices juntos. Ella era una mujer hermosa, que siempre llevaba un corsé apretado, vestidos sin mangas y bastante escote.

—Sí, una mujer muy hermosa —asintió Cecily con una sonrisa.

—Un día, para sorpresa de Queenie, le confesé que mi amante anterior había dado a luz a una niña. Le dije que la pequeña había perdido a su madre, que había muerto de escarlatina. Le dije que tenía que proteger mi reputación y ocultarle a mi padre que había tenido muchas amantes y había acabado teniendo una hija ilegítima. Queenie lo entendió, probablemente porque también había tenido una infancia difícil, algo de lo que nunca hablaba. Le pregunté si le importaría cuidar de esa niña hasta que encontrara a alguien que la adoptara. Aceptó, pero solo si nos casábamos, porque pensaba que así dejaría mis devaneos. Consentí, porque ella me gustaba mucho y deseaba que la niña estuviera segura, pero le dije que no debía revelar nunca quiénes eran los verdaderos padres de la niña.

Lord Stanford suspiró y guardó silencio un momento.

—Insistí en celebrar una ceremonia íntima porque dudaba que mis padres aceptaran a Queenie, una mujer de clase media lejana a la nobleza. Le prometí que tendríamos una boda más grandiosa cuando consiguiera convencerlos. Ella llamó encantada al vicario y organizó la ceremonia en su iglesia.

—¿Quién era esa niña? —preguntó Merryn.

—Yo también quiero saberlo —dijo Cecily.

—Os lo diré enseguida.

Las dos hermanas se tomaron de la mano con miradas cargadas de angustia y no dijeron nada más.

—Queenie contrató a una niñera para que cuidara de la niña y, después de la boda, la instalé en una casa mucho mejor en Londres. Éramos muy felices y le compré un anillo de diamantes, a ella le encantó, pero no pude vivir con ella tanto como Queenie esperaba. Suponía que eso se debía a que mis padres no la aceptaban, pues eso era lo que yo le había dicho, pero un día en el que actuaba en el Gaiety Theatre en el Strand, me vio sentado entre el público con otra mujer. Tendría que haber caído en la cuenta de que ella actuaba ese día y no debería haber ido yo. Cuando fui a verla un par de días después, se echó en mis brazos llorando, me contó que me había visto y me acusó de estar con otra mujer. Yo le confirmé que había tenido aventuras con muchas y le pregunté si deseaba poner fin a nuestro matrimonio. Ella se negó rotundamente. Dijo que yo era su esposo, que me quería y que teniendo en cuenta mi posición y el dinero que yo le daba, ¿por qué iba a querer dejarme? Desde entonces empezó a beber más y se dedicó a tener aventuras para vengarse.

—¿Con quién? —preguntaron las dos hermanas al unísono, pues necesitaban nombres y detalles. Boyd guardó silencio.

—No tengo ni idea. Tuvo relaciones con varios hombres y yo no les presté atención alguna. Cuando más tarde se quedó embarazada, confesó que el niño no era mío, hacía ya un tiempo que yo la había abandonado. Tuvimos una pelea terrible y al final le conté la información que había guardado mucho tiempo en secreto. La dama con la que me había visto era Seraphina, mi esposa. «¡Tu esposa soy yo!», gritó ella. Le pedí disculpas y le expliqué fríamente que ya estaba casado antes de la ceremonia que había celebrado con ella. No se lo había dicho porque ella solo había aceptado cuidar de mi hija ilegítima si accedía a que nos casáramos.

—¿Quieres decir que Seraphina es la mujer a la que conocemos como lady Stanford? —preguntó Cecily.

—Sí, y sigue siendo mi esposa oficial. Hace años que no vivimos juntos, pues no nos llevábamos bien debido a todo esto. Esa fue la gota que colmó el vaso de nuestro difícil matrimonio, pero me informó de que había hablado contigo, Cecily, y que no te había dicho nada porque no quería crearme problemas a mí ni, sobre todo, a sí misma.

—¿Entonces fuiste bígamo? —comentó Boyd con calma, esforzándose por no sonar muy duro.

—Sí. Queenie amenazó con denunciarme a la policía. Dijo que podían juzgarme y echarme cinco años de cárcel. Le supliqué que no dijera nada, no quería que sucediera eso. También admití que, si mis padres descubrían que tenía un vástago ilegítimo, me borrarían del testamento de mi padre y perdería la herencia. Y, siendo un lord duro y arrogante, mi padre también se encargaría de destrozar su carrera y su reputación. Al ver lo furiosa que estaba por lo que le había dicho y temiendo que cumpliera su amenaza, le prometí ofrecerle una nueva casa allí donde quisiera instalarse. También le ofrecí buenos ingresos, siempre que no me acusara de bigamia. Queenie, temiendo que ella podía perder también todo lo que valía algo en su vida, se sintió obligada a apretar los dientes y aceptar la realidad.

Insistió en obtener unos ingresos generosos, se instaló en Plymouth y, unos meses después, a sus veintidós años, dio a luz en 1899.

—Esa debo de ser yo —dijo Merryn, con su rostro pecoso arrugado por la ansiedad—. O sea que esa es la razón por la que nunca me dijo nada de mi padre, no sabía quién era.

—Me temo que esa es la realidad.

—¿Y yo soy tu hija ilegítima? —preguntó Cecily, con un respingo.

—Sí, querida muchacha.

Boyd carraspeó y se apresuró a preguntar:

—¿Quieres decir que no soy hermano de madre de Cecily?

—Exactamente, querido muchacho. Eres hijo de Queenie, pero mío no, como creo que ya te explicó Nan. Tu tía, sin embargo, no sabía que Cecily es hija de una amante mía que murió de escarlatina, no de Queenie. Pero sí, yo soy el padre de Cecily.

—¡Oh, Dios mío! —Cecily miró los ojos resplandecientes de Boyd y algo se iluminó en su interior. Él parecía igual de contento con la noticia—. O sea que si Queenie nunca demostró mucho interés por mí y casi le molestaba mi presencia es porque yo no era hija suya. Merryn fue siempre su favorita, aunque, justo antes de morir, me dijo que me quería y que había vivido con miedo de perderme.

Lord Stanford asintió con la cabeza con aire culpable.

—Te pido disculpas por haber hecho la tontería de cometer bigamia para salvar mi reputación y mi herencia. A consecuencia de eso, mi supuesto matrimonio de verdad se rompió también y yo abandoné Londres para retirarme a nuestra hacienda aquí, en Escocia, pues no quería arriesgarme a que me denunciara ninguna de mis dos mujeres. No he estado presente en la vida de Queenie, pero he pagado por tus cuidados, Cecily. De vez en cuando le preguntaba si podía ir de visita, porque te tengo un gran aprecio, querida muchacha. Ella siempre se negó a permitírmelo, posiblemente temiendo que te llevara conmigo, sobre todo después de que mi padre dejara este mundo y yo me vi ya libre de hacer lo que quisiera.

—¿Quieres decir que no deseaba separarse de mí o que temía que tú dejaras de enviarle el dinero del que dependía?

—¡Quién sabe! No, ella no quería perderte. Tampoco quería volver a verme. Y como mi muy terca esposa Seraphina amenazó también con denunciarme por bigamia, dejé de pedirle visitas y me mantuve alejado de las dos. Como consecuencia de todo ello, no he tenido hijos a los que cuidar, solo la compañía de un perro pequeño. Este es el último —dijo, haciéndole cosquillas a Shep.

A continuación miró a Merryn con pena.

—No sabemos quién es tu padre, querida muchacha, pero eres hija de Queenie.

—Puedo vivir con esa realidad, sobre todo ahora que tengo una hija a la que adoro y estoy a punto de librarme de un esposo violento.

—¡Ah! Si él es así, haces bien. Cuídate mucho y cuida de tu hijita. Y, por favor, no olvides que aunque no sois hermanas de sangre, podéis continuar tratándoos como tales.

—Ni se me había ocurrido —dijo Cecily, con un sobresalto. Abrazó a Merryn con una risita—. Yo me siento y me siempre sentiré tu hermana.

—Aunque no lo seamos por nacimiento, crecimos como hermanas y siempre lo seremos en nuestros corazones —asintió Merryn, abrazándola a su vez.

Lord Stanford les dedicó una sonrisa radiante.

—Me alegra oír eso. ¡Ah!, y la casa que compré en Plymouth para Queenie os pertenece a las dos por siempre jamás.

Les pidió amablemente que se quedaran un par de noches y dieron paseos encantadores por la playa y el bosque, con Shep trotando siempre a su alrededor. Los llevó en su automóvil Humber a ver Nairn, el campo de golf más cercano, Inverness y muchos pueblecitos cercanos, les dio bien de comer y aplaudió encantado las canciones que le cantaron. Era un hombre muy cariñoso y complaciente, el padre que Cecily siempre había anhelado. Se alegraba muchísimo al sentir que lo había encontrado por fin. Y, aunque no estuviera emparentada con él, hasta Merryn parecía satisfecha. Habían resuelto el rompecabezas de sus vidas.

La primera noche, Boyd fue a dar un paseo por la playa con Cecily y allí la abrazó y besó con pasión.

—Soñaba con estas noticias pero tenía pocas esperanzas de que se produjeran. ¡Gracias a Dios que no somos hermanos! Te quiero mucho. —Clavó una rodilla en tierra y le pidió que se casara con él—. Sé que dijiste que no deseabas volver a enamorarte nunca más, pero has dejado claro que me amas y me siento muy aliviado de saberlo. Somos algo más que compañeros de profesión. Nuestro sitio está allá donde estemos juntos, amor mío, y siempre será así.

—¡Oh, sí, te amo! —le dijo ella con alegría—. Acepto encantada tu proposición. ¡Gracias a Dios hemos descubierto que no estamos emparentados! ¡Qué maravilloso es este hombre, se está portando como un padre con todos nosotros! ¡Y qué maravilloso eres tú también! —Se echó en brazos de Boyd, donde enseguida disfrutó de la emoción de su cálido abrazo. El gran amor que sentía por él hacía que le latiera con fuerza el corazón.

Cuando se marchaban, lord Stanford les aseguró que podían ir a verlo siempre que quisieran y prometió ir a visitarlos a su vez.

—Si vosotras no tenéis inconveniente, os considero a las dos hijas mías.

—Desde luego que no —declaró Cecily.

—Si puedo ser tu hija adoptiva, por mí encantada —intervino Merryn.

—Sí, somos una familia —dijo él. Besó a las dos en las mejillas—. Para mí sois mi mejor regalo.

Un mes más tarde, después de su boda, Cecily y Boyd dieron un concierto en el Pier, con Merryn y Nan sentadas alegremente entre el público con Josette. Cecily le había escrito a Lena para darle sus últimas noticias y se alegró mucho cuando la enfermera fue a visitarlos y a ver la actuación. El teniente Trevain, el oficial que les había dado los permisos para ir a Francia, asistió también, junto a antiguos soldados a los que habían entretenido a lo largo de los años y muchos a los que Lena y Cecily habían ayudado a escapar. La actuación fue muy bien. Cecily cantó algunas de sus canciones antiguas y otras que habían interpretado en los cruceros. Hacia el final invitó a su hermana a subir al escenario y Merryn accedió sonriente y tocó el acordeón mientras Cecily cantaba algunas de sus canciones de guerra favoritas: *It's a Long Way to Tipperary* («Hay un largo camino hasta Tipperary») y *Pack Up Your Troubles in Your Old Kit Bag* («Guarda tus problemas en tu viejo morral»)*, que fueron muy bien acogidas, con el público cantando el estribillo con Cecily. Cuando se terminó el espectáculo, el público los ovacionó puesto en pie. Aplaudieron a Cecily con entusiasmo y muchas personas arrojaron ramos de flores y rosas al escenario.

Después, Cecily dio una fiesta en su casa de Grand Parade para celebrar su reencuentro con aquellos viejos amigos y su reciente boda. La vida de pronto parecía perfecta: su hermana se había librado de las desgracias que había pasado y estaba feliz con su hija. Y Cecily había encontrado un hombre maravilloso al que amar y con el que casarse. ¿Podía haber algo mejor?

AGRADECIMIENTOS

La inspiración de este libro surgió del placer con el que disfrutamos durante muchos años mi marido y yo del teatro de aficionados y de los musicales. Eran divertidos y muy satisfactorios. Siempre sentí curiosidad por las chicas que estuvieron dispuestas a entretener a las tropas en la Primera Guerra Mundial. Algunos miembros de mi familia participaron en esa guerra. ¡Qué valientes fueron esas chicas! Por desgracia, algunas no sobrevivieron. Adoro escribir novela romántica histórica y siempre disfruto con la investigación, aunque a veces adapto levemente el momento para que encajen todas las piezas. Esta es la interesante lista de libros que leí para captar ese periodo:

British Music Hall: An Illustrated History - Richard Anthony Baker.

Mujeres sin pareja – George Gissing.

Modern Troubadours, a Record of Concerts at the Front – Lena Ashwell.

Lady Under Fire on the Western Front: The Great War letters of Lady Dorothie Fielding MM 1914 - 1917

Kate Parry Frye: The Long Life of an Edwardian Actress and Suffragette – Elizabeth Crawford.

Dr. Elsie Inglis – Lady Frances Balfour.

Ellas solas — Virginia Nicholson.

Luchando en el frente doméstico – Kate Adie.

The Great Silence – 1918 – 1920 – Living in the Shadow of the Great War – Juliet Nicolson.

Johnny Get Your Gun – A Personal Narrative of the Somme, Ypres and Arras – Josh F. Tucker.

A Woman's Place – 1910 – 1975 – Ruth Adam.

Mi agradecimiento a Klaus Doerr, un amigo alemán que me proporcionó las frases en su idioma que necesitaba esta novela. Le estoy muy agradecida por su apoyo. Mi agradecimiento también al excelente equipo de Amazon Lake Union y a mi editora, Victoria Pepe. A mi maravillosa agente, Amanda Preston, de la Agencia LBA, por tener fe en mí. Gracias siempre a mi esposo David, que además de alimentarme y cuidarme cuando estoy ocupada escribiendo, me ayuda con las correcciones y se ocupa de otras tareas administrativas. También quiero dar las gracias a todos mis lectores por sus amables mensajes y los comentarios en los que me dicen cuánto disfrutan de mis libros.

Con mis mejores deseos,

Freda

Para más detalles o si quieren inscribirse para recibir mi boletín informativo, por favor, visiten mi página web:

Facebook: Freda Lightfoot Books

Twitter: @fredalightfoot

Web: www.fredalight.co.uk